ALL DIE KLEINEN LÜGEN

WEITERE TITEL VON SUE WATSON

IN ENGLISCHER SPRACHE

PSYCHOTHRILLER

The New Wife

The Forever Home

First Date

The Sister-in-Law

The Empty Nest

The Woman Next Door

Our Little Lies

LOVE UND LIES SERIE

Love, Lies and Lemon Cake

Love, Lies and Wedding Cake

ICE-CREAM CAFE SERIE

Ella's Ice Cream Summer

Curves, Kisses and Chocolate Ice-Cream

Snowflakes, Iced Cakes and Second Chances

The Christmas Cake Cafe

Bella's Christmas Bake Off

Summer Flings and Dancing Dreams

Snow Angels, Secrets and Christmas Cake

ALL DIE KLEINEN LÜGEN

SUE WATSON

Übersetz von Johannes Schmid
und Cyra Pfennings

bookouture

Herausgegeben von Bookouture, 2022

Ein Imprint von Storyfire Ltd.
Carmelite House
50 Victoria Embankment
London EC4Y 0DZ

www.bookouture.com

ISBN: 978-1-80314-288-3
eBook ISBN: 978-1-80314-139-8

Dieses Buch ist meiner Komplizin Eve Watson gewidmet.

PROLOG

Entsetzt, aber wie gebannt sehen wir uns die Berichterstattung an. So als ob wir die Leiche, die dort gerade in den Kranken-wagen geschoben wird, nicht kennen würden. Aber wir kennen sie ... und zwar ziemlich gut.

1

Es ist die Art, wie er ihren Namen ausspricht, die mich zum ersten Mal aufhorchen lässt. Ich schmiere gerade Toasts für die Kinder, als er »Caroline ...« sagt. Den Rest höre ich nicht, nur die Art, wie seine Lippen *Caroline* hauchen.

Es ist schwer zu erklären, aber irgendwas sagt mir, dass sie mehr ist als eine Kollegin. Vielleicht ist es die Art, wie er das »r« rollt, um dann zärtlich seufzend in das »ine« überzugehen.

Ich streiche mit dem Messer langsam über die Butter, schaue auf und sehe sie in seinen Augen. Ich weiß, ich weiß, ich habe keine Ahnung, wer diese Frau ist, und es ist albern von mir, voreilige Schlüsse zu ziehen. Es braucht schon mehr Beweise als den Klang seiner verdammten Stimme. Trotzdem weiß ich es. Ich weiß es einfach. Ich weiß schon seit einiger Zeit, dass sie bei uns – bei mir – ist. Die Diagnose steht noch aus, aber die Symptome sind eindeutig. Ich kann nicht zulassen, dass sie sich wie ein Krebsgeschwür in unserer Ehe einnistet. Ich öffne ein Glas Marmelade, nehme mir ein sauberes Messer und tauche es in die zähflüssige, bernsteinfarbene Masse. *Caroline.*

»Ist sie neu?«, frage ich.

»Was?« Er heuchelt Ahnungslosigkeit. »Ach so, Caroline Harker?« Da sind sie wieder: das rollende »r« und die seufzende »ine«. »Ähm ... ja ... ich glaube schon.«

»Woher kommt sie?« Ich zerschlage ein Ei am Schüsselrand und versuche mir dabei nicht vorzustellen, dass es ihr Kopf ist.

»Edinburgh. Äußerst talentiert, erst zweiunddreißig ...«

Mir wird plötzlich ganz schlecht und ich muss mich von den trüben, widerlich gelben Eiern abwenden. Ich schlinge meinen Bademantel fester um mich, um das Frösteln zu vertreiben, und verschließe das Marmeladenglas schnell wieder, als könnte daraus etwas entweichen. Aber vielleicht ist es schon zu spät. Wackelig und desorientiert reinige ich die Arbeitsplatte und übertünche alle verbliebenen Gerüche mit dem Duft frischer Zitronen.

Ich bewege mich jetzt zügig, wische alle Oberflächen ab. Nicht nur eine, das geht nicht – ich muss sie alle sauber machen.

»Ich dachte an ›Elephant's Breath‹ ...?«

Er schaut verwirrt von seinem Handy auf, mit einem Anflug von Gereiztheit in seinem Gesicht.

»Als Wandfarbe fürs Wohnzimmer ... es ist ein Grauton?«, erkläre ich.

Er nickt abwesend. Ich spreche über Wandfarben, um Caroline aus der Küche – *meiner* Küche, in der *meine* Kinder gleich frühstücken werden – zu entfernen. Ich wische stärker über die Küchenoberflächen und wünschte, ich könnte auch sie einfach wegwischen. Mit etwas zu viel Kraft werfe ich den Lappen ins Waschbecken und widme mich wieder der anstehenden Aufgabe: Frühstück machen.

Dann schneide ich das Vollkornbrot an, das ich heute um sechs Uhr morgens gebacken habe, schlage energisch die rohen Eier auf und gieße frisch gepressten Orangensaft in drei Gläser. *Schon besser.*

Oben brüllen und lärmen die Zwillinge und ich schaue kurz zu Simon, der die Augen verdreht.

»Machen die beiden auch mal irgendwas, ohne zu versuchen, sich dabei gegenseitig umzubringen?«

»Das wäre ja langweilig.« Ich lache und werde aus meinem Abgrund gerissen, als Sophie mit einem verträumten Blick in ihren siebzehnjährigen Augen hereinschwebt.

Ich schaue sie an und fühle tiefe Mutterliebe. Ich habe mich in sie verliebt, als ich mich in Simon verliebt habe. Er hatte seine Frau verloren, Sophie ihre Mutter. Sie war erst sieben und so verloren und durcheinander. Ich werde nie vergessen, wie sie mich bei unserem ersten Treffen ansah und fragte: »Bist du jetzt meine Mami?« In diesem Moment schmolz ich dahin und wusste, dass ich dieses Kind lieben würde wie mein eigenes. Sie brauchte mich und ich glaube, dass ich ihre Welt wieder in Ordnung gebracht habe, als ich in ihr Leben getreten bin. Ich werde niemals ihre Mutter ersetzen können, aber wir sind uns sehr nah. Doch seit die Jungs auf der Welt sind, fällt es mir schwer, ihr die Zeit und Aufmerksamkeit zu schenken, die sie braucht. Ich habe deswegen ein schlechtes Gewissen. Sie liebt ihre Halbbrüder über alles, aber die beiden nehmen uns mit ihrer ungestümen, lautstarken Art ziemlich in Beschlag und ich mache mir Sorgen, dass Sophie manchmal etwas zu kurz kommt. Ich versuche, hier und da eine halbe Stunde für sie abzuknapsen, mal zum Shoppen, mal für ein Mittagessen. Wir lachen dann wie früher, doch das ist selten geworden, und in letzter Zeit scheint sie sich wieder zurückzuziehen. Ich vermute, dass es am plötzlichen Umzug liegt, vielleicht ist sie aber auch einfach nur verliebt? *Tu's nicht, Sophie. Stürz dich nicht in die Liebe, du wirst nie wieder auf die Beine kommen.*

»Kannst du die Jungs für mich rufen, Schatz?« Ich lächle sie an und nutze die Gelegenheit, um aus ihrem Gesicht abzulesen, wie es um ihr Glück und ihren pubertären Hormonhaushalt bestellt sein könnte.

»Alfieeee, Charlieeee«, schreit sie laut, während sie direkt neben mir steht.

Scherzhaft halte ich mir die Ohren zu. »Das hätte ich auch selbst gekonnt«, sage ich. »Ich wollte eigentlich, dass du zur Treppe gehst und sie rufst.« Ich schichte einen Haufen mit weichem goldenen Rührei auf die Teller und stelle sie ordentlich auf den Tisch. Nachsichtig blicke ich meine Stieftochter durch den Dampf an.

»Sophie, musst du so schreien? Du bist siebzehn, keine verdammten sieben mehr. Werd erwachsen!« Die plötzliche Schärfe in Simons Stimme durchschneidet die warme, nach Buttertoast duftende Luft.

Er meint es nicht böse, sie hat ihm bloß einen Schrecken eingejagt. Er versucht sich zu konzentrieren und hat ein bisschen überreagiert. Das passiert ihm selten mit den Kindern, darum sind wir ziemlich überrascht. Ich spähe rüber zu Sophie, die vor mir zusammenzuschrumpfen scheint. Ich schaue zu Simon: Ob er sich im Klaren darüber ist, was seine Worte bei ihr angerichtet haben? Aber er hängt immer noch an seinem Smartphone und ist schon im Arbeitsmodus. Wenn er weg ist, werde ich mich um ihre verletzten Gefühle kümmern.

»Ihre Eier, Eure Majestät«, sage ich, beuge meinen Arm unterwürfig und platziere den Teller vor Sophie. Doch es ist zu spät, sie ist beleidigt auf ihrem Stuhl zusammengesackt, ihre hauchzarten Flügel sind zerknittert. Wenn er nur wüsste, wie sehr sie ihn liebt, wie verzweifelt sie sich nach seiner Anerkennung sehnt. Sophie war immer ein Papakind, und ich weiß, dass er sie vergöttert und alles für sie tun würde, aber manchmal wird sie von ihren pubertären Unsicherheiten überwältigt, und seine Gefühllosigkeit kann wehtun. Ich fühle mit ihr, habe aber gerade keine Zeit, sie aufzumuntern. Es ist schon Viertel nach acht und die Zwillinge donnern die Treppe runter. Als sie in der Küche angekommen sind, streiten sie unter kräftigen und abstoßenden Darbietungen darüber, wer am lautesten rülpsen kann.

»Jungs, bitte, das ist nicht schön«, sage ich erschöpft, aber die widerlichen Geräusche aus ihren Mündern hören nicht auf, sie drohen sogar, das Konzert auf ihre Hinterteile auszuweiten.

Ich sehe Simon an, der sie gutmütig anlächelt und mir dann einen abschätzigen Blick zuwirft, als ob ich für den verdammten Rülpswettbewerb verantwortlich wäre. Ich warte darauf, dass er sie für ihre Rülpsarie tadelt oder sich daran beteiligt. Stattdessen nimmt er seinen Kaffee und geht mit seinem Handy in den Wintergarten.

Meine sechsjährigen eineiigen Zwillinge haben dickes, dunkles Haar wie ihr Vater und sind richtige Rabauken. Der um vier Minuten ältere Charlie ist der Anführer, zettelt gern Streit an und macht unglaublich gern Unfug. Wenn Alfie sich etwas nicht traut, bringt Charlie ihn dazu, es doch zu tun. Gerade versuchen sie, sich gegenseitig ihre Frühstücksteller auf den Kopf zu hauen: ein angeblich neues und innovatives Verfahren, um herauszufinden, wer den stärkeren Schädel hat.

»Das ist ein MEDIZINISCHES EXPERIMENT«, schreit mir Charlie entgegen, als ich protestiere.

Ich spreche mit sanfter Stimme, um ihn zu beruhigen, und deute vorsichtig an, dass das hier weder der passende Ort noch die richtige Zeit für medizinische Experimente sei, und dass sie zu spät zur Schule kommen, wenn sie ihre Eier jetzt nicht aufessen. Das Wort »Schule« sorgt natürlich für erneuten Widerstand, und Charlie versetzt dem Kopf seines Bruders im Namen der Wissenschaft einen letzten Schlag.

»Das REICHT!«, schreie ich, während Alfie seinen Kopf umklammert und anfängt zu brüllen.

»Chaaaarlie hat mich umgebracht.«

»Nein, er hat dich nicht *umgebracht*, aber wenn du so weitermachst, wird es jemand tun – und zwar ich!«

Ich versuche Alfie zu trösten und gleichzeitig Charlie zurechtzuweisen, als Sophie das Radio anschaltet, um den Lärm zu übertönen, was nicht gerade hilft. Ich frage mich, wie um alles in der Welt sich Simon bei diesem Höllenlärm, der durch die offene Tür in den Wintergarten dringt, auf sein verdammtes Smartphone konzentrieren kann. Mein Ehemann hat das erstaunliche Talent, alles und jeden auszublenden – wie viele andere Männer auch, zumindest, sofern man dem Getratsche am Schultor Glauben schenken will. Allerdings ist das in Simons Fall wohl auch gut so, seine Arbeit ist doch so wichtig. Er hat oft Bereitschaftsdienst und muss seine Nachrichten und Mails rund um die Uhr checken, falls es einen Notfall gibt. Chirurg zu sein, sagt er immer, ist kein Beruf, es ist ein Bewusstseinszustand. Das muss es auch sein, es verlassen sich doch so viele Menschen auf ihn. Jemand in Simons Position kann nicht einfach abschalten, darum hat er nicht immer Zeit oder Energie für die Belanglosigkeiten des Familienlebens übrig. Aber dafür bin ich ja da. Ich bin für das Leben rund um selbst gemalte Bilder am Kühlschrank, aufgeschürfte Knie, kindische Zankereien, eilige Küsse am Morgen und all das Gelächter, die Tränen und das Chaos dazwischen zuständig. Anders würde ich nicht leben wollen, auch wenn mich meine Freundin Jen deshalb für verrückt hält.

Sie ist mit einem reichen Mann verheiratet, hat eine Nanny namens Juanita, die Auto fährt, als wäre sie betrunken, die Kinder anschreit und nachts Besuch von verschiedenen Liebhabern bekommt. Aber Jen liebt sie, »… weil sie mir mein Leben zurückgegeben hat. Sie soll tun und lassen, was sie will, ihr Wert ist nicht mit Gold aufzuwiegen. Ohne sie wäre ich verloren!« Ich kümmere mich gern selbst um meine Kinder. Obwohl sie drei hat, mag Jen Kinder nicht besonders. Dank Juanita hat sie jetzt jede Menge ›Zeit für sich‹. Sie geht in ein Tanzstudio, nimmt Italienischunterricht und unterstützt alle möglichen wohltätigen Zwecke. Aber ich bin anders als sie. Ich brauche keine ›Zeit für mich‹, ich will einfach nur bei meinen Kindern sein, wie eine echte Mutter eben.

Ich habe mal über eine Umschulung nachgedacht, daran, zurück an die Kunstakademie zu gehen, mein Wissen aufzufrischen – aber wozu? Das hat mich Simon damals auch gefragt. Wir brauchen das Geld nicht, er verdient gut, seine Mutter hat ihm nach ihrem Tod vor ein paar Jahren ein Vermögen vermacht, und überhaupt, wer würde sich dann um die Kinder kümmern? Sophie ist mit ihren siebzehn Jahren zwar ziemlich eigenständig, braucht mich aber genauso wie die Jungs – auf ihre Art. Sie braucht jemanden zum Reden, insbesondere seit wir umgezogen sind und sie sich von ihren Freundinnen verabschieden musste. Aber es gibt Zeiten, in denen mich das alles ganz schön anstrengt. Ich bin den ganzen Tag damit beschäftigt zu putzen, zu kochen, die Jungs durch die Gegend zu chauffieren und sie davon abzuhalten, sich selbst oder andere im Umkreis von mehreren Kilometern in Gefahr zu bringen.

Simon mag altmodisch wirken, aber er legt eben Wert auf eine traditionelle Rollenverteilung. Als wir uns kennengelernt haben, war er ein gestresster junger Chirurg und Witwer mit einer kleinen Tochter. Seine Frau war ein Jahr zuvor gestorben und er machte eine schwere Zeit durch, deshalb weiß ich, wie dankbar er mir ist. Er respektiert mich, obwohl er zur Arbeit geht, während ich zu Hause bleibe, um unsere Familie zu versorgen und das Haus hübsch und sauber zu halten.

»Wir sind ein Team, Marianne«, sagt er immer. »Dein Job ist nicht weniger wichtig als meiner. Ohne dich könnte ich meinen Lebensunterhalt nicht verdienen und dir nicht all die Dinge kaufen, die du dir wünschst.«

Für alle anderen mag er Dr. S. Wilson sein, ein attraktiver und genialer Herzchirurg, doch für mich ist er einfach nur Simon, mein Ehemann und Vater unserer Kinder. Außerdem ist er einer der intelligentesten Menschen, die ich kenne – ich verstehe noch nicht einmal seine genaue Berufsbezeichnung, die etwas mit seiner Spezialisierung auf Mitralklappenreparaturen, Transkatheteraortenklappenimplantationen und Vorhofflimmerablationen zu tun hat. (Das habe ich auswendig gelernt, um ihn zu beeindrucken, aber ich hoffe, er stellt mich nie auf die Probe!) Ich verstehe, wie stressig seine Arbeit ist, und manchmal bringt er den Stress mit nach Hause, insbesondere jetzt, da er eine Beförderung zum Leitenden Oberarzt der Chirurgie anstrebt. Er arbeitet unglaublich hart dafür – an manchen Tagen sehen wir ihn kaum. Aber wenn er den Posten bekommt, werden sich diese Mühen auszahlen, daran glaube ich ganz fest. Trotzdem habe ich Angst, dass er in seinem Ehrgeiz zu hohe Ansprüche an sich selbst stellt und all den Stress in sich hineinfrisst. Er kann ihn nämlich nicht wirklich mit mir teilen, weil ich nichts von der Komplexität der Herzchirurgie verstehe. *Im Gegensatz zu Caroline.*

»Liebling, ich kann dir nicht mal ansatzweise erklären, was heute passiert ist, weil du es nicht verstehen würdest«, sagte er neulich abends, als ich ihn fragte, ob es ihm gut gehe. »Ich bin für Menschenleben verantwortlich ... Ich bin permanent im Alarmzustand. Und ich kriege keine Kaffeepausen oder Urlaubstage wie irgendein schwachköpfiger Erbsenzähler.« Ich glaube, er spielte damit auf Jens Ehemann Peter an, der ein erfolgreicher Banker ist. Jen hatte uns übers Wochenende in ihr Ferienhaus in Cornwall eingeladen, aber Simon hat keinen Urlaub bekommen. Die Kinder und ich waren enttäuscht. Das hat ihn wiederum sauer gemacht. Er ärgerte sich selbst am meisten darüber, und es fiel ihm sehr schwer, Nein sagen zu müssen.

Anstatt es gut sein zu lassen, wies ich ihn an diesem Abend auch noch darauf hin, dass wir uns so darauf gefreut hatten, das letzte Sommerwochenende in Cornwall mit den Moretons zu verbringen. Ich machte ihm ein schlechtes Gewissen und wir stritten den ganzen Abend heftig, aber als die Kinder im Bett waren, setzte ich mich zu ihm aufs Sofa, und bald war alles vergessen. Selbst nach zehn Jahren Ehe kann ich ihm nicht lange böse sein. Ein Blick in seine Augen erinnert mich daran, dass er alles ist, was ich jemals gewollt habe. Und wie glücklich ich mich schätzen kann.

Ich habe Simon von dem Moment an geliebt, als ich ihn zum ersten Mal sah. Wir haben zwar immer mal wieder Probleme, aber eigentlich hatte ich das Gefühl, dass unser Leben seit dem Umzug wieder in ruhigeren Bahnen verläuft. Doch jetzt ist da dieses Gespenst Caroline, die ›talentierte‹ Chirurgin Anfang dreißig, mit der er seine Tage verbringt. Aber er darf nicht eine Sekunde lang glauben, dass ich wieder an diesem Punkt bin. Deshalb werde ich meine unliebsamen Gedanken für mich behalten und mir die beiden nicht zusammen im OP vorstellen, wie sich ihre Blicke über den Masken zum Flirt am offenen Herzen treffen. Mir schießt das Blut in den Kopf, wenn ich mir ausmale, wie sie ihm mit aufreizendem Wimpernaufschlag sein Skalpell reicht und sich ihre behandschuhten Hände ›zufällig‹ berühren. Ich höre, wie er mit seiner sexy autoritären Stimme das Team instruiert, während er einen komplizierten Vierfachbypass anlegt und jede Frau im Saal weiche Knie bekommt – ich bekomme sie jedenfalls allein beim Gedanken daran. Die Eifersucht in meinem Bauch und in meiner Brust ist so stark, dass ich mich am liebsten im Strahl über das Fantasiebild in meinem Kopf erbrechen würde. Ich fühle mich schwach und bin ganz weit weg, während ich Alfie dabei zusehe, wie er sich mit einem Teelöffel an Charlies Ohr rächt. Ich unternehme nichts.

Die Jungs toben und tun einander weh, und ich säubere das Waschbecken mit einer Scheuerbürste und schiebe meine dämlichen Albtraumfantasien von Simon mit einer anderen Frau weg, um mich auf das Gute zu besinnen. Ich halte einen Moment inne und schaue flüchtig zu den Kindern hinüber, die ihr Frühstück essen. Wenn ich sie sehe, fühle ich mich immer besser. Okay, die Jungs schieben sich ihr Essen unbeholfen in den Rachen und schlürfen ihren Orangensaft, aber ein bekanntes Gefühl erfüllt mich. Das gleiche Gefühl überkommt mich beim Anblick von Sophie, die vorsichtig an einer kleinen Ecke Toast knabbert, während ihre großen blauen Augen geradeaus starren und sie wahrscheinlich von einem der Jungs aus der dreizehnten Klasse träumt, in den sie diese Woche verliebt ist. Und dann gibt es da noch meinen umwerfenden Ehemann, der vielleicht gerade eine Affäre erwägt, während er in unserem hübschen Wintergarten sitzt. Er sieht toll aus mit seinem dichten schwarzen Haar, das ihm in die Stirn fällt, während er seinen Kaffee trinkt und auf sein Smartphone starrt. Ich möchte das alles festhalten, sie alle hier in unserem schönen Zuhause fotografieren und auf Instagram stellen. #MyHome #MyLoves. Eine versteckte Nachricht an alle Carolines da draußen, die glauben, sie könnten mir etwas wegnehmen. Die Betonung liegt auf ›My‹, mein Zuhause, meine Lieben – sie gehören mir, NIEMANDEM sonst.

Auch wenn wir erst seit Anfang des Jahres hier leben, liebe ich dieses Haus, den schönen großen Garten und die edle deutsche Designerküche, die wir gleich nach unserem Umzug haben einbauen lassen. Simon findet, dass jede Frau eine fantastische Küche verdient, und diese war sein Geschenk an mich. Sie ist perfekt. Aber gerade habe ich das Gefühl, dass ihre perfekten Arbeitsflächen beschmutzt worden sind. Ich beobachte, wie die Morgensonne durch die riesigen Fenster fällt, und warte darauf, dass sich ein Gefühl der Ruhe einstellt, aber nichts passiert – und das ist Carolines Schuld. Normalerweise gefällt es mir, wenn die Sonne auf ›Borrowed Light‹ scheint und die wunderbare Wandfarbe von Farrow & Ball in ein verträumtes, weiches Grau verwandelt. Doch heute Morgen werde ich einfach nicht ruhig, egal wie lange ich auch auf die Wand starre. Und wenn ich das in meiner geschäftigen Familienküche zu lange tue, fragt eines der Kinder früher oder später: »Hat die Mama wieder was?«

Seitdem ich heute von Carolines Existenz erfahren habe, bin ich nervös. *Hau ab, Caroline, mit deiner Jugend, deinem Talent und deiner engen Zusammenarbeit mit meinem Mann.* Es fühlt sich geradezu wie ein Urinstinkt an, als sich mir die Nackenhaare beim Gedanken an Simon mit einer Anderen sträuben. Dabei denke ich ja gar nicht daran. Nicht oft jedenfalls.

Als ich Anfang des Jahres glaubte, Simon hätte eine Affäre mit Julia, der Klavierlehrerin der Kinder, habe ich einfach gar nichts gesagt. Ich wollte mir selbst beweisen, dass ich zurechnungsfähig bleiben kann. Es wäre das ganze Drama, das unweigerlich darauf gefolgt wäre, auch nicht wert gewesen. Außerdem hatte ich keine Beweise, was mir bei einer Konfrontation nicht gerade geholfen hätte. Mit der Zeit glaubte ich selbst nicht mehr daran. Ich *kann* meine irrationalen Ängste kontrollieren und ich *kann* die Gefühle unter Verschluss halten, die in meinem Bauch und meiner Brust stecken, die mich kaum mehr atmen lassen und mich krank machen.

Meine damalige Therapeutin fragte mich, ob Simon ein Mann sei, der die Bedürfnisse und das Glück seiner Frau über seine eigenen stelle. »Natürlich«, sagte ich, »ich meine, schauen Sie sich mein Leben doch an – ich habe ein schönes Zuhause, ich muss nicht arbeiten gehen, mein Mann erfüllt mir alle meine Wünsche.« Ich fragte mich, ob ein Mann, der seiner Frau so häufig Blumen schenkt wie Simon, sie wirklich betrügen könnte. Er zeigt mir seine Liebe auf so vielen Wegen, doch Simons regelmäßige Blumensträuße beweisen, dass er in seinem vollen Terminplan innehält und an mich denkt, während er Leben rettet und den Operationssaal leitet. Der Strauß kommt dienstags alle zwei Wochen, ist immer weiß, saisonal, schön, teuer und eine ständige Erinnerung daran, dass Simon mich liebt. Und zwar nur mich.

Wir hatten ein paar schwierige Jahre, aber seit wir im Februar in das neue Haus gezogen sind, renkt sich alles langsam wieder ein. Ich bin nach zehn Jahren Ehe definitiv ruhiger geworden. Früher war ich furchtbar, als ich noch jünger, leidenschaftlicher und instinktiver war. Ich war sogar noch eifersüchtiger als jetzt und habe meine lächerlichen Verdächtigungen ohne Rücksicht auf Konsequenzen ausgesprochen. Das sorgte für so viel Ärger zwischen mir und Simon, dass er schließlich drohte, mich zu verlassen. Er sagte, dass ich es ihm schwer mache, mich zu lieben. Deshalb versprach ich, mich zu ändern. Wir gingen zur Paartherapie, doch nicht einmal damit konnte ich auf eine reife, einsichtige Art und Weise umgehen.

»So kannst du nicht weitermachen, Marianne«, sagte er, nachdem ich ihn vor dem Paartherapeuten verbal angegriffen und ihm alle möglichen Vorwürfe gemacht hatte.

»Und *du* kannst nicht weiter rumhuren«, fuhr ich ihn an, leicht benommen von meinen Medikamenten. Ich sah den Blick, den er mit dem Therapeuten austauschte, und trotz meines betäubten Zustands wusste ich, was er bedeutete. Die beiden waren sich stillschweigend einig, dass ich mir alles nur einbildete. Er war ein fürsorglicher Mann, der nur das Beste für seine Frau wollte, der ihr sanft übers Haar strich, selbst wenn sie tobte, und nicht im Traum daran dachte, sie zu betrügen, obwohl sie ihn ständig beschuldigte und regelmäßig in der Öffentlichkeit blamierte. Der Blick bestätigte, dass ich verwirrt, verrückt und verblendet war.

Nur dank mehrerer Wochen Klinikaufenthalt, vieler Therapiestunden und Simons Geduld konnte ich akzeptieren, dass ich falschgelegen hatte und meine Angstzustände mich dazu gebracht hatten, mir Dinge vorzustellen, die niemals passiert waren. Erst als sich alle sicher waren, dass ich keine Gefahr mehr für mich selbst und andere darstellte, wurde ich entlassen.

»Esst langsam«, murmle ich den Jungs zu. »Nicht schlingen ...« Ich lenke mich ab, indem ich die Kühlschrankfächer putze, und hoffe, dass die Schluckgeräusche hinter mir kein weiteres Rülpskonzert nach sich ziehen. Aus dem Augenwinkel sehe ich, dass Sophie kaum etwas gegessen hat und auf ihr Smartphone starrt. Ich schiebe Caroline weg und lasse inzwischen bekannte, unerwünschte Gedanken aufkommen: *Isst Sophie genug? Ist sie magersüchtig?* Seit dem Umzug hat sie sich viel stärker zurückgezogen als früher.

O Gott, ich muss damit aufhören.

Simon sagt, sie sei vollkommen gesund. Es sei nichts dagegen einzuwenden, wenn sie weniger essen wolle. »Ich habe ihren BMI kontrolliert, es geht ihr gut«, sagte er, als ich das Thema ansprach. »Wahrscheinlich will sie einfach nicht fett werden, weil sie das beim Tennis beeinträchtigen würde.«

Er hat bestimmt recht und er will nicht, dass ich mir Sorgen mache. Außerdem habe er, wie er betonte, so viele echte Probleme, mit denen er sich Tag für Tag auseinandersetzen müsse, dass mein Gejammer über ein Kind, das sein Gemüse verschmäht, einfach nur nerve. Aber Sophie sieht dünner aus, und ich mache mir eben Sorgen. Ich habe Bilder von ihrer Mutter, Simons erster Frau, gesehen. Sie war auch sehr dünn, also ist es vielleicht in ihren Genen? Ich selbst nehme schnell zu, wenn ich nicht aufpasse. Simon unterstützt mich immer so lieb, wenn ich eine Diät mache, belehrt mich über Kalorien und meinen BMI. Er hält mich auf Trab, will aber nicht, dass ich ihn auf sein Bäuchlein anspreche, das manchmal über seiner Hose hervorschaut, wenn er länger nicht Tennis spielen konnte.

Nun ja, solange Sophie gesund ist, ist wohl alles okay. Sie mag dünn sein, aber sie macht Sport, und das ist gut. Simon nimmt sie mit zum Tennis, die beiden sind Mitglieder in dem schicken Tennisclub am Stadtrand. Er sagt, sie habe eine starke Rückhand. Es kostet Unsummen, dem Club beizutreten, aber er ist so schön. Es gibt ganz tolle Außenplätze und ein hübsches Clubhaus mit einer Bar. Simon sagt immer wieder, dass wir mal zusammen gehen sollen, doch bislang hatten wir nie Gelegenheit dazu, da ich zu sehr mit den Jungs beschäftigt bin. Wir müssen unsere Tagesabläufe wirklich besser in Einklang bringen. Ich würde Sophie so gern Tennis spielen sehen und danach vielleicht sogar einen Gin Tonic im Clubhaus trinken. Bei der Vorstellung daran fühle ich mich sofort besser. Meine Therapeutin hat gesagt, es sei gut, sich auf die schönen Dinge zu konzentrieren, auf die man sich freuen kann.

»Ich glaube, du hast was vergessen«, sage ich, während Sophie mit dem Rucksack auf dem Rücken zur Tür eilt. »Sophie?«, sage ich lauter, und sie dreht sich auf der Türschwelle um. Ihr Haar schimmert im Sonnenlicht in Millionen von Karamelltönen. Sie ist groß, wie ihr Vater, und von klassischer Schönheit – einen Augenblick lang sehe ich die Frau, die sie einmal sein wird. Ich versuche den Moment in meinen Kopf festzuhalten und denke an das mutterlose kleine Mädchen, in das ich mich verliebt habe. Hier steht sie nun, fast erwachsen. Ich weiß noch, wie es war, in Sophies Alter zu sein. Ich atme tief ein und wünsche mir, wieder siebzehn zu sein ...

»Was?«, fragt sie ungeduldig.

Ich werfe ihr eine Kusshand zu. »Tschüss«, sagt Sophie etwas sanfter und verdreht die Augen. Sie schürzt die Lippen, wirft mir einen Luftkuss zurück und streckt dann liebevoll ihren Brüdern die Zunge raus. Ich fange den Kuss auf und lächle, während sie durch die Tür und hinaus in ihren Tag geht.

Simon schlendert zurück in die Küche. »Ich fahre die beiden«, sagt er, reicht mir seine schmutzige Tasse und entschädigt mich dafür mit einem Kuss auf die Stirn.

Mir wird schwer ums Herz. Ich bringe die Jungs gern zur Schule, weil es zu den wenigen Dingen gehört, die meinem Alltag Struktur geben. Abgesehen davon hatte ich heute Morgen etwas vor. »Danke, aber ich habe doch erzählt, dass ich mit Jen zum Kaffeetrinken verabredet bin.« Ich lächle, falte fein säuberlich ein Geschirrtuch, tätschle es und schaue ihn wieder an.

»Jen?« Er hebt missbilligend eine Augenbraue. Mein Herz wird noch schwerer.

»Ja.«

»Aber warum? Ihr seid so eine seltsame Kombination. Sie passt absolut nicht zu dir.«

»Sie ist nett«, sage ich und frage mich, wie er das meint. »Wer würde denn zu mir passen?« Ich kichere, um ihm zu zeigen, dass ich ihn nicht provozieren will.

»Na ja, sie ist einfach *anders* als du.«

»Sie ist cooler, meinst du?« Ich bemühe mich, nicht verletzt zu klingen.

»Nein. Einfach anders ... ziemlich anders.«

Ich wünschte, er könnte Jen so sehen, wie ich sie sehe, aber er mag sie nicht, hat sie nie gemocht. Ich glaube, er hat ein bisschen Angst vor ihr, seit sie ihn beim Sommerfest der Schule angemacht hat. Ihn und fünf andere attraktive Väter. So ist sie eben.

»Wir wollten uns am Spielplatz treffen, wenn wir die Kinder absetzen ...«, sage ich und hoffe, damit durchzukommen. Ich habe mich darauf gefreut, meine neue Freundin zu treffen. Ich fühle mich immer noch schlecht, dass ich sie an dem Wochenende in Cornwall im Stich gelassen habe. Ich weiß, dass es dauern wird, unsere Freundschaft aufzubauen, aber die Cornwall-Sache hat nicht gerade geholfen, und meistens werden wir von der Schulglocke oder einem verletzten oder wütenden Kind unterbrochen. Ein Kaffee und ein Gespräch weit weg von all diesen Ablenkungen käme einer Woche Spielplatz-Geplauder gleich. Jens Sohn Oliver spielt Rugby mit den Zwillingen, so haben wir uns kennengelernt. Sie ist lustig und beliebt, und da wir erst seit wenigen Monaten hier wohnen, fühle ich mich geschmeichelt und bin dankbar für ihre Freundlichkeit mir gegenüber.

»Ich fahre auf dem Weg zum Krankenhaus an der Schule vorbei und setze die Jungs dort ab«, sagt Simon.

Er glaubt ganz klar, dass Jen einen schlechten Einfluss auf mich hat und mich vom rechten Weg abbringt. Schön wär's! Davon abgesehen gibt es nicht so viel, was ich zwischen neun Uhr morgens und drei Uhr nachmittags sonst machen kann.

»Aber ich wollte Jen sehen ...«, setze ich halbherzig an. Es ist sinnlos, mit ihm zu streiten. *Beschränke dich aufs Wesentliche.*

»Und was ist mit den Wandfarben fürs Wohnzimmer? Du solltest so bald wie möglich eine Entscheidung treffen«, sagt er, als ginge es um meine Berufswahl.

»Ich weiß, aber Jen rechnet damit, dass ich ...«

»Es tut mir leid, Marianne, aber seien wir mal ehrlich. Jen sieht unmöglich aus mit ihren platinblonden Haaren und den engen Kleidern. Und sie ist so *laut.* Ich habe keine Ahnung, warum du mit so jemandem deine Zeit verbringen willst. Ich regle das für dich. Ich gehe zu ihr, wenn ich die Kinder absetze, und sage ihr, dass du keine Zeit hast ...« Er kommt auf mich zu, schlingt die Arme um meine Taille und drückt seine Hüfte sanft gegen meine. Diese Art von Zuwendung hat er lange nicht gezeigt und ich fühle mich plötzlich ganz warm und erleichtert. Vielleicht will er ja doch keine Affäre mit der mysteriösen Caroline anfangen? »Schatz«, flüstert er in mein Haar, »ich kann nicht glauben, dass du lieber mit der großmäuligen Jen in einem schmuddeligen Café sitzen möchtest, als hier in diesem schönen Haus zu sein.« Er weicht sanft von mir und dreht mich um, damit er mich ansehen kann. »Du hast es so gut. Ich wünschte, ich müsste nicht jeden Morgen aus dem Haus ...« Er streicht mir durchs Haar, nimmt eine Strähne und schiebt sie zärtlich hinter mein Ohr. »Was würde ich nur dafür geben, hier bei dir zu sein, einfach nur rumzuwerkeln, zu kochen, im Garten zu arbeiten ... Ich weiß gar nicht mehr, wann ich das letzte Mal einfach nur *sein* konnte.«

Ich schaue ihm in die Augen und fühle mich schuldig. Ich denke zurück an unser erstes gemeinsames Haus, wie wir voller

Vorfreude ein neues Sofa und Vorhänge aussuchten. Ich weiß, dass er am liebsten hier bleiben und die Farbproben durchgehen würde, um unser Zuhause noch schöner für uns alle zu machen. Und ich undankbares Miststück würde lieber rumsitzen, Kaffee trinken und tratschen. Er denkt nur an mich – mit einem so theatralischen Menschen wie Jen Kaffee trinken zu gehen, würde mich nur stressen. Wahrscheinlich hat er recht. Ich sollte hier bleiben, wo es sicher ist. Wo ich sicher bin.

»Außerdem, Schatz, ich möchte ja nicht nörgeln, aber ist dir mal aufgefallen, wie das Haus aussieht? Du wolltest doch alles mal richtig putzen, wenn die Kinder wieder in der Schule sind.« Er lächelt und ich fühle mich noch schuldiger. Nachdem hier einen Sommer lang die Kinder mit ihren Freunden gewütet haben, ist das Haus tatsächlich ziemlich unordentlich: abgeplatzte Wandfarbe, überall Spielzeug und Spuren von Saft und allen möglichen Snacks. Plötzlich kann ich es kaum noch erwarten, dass Simon geht, damit ich anfangen kann zu schrubben und sämtlichen Sommerschmutz zu beseitigen. Das Sofa ist hinüber. Auf dem Wohnzimmerteppich befinden sich Überreste von Johannisbeeren und andere nicht zu identifizierende Flecken, deren Ursprung ich mir nicht ausmalen möchte – es sieht aus wie ein Gemälde von Jackson Pollock. Ich weiß nicht, was ich mir dabei gedacht habe. Simon hat wirklich recht. Warum sollte ich in einem Café sitzen, um mir anzuhören, wie sich Jen über ihren Ehemann beklagt, und mit ihr über andere Mütter lästern, wenn ich genauso gut hier bleiben und das Haus auf Vordermann bringen kann?

»Mal ganz davon abgesehen, dass ich mich heute Abend auf ein leckeres Abendessen freue.« Simon zwinkert mir zu. Scheiße, ich hatte nicht damit gerechnet, dass er am ersten Schultag Lust auf ein romantisches Abendessen haben würde, ich habe so schon genug zu tun. Was zur Hölle soll ich heute Abend nur kochen, damit er so liebevoll bleibt? Keine Ausrede! Ich habe den ganzen Tag Zeit und er hat bestimmt keine Lust mehr auf irgendein Jamie-Oliver-Rezept, das ich zwischen Ringkämpfen und Pirateninvasionen zusammengeworfen habe. Nein, ich muss jetzt mal etwas zurückgeben und meinem Ehemann zeigen, dass er geliebt und geschätzt wird. Heute Abend können wir neu anfangen, wieder mehr Zeit miteinander verbringen – so wie früher, vor langer Zeit.

Vor meinem geistigen Auge gehe ich Rezepte durch. Doch jedes Rezept wird von einer anderen Sorge verdrängt. Ich weiß, dass ein Rezept keine wirkliche ›Sorge‹ ist, aber so funktioniert mein Verstand nun mal. Und Simon ist eben ein kleiner Perfektionist. Er ist gerade so liebevoll, und ich will, dass das so bleibt.

Ich denke zurück an die Anfangszeit, als wir uns kennenlernten. Ich schwor mir, ihm die perfekte Ehefrau und seiner kleinen Tochter eine gute Mutter zu sein. Schnell baute ich eine enge Bindung zu Sophie auf, die noch um ihre Mutter trauerte und so zerbrechlich und verletzlich schien. Ich gab ihr gemeinsam mit Simon die Liebe und Unterstützung, die sie in dieser schlimmen Zeit brauchte. Im Gegenzug schenkten sie mir Freude, und Simon gab mir die Liebe und Sicherheit, nach der ich mich mein ganzes Leben lang gesehnt hatte. Wir retteten uns in gewisser Weise alle gegenseitig. Ich kümmerte mich gern um Sophie, kochte leckere Abendessen und hielt das Haus blitzsauber. Es bereitete mir ein geradezu sinnliches Vergnügen, Simons Hemden zu bügeln. Die Wärme des Bügeleisens erweckte den verblassten Duft von Aftershave wieder zum Leben, der mich zutiefst erregte. Ich gab mich ganz dieser perfekten kleinen Familie hin, die mich genauso sehr brauchte wie ich sie. Simon wusste meinen Einsatz immer zu schätzen. Doch dann brach das Leben wie eine riesige Flutwelle über uns herein und brachte alle möglichen Probleme mit sich. Mittlerweile fällt es mir manchmal schon schwer genug, Bohnen auf Toast zu machen, von einem Gourmetmenü für Simon ganz zu schweigen. Dummerweise habe ich die Messlatte in all den Jahren selbst so hoch gelegt, dass er jeden Tag eine warme

Mahlzeit erwartet. Am besten gibt es danach noch einen leckeren Kuchen. An guten Tagen kann ich ihm immer noch den Eindruck vermitteln, dass ich alles im Griff habe und es noch gerade so in die engere Auswahl zur ›Ehefrau und Mutter des Jahres‹ schaffen könnte. Vielleicht hätte ich sogar den wohligen Duft seiner Hemden beim Bügeln für mich wieder-entdeckt, wenn er ›Caroline‹ nicht auf genau diese eine Art und Weise gesagt hätte.

Ich reiche ihm eine Thermoskanne mit Kaffee und Roggen-brote mit französischem Brie und meiner hausgemachten Zwie-belmarmelade.

»Wir sind uns also einig: Ich sage dieser Frau, dass du weitaus wichtigere Dinge zu tun hast, als nichtigen Small Talk mit ihr zu führen?«, fragt er zärtlich. Er redet immer noch von meinem inzwischen abgesagten Kaffeedate mit Jen, während er mir die braune Papiertüte aus der Hand nimmt.

»Ja ... so solltest du das aber nicht ausdrücken«, lächle ich und fürchte, dass er sie vor den Kopf stoßen könnte.

»Natürlich nicht. Ich werde ganz charmant sein.« Er lächelt. »Und du kannst dich derweil in die Küche setzen und die Farbmuster von Farrow & Ball studieren.«

Ich grinse. Simon kann mir immer noch ein Lächeln aufs Gesicht zaubern, wenn er möchte.

»Wenn deine Innendeko so schön wird, wie ich glaube, könnten wir dieses Jahr ja vielleicht sogar eine kleine Weih-nachtsparty veranstalten, wie wär's?« Er hebt die Augenbrauen und präsentiert mir die Idee wie eine glitzernde Christ-baumkugel.

Oha! Wir laden normalerweise keine Gäste ein, er macht das einfach nicht gern. »Oh, Simon, das wäre großartig«, säusle ich. Ich möchte neue Freunde finden, unser schönes Zuhause einweihen und Nachbarn einladen. Vor allem möchte ich Simon beweisen, dass ich immer noch so sein kann, wie er mich haben will. Er braucht keine andere Frau.

Obwohl es noch fast vier Monate bis Weihnachten sind, male ich mir schon glänzende Tabletts voller Canapés aus. Und Lichterketten, die jeden Winkel schmücken. Ich sehe mich in einem roten Cocktailkleid aus Samt, wie ich unsere Gäste an der Seite meines gut aussehenden Mannes begrüße. Ich höre sie schwärmen: »So nette Leute, die Wilsons, der Chirurg und seine reizende Frau.« Ich sehe die Frauen, die ihn anhimmeln, mit ihm flirten und ihm ihre Handynummern zustecken, wenn ich gerade wegschaue. Ich weiß, dass sie sich fragen, was er an mir findet. Dass sie amüsiert darüber spekulieren, wie ich ihn mir gekrallt habe und welche Tricks ich anwenden muss, um ihn bei mir zu halten. Aber sie kennen die Wahrheit nicht! Bei einer Weihnachtsparty könnte ich es ihnen allen zeigen. »Ach, *darum* ist er mit ihr verheiratet! Sie ist eine wunderbare Gastgeberin, alles ist einfach perfekt, auch dieses rote Kleid, das ihre Kurven betont. Ihre Quiche ist göttlich und ihre Einrichtung so stilvoll. Und diese Canapés! Jetzt verstehe ich es: *Sie* ist die starke Frau hinter dem erfolgreichen Mann. Er ist umwerfend und genial – doch ohne sie wäre er nichts. Sie hat auch diese tolle Wandfarbe im Wohnzimmer ausgesucht ... Besser kann ein Mann es doch gar nicht erwischen?« Ich schwelge in der Vorstellung, und während ich die Jungs fertig mache, stelle ich im Kopf bereits eine Gästeliste zusammen.

»Vergiss nicht, heute direkt nach der Schule rauszukommen, damit ich dich pünktlich zum Geigenunterricht bringen kann, Charlie«, mahne ich. »Oh, und Alfie, hast du dein Cello schon ins Auto gebracht? Du musst um fünf Uhr bei Mrs. Pickering sein, und ich will nicht schon wieder von der Schule erst nach Hause fahren müssen, um es zu holen wie letztes Schuljahr.« Während ich das sage, schaue ich rüber zu Simon. Er ist immer wieder erstaunt, dass ich stets auf dem Schirm habe, wann die Kinder wo sein müssen, doch plötzlich ist er ganz weit weg.

Simon ist es sehr wichtig, dass die Kinder neben der Schule

Hobbys nachgehen – seine eigenen Eltern haben ihm das früher nämlich verwehrt. Sein Vater starb, als er noch klein war, und die strenge Routine, die seine Mutter für ihn vorgesehen hatte, beschränkte sich auf Schule und häusliche Pflichten. Simon möchte, dass seine Kinder viele unterschiedliche Dinge ausprobieren. »Die meisten Kinder kommen von der Schule nach Hause und werden dann direkt vor den Fernseher oder die Playstation gesetzt, aber das läuft hier nicht«, sagt er immer und würdigt damit all die Fahrerei, die das für mich bedeutet. Ich liebe seinen Gesichtsausdruck, wenn er mich fragt, was heute bei den Kindern ansteht, und ich ihre Tagespläne runterbete. »Wie du es nur schaffst, dir das alles zu merken«, sagt er dann immer. Aber ich betone dann stets, dass er sich an wesentlich wichtigere Dinge erinnern muss als ich. Und um ehrlich zu sein, bin ich auch schon mal eine ganze Stunde zu früh bei Mrs. Pickering gewesen, um Alfie abzuholen, aber davon sagen wir Papa nichts.

Ich vermute mal, er geht gerade seinen Tag durch, als ich die Jungs an ihren Wochenplan erinnere: »Französisch am Dienstag, Mittwoch Filmkurs und vergesst das Rugbytraining am Donnerstag und Kampfsport am Freitag nicht.« Bei Freitag höre ich auf, denn das Wochenende ist eine logistische Herkulesaufgabe. Selbst ich komme da manchmal durcheinander, wer wann wo sein muss. Es sei so kompliziert, scherze ich dann, eigentlich müsste ich mir eine Tabelle erstellen mit kleinen roten Punkten, die angeben, wo jedes Kind sein muss. Aber das ist eben mein Job. Ich liebe ihn, und Simon liebt mich dafür, dass ich ihn mache.

»Auf geht's«, sagt er und trommelt die Jungs zusammen. Dann dreht er sich um, küsst mich auf seine übliche routinemäßige Art und steuert mit den Zwillingen im Schlepptau auf die Tür zu. Mir wird schwer ums Herz: Die beiden sind schon so groß und ich kann es kaum fassen, dass sie nun schon in die zweite Klasse kommen!

»Seid brav heute, Jungs. Ihr bekommt einen neuen Lehrer, und denkt dran, in euer neues Klassenzimmer zu gehen.« Ich küsse die beiden. Abgesehen davon, dass ich mich gern mit Jen getroffen hätte, wollte ich die Zwillinge eigentlich in ihr neues Klassenzimmer begleiten. Jeder einzelne Moment mit den Kindern ist kostbar, und jedes neue Schuljahr ist ein Einschnitt für sie, deshalb bin ich traurig, sie heute nicht fahren zu können. »Bist du sicher, dass du sie fahren kannst, Simon? Für mich wäre es kein Problem«, flehe ich beinahe.

Er schaut mich mit strenger Miene an. »Marianne, das haben wir doch eben geklärt.«

Ich nicke. Er lässt nicht mit sich reden, aber immerhin ist es für die Kinder schön, zur Abwechslung mal von ihrem Papa gefahren zu werden, und mir verschafft das natürlich die Zeit, mich um den Hausputz und das Abendessen zu kümmern.

»Viel zu tun heute, Schatz?«, frage ich unterwürfig. Ich begleite sie alle in den Flur und bin aufrichtig interessiert am Tagesplan meines Ehemanns. Eine schwierige Operation würde erklären, wieso er das ganze Wochenende an seinem Smartphone hing. Beim Grillfest am Samstag hat er fast mit niemandem gesprochen, und während die anderen Gäste die Zwillinge schon missbilligend musterten, als sie sich Sandwichhappen in die Nasenlöcher stopften, unternahm Simon einfach gar nichts. Warum sollte er auch? Er macht mich für ihr Verhalten verantwortlich. *Und ich Caroline für Simons.*

»Ist alles ... okay ...?«, murmle ich und meide seinen Blick, während ich mir einen Kamm vom Flurtisch schnappe, um Charlies Haar energisch durchzukämmen. Das widerborstige Geschrei meines Sohns macht mich noch nervöser.

»Natürlich, warum denn auch nicht?«, fragt er bissig. Ich erkundige mich nach seiner Arbeit, aber in Wirklichkeit suche ich nach Hinweisen, einem Zeichen dafür, dass etwas nicht stimmt.

»Du regst dich unnötig auf, Marianne«, sagt er.

»Ja, reg dich nicht unnötig auf, Mama«, stimmt Charlie ihm zu, während er sich unter meinem Kamm windet.

Im Hinblick auf meine ›Schwierigkeiten‹ früher möchte ich nicht, dass Simon mitbekommt, was in mir vorgeht, deshalb bleibe ich ruhig und freundlich, was anscheinend den gegenteiligen Effekt erzielt. »Es tut mir leid, ich frage ja nur ...«

»Nun, zu deiner Information, OP 33 ist für den ganzen Tag gebucht, das könnte heute acht Stunden dauern.« Er seufzt, ich nicke, hin- und hergerissen zwischen Verwunderung und Neid. Wie faszinierend es sein muss, im Innern eines fremden Körpers zu arbeiten. Mein Ehemann öffnet Brusthöhlen, greift hinein und heilt Herzen. Er hält sie in seinen Händen, während er auf dem schmalen Grat zwischen Leben und Tod balanciert. Für mich ist das ein Buch mit sieben Siegeln. Ich kann mich noch nicht einmal lange genug konzentrieren, um auch nur darüber nachzudenken. Ich finde es schon schwer genug, ein Stück Stoff zu nähen – von einem menschlichen Körper ganz zu schweigen.

Innerhalb von Sekunden ist meine Familie in ihren Tag verschwunden. Ich schließe die Haustür und die Stille legt sich wie ein bleierner Vorhang über mich. Ich bin allein mit meinen Sorgen um Sophie, um den ersten Tag der Jungs in der neuen Klasse – und um die Art, wie meinem Ehemann der Name ›Caroline‹ über die Lippen gegangen ist. Ich gehe zurück in meine schöne Küche und frage mich, ob ich recht habe oder verrückt bin und meine Wahrnehmung und Instinkte verloren habe? Bin ich abgestumpft durch das Mirtazapin, das ich gegen meine Angstzustände einnehme? Oder hat mir etwas anderes jegliches Lebensgefühl aus der Brusthöhle entfernt? Vielleicht brauche ja paradoxerweise ich einen Chirurg, der mein Herz heilt und mich wieder gesund macht?

Ich stelle die Saftgläser in die Spülmaschine, schaue mich in der Küche um und freue mich über alles, was ich habe. Ich kann mich so glücklich schätzen. Ich liebe meinen Ehemann auch nach all den Jahren noch. Ich liebe ihn mit einer blinden, bedingungslosen Leidenschaft. Mir ist klar, dass ich manchmal stärker sein sollte, doch was Simon angeht, bin ich irrational. Als Kind hätte ich mir niemals träumen lassen, einmal ein solches Leben führen zu dürfen. Das habe ich alles ihm zu verdanken – ohne Simon bin ich nichts. Ich bin nichts.

Deshalb mache ich mir so große Sorgen wegen Caroline. *Der jungen, talentierten Caroline.*

2

Wenn man mir früher Filmaufnahmen von dem Leben gezeigt hätte, das ich als Erwachsene führen würde, hätte ich es nicht geglaubt. Ich bin in einer Sozialwohnung aufgewachsen, als einziges Kind einer alleinerziehenden Mutter, die mit ihrem Leben nicht klarkam und mich im Alter von drei Jahren im Jugendamt abgegeben hat. Meine Kindheit war geprägt von Pflegefamilien, Pflegeeinrichtungen, Schulessen auf Staatskosten und dem Mobbing durch andere Mädels. Ich wollte nie, dass meine Kinder das Gleiche durchmachen müssen. Als ich Simon kennenlernte, wusste ich, dass er mir und unseren zukünftigen Kindern das Familienleben bieten konnte, das ich selbst immer gewollt hatte. Und trotz des Juckreizes unter meiner Haut und der stillen Qualen in meinem Kopf glaube ich, dass ich es vielleicht endlich schaffe.

Unser Leben ist wie ein Märchen: Unsere Kinder sind entzückend, mein Ehemann sieht gut aus und an guten Tagen bin ich eine attraktive Mutter. Wir leben in diesem schönen Haus. Fünf Paar Barbour-Gummistiefel stehen im Flur – von den winzigen Stiefelchen mit Entenmotiven der Zwillinge über Sophies blumengemusterte bis hin zu Simons großen grünen

Stiefeln. An schlechten Tagen gibt es mir ein warmes Gefühl, sie einfach nur so da stehen zu sehen, wie sie darauf warten, von kleinen Füßen gefüllt zu werden.

Ich vergöttere meine Familie und stürze mich in alle Familienaktivitäten, von Parkausflügen bis hin zu Kindergeburtstagen. Ich kümmere mich darum, dass alle passend gekleidet sind und die Kulisse stimmt. Neulich bin ich mit Sophie und den Jungs zum Kastaniensammeln über die Dorfwiese in der Nähe spaziert. Und weil ich nicht anders kann, habe ich daraus ein Fotoshooting gemacht. Ich bestand darauf, dass sie ihre neuen, aufeinander abgestimmten Regenmäntel und Schals anziehen, und als wir eine Mutter aus der Schule trafen, lächelte sie beeindruckt. »Wie schaffst du das nur? Drei Kinder und du siehst immer so gut aus, und deine Kinder auch – wie eine dieser Promi-Familien«, hatte sie geseufzt und dabei voller Bewunderung den Kopf geschüttelt.

Ich freute mich über das Kompliment, aber als ich ihr zum Abschied winkte und wir zurück nach Hause fuhren, wurde ich wehmütig. Wenn sie nur wüsste. In der Garden Close Nummer 5 (von den Maklern als ›prestigeträchtiges Familienhaus inmitten einer prachtvollen privaten Parkanlage‹ angepriesen) ist nicht alles so, wie es scheint. Es ist verdammt harte Arbeit, mühelos zu erscheinen. Und es fällt mir nicht leicht, den Eindruck zu erwecken, alles unter Kontrolle zu haben. An manchen Tagen kämpfe ich mit den hohen Erwartungen, die ich an mich selbst stelle. Ich kann mich nie wirklich ausruhen, nichts dem Zufall überlassen, weil für Simon alles perfekt sein muss. Und wer kann es ihm verübeln? Das Letzte, was er nach einem höllisch anstrengenden Tag braucht, sind Stolperfallen aus Spielzeugen, Begrüßungen durch ungewaschene, schreiende Kinder oder halb fertige Abendessen. Ich möchte, dass in unserem Haus alles perfekt ist. Heute habe ich schon Stunden damit verbracht, die Wandproben fürs Wohnzimmer anzustarren. Es fiel mir schwer, mich zu konzentrieren, aber schließlich entschied ich mich dann für die neutralste Farbe: ›House White‹, ein cleanes Cremeweiß mit frischer Zitrusnote. Schon durch den Beschreibungstext habe ich mich sauberer gefühlt. Mir gefällt die Vorstellung frischer weißer Farbe an den Wänden, die alles übertüncht. Schönfärberei, nehme ich an. Könnte ich allein entscheiden, würde ich das Haus mit Farbe füllen – eine Wand in leuchtendem Rosa, kontrastierende Kissen in Primärfarben, Samt, Seide und Quasten. Ich lächle in mich hinein, als ich zur Schule fahre, um die Jungs abzuholen. Ich kann mir vorstellen, wie Simon auf eine knallrosa Wand reagieren würde. Er würde sie als vulgär bezeichnen. Wahrscheinlich hätte er damit auch recht. Ich war mal gut darin, Farben zu kombinieren. Meine alte Kunstdozentin sagte, ich könne Farben zum ›Singen‹ bringen – aber das war, bevor ich wusste, dass Simon auf ›weniger ist mehr‹ steht. Und eines habe ich bei der Therapie gelernt: dass man Kompromisse eingehen muss.

Die Mütter auf dem Spielplatz warten auf die Kinder und erzählen von ihren Familienurlauben, während ich am Rand stehe und noch nicht richtig dazugehöre. Da die Kinder hier im Februar mitten im Schuljahr eingestiegen sind, bin ich immer noch die Neue und muss mir meinen Platz in der Gruppe erst erkämpfen. Ich kann sie ja nicht einfach alle auf ein Glas Wein nach der Schule einladen oder eine Einladung zu einem Drink in ihrem Garten annehmen, während die Kinder auf dem Rasen spielen. Was, wenn ich nicht zu Hause bin, wenn Simon kommt? Er wäre entsetzt! Umso mehr, wenn er auch noch in *unserem* Garten eine Schar angeschickerter Mütter und tobender Kinder antreffen würde. Seitdem die Zwillinge auf der neuen Schule sind, habe ich alle Einladungen zu Kaffeevormittagen, Mütterabenden, Buchclubs oder Proseccoabenden ausgeschlagen. Ich würde ja gern zusagen, aber ich tu's nicht. Es wäre nicht fair, Simon nach einem langen Arbeitstag das Babysitting aufzudrücken. Und ich bin ja auch nicht blöd –

diese Frauen *wollen* mich bei ihren ›Mädelsabenden‹ gar nicht dabeihaben. Sie wollen bestimmt einfach nur höflich sein und fragen mich nur wegen Simon. Ich bin die Frau des gut aussehenden Chirurgen. Trotz meiner überschaubaren Kontaktbemühungen am Schultor werde ich in die Gruppe aufgenommen, weil sie uns beide gern zu ihren Abendveranstaltungen einladen würden. Simon findet diese Frauen ›hohl‹, und wenn ich mir ihr Gequatsche über Schulgebühren und Duftkerzen so anhöre, muss ich ihm irgendwie recht geben. Ich lächle und nicke zwar, wenn sie etwas sagen, aber ich bin nicht wirklich bei der Sache. Ich halte Ausschau nach Jen.

»Ich habe heute Morgen deinen Mann gesehen, als er die Kinder abgesetzt hat«, sagt Francesca, als wäre er ein berühmter Rockstar. Sie ist das Alphatier und schart ihre Mädels um sich. Wie früher in der Schule lechzen sie alle nach ihrer Anerkennung. Damals hätte sie mich vermutlich gemobbt, doch jetzt bin ich ja mit einem wichtigen Mann verheiratet. »Du hast vielleicht ein Schwein, ich wünschte, mein Mann würde mir einen Vormittag im Bett gönnen«, sagt sie und die anderen lachen, nicht weil es lustig ist, sondern weil es aus ihrem Mund kommt.

»Ich war nicht im Bett, ich war um sechs Uhr morgens wach und habe Brot gebacken«, rechtfertige ich mich, aus Sorge, ich könnte kleiner gemacht werden, als ich bin. Ich will nicht, dass irgendjemand wieder anfängt zu glauben, dass ich krank bin. Zum Glück wissen sie nichts von meiner Vergangenheit. Das hier ist eine neue Stadt, ein neuer Anfang. Ich höre Simons Stimme: »Niemand muss es je erfahren, Marianne, solange du dich benimmst.«

Und so rechtfertige ich also meine Abwesenheit am ersten Morgen des neuen Schuljahrs. *Unverzeihlich.*

»Simon hat die Zwillinge nur abgesetzt, weil die Schule auf seinem Arbeitsweg liegt ...«, sage ich, immer noch verzweifelt bemüht. *Ich bin eine gute Mutter.*

»Zum Krankenhaus ... ja.« Francesca lächelt und mustert

mich von Kopf bis Fuß. Sie fragt sich, was er nur an mir findet. Den gleichen Blick ließ sie mir im letzten Schuljahr zukommen, während sie rohes Fleisch aufspießte und sich mit Simon über den Brexit unterhielt. Er diskutiert gern über Politik und das Weltgeschehen, aber Francesca wirkte einfach nur lächerlich, als sie versuchte, informiert zu erscheinen, während sie mit den Wimpern klimperte und ihr Geflügel brutzelte. Ich weiß noch nicht einmal, warum er überhaupt mit zu ihrem Grillabend gekommen ist, jedenfalls hat er zugestimmt und alle um den Finger gewickelt.

Ich wende mich ab, fühle mich entblößt und augenblicklich erleichtert, als ich Jen mit dem Autoschlüssel in der Hand über den Kiesweg staksen sehe. Sie winkt und ruft meinen Namen.

Ich würde am liebsten zur ihr rennen, meiner Erlöserin aus den Fängen dieser erbarmungslosen jungen Mütter mit rosa Lippenstift. Das Problem an dieser Schule seien die Cliquen aus Müttern, meint Simon. Sie hätten anscheinend alle gut geheiratet und benähmen sich nun, als hätten sie im Lotto gewonnen. »Aus einem Ackergaul kann man kein Rennpferd machen, Marianne. Und glaub mir, diese Frauen sind mehr Gaul als Pferd«, sagte er. Dummerweise hörte Sophie mit und beschimpfte ihn als ›Scheiß-Frauenhasser‹, was ihn wirklich auf die Palme brachte. Ihre Wortwahl verärgerte ihn so sehr, dass er ihr verbot, zu ihrem Abschlussball zu gehen. Sie weinte tagelang. Obwohl er irgendwann nachgab und sie doch gehen ließ, glaube ich, dass für sie damals etwas zerbrochen ist. Als Versuch der Wiedergutmachung bot er ihr an, die Kosten für die Fahrt in der Limousine zu übernehmen, was allerdings den gegenteiligen Effekt erzielte. Als Reaktion auf sein nettes Angebot schimpfte Sophie, dass er »mit Geld nicht alles reparieren« könne. Ich hielt mich raus, aber als sie am Abend des Abschlussballs mit einem der Jungs aus ihrem Jahrgang auf einem Motorrad davonbrauste, tat er mir richtig leid. Simon liebt seine Kinder über alles und macht seine Sache nicht immer gut, aber wer kann das schon von sich behaupten? Jedenfalls erzählte Jen uns, dass auch sie hinten auf einem Motorrad zu ihrem Abschlussball gefahren sei und dadurch keinen Schaden genommen habe. Ich bezweifle, dass das stimmt, aber obwohl Simon nicht Jens größter Fan ist, schien ihn diese Information zu besänftigen. Jen ist gut in so was, sie hat diese Gabe, einem ein gutes Selbstgefühl zu geben – sie beruhigt mich und bringt mich zum Lachen, selbst wenn es mir mies geht. Mit den anderen Müttern kann man nicht so viel Spaß haben wie mit Jen. Trotzdem glaube ich, dass Simon ihnen gegenüber ein wenig unfair ist und sie mich nach meiner Bewährungszeit richtig in die Gruppe aufnehmen werden. Immerhin sagt er ihnen seine Meinung nie ins Gesicht! Wenn ich mich recht entsinne, hatte Simon nicht nur auf der Grillparty, sondern auch bei der Tombola des Schulsommerfests kein Problem mit der koketten Francesca. Ich werde nie vergessen, wie sie ihre Augen nicht von ihm lassen konnte, während sie ihre Hand in die Lostrommel steckte, um die Gewinner zu ziehen.

»Hey, schön dich zu sehen. Schade, dass es heute Morgen nicht geklappt hat.« Jen umarmt mich fest, und der Geruch ihres teuren französischen Parfüms steigt mir in die Nase. Der aufreizende Duft basiert auf Tuberose und passt zu Jen. Ich habe sie seit dem Schulpicknick Ende Juli nicht mehr gesehen, wir haben also eine Menge zu besprechen.

»Ja ... tut mir leid, dass ich es nicht zum Kaffee geschafft habe, Jen, ich hatte viel zu tun«, sage ich geheimnisvoll und hoffe, dass mein Leben dadurch aufregend klingt und nicht nach stundenlangem Putzen und Farbmustern.

»Oh, kein Thema, Simon hat erzählt, dass es dir nicht gut ging, er meinte, du hattest Kopfschmerzen, oder?«

»Äh ... ja ... das auch, vor allem aber hatte ich noch einiges zu erledigen«, ergänze ich verlegen. Warum erzählt er immer, dass ich krank bin? Echt mal, was Ausreden angeht, haben Männer einfach keine Fantasie. Erst vorletztes Wochenende waren wir bei Nachbarn eingeladen. Sophie war verabredet, sodass niemand auf die Jungs aufpassen konnte. Anstatt das einfach zu erklären und die Einladung abzulehnen, bestand Simon darauf, dass einer von uns rübergehen sollte – und zwar er selbst. Er erzählte ihnen, ich läge mit schrecklichen Kopfschmerzen im Bett. Ich hatte keine Ahnung davon, bis ich dem Paar beim Gassigehen mit ihrem Hund begegnete und mit den Worten »Um Gottes willen, solltest du überhaupt schon wieder das Haus verlassen, wenn es dir doch so schlecht ging?« begrüßt wurde. Nach dem letzten Jahr möchte ich nicht, dass die Menschen schlecht von mir denken. Und wenn das ein Neustart sein soll, müssen wir beide ehrlich sein. Ich weiß, dass Simon ›Mariannes Kopfschmerzen‹ in der Vergangenheit als Standardausrede benutzt hat. Aber ich habe das Gefühl, alle wussten, dass es ein Euphemismus war. ›Marianne hat wieder Kopfschmerzen‹ wurde bestimmt in ›Marianne dreht wieder am Rad‹ übersetzt.

»Wie war dein Urlaub?«, frage ich Jen und greife so auf den Standardgesprächseinstieg nach den Sommerferien zurück. Sie und ihr Ehemann Peter besitzen drei Immobilien: das schlossartige Domizil, in dem sie hier leben, ihr Wochenendhaus in Cornwall und ein Bauernhaus in Frankreich.

»Herrlich. In Frankreich haben die Kinder drei Wochen lang im Wasser geplanscht. Frech waren sie, viel zu laut und andauernd haben sie geflucht … Manche ihrer Schimpfwörter waren sogar mir neu.« Da ihr Jüngster gerade mal drei ist, halte ich das für eine Übertreibung – typisch Jen. »Peter war so mies drauf und abstoßend wie immer«, führt sie aus, »aber Sex hatten wir zum Glück nur zwei Mal. Beide Male war ich betrunken, deshalb kann ich mich kaum daran erinnern«, kichert sie.

Jen schafft es manchmal, mir den Atem zu verschlagen mit dem, was sie sagt und tut. Zum Beispiel, als sie dem Schuldirektor zum Red Nose Day einen Kuss verkaufte, den sie ihm ausgesprochen leidenschaftlich auszahlte. Seine Frau soll nicht allzu begeistert gewesen sein, als sie hörte, dass auch Zungen im Spiel gewesen waren. In jedem Fall hat er für seine fünfzig Pence mehr bekommen, als er erwartet hat. Ich weiß, Simon hält sie für ordinär, aber ich bewundere Jens Selbstvertrauen. Vermutlich, weil ich selbst nie welches hatte. Außerdem ist sie lustig und warmherzig, und ich mag es, wie sie mich in intime Gespräche verwickelt, als wären wir uralte Freundinnen.

Als wir letztes Schuljahr hierhergezogen sind und ich noch keine Menschenseele kannte, kam sie direkt auf mich zu. »Bist du die Frau des Chirurgen?«, fragte sie und ich nickte. Ich fühlte einen angenehmen Schauer bei diesem Titel, war gleichzeitig aber auch unangenehm berührt. Simon fällt überall auf, egal wo wir wohnen. Er hat einfach diese Ausstrahlung. Er ist sehr gut aussehend und charmant, und wenn die Leute hören, womit er seinen Lebensunterhalt verdient, sind sie stets beeindruckt. Nicht immer nehmen wir die zahlreichen Einladungen, die wir erhalten, auch an. Nach einer Wahnsinnswoche bei der Arbeit ist Simon oft viel zu erschöpft, aber hin und wieder nehmen wir doch an einer Dinnerparty oder Charity-Veranstaltung teil. Die anderen Gäste sitzen dann meist ganz ehrfurchtsvoll mit uns am Tisch. Simons dunkles Haar fällt ihm in die Stirn, während er spricht und den Raum mit der Leidenschaft für seinen Beruf erfüllt. Seine Geschichten von Leben und Tod und allem, was dazwischen liegt, sorgen immer für Begeisterung – vor allem bei Frauen. Die Gastgeberinnen wollen ihn auf ihren Dinnerpartys und Grillabenden dabei haben, denn sie lieben seine dramatischen, blutigen Geschichten über Momente, in denen das Leben am seidenen Faden hängt und Simon mit einem mutigen Entschluss und einer geschickten Handbewegung einen Menschen zurück ins Leben holt.

Die Frauen hängen an seinen Lippen, wenn mein Mann sie mit Anekdoten aus dem OP-Saal verzückt und schockiert. Ich weiß, was sie denken, weil ich das Gleiche denke. Aber ich bin die Glückliche ... *Mit mir geht er nach Hause.*

Als die Schulglocke läutet und die Müttergruppe sich auflöst, erzählt Jen mir gerade von der schrecklichen Meeresfrüchtevergiftung, an der die ganze Familie in der Bretagne litt.

»Da sind wir also in der bescheuerten Notaufnahme, Oliver speit Blut über mein Chambray-Kleid ... Warum lachst du, Marianne?« Sie sieht verwirrt aus. Mich amüsiert natürlich die Tatsache, dass sie sich mehr um ihr Kleid sorgte als um das blutende Kind in ihren Armen.

»Ich ... tu ich gar nicht, ich lache gar nicht ... Ich bin entsetzt«, sage ich. Sie nickt, fährt fort und ich habe ein schlechtes Gewissen. Ich will sie nicht vor den Kopf stoßen, sonst hält sie mich noch für bescheuert. Ich wünsche mir so sehr, dass sie mich mag. Wir kennen uns zwar erst seit wenigen Monaten, aber sie kommt einer besten Freundin am nächsten. Ihr kann ich mich anvertrauen, mit ihr kann ich lachen. Ich war lange nicht so eng mit einer anderen Frau. Wenn man mit einem Mann wie Simon verheiratet ist, braucht man nicht viele Freunde. Ich bin inzwischen etwas vorsichtig, was Freundschaften angeht, sogenannte Freunde haben mich in der Vergangenheit nämlich häufiger im Stich gelassen. Simon sagt immer: »Wenn sie wahre Freunde sind, akzeptieren sie dich so, wie du bist.« Diejenigen, von denen ich dachte, dass sie sich für mich interessierten, taten das wohl gar nicht wirklich. Aber Jen ist anders. Sie ist so sehr mit ihrem eigenen Leben beschäftigt, dass sie gar nicht erst versuchen würde, meines zu stehlen.

Das Wetter ist warm für September, der Sommer gönnt sich eine kleine Verlängerung. Und Jen macht mit ihrem engen mintgrünen Leinenkleid das Beste draus. Der Pastellton steht ihr gut, und ihr üppiges, gebräuntes Dekolleté zieht die Blicke der wenigen Ehemänner auf dem Spielplatz auf sich. Sie scheint das Interesse nicht wahrzunehmen, wirft ihre blonden Marilyn-Monroe-Haare zurück und kneift angewidert ihre großen blauen Augen zu, als sie die jüngste Erinnerung an den Sex mit ihrem Ehemann mit mir teilt.

Schlagartig muss ich wieder an Caroline denken. Der Gedanke an sie nistete sich auf einmal wieder in meinem Hirn ein. Ich kämpfe dagegen an, will ihn vertreiben und wieder lächeln können. Ich nicke Jen zu und hoffe, sie hat nicht gemerkt, dass ich einen Moment lang abwesend und nicht ganz bei der Sache war. Wahrscheinlich strenge ich mich bei Jen zu sehr an, weil ich so gern eine Freundin hätte – aber es fällt mir schwer, einfach natürlich zu sein. Andererseits bin ich mir auch gar nicht sicher, was von der ›natürlichen Marianne‹ noch übrig ist. Ich bin dankbar, als sich das Schultor öffnet und ich nicht mehr vortäuschen muss, ›ich‹ zu sein. Ich kann nahtlos in den ›Mamamodus‹ übergehen. Die Kinder füllen meine innere Leere.

Mir wird schwer ums Herz, als sie nach wenigen Minuten wie kleine Soldaten raus auf den Spielplatz marschieren. Ich wünschte, sie würden rennen und rufen und ihre Rucksäcke abwerfen. Aber die Schule legt Wert auf strenge Disziplin, und sie wagen es nicht, aus der Reihe zu tanzen. Simon findet das an der Schule besonders gut. Als ich mich mal für eine künstlerische Schule für Alfie einsetzte, der so gern zeichnet, behauptete Simon, eine kunstorientierte Schule mache Kinder zu Wilden. Also sind wir hier gelandet, an der Brownhills Prep School, bei der es eher um sportlichen und militärischen Drill geht. Charlie war gleich in seinem Element, und ich bin mir sicher, dass auch Alfie sich irgendwann daran gewöhnen wird, denn etwas Disziplin kann den beiden nicht schaden. Sophie geht in die Oberstufe derselben Schule, ein paar Hundert Meter weiter. Sie findet es dort furchtbar, allerdings mochte sie ihre alte Schule auch nicht besonders, und wie ihr Papa richtig sagt: Wer geht schon *gern* zur Schule?

Zwischen Anekdoten über Lebensmittelvergiftungen und den urkomischen Ausführungen zu ihren Strategien zur

Vermeidung von Sex mit Peter, ihrem älteren, wohlhabenden Ehemann, begrüßen Jen und ich die Kinder. »Davon stellen sich mir die Zehennägel hoch.« Sie verzieht das Gesicht und ich kichere wie ein unartiges Schulmädchen, entgeistert und begeistert zugleich von ihrer Respektlosigkeit.

Wir gehen alle zusammen zum Parkplatz, wo sich Jen an ihren schwarzen Audi lehnt und fünfzehn Minuten lang ununterbrochen weiterredet, quasi ihren kompletten Sommer vor mir ausbreitet. Dieses Zeitfenster genügt den Jungs, um ihre metaphorischen Zwangsjacken abzuschütteln und sich wieder in kleine Monster zu verwandeln. Als Jens Sohn Oliver Charlie seine (sehr schwere) Tasche auf den Kopf haut, zucke ich zusammen und versuche weiterhin, Jens umfangreichem Bericht über die französische Notaufnahme und einen besonders ›leckeren Arzt‹ zu lauschen. Als Jen gerade von den vorzüglichen Austern erzählt, die sie mit Peter an einem der wenigen Abende zu zweit gegessen hat, bringt Oliver Alfie fast um, indem er ihn vor ein fahrendes Auto stößt.

»Es ist mir schleierhaft, wie man ohne Babysitter Urlaub machen kann. Das hat doch was Mittelalterliches«, sagt sie, um zu verteidigen, dass sie ihr Kindermädchen Juanita überallhin mitnimmt.

Ich packe Alfie diskret am Revers seines Schulblazers und halte ihn fest, obwohl er sich heftig wehrt. Jen wird mich dafür bestimmt wieder als Helikoptermutter bezeichnen. Angesichts der riesigen SUV auf dem Schulparkplatz und der Tatsache, dass Oliver verrückt ist, finde ich mein Verhalten aber angemessen. Er ist außer Rand und Band, und es bedeutet jede Menge Stress für mich, die Jungs im Blick zu behalten und gleichzeitig Jen zuzuhören. Ich will sie nicht vor den Kopf stoßen. Als Oliver Charlie in den Schwitzkasten nimmt und ihn ruckartig am Hals herumreißt, stoße ich einen kleinen Schrei aus und rufe »NEIN, Oliver«, was Jen endlich zurück aus der Bretagne holt.

»Komm SOFORT her, Oliver, du kleiner SCHEISS-KERL!«, brüllt sie.

Die Blicke der anderen Mütter sind mir peinlich. Ich muss an Simons Bemerkung über Rennpferde und Ackergäule denken. Jen ist kein edles Rennpferd, das stimmt, aber vielleicht mag ich sie gerade deshalb. Jen macht mich rebellischer, wenn auch nur in Gedanken.

»Ach Marianne, das hat keinen Zweck, wir können uns ja gar nicht unterhalten, wenn uns diese kleinen Stinker so nerven, oder?« Während sie Oliver mit einer Hand nach unten drückt, lässt sie die andere durch ihre blonden Locken gleiten und zieht eine Schnute. »Wozu brauchen Kindermädchen überhaupt einen freien Tag?«, zischt sie mir zu. »Ich meine, es ist ja nicht so, als hätte Juanita so was wie ein Leben. Du hast sie ja gesehen, fett wie ein Schwein und gefräßig ohne Ende.«

Ich lache, obwohl ich das nicht sollte. Jen ist so grausam. Ich lache aber auch vor Erleichterung, weil Oliver endlich keine Lebensgefahr mehr für meine Kinder darstellt.

Jen, die ihren Sohn immer noch festhält, fängt wieder von dem französischen Arzt an, als sich meine Erleichterung beim Blick auf die Uhr schlagartig in Panik verwandelt. Wir sind spät dran für den Musikunterricht der Jungs. Ich musste Mr. Mendels regelrecht anflehen, Charlie Geigenunterricht zu geben. Er ist der beste Geigenlehrer der Stadt. Francescas Tochter Sadie nimmt Unterricht bei ihm, also muss er ja gut sein. Eigentlich ist er komplett ausgebucht, aber Simon schlug vor, ich solle zurückfahren und ihm den doppelten Preis anbieten. »Akzeptiere niemals ein Nein als Antwort und denk dran: Jeder hat seinen Preis«, behauptete er. Simon hatte wie üblich recht, der alte Mendels ließ sich gierig darauf ein. Auf eines aber bestand er: »Pünktlichkeit, Mrs. Wilson. Wenn der Junge nicht pünktlich erscheint, sage ich ab und verlange den vollen Preis.«

Ich habe sein runzliges, knorriges Gesicht vor Augen, kann aber nicht einfach losrasen, denn Jen ist gerade voll in Fahrt.

Ich fühle, wie sich mein Pulsschlag erhöht. Am liebsten würde ich ihr zuschreien, dass ich los muss, doch ich balle meine Fäuste, lächle höflich und danke dem Gott des Mirtazapins dafür, dass ich mich unter Kontrolle habe. Nach weiteren sechs Minuten und fünfundvierzig Sekunden lüsterner Ausführungen über französische Ärzte bin ich dann doch gezwungen, sie zu unterbrechen. Ich habe ein schlechtes Gewissen, aber keine andere Wahl und vertröste sie vage mit einem Kaffeedate im Lauf der Woche.

»Nächstes Mal sagst du aber nicht wieder ab, oder?«, fragt sie, während ich die Autotür öffne und die Jungs auf die Rückbank scheuche. »Kaffee und Quatschen – es wird höchste Zeit.«

»Auf jeden Fall«, sage ich und schiebe die Zwillinge unter lautem Protest weiter ins Auto.

»Nicht, dass du wieder Kopfschmerzen bekommst«, scherzt sie und hält ihren Kopf mit beiden Händen fest.

»Nix da, abgemacht.« Ich lache, dann starte ich den Motor, lasse das Fenster herunter und winke beim Wegfahren. Hoffentlich hat sie sich nicht längst ihren Reim auf meine Kopfschmerzen gemacht.

An unserem alten Wohnort habe ich mich manchmal heimlich zum Kaffee mit Jayne getroffen, einer Mutter, die ich an der Schule kennengelernt hatte. Dann wurde ich krank, und ich glaube, sie hat mir nie wirklich verziehen, dass ich mich einfach nicht mehr bei ihr gemeldet habe. Wer kann es ihr verdenken? Sei's drum, das ist die Vergangenheit und ich muss jetzt nach vorne schauen.

Ich bemühe mich verzweifelt, nicht zu spät zum Musikunterricht der Jungs zu kommen, und fahre deshalb viel zu schnell. Plötzlich fällt mir ein, dass ich ihre verflixte Zwischenmahlzeit (selbst gemachten Hummus und Karottensticks) vergessen habe. Ohne eine Stärkung kommen sie doch nie durch ihre Musikstunden! Ich halte an der erstbesten Tankstelle und kaufe – in Ermangelung von Hummus – zwei Tüten

Chips und zwei Marsriegel. Mit den Händen voller Gift sehe ich beim Rausgehen ausgerechnet Mrs. Mallory an der Zapfsäule stehen und ergreife die Flucht. Mrs. Mallory ist unsere Nachbarin, Mitglied in Simons Tennisclub und eine hochnäsige Kuh obendrein. Wenn sie mich gesehen hat, wird sie zweifelsohne Bericht erstatten, und zwar mit Name, Datum und Nummernschild. Also öffne ich die Autotür, werfe die Einkäufe zu den Jungs auf den Rücksitz und hechte zu ihrer Begeisterung wie eine Actionheldin ins Auto. Ich starte den Motor und rase mit durchdrehenden Reifen los. Die Jungs quietschen vor Freude und ich stimme in ihr Gelächter ein. Eine Verrückte, die für die Kinder verantwortlich ist und ein großes Auto voller Junkfood fährt. Was soll schon schiefgehen? Die Jungs wissen nicht, wieso ich zurück ins Auto gesprungen bin wie ein Ninja. Aber sie wissen, dass sie ihrem Vater niemals erzählen dürfen, dass sie Chips und Mars gefuttert haben.

Als die Jungs sich wieder gefangen haben und glücklich ihre Chips vor sich hin knuspern, entspanne ich mich ein bisschen. Ich darf nicht vergessen, das Auto auszusaugen und das Fenster zum Lüften aufzulassen, damit Simon keine Spuren von Krabbenchips und Schokolade entdeckt. Als Arzt ist er sehr streng, was die Ernährung der Kinder angeht – und das zu Recht. Aber besondere Umstände erfordern nun mal manchmal besondere Maßnahmen.

Die Zwillinge sind beschäftigt und die Fahrt ist angenehm ruhig. Manche Eltern finden es furchtbar, ihre Kinder in der Weltgeschichte herumzukutschieren. Ich finde es toll. Ich genieße diese Fahrten, allein mit meinen Kindern im Auto, frei und sicher. Manchmal wünschte ich, ich könnte einfach nur fahren, fahren und immer weiterfahren.

Langsam steuere ich auf das Haus von Mrs. Pickering zu, damit Alfie genug Zeit hat, seine Snacks zu vertilgen, bevor wir da sind. Ich schnappe mir seinen Müll, öffne die Tür und schicke ihn los. Im Anschluss fahre ich Charlie ein paar Kilometer weiter zu seiner Geigenstunde, und danach hole ich Sophie vom Tanzunterricht ab. Wir machen uns eine herrliche freie Stunde bei Sainsbury's, bevor ich zurückfahren muss, um die Jungs einzusammeln. Es ist so schön, nach heute Morgen etwas Zeit mit ihr allein zu haben und ihr die Aufmerksamkeit zu schenken, die ich ihr nicht mehr so oft bieten kann, seit es die Jungs gibt. Wir stöbern durch die Klamottenabteilung, wo sie einen roséfarbenen BH findet, der ihr gefällt. Ich lege ihn in den Einkaufskorb und lächle konspirativ. Dann schlage ich vor, einen Kaffee trinken zu gehen, worauf Sophie große Lust hat. Sie bestellt sich einen kleinen Cookie zu ihrem Getränk, den sie zu meinem Erstaunen hastig verschlingt. Außerdem ist sie ungewöhnlich gesprächig und ich frage mich, warum sie zu Hause nicht so glücklich ist.

Vor sechs Uhr werden wir nicht zurück sein, aber das ist okay, Simon meinte ja, es werde heute spät. So bleibt mir genug Zeit, um das besondere Dinner vorzubereiten, das ich für ihn geplant habe. Er meint, ich müsse mich strukturieren, den Überblick behalten, nun, da die Kinder wieder in der Schule sind. Das ist gut für mich und meine mentale Gesundheit. Heute Abend verwöhne ich meinen Ehemann mit gebackenem Wolfsbarsch an Zitronen-Kapernsauce zu Fondantkartoffeln und grünem Blattsalat. Ich werde Kerzen anzünden und wir werden uns in die Augen schauen, so wie früher. Hoffe ich jedenfalls.

Als ich mit zwei müden Jungs und einer inzwischen wieder patzigen Teenagerin am Haus ankomme und Simons Auto in der Einfahrt stehen sehe, rutscht mir das Herz in die Hose. Er ist schon da und ich habe ihn nicht mit Abendessen und bettfertigen Kindern empfangen. Ich kann nichts dafür, dass er früh dran ist, schuldig fühle ich mich trotzdem. Mein Dinner braucht seine Zeit, und vorher muss ich noch die Jungs baden und ins Bett bringen. Das war's dann wohl mit meinem Wunschszenario, im Kerzenschein in unserer schönen Küche zu kochen, voller Vorfreude auf einen gemeinsamen Abend. Panik kriecht mir in die Brust. Um mich zu beruhigen, klammere ich mich mit beiden Händen ans Lenkrad. Doch die Jungs sind besonders streitlustig, innerhalb von Sekunden liegen sie sich in den Haaren. Ich ziehe die Handbremse, während sie unter lautem Getöse übereinander herfallen. Ist das eigentlich schon Testosteron, das sie dazu anstachelt, sich gegenseitig umzubringen? Die Panik steigt mir jetzt in den Hals. Ich weiß, dass ich irrational bin, aber ich möchte schreien. Ich bin kurz davor, in Tränen auszubrechen. Ich drehe durch.

Ich schreie laut, dass sie AUFHÖREN müssen, AUFHÖREN ... und vergesse, dass das Fenster offen ist. Michael, der neugierige alte Sack von nebenan, bringt gerade den Müll raus und schaut mich an, als wäre ich verrückt. *Aber ich bin nicht verrückt.* Die Kinder haben mich noch nicht einmal gehört. Überhaupt scheint mich keiner jemals zu hören, außer Michael, der immer noch glotzt. Ich würde ihn am liebsten anbrüllen wie ein wilder Tiger, stattdessen kreische ich noch mal: »AUFHÖREN!« Charlie setzt nun seine Geige als Keule ein, während Alfie auf seine Fäuste angewiesen ist. (Sein riesiges Cello liegt zum Glück im Kofferraum.) Sophie schreit die beiden an und versucht, sich die Geige zu schnappen. Dann geht die Haustür auf. Mir stockt der Atem.

»Was ist das für ein Krach?« Simons Stimme durchdringt den Lärm. Er klingt ruhig, neutral. Ist er wirklich ruhig oder ist das alles Show für die Nachbarn? Was um Himmels willen soll er davon halten, ohne Abendessen und mit einem solchen Lärm begrüßt zu werden? Wenn er einen stressigen Tag hatte, eine schwere Operation oder gar einen Todesfall, dann ist er bestimmt nicht in der Stimmung für diesen Zirkus vor seiner Haustür.

Ich atme tief durch und schaue vorsichtig zu ihm auf. Zu

meiner großen Erleichterung lächelt er. Ich möchte ihn umarmen.

Schnell reiße ich mich zusammen, steige aus dem Auto und versuche mir nicht anmerken zu lassen, dass ich mir gerade die Seele aus dem Leib geschrien habe. Alles unter Kontrolle!

»Kommt schon, Jungs«, sage ich, gehe auf Simon zu. »Tut mir leid, Schatz, heute Abend ist irgendwie der Wurm drin. Ich hab noch nicht einmal angefangen zu kochen ...« Die Worte sprudeln mir einfach so aus dem Mund.

»Warum nicht?« Seine Miene verfinstert sich plötzlich.

Ich schlucke. »Weil, weil ... ich gerade erst nach Hause komme, Schatz ... und heute Morgen hast du, glaube ich, gesagt, dass OP ... 33 für acht Stunden gebucht sei ...«

»Hab ich das?« Er schaut mich jetzt mit einem zweifelnden Grinsen an. Ich weiß nicht, was das zu bedeuten hat, und bin unsicher, wie ich darauf reagieren soll.

»Sorry ... das muss ich falsch verstanden haben«, sage ich zögerlich, obwohl ich ganz genau weiß, dass er es gesagt hat.

»OP 33? Nun, da scheinst du mehr zu wissen als ich«, antwortet er fröhlich. Ich sehe, wie sein Kiefer ganz leicht zuckt.

Die Kinder rennen an uns vorbei die Einfahrt hoch und wir folgen. Simon geht einen Schritt zurück, um mir den Vortritt zu lassen. Ich bedanke mich und nutze die Gelegenheit, um sein Gesicht zu lesen. Ich kann ihn immer noch nicht einschätzen. Als wir den Kindern hinterher den Flur entlanggehen, bleibt er stehen. Plötzlich streckt er die Hand aus. Ich stehe einfach nur da und warte darauf, was als Nächstes passieren wird.

»Hoppla, du bist heute Abend wohl etwas schreckhaft, Marianne«, sagt er sanft.

Ich sage nichts, verrate nichts. Ich fühle nicht einmal. Ich mache einfach das, was ich immer mache: dastehen und warten. Seine Hand nähert sich langsam meinem Gesicht, und ich höre auf zu atmen. Die Kinder in der Küche sind plötzlich still geworden.

»Papa«, sagt Sophie auf dem Weg in den Flur. »Ich hatte heute einen Französischtest. Eine glatte Eins.« Ich weiß, was sie da tut. Sie hatte heute gar keinen Französischtest. Ich liebe sie dafür, aber ich will sie hier nicht mit reinziehen. Ich wünschte, alle meine Kinder würden verschwinden. Sie sollen nichts davon mitbekommen.

Simon lächelt Sophie zu. »Gut gemacht, Schatz.« Er wendet sich wieder mir zu und berührt mein Gesicht. Er streicht mir mit der Rückseite seiner Hand über die Wange, wie mit einer Feder, und einen Moment lang weiß ich nicht, wohin das führen soll. Ich glaube, er weiß es selbst nicht.

Sophie steht regungslos da und schaut uns an.

»Du hast also noch nicht einmal angefangen zu kochen?«, sagt er langsam, fast flüsternd.

»Nein ... tut mir leid ... ich ...«

In seinem Gesicht ist keine Regung zu erkennen. Ich bin ratlos. Er spürt das und behält seine undurchdringliche Miene mehrere qualvolle Sekunden lang bei. Als sich unsere Blicke vorsichtig treffen, nehme ich einen Anflug von Unsicherheit wahr, bevor seine Lippen mir endlich ein nachsichtiges Lächeln schenken. Ich drehe mich schnell zu Sophie, die immer noch wie angewurzelt dasteht. Sie scheint nicht einmal mehr zu atmen.

»Kein Abendessen, Marianne?«, raunt er mir zu.

Kampf oder Flucht.

Langsam dreht er den Kopf zu Sophie und wieder zurück. »Wenn das so ist ... « Wenn er mir direkt in die Augen schaut, so wie jetzt, habe ich das Gefühl, dass er in meinen Kopf hineinschauen kann. »... könnten wir doch alle zusammen die neue Pizzeria ausprobieren?«

Aufatmen.

Ich möchte heulen vor Freude. Mein Herz zerspringt förmlich vor Erleichterung, Dankbarkeit und Liebe.

Ich nicke energisch, wie ein Kind, werfe die Arme um seine Taille und drücke ihn an mich. Er lacht wie ein gütiger Vater. Der Abend wird also doch noch schön.

3

Ich weiß, dass ich noch nicht wieder völlig gesund bin, aber ich nehme meine Medikamente. Ich soll sie abends vor dem Schlafengehen nehmen, aber ich muss zugeben, dass ich mich nicht immer daran halte. Darum bin ich manchmal unkonzentriert. Ich interpretiere Dinge falsch und denke mir das vielleicht auch nur aus, aber immer wenn ich mit Simon zusammen bin, liegt etwas in der Luft.

Denke ich mir das aus? Ist das ein Hirngespinst?

Als ich gestern in der Küche stand, habe ich Simon und den Jungs beim Fußballspielen im Garten zugeschaut. Er stand im Tor, und jedes Mal, wenn einer der Jungs gegen den Ball trat, sprang er quer über den Rasen, zog alberne Grimassen und warf sich mit gespielter Verzweiflung zu Boden. Die Zwillinge brüllten vor Lachen und mein Herz war von Liebe erfüllt. Im Gegensatz zu mir haben meine Kinder einen Vater. Er geht so liebevoll mit ihnen um, auch mit Sophie. Obwohl sie als Teenager etwas komplizierter ist. Aber als sie noch jünger war, hatten die beiden ein wunderbares Verhältnis, und er ist nach wie vor vernarrt in sie. Diese Verbindung wird ihnen in der schwierigen Zeit der Pubertät hoffentlich noch zugutekommen.

Simon ist ein guter Vater, der so viel Spaß mit den Kindern hat, genau wie ich, wenn ich mit ihnen allein bin. Aber wenn wir alle zusammen sind, fühle ich mich in letzter Zeit oft ausgegrenzt. Ich habe das Gefühl, nicht dazuzugehören, und frage mich, ob das an mir, meiner Krankheit, den Medikamenten oder etwas anderem liegt ... an Caroline vielleicht?

Ich fühle mich wie eine Detektivin, die anhand Tausender versteckter Hinweise versucht, ein Verbrechen aufzuklären. Hier also das Beweismaterial: Simon hat in letzter Zeit viele Überstunden gemacht. Er war auf zwei Wochenendkonferenzen, weitere sind anscheinend geplant. Als Leitender Oberarzt kommen wohl noch mehr Überstunden und zusätzliche Veranstaltungen auf ihn zu. Steht in der Jobbeschreibung eigentlich auch, dass er immer wütend sein muss, wenn er mit mir spricht?

Immer wenn er mit mir spricht, liegt nämlich eine gewisse Gereiztheit in seiner Stimme. In seinen Augen lese ich Feindseligkeit. Liegt es daran, dass ich Marianne und nicht sie bin? Ich bin nicht Caroline Harker und ich werde auch niemals Caroline Harker sein, Assistenzärztin und OP-Luder. Gestern habe ich etwas getan, das ich nicht hätte tun sollen: Ich habe die Büchse der Pandora geöffnet und sie in den sozialen Medien gesucht. Sie ist umwerfend. Ich habe dunkle Haare, bin klein und nehme schnell zu. Sie ist groß, gertenschlank, hat blonde Haare und eisblaue Augen. Sie sieht aus wie eine Frau aus einer L'Oréal-Werbung ... »weil sie es sich wert ist.« Seither habe ich viel zu viel Zeit damit verbracht, sie zu googeln, was richtig wehgetan hat. Sie ist eine der jüngsten Chirurginnen ihres Fachgebiets, kommt aus einer Ärztefamilie und trinkt am liebsten Champagner. Ach, wie viel Spaß sie hat, diese Caroline, mit all ihren strahlenden, privilegierten jungen Freunden. Endlose Sonnenuntergänge, edle Drinks, goldbraune, makellose Gesichter, Gondeln in Venedig, Caroline am Markusplatz mit ausgestreckten Armen, ihr wunderbares Leben genießend. Ein langes Wochenende in Paris. Die Caroline, die da allein unter dem Eiffelturm steht, sieht aus wie eine junge Uma Thurman. Ich kann mich nicht loseisen! Es macht mich verrückt, wie sie mich kokett über den Rand ihrer Sonnenbrille aus Rom anlächelt, sich halb nackt auf einer griechischen Insel sonnt und ihre perfekten braunen Beine an den schönsten Stränden der Scheißwelt in Szene setzt. Sie schaut mich von allen möglichen Social-Media-Kanälen aus an.

Und ich schaue sie an.

Auch wenn Sophie den Ausdruck ›Supermodel‹ für veraltet hält, lassen sich Carolines lange, feine Glieder und ihre perfekte Statur nicht anders beschreiben. Egal ob als süßes, naives Mädchen oder als verführerischer Vamp – Caroline ist immer sexy, und je mehr ich von ihr sehe, desto mehr zieht sie mich in ihren Bann.

Wenn sie mich von ihrem Instagram-Profil in winzigen Bikinis von abgelegenen Stränden oder in tief ausgeschnittenen Tops von Selfies mit Filter angrinst, kann ich sie fast atmen hören. Die Bilder auf ihrer Facebook-Seite sind eher von der jugendfreien, familienfreundlicheren Sorte. Hier sieht man sie, wie sie vergnügt mit Freunden Cocktails schlürft, auf Familienhochzeiten geht und die Babys von Freunden auf dem Arm hält, als wäre sie Mutter Teresa. Ich kenne ihren Beziehungsstatus zu meinem Ehemann nicht, aber laut Facebook ist sie Single ... aber stimmt das?

Es ist die jugendfreie, wohlriechende Facebook-Caroline, der wir zufällig in natura bei Waitrose begegnen. Es ist Samstag, zwei Tage nachdem mich unser Familienabend mit Pizza Marinara und Eisbechern davon überzeugt hat, dass doch alles wieder gut wird. Wir haben uns in der Pizzeria fröhlich unterhalten, Simon war gut gelaunt, die Jungs waren müde, aber nicht quengelig müde, und Sophie hat viel erzählt und sogar ein bisschen Pizza gegessen. Es war ein zauberhafter Abend, ich werde ihn nie vergessen. Und wer uns durch das Fenster der Pizzeria beobachtet hat, muss uns für eine glückliche Bilderbuchfamilie gehalten haben.

Zurück in unserem warmen Zuhause strahlte dank der zwei Gläser Wein, die ich getrunken hatte, alles irgendwie. Simon und ich haben vor dem Kamin eine Flasche Wein entkorkt. Ich war verblüfft, als er damit anfing, mir mein Kleid auf dem Sofa aufzuknöpfen. Seit wir die Kinder haben, machen wir das so gut wie nie, es könnte ja immer jemand reinkommen. Doch er schien voller Leidenschaft, und ich hatte nichts dagegen einzuwenden. Ich war einfach nur froh, in seinen großen, starken Armen zu liegen und geliebt zu werden. Er war so zärtlich, nicht das übliche Rein und Raus, eingeleitet mit den Worten »Aber schnell, ich muss morgen früh raus«. Auch der übliche *Fifty-Shades*-Kram, den er sonst mag, blieb diesmal außen vor. Nein, dieses Mal war etwas Besonderes. Seine sanften, aber bestimmten Liebkosungen vertrieben meine quälende Paranoia, und als ich am nächsten Morgen aufwachte, waren alle Spuren von Caroline verflogen.

Doch dann kam sie zurück, und zwar höchstpersönlich.

Gerade bin ich mal wieder dabei, alles zu versauen, denn ich habe vergessen, Zitronen und Kapern für den Wolfsbarsch zu kaufen, den wir aufs heutige Abendessen verschoben haben. Meine Vergesslichkeit hat uns einen ungeplanten Abstecher zu Waitrose mit der ganzen Familie beschert. Simon besteht zum Ärger der Jungs und zu Sophies blankem Entsetzen darauf, den Scheiß-Zitronenkauf zu einem Familienausflug zu machen.

»Es ist Wochenende«, sagt er. »Ich habe nicht oft am Wochenende frei, und wir sollten die wertvolle Freizeit zusammen als Familie verbringen.«

Ob der Supermarkt der beste Ort für schöne Stunden im Kreise der Familie ist, sei mal dahingestellt, aber es ist ja nett, dass er seine Zeit mit uns allen verbringen möchte.

»Warum dürfen wir nicht zu Hause bleiben und FIFA zocken?«, jammert Charlie.

»Weil das deine Gehirnzellen vernichtet. Wenn du brav bist, kauf ich dir ein Fußballmagazin und Alfie bekommt ...«

»Eine Dinozeitschrift! Bitte, bitte, biiiiiiitte!«

Diese Aussicht löst bei Alfie ein Dinosaurierfieber aus und er fängt an, wild herumzuspringen. Die Zwillinge übertreiben es mit der Vorfreude auf die Zeitschriften und fangen an, lauthals zu singen. Sophie geht inzwischen zurück nach oben. Ich ziehe meinen Mantel an und gehe raus in den Vorgarten, um auf Simon zu warten. Die Jungs spielen jetzt unbeaufsichtigt mit ihren iPads in der Küche, was vielleicht etwas riskant ist, aber ich brauche einfach mal kurz meine Ruhe. Nachdem ich die letzten Rosen des Jahres zurückgeschnitten habe, gehe ich wieder rein. Denn sosehr ich meine beiden sechsjährigen Söhne auch liebe: Wenn man sie allein lässt, ist nichts vor ihnen sicher. Ich werde von Alfie begrüßt, der auf der Kücheninsel steht, die von den Jungs als Bühne für *Das Supertalent* gekapert wurde. Als ob das nicht schon gefährlich und unhygienisch genug wäre, wirft Charlie ihm auch noch Äpfel um die Ohren, sodass er aus dem Gleichgewicht gerät. Offensichtlich sind wir nur einen Apfel von der Notaufnahme entfernt. Wäre ich nicht in diesem Moment reingekommen, hätte ihn ein Apfel voll am Kopf getroffen und er wäre aus beträchtlicher Höhe auf den harten Steinboden gekracht.

»Charlie, sei nicht so bescheuert«, rufe ich laut.

»Ich bin NICHT BESCHEUERT!«, brüllt er, woraufhin Simon die Treppe hinuntereilt und sich einmischt, ohne zu wissen, was passiert ist.

»Marianne, bezeichne Charlie bitte nicht als bescheuert«, sagt er entsetzt und macht mir damit ein schlechtes Gewissen.

»Ja, du hast meine Gefühle verletzt«, murmelt Charlie beleidigt. Ich möchte heulen, denn er wirkt tatsächlich gekränkt. Aber ich könnte Simon gerade dafür umbringen, meine Autorität so zu untergraben, und es ist ja nicht das erste Mal. Ja, ich bin manchmal sauer auf die beiden, aber nur weil ich sie liebe und mich um sie sorge. Wenn Simon mich vor ihnen maßregelt, bekommen sie natürlich das Gefühl, dass ich sie total ungerecht behandelt habe. Dabei habe ich nur getan, was jede gute Mutter tun würde, und sie beschützt.

»Tut mir leid, dass ich das gesagt habe, Charlie«, sage ich pflichtbewusst, obwohl ich weiß, dass mich das vor den Kleinen schwächt und allen Respekt vernichtet, den sie vor mir hatten. »Aber Alfie hätte sich ernsthaft verletzen können ... «, fahre ich fort.

»Hör bitte auf, ich kriege Kopfschmerzen«, antwortet Simon scharf. Ich fühle mich gedemütigt, wie das vierte Kind der Familie, aber ich sage nichts. Ich will keinen Streit anfangen, der das ganze Wochenende dauert. Kaum sitzen wir im Auto, machen alle, was sie wollen. Die Jungs, die glimpflich davongekommen sind, schreien und schlagen sich wie wild, und ich habe keine Energie mehr, erneut einzugreifen. Mein Kopf tut weh, der Lärm und das Verletzungspotenzial machen mich wahnsinnig. Bei jedem Schlag zucke ich zusammen, jeder Schrei triggert mich, aber Simon fährt einfach weiter und tut so, als wäre nichts. Ich balle die Fäuste, schaue aus dem Fenster auf die vorbeiziehenden Gebäude und versuche, den Lärm auszublenden.

Beim Supermarkt angekommen, trödeln alle drei Kinder über den Parkplatz und wissen nicht, was sie hier sollen und was von ihnen erwartet wird. Die verdammten Zitronen hätte ich problemlos allein besorgen können, ich hatte mich sogar darauf gefreut, ein bisschen in Ruhe durch die Regalreihen zu schlendern. Das Ganze wäre deutlich schneller gegangen und es hätte keinen Streit geben müssen. Aber wenn Simon sich etwas in den Kopf gesetzt hat, wird es genau so gemacht. Ich habe das Gefühl, dass er manche Dinge nur tut, um mich zu provozieren. Aber ich sollte mich nicht beschweren. Es ist so lieb von ihm, dass er uns alle zusammenbringen möchte, ich sollte dankbar dafür sein. Darauf versuche ich mich zu besinnen, als ich die balgenden Jungs ein paar Minuten später in der Obstabteilung gewaltsam voneinander loszerren muss.

»Ich will einfach nur sterben«, ächzt Sophie, während wir weiter durch die Obstabteilung laufen. Sie konzentriert sich auf ihr Smartphone, während die Jungs den Bereich vor den Zitrusfrüchten zum Kriegsgebiet erklärt haben. Ich bin gerade dabei, ihnen Grapefruits aus den kleinen Pfoten zu reißen, die sie als ›Handgranaten‹ zweckentfremdet haben, als ich Simon »Hey« sagen höre. Seine Stimme klingt ganz weich und einen Moment lang glaube ich, dass er mit einem der Kinder oder sogar mit mir spricht. Erleichtert und mit warmem Herzen drehe ich mich zu seiner sanften Stimme um.

Doch er spricht gar nicht mit den Kindern oder mit mir, er spricht mit einer fremden Blondine. Nur ist sie gar keine Fremde. Ich habe sie schon mal gesehen, mit all ihren Freunden auf allen möglichen Kontinenten. *Caroline.*

Er wirkt aufrichtig überrascht (und erfreut?), sie hier zu treffen. »Ja, was machst du denn hier?«, fragt er und unterdrückt ein Lächeln. Das siehst du doch, oder? Sie macht ihren Scheiß-Einkauf ... oder sie stalkt uns. Oder besser gesagt Simon. Es wäre nicht das erste Mal, dass eine Frau Simon komplett verfällt. Margaret, die Kellnerin aus dem Café in unserer früheren Wohngegend, traf uns immer ›rein zufällig‹ und betatschte ihn völlig unbeeindruckt von meiner Gegenwart. Ich habe ihrem kleinen Spielchen irgendwann ein Ende gesetzt. Das ist der Preis, den man dafür zahlen muss, mit einem Mann wie Simon verheiratet zu sein: Die meisten Frauen würden am liebsten sofort mit ihm ins Bett springen. Das macht mich wahnsinnig, und genauso fühle ich mich jetzt, während ich die beiden über einen Berg aus Mandarinen hinweg aufmerksam beobachte. Ich bitte Sophie, mit den Jungs in der Zeitschriftenabteilung die heiß ersehnten Magazine rauszusuchen, und schnappe mir ein Netz Biozitronen. Hastig versuche ich, zwischen die beiden zu gelangen, um zu verhindern, dass sie weiter miteinander flirten, und renne dabei fast ein Kind um.

Schweigend stehe ich neben ihm und schaue ihn erwartungsvoll lächelnd an. Es ist ein offenes, freundliches Lächeln, das suggeriert, dass ich glücklich in meiner Ehe bin. Ein Lächeln, das lügt.

Sie führen höflichen, oberflächlichen Small Talk und sprechen über die Arbeit. Als Simon mich schließlich bemerkt, tritt er einen Schritt zurück und deutet mit einer Handbewegung in meine Richtung, ohne mich dabei zu berühren.

»Ich glaube, du kennst Marianne noch nicht ... meine Frau.«

Ich stehe da, umklammere meine Zitronen und ringe um Fassung.

Sie lächelt etwas widerwillig – oder vielleicht ist sie einfach nur schüchtern? Dann streckt sie mir zur Begrüßung die Hand entgegen. Ihr Händedruck ist kalt, aber nicht so kalt wie ihr Blick.

»Das ist Caroline ... meine Kollegin. Caroline Harker«, sagt Simon.

Die Art, wie er ihren Namen ausspricht, versetzt mir schon wieder einen Stich ins Herz.

Sie sei heute Abend bei einer Freundin zum Abendessen eingeladen, erzählt sie.

»Ich bin die Weinbeauftragte.« Caroline lächelt und präsentiert ihre makellos weißen Zähne. Wie ein Kind, das Bestätigung braucht, hält sie ihren Einkaufskorb zur Inspektion hoch. Ich kann den Inhalt nicht komplett sehen, erspähe aber einen guten Weißwein und eine teure Flasche Schampus. Diese junge Frau kennt weder Armut noch Tragödien, den Tod oder die Probleme ganz normaler Leute. *Privatschulen und Ponys*, denke ich, während sie sich selbstsicher durch die Konversation manövriert und laut lacht, als Charlie Simon in die Beine rennt und ihn so fast in die Knie zwingt. Ungläubig werfe ich einen Blick auf meinen Ehemann, der es eigentlich gar nicht mag, ausgelacht zu werden. Aber sie lachen beide und schauen Charlie an, als wäre er ihr gemeinsames Kind. Ich spüre das plötzliche Verlangen, meinen Sohn zu packen und den bescheuerten Sauvignon Blanc auf ihrem Kopf zu zerschlagen. Dann überlege ich es mir anders. Da oben im Regal steht ein guter alter Châteauneuf-du-Pape. Er ist blutrot und würde sicherlich mehr Eindruck und deutlich hartnäckigere Flecken erzeugen.

Während sie ihren dämlichen Small Talk fortsetzen, lächle ich und genieße den Gedanken daran, wie die Flasche auf ihren Schädel trifft, Knochen und Glas zerschmettern und scharlachrote Spritzer ihren zartrosa Armani-Mantel sprenkeln.

Vorsicht Caroline, mit deinen perfekten Zähnen.

Plötzlich erscheinen Sophie und Alfie mit der versprochenen Dinozeitschrift, die er voller Stolz präsentiert, als wäre sie sein kostbarster Besitz. Ich lächle ihn an und frage leise nach dem Tyrannosaurus Rex auf der Titelseite, dankbar für die Ablenkung und die Verstärkung, denn ich komme mir vor wie das fünfte Rad am Wagen. Also deute ich auf die Dinos und gaukle tiefes Interesse vor, während ich Simon und Caroline aus dem Augenwinkel beobachte und lausche. Urinstinkte: Meine Sinne sind geschärft und mein Herz schlägt mir bis zum Hals im Angesicht dieser Bedrohung meines, nein, unseres Überlebens als Familie. Ich habe mir mein ganzes Leben lang eine Familie gewünscht und es wäre doch verrückt, alles für eine affektierte Tussi Anfang dreißig hinzuwerfen, nur weil sie mit ihren manikürten Fingern schnippt. Ich bin die Einzige, die diese zerrüttete Familie zusammenhalten kann. Selbst wenn ich falsch liege und sie einfach nur eine Kollegin ist, kann ich es mir nicht leisten, mich zurückzulehnen, ich muss immer auf der Hut sein. Ich habe zwar schon mal falsch gelegen, aber ich kann mich nicht entspannen, niemals. Wie soll man ruhig bleiben, wenn man weiß, dass eine intelligente, schöne Blondine wie Caroline mit *dem eigenen* Mann zusammenarbeitet? Leider ist dieser Typ Frau das perfekte Ziel für das, was Simon und meine Therapeutin ›Mariannes Paranoia‹ nannten. Sie ist zehn Jahre jünger, lacht laut und ist so temperamentvoll, wie man es von einem Mitglied des Royal College of Surgeons nicht erwarten würde. *Und ich hasse sie.*

Das bilde ich mir doch nicht nur ein: sein Dauergrinsen, der Blick in seinen Augen, wenn er mit ihr spricht, die Art, wie sie sich über den Hals streicht, wenn sie antwortet. Diese Supermarktszene an einem Samstagnachmittag – der Small Talk, das höfliche Gelächter, die Kinder, die hinter den Konserven Verstecken spielen – würde kaum jemandem auffallen. *Aber mir fällt einiges auf.*

Er zieht sie mit irgendeinem dämlichen Kommentar auf, den sie in einer Besprechung gemacht hat, woraufhin sie ihn scherzhaft schubst. Ich bin nicht nur außen vor, ich kann mich auch nicht daran erinnern, wann er mich das letzte Mal auf ähnlich liebevolle, spielerische Weise aufgezogen hat. Ich wende mich ab. Fast kann ich die sexuelle Spannung, die in der Luft liegt, knistern hören. Das erlebe ich bei Waitrose sonst nicht. Sie setzen ihr vermeintliches Gespräch über eine neue chirurgische Abteilung fort, das ich eher für eine Art sexuellen Geheimcode halte. Ich komme näher und nutze die Gelegenheit, um einen Blick in ihren Korb zu werfen. Der Inhalt eines Einkaufskorbs sagt nämlich viel über einen Menschen aus. Und ich will alles wissen, was man über diese Frau wissen muss. Eine einzelne Tüte mit Biosalat, ein Körbchen mit Erdbeeren, der teure Wein und der Champagner. Keine Kohlenhydrate, kein Zucker, keine Milchprodukte. Ihrem Einkauf nach zu urteilen, verschafft sie sich ihre Befriedigung nicht durch Essen. *Aber woher bekommst du deine Befriedigung dann, Caroline?*

Ich habe in unserer Ehe einen Instinkt in Bezug auf Simons weibliche Freunde entwickelt. Und manchmal entlarvt sich die

Kollegin, die Bekanntschaft oder die harmlose Ehefrau eines anderen als potenzielle Liebhaberin oder Affäre. Freundin oder Feindin? Bei Caroline bin ich mir nicht ganz sicher, aber sie beunruhigt mich zutiefst. *Diese Frau verheißt nichts Gutes.*

Schließlich verabschiedet sie sich höflich. Es erzeugt eine unangenehme Dynamik, wenn zwei von drei Personen sich gut kennen und die dritte unbeteiligt daneben steht. Aber wer ist die Unbeteiligte, sie oder ich?

»Ich wusste gar nicht, dass sie in der Nähe wohnt«, platzt es aus mir heraus, während wir leicht betreten mit unserer widerwilligen Gefolgschaft auf die Kasse zusteuern. Ich berühre Simons Arm, um wohl vergeblich zu beweisen, dass er zu mir gehört und um den anklagenden Unterton in meiner Stimme abzumildern.

»Das tut mir aber leid, dass du nicht wusstest, dass sie hier wohnt. Mir war nicht bewusst, dass du die Adressen all meiner Kollegen kennen musst«, antwortet er gereizt, ohne mich anzusehen.

Das versetzt meinem Herzen einen Stoß. Die Leichtigkeit der letzten Tage ist verschwunden. Die gute Stimmung seit dem Pizzaabend hat sich schneller verflüchtigt als die Luft aus einem Luftballon. Warum bin ich nie zufrieden? Warum mache ich mit meinen dämlichen, eifersüchtigen Fragen immer alles kaputt? Ich bin so saudumm, warum kann ich mich nicht davon freimachen? Aber wie soll ich jemals frei sein nach all dem, was passiert ist?

Die Schlange bewegt sich nicht, die Jungs nörgeln, weil sie Hunger haben, und Sophie runzelt die Stirn über ihrem Smartphone. Ich habe keine Ahnung, was sie so beschäftigt. Früher konnte ich ihr ein Pflaster aufs Knie kleben, ›Heile Segen‹ singen, ihr ein Stück Kuchen geben und alles war wieder gut. Seit sie älter geworden ist, spüre ich eine immer größere Kluft zwischen uns. Manchmal kann ich sie fast gar nicht mehr erreichen. Ich habe schon mit den Zwillingen alle Hände voll zu tun (gerade schlagen sie sich an der Kasse), aber manchmal wirkt Sophie so verloren und ich muss ihr dabei helfen, sich selbst wiederzufinden.

Ich rufe die Jungs, um unsere kleine Familie zusammenzutrommeln.

In der Gruppe ist man sicherer.

Ich mag die betrogene Ehefrau sein, aber vorrangig bin ich eine Mutter mit geschärftem Bewusstsein für die Befindlichkeiten ihrer Kinder. Während wir in der Schlange stehen, betrachte ich sie. Sie bedeuten mir alles und für ihr Wohlergehen und ihre Sicherheit würde ich mein Leben geben. Wie die meisten Mütter weiß ich ganz genau, was sie mögen und was nicht (Charlie hasst es zu verlieren, liebt Fußball und Hühnchen-Chips; Alfie hasst Sport, steht auf Maltesers und Dinos; und Sophie ... was liebt Sophie? Ich glaube, sie hasst Kalorien und liebt Lana Del Rey und, weil sein Name immer wieder fällt, wohl auch Josh aus ihrem Französischkurs). Ich fühle ihren Schmerz und ihre Freude wahrscheinlich stärker als sie selbst. Ich sauge meine Familie auf wie ein Schwamm. Und das ist auch gut so.

Ich schaue zu Simon, der die Kinder nicht beachtet. Ob er wieder an *sie* denkt? Wie gerne ich seine Gedanken lesen könnte!

»Was für ein Zufall, Caroline zu treffen.« Ich kann es nicht gut sein lassen. Ich muss eine Biopsie machen, herumstochern und herausfinden, wie gefährlich sie ist.

»Warum?« Er schaut mich an und will eine Antwort. Die Strenge in seiner Stimme beunruhigt mich. Ich bereue sofort, etwas gesagt zu haben, und ringe um eine Antwort.

»Weil du sie neulich erst zum ersten Mal erwähnt hast ... und wir auch hier wohnen.«

»Zufall? Es ist Zufall, dass zwei Leute, die zusammen arbeiten, auch in derselben Gegend wohnen? Na, wenn du das sagst, Marianne.«

Sein scharfer Tonfall trifft mich und ich hasse mich selbst dafür, diesen Stimmungswandel verursacht zu haben. Wir sind nur deshalb hier, weil ich die verdammten Zitronen für den Scheiß-Wolfsbarsch vergessen habe. Hätte ich gleich an sie gedacht, wären wir gar nicht erst zu Waitrose gefahren. Und dann hätten wir sie auch niemals getroffen. Vielleicht hätte ich dann noch nicht einmal das Wochenende ruiniert, indem ich Simon darüber ausfrage, wo *sie* wohnt. Ich blicke zu ihm auf und hoffe auf einen Hinweis. Er schaut zurück, seine Augen bohren sich tief in meine, als könnte er meine Gedanken lesen.

»Alles okay?«, murmle ich, und weiß, dass gar nichts okay ist.

»Mir geht's gut. Dir aber offensichtlich nicht. Du solltest dich beruhigen und deine Paranoia in den Griff kriegen ... Nur weil eine Frau, mit der ich zusammenarbeite, zufällig im selben Supermarkt einkauft«, zischt er flüsternd.

»Sorry, ich wollte das ... gar nicht.« Aber wir wissen beide, dass ich das wollte und ihn nun erst richtig verstimmt habe. Und das ist das Letzte, was ich wollte.

Bis vor Kurzem dachten wir, unsere Probleme überwunden zu haben. Es schien, dass mein zwanghaftes, irrationales Verhalten dank Therapie endlich ein Ende hatte. Aber nein, ich denke mir immer noch allen möglichen Bullshit aus und hasse mich selbst dafür, mit meinen unbegründeten Verdächtigungen jeden schönen Moment zu ruinieren. Gott, wann kapiere ich es endlich?

»Sorry, ich bin eine Idiotin«, sage ich erneut und hoffe normal zu klingen. *Ich bin nicht verrückt. Denk das bitte nicht. Ich werde sie nie mehr erwähnen, versprochen!*

Ich schaue auf den spärlichen Inhalt in meinem Metallkorb – vier Zitronen, eine Dinozeitschrift und die neueste Ausgabe von *Match!* Was hätte meine Therapeutin zu diesem Einkauf gesagt? Wahrscheinlich hätte sie meine Dosis erhöht und mich wegsperren lassen. *Er hat nur zufällig seine Arbeitskollegin getroffen und Marianne glaubt gleich, dass sie miteinander schlafen.*

Plötzlich reißt mich eine Balgerei in der Schlange aus meinen Tagträumen. Ich sehe zwei Kinder, die auf dem Bauch liegend durch die Beine der Kunden robben, und freue mich einen kurzen Moment lang, dass es nicht meine sind – bis ich merke, dass dem doch so ist.

Simon beugt sich vor, tippt Charlie auf den Rücken und fordert die Zwillinge auf, den Unsinn sein zu lassen. Sein Augenzwinkern dabei entgeht der Kassiererin nicht, die kichert, während er gutmütig die Augen verdreht. »Sie spielen Dschungel«, erklärt er. Seine weiche, smarte Stimme, sein schönes Gesicht und ein Charme, der die Kassiererin verzaubert: Er ist unwiderstehlich. Ich bin entzückt, als er sich mir zuwendet und gut hörbar sagt: »Schatz, wir müssen unbedingt eine Seilbrücke für den Garten anschaffen.« Genüsslich registriere ich die neidischen Blicke der anderen Frauen in der Schlange. *Simon könnte jede haben, aber er hat mich auserwählt.*

»Die Zwillinge schauen zu viel Mist im Fernsehen«, brummt er mir beim Rausgehen zu. Sein Charme scheint aufgebraucht zu sein. Die Jungs ›schießen‹ gerade aufeinander und gehen hinter geparkten Autos in Deckung.

»Ich lass sie nur das anschauen, was wir vereinbart haben«, sage ich abwehrend. »Ich kann sie nicht immer im Auge behalten. Ich weiß nicht, was sie in der Schule so gucken ... was die anderen Jungs ...«

Sein Blick lässt mich verstummen. Wir gehen weiter und ich schweige jetzt lieber. Vielleicht hilft das. Heute ist sein freier Tag und Simon kann es nicht brauchen, wenn ich mich gegen ihn auflehne. Ich starre geradeaus und verspüre einen Stich im Magen, als ich sie am anderen Ende des Parkplatzes in einen glänzenden Flitzer steigen sehe. Ich glaube, es ist sogar ein Cabrio. Ich stelle mir vor, wie sie eine einsame Küstenstraße entlangrast, mit wehendem Haar und der Sonne im Rücken.

Wären da nicht diese engen, gefährlichen Kurven. Der Wagen bricht aus ... Er könnte so einfach die Leitplanke durchbrechen, Hunderte Meter weit abstürzen und auf den Klippen zerschellen ... Ich muss diese Gedanken verdrängen. Ich habe keinen Beweis dafür, dass sie mehr ist als eine Kollegin, auch wenn bei mir alle Alarmglocken schrillen, wenn ich sie nur sehe.

Als sie weg ist, seufze ich erleichtert und versuche die Gedanken an das demolierte Cabrio am Fuße der windgepeitschten Klippen zu unterdrücken. Simon scheint sie nicht gesehen zu haben, und falls doch, lässt er sich nichts anmerken. Er ist ohnehin viel zu beschäftigt damit, die Jungs zurechtzuweisen. Sie sollen »gehen, nicht rennen«. Sein Kiefer zuckt vor Anspannung und kurz kann ich den wahren Charakter hinter dem grinsenden Charmeur sehen, den das Kassenpublikum eben erleben durfte.

»Simon, das passt schon. Die sollen ihre überschüssige Energie ruhig loswerden«, sage ich leise.

Er dreht sich schlagartig um. »Was?«

»Die wollen sich nur austoben. So sind Jungs eben.«

»Ach so, na dann ist ja alles gut, oder? Ich nehme an, das sagen die Mütter von Dieben und Mördern auch. *So sind Jungs eben«*, wiederholt er in weinerlichem Tonfall, vermutlich um mich nachzuäffen. Ich antworte nicht; wozu auch. »Vielleicht solltest du dich mehr für das Verhalten unserer Kinder interessieren als für meine Arbeitskolleginnen ...«, legt er noch nach.

Doch das geht nicht, ich muss ihn überwachen. Ich muss seine Telefonate belauschen, seine Nachrichten lesen, weil alles zerbricht, wenn ich es nicht tue, weil unsere Familie kaputtgehen würde.

4

Bereits vor unserer Hochzeit – zwei Wochen vorher, um genau zu sein –, habe ich Simon das erste Mal verdächtigt, fremdzugehen. Er war nach der Arbeit noch etwas trinken gegangen und kam erst um vier Uhr morgens ziemlich betrunken nach Hause. Ich war außer mir und weinte, aber er behauptete, es sei nichts passiert, er habe einfach nur einen geselligen Abend mit Kollegen verbracht, der etwas ausgeufert sei. Das nahm ich ihm nicht ab. Deshalb schluchzte und flehte ich ihn am nächsten Tag an, mir die Wahrheit zu sagen. Ich *wusste* es einfach. Erschöpft von meiner Hysterie und Hartnäckigkeit gestand er, dass er eine leichte Panik vor der Zukunft verspürte. Er schilderte einen feucht-fröhlichen Abend im Kreis seiner Kollegen und gab schuldbewusst zu, dass er sich bis in die frühen Morgenstunden mit einer jungen OP-Schwester unterhalten hätte. Er sagte, dass er sie möge – nicht mehr. Und obwohl er schwor, dass nichts passiert sei, war ich am Boden zerstört und drohte, die Hochzeit abzublasen. Gott sei Dank hat er mich davon abgebracht. Er hat mir bewiesen, dass ich ihm wirklich wichtig bin und mich davon überzeugt, dass ich alles wegwerfen würde. »Ich werde es wiedergutmachen, jeden Tag unseres Lebens«, sagte er aufrichtig. »Ich verehre dich, ich könnte keine andere Frau lieben – niemals. Du bist meine Sonne.«

Ich schmolz dahin. Das war genau das, was ich hören wollte, ja hören musste. Wie er später erneut bekräftigte, habe ich komplett überreagiert. Allerdings frage ich mich manchmal, ob ich vielleicht auch nur das gehört habe, was ich hören wollte, und die Zweifel nicht immer noch tief in meinem Innern fortlebten. Dass er mich jederzeit verlassen kann. Dass er jede Frau haben kann, die er will. Das belastet unsere Ehe immer noch, zerstört den Kern unserer Beziehung, verändert uns. Könnte ich das Ganze doch nur vergessen!

Es ist so anstrengend, ständig um den eigenen Mann kämpfen und die Familie retten zu müssen. Er kann nichts dafür, dass er jeden Tag in Versuchung gerät; Frauen lagen Simon schon immer zu Füßen. Er sieht gut aus und kann einer Frau mit Witz, Intellekt und Charme das Gefühl geben, eine Göttin zu sein. Ich weiß, wie sich das anfühlt, weil er mir selbst einst dieses Gefühl gegeben hat. Trotz allem, was passiert ist, würde ich immer noch alles geben, um dieses Gefühl wieder zu spüren. Trotz allem, was wir durchgemacht haben und all den schrecklichen Dingen, die gesagt wurden, reicht eine zärtliche Berührung, eine Nacht, um mich wieder in den Schleier meines Hochzeitstags zu hüllen, bevor all die Lügen begannen.

Wie gern würde ich mich noch einmal so fühlen, doch in unserer Ehe spüre ich nichts als Paranoia – ich sehe Konkurrentinnen in Verkäuferinnen, Kellnerinnen und selbst meinen besten Freundinnen. Ich habe mich geirrt und überreagiert, und es gibt Momente, an die ich mich ungern zurückerinnere, weil ich mich verhalten habe wie ein wildes Tier – oder (in Simons Worten) wie ein ›Fischweib‹. Es ist meine Schuld, dass wir mehr als einmal umziehen mussten und Simon die Krankenhäuser gewechselt hat. Ich bin sogar vorbestraft. Hat schon mal jemand von einer Arztgattin mit Vorstrafenregister gehört?

Ich bin eine riesengroße Belastung, sagt er immer, und das stimmt ja auch. Weder bin ich die Frau, die er verdient, noch die Mutter, die seine Kinder verdienen. Welche Mutter verhält sich denn so? Warum bleibt er überhaupt bei mir? Ich liebe mein Zuhause und meine Familie. Aber ich kann beides nicht genießen, weil ich mir den ganzen Tag lang Sorgen mache, dass ich nicht gut genug für Simon bin und er eine bessere Frau als mich findet, für die er mich verlässt. Deshalb bin ich ständig im Alarmzustand. Ich dachte, das hätte ich hinter mir gelassen, aber mein Dämon ist zurück. Und dieses Mal heißt er Caroline.

Nach vielen Jahren der Therapie dachte ich, ich könne mit meinem Kummer, meiner Schuld und Simons eingebildeter Untreue leben. Der Umzug hierher, in diese Straße mit ihren prächtigen georgianischen Villen hat mir gutgetan, doch langsam frage ich mich, ob ich unsere Vorgeschichte und unseren Schmerz jemals abschütteln kann. Hier zu leben, erinnert mich auch daran, wer ich einmal war. Meine Mutter wohnte früher nicht weit von hier und einen Teil meiner Kindheit habe ich ganz in der Nähe verbracht – allerdings auf der heruntergekommenen Seite. Ich lebte bei einer Pflegefamilie nur wenige Straßen von hier und kam auf meinem Schulweg an Häusern wie unserem vorbei. Sie gaben mir Einblicke in eine andere Welt. Tagträumend fragte ich mich, wie es wohl ist, in einem dieser schönen Häuser zu wohnen. Wenn man an kalten Winterabenden im Kreise einer perfekten Familie mit fürsorglichen Eltern vor einem prasselnden Kaminofen sitzt und warme Crumpets zum Tee isst. In Garden Close Nummer 5, unserem schönen Haus mit elegantem, gepflegtem Rasen und zurechtgestutzten Lorbeerbäumen, schien mein Ziel erreicht zu sein. Ich gehörte dazu. Niemand konnte mich mehr vertreiben. Niemand würde mich verlassen. Alles gehörte mir, ich war in Sicherheit. Bis jetzt. Bis Caroline kam.

Unsere Gegenwart wird von unserer Vergangenheit geprägt, von Ängsten, Unsicherheiten und Verlusten. Aber wieso kann ich diese neuen Ängste nicht einfach ignorieren und mich über das freuen, was ich habe? Um Gedanken an Simons potenzielle Liebschaften zu vertreiben, habe ich früher Rosen gepflanzt, die Küche geschrubbt oder Unmengen an Brot gebacken. Jetzt ist das anders, Caroline ist anders. Sie ist nicht wie die anderen. Sie spukt ständig in meinem Kopf und in meiner Küche herum. Je heftiger ich wische und poliere, desto deutlicher sehe ich ihr Gesicht auf den glänzenden Küchenoberflächen und rieche ihr Parfüm im Duft meines frisch gebackenen Brots. Ich habe das Gefühl, alles zu verlieren. *Dabei dachte ich doch, dass es mir besser geht!*

Habe ich die Behandlung bei meiner Therapeutin Saskia zu früh beendet? Als wir uns für den Umzug entschieden haben, hatte ich das Gefühl, dass ein Neustart mir guttun würde und ich mein Leben vielleicht ohne Sicherheitsnetz bestreiten könnte. Ich muss doch lernen, wieder selbst zu denken und eigene Entscheidungen zu treffen, ohne mich dauernd rückversichern zu müssen. *Doch bin dazu bereit?* Ich habe ihre Lektionen gelernt und versuche, die Werkzeuge, die sie mir für den Alltag an die Hand gegeben hat, zu benutzen. Aber manchmal habe ich das Gefühl, dass ich wieder mit jemandem sprechen sollte. »Positiv bleiben, Marianne«, würde sie sagen. »Denken Sie daran, was Sie haben, nicht daran, was Sie nicht haben.« Also gut, ich habe ein schönes Haus, drei perfekte Kinder und einen gut aussehenden und liebevollen Ehemann, der ein toller Vater ist und hart arbeitet, um seine Familie zu versorgen, die Familie, nach der ich mich immer gesehnt habe. Warum sollte mein Mann also keine Freundinnen und befreundeten Kolleginnen haben? Ist doch kein Problem. Oder?

Saskia würde mich auf »die positive Kraft der Selbstbejahung« oder etwas ähnlich Schwammiges verweisen. Den Kern begreife ich natürlich. Also sage ich mir, dass ich nicht unattraktiv oder dumm bin, dass ich eines Mannes wie Simon würdig bin. Denn das bin ich. Oder?

Als wir uns das erste Mal begegneten, war paradoxerweise ich die Erfolgreiche und er ein Wrack. Weil er gerade Nicole verloren hatte und mit Sophie überfordert war, ›kümmerte‹ sich seine Mutter Joy um seine Tochter. Eigentlich brachte Joy sie nur in die Schule und holte sie wieder ab, stellte ihr Essen hin und steckte sie jeden Abend um sieben ins Bett, um sich nicht ernsthaft mit ihr auseinandersetzen zu müssen. Trotz ihres vielversprechenden Namens war Joy die kälteste und unmütterlichste Person, der ich je begegnet bin. Daran versuche ich zu denken, wenn Simon manchmal gemein ist. Wir sind die Menschen, zu denen unsere Eltern uns gemacht haben, und obwohl Simon insbesondere zu den Kindern warmherzig und liebevoll ist, muss Joys fehlende mütterliche Liebe ja irgendwo ihre Spuren hinterlassen haben.

Unsere Liebesgeschichte liest sich wie ein Filmskript: Aufgewühlter junger Witwer trifft umtriebiges Partygirl und allen Widrigkeiten zum Trotz verlieben sie sich ineinander. Damals lebte ich in London und meine Mitbewohnerin, die in der PR-Branche arbeitete, schleppte mich mit zu einer Buchpräsentation. Sie versprach gratis Champagner, also war ich natürlich sofort dabei. Die Präsentation der Memoiren irgendeines wegweisenden Chirurgen fand bei Waterstones am Piccadilly Circus statt, und da ich niemanden kannte und die meisten Gäste, inklusive des wichtigen Chirurgen, über Siebzig waren, stellte ich mich in Reichweite der Getränke. Ich schlürfte den billigen Champagner wie Wasser, als ich Simon in der Abteilung für ›Medizinische Fachbücher‹ sah. Unsere Blicke trafen sich. Er war der schönste Mann, den ich je gesehen hatte. Als ich zu ihm rüberging, um mich vorzustellen, war es um mich geschehen: sein Selbstvertrauen, sein dichtes, glänzendes Haar und seine strahlend blauen Augen, die verrieten, dass er nichts anbrennen ließ. Ich arbeitete für eine Modefirma und er als Chirurg, und obwohl wir wenig gemeinsam hatten, machte es irgendwie Klick. Am nächsten Abend führte er mich in eine Champagnerbar aus, wo wir uns beim Austernessen unsere Lebensgeschichte erzählten.

Meine war wirklich langweilig. Meine Mutter starb, als ich zehn Jahre alt war. Eine Pflegemutter erkannte mein künstlerisches Potenzial und machte sich dafür stark, dass ich auf ein Kunstgymnasium kam. Anschließend ging ich auf eine Kunstakademie und wurde zur Chefeinkäuferin eines erfolgreichen Modekonzerns aus Schweden. Ich liebte meinen Job und war gut darin, doch schon nach den ersten paar Dates mit Simon begann meine Karriere für mich in den Hintergrund zu rücken. Meine Beziehungen waren bis dahin eher locker und unverbindlich gewesen, doch jetzt stand der Mann meiner Träume vor mir, der nicht nur nett, lustig und charmant war, sondern schon nach wenigen Wochen um meine Hand anhielt. Ich war hin und weg und konnte mein Glück kaum fassen. Meine Freundinnen rieten mir, nichts zu überstürzen, doch als sie ihn trafen, konnte ich in ihren Gesichtern ihren Neid und ihre Missgunst erkennen.

Sophie brauchte ganz klar Liebe und Verständnis (von der bösartigen Joy bekam sie weder das eine noch das andere), deshalb legten wir einen Hochzeitstermin fest und zogen zusammen. Simon hatte eine Neubauwohnung in der Nähe seines Krankenhauses ausgesucht. Blöderweise war die Wohnung zwar perfekt für Simon, aber viel zu weit weg von meiner Arbeit mitten in London. Also kündigte ich. Es fiel mir schwer, meine geliebte Karriere an den Nagel zu hängen. Ich hatte hart dafür gearbeitet, aber es war nun mal wichtig für Simon, in der Nähe des Krankenhauses zu wohnen. Ich hatte gehofft, mich selbstständig zu machen, aber um in der Modewelt Erfolg zu haben, muss man in der Hauptstadt sein und zu den Modenschauen gehen. In der Vorstadt bekam ich von alldem nichts mehr mit. Außerdem hatte ich jetzt plötzlich eine

Familie zu versorgen. Da Simon viele Überstunden machte und ich mich um Sophie kümmern musste, gab ich meine Selbstständigkeitspläne auf und freute mich auf mein neues Leben. Als Sophie mich zum ersten Mal ›Mama‹ nannte, waren alle glamourösen Karriereträume in der Modeindustrie vergessen. Ich weinte vor Glück. Ich war angekommen.

Die gemeinsame Zeit mit Sophie war ein Segen. Es tat uns beiden gut, sie vermisste ihre Mutter so sehr. Um die Lücke zu schließen, die Nicoles Tod hinterlassen hatte, gingen wir einkaufen oder ins Kino und hatten sogar ein gemeinsames Hobby. Um etwas zu tun zu haben, während sie in der Schule war, fing ich an, kleine Umhängetaschen und Haargummis aus Stoffresten und Krimskrams zu nähen. Wenn Simon am Wochenende arbeiten war, brachte ich Sophie das Nähen bei und wir durchstöberten gemeinsam die Secondhandläden nach hübschen Stoffen und altem Modeschmuck zur Dekoration. Es war eine glückliche Zeit. Viele der Abende, an denen Simon lang arbeiten musste, vertrieben wir uns mit Entwerfen und Nähen. Ihre wackeligen Nähte und gewagten, aber niedlichen Farbkombinationen zeigten mir, dass Sophie großen Spaß daran zu haben schien. Meine Pläne, einen Stand für den Wochenendmarkt zu mieten, lehnte Simon ab. Er fürchtete, unser ›Projekt‹ könne Sophie von ihren Hausaufgaben abhalten.

»Eure kleinen Taschen und Teilchen sind ja bestimmt herzig, Schatz, aber mir wäre es lieber, sie würde etwas Akademischeres machen«, sagte er eines Abends, nachdem er ungewöhnlich früh nach Hause gekommen war.

Da hatte er recht, das musste ich zugeben. Deshalb schlug ich vor, alleine weiterzumachen. Meine alte Chefin hatte Interesse bekundet und mich gebeten, ihr meine Taschen zu zeigen. Aber Simon meinte, die Täschchen seien zwar »Hingucker, aber nicht gerade Chanel-like«. Dann fügte er hinzu: »Geld würdest du damit sowieso nicht verdienen. Klar, wenn du Glück hast, ein paar Pfund vielleicht – aber die Ausbildung unserer Kinder würde das nicht finanzieren.« Mir ging das Herz auf, als er »unsere Kinder« erwähnte, obwohl wir ja bislang noch keine gemeinsamen hatten.

Es mag in unserem Zeitalter fast verrückt klingen, doch ich freute mich darauf, von Simon versorgt zu werden, nachdem ich so viele Jahre allein über die Runden kommen musste. Das war meine Chance durchzuatmen, mich um Sophie zu kümmern, den Duft der Rosen zu genießen und mich um unser »Spielhaus«, wie Simon unser Zuhause scherzhaft nannte, zu kümmern. »Du liebst es doch, Hausfrau zu spielen, Marianne, oder?«, neckte er mich eines Abends, nachdem ich ein besonders leckeres Dinner für ihn zubereitet hatte. Er hatte ja so recht. Ja, ich hatte mein Partyleben genossen, aber jetzt war es Zeit, erwachsen zu werden und den nächsten Schritt zu machen. Ja, ich hatte meinen Job geliebt und verdammt hart dafür gearbeitet, doch erst Simon und Sophie gaben meinem Leben wirklich Bedeutung. Simon, Sophie und unsere zukünftigen Kinder waren von nun an meine Karriere und ich war bereit, alles für sie zu geben. Wenn man seine Kindheit in Jugendheimen und Pflegefamilien verbracht hat, nimmt man nichts für selbstverständlich hin. Mein einziger Wunsch war es, abgesichert und Teil einer richtigen Familie zu sein.

Ich hatte mich immer wie ein Mensch zweiter Klasse gefühlt, aber Simon kümmerte sich um mich, entriss mich dem Nachtleben, den vielen Reisen, dem Wein und dem Kokain; der endlosen Suche nach etwas, das die unbändige Trauer tief in meinem Herzen stillen sollte. Er brachte mich direkt in sein Bett und gab mir das Gefühl, die schönste Frau der Welt zu sein. Er half mir, die Sinnlosigkeit und die Tragödien der Vergangenheit zu vergessen und bot mir eine glanzvolle Zukunft. Er war der Anfang von allem und eröffnete mir eine neue und perfekte Welt, die ich mir niemals erträumt hätte. Und zum erstem Mal in meinem Leben fühlte ich mich so, wie ich es mir immer gewünscht hatte: einfach ganz normal.

Unseren ersten gemeinsamen Sommerurlaub verbrachten wir im sonnigen Dorset, wo er aufgewachsen ist. Seine Mutter besaß dort damals ein Ferienhaus. Unsere Tage bestanden aus Picknicks am Strand, kilometerweiten grünen Wiesen, Lagerfeuern an lauen Abenden und Scones mit Marmelade zum Tee. Es war zauberhaft, genau von dieser Art von Urlaub hatte ich als kleines Kind immer geträumt. Blöderweise kam seine Mutter für ein paar Tage vorbei und machte keinen Hehl aus ihrer tiefen Abneigung gegen mich, weil ich nicht auf die richtigen Schulen gegangen war und anscheinend auch nicht mit Messer und Gabel umzugehen wusste. Sie war entsetzt und gab mir deutlich zu verstehen, dass ich nicht gut genug für ihren Sohn war. Doch das war mir egal, ich war so glücklich mit ihm. Ich war verliebt, und er war es auch. Und wir hatten ein Geheimnis: Ich war schwanger.

Gerade denke ich zurück an diesen Sommer der Hoffnung, als alles noch vor uns lag, als plötzlich sein Telefon auf dem Küchentisch aufleuchtet. Eigentlich wollte ich aufhören mit der Schnüffelei, aber da liegt doch etwas in der Luft und ich weiß einfach, dass es eine Nachricht von Caroline ist. Er ist nach oben gegangen, und obwohl ich es lassen sollte, gehe ich an seinem Smartphone vorbei und lese die ersten paar Zeilen. Die Nachricht ist von einem gewissen Roger, was ich allerdings keine Sekunde lang glaube. Ich weiß einfach, dass sie von ihr ist.

5

Ich beuge mich über sein Smartphone, um die Nachricht zu lesen. Ich kann es einfach nicht lassen, obwohl Simon jederzeit hereinplatzen könnte.

Was ist mit morgen Abend? Kannst du ihr sagen, dass du ...

Den Rest der Nachricht kann ich nicht lesen. Und ich kann sein Smartphone nicht entsperren, weil es einen Fingerabdrucksensor hat und ich seinen PIN-Code nicht weiß. Das ist so frustrierend, so grausam verlockend. Selbst wenn ich es entsperren könnte, würde ich es nicht tun, dann wüsste er ja, dass ich die Nachricht gelesen habe.

Ich habe ihn schon einmal infolge einer halb gelesenen Nachricht einer Affäre bezichtigt. Letztes Jahr war ich in einer ähnlichen Situation, nachdem ich die ersten paar Zeilen einer Textnachricht gelesen hatte. »Lieber Simon, mein Herz ...«, begann die Nachricht. Ich war verzweifelt und überzeugt davon, dass er eine Andere hatte, aber ich wusste nicht, wer es war, und wollte es so dringend herausfinden, dass ich nicht locker ließ. Ich probierte es mit den Geburtstagen der Kinder, und nach zwei Fehlversuchen erriet ich den PIN-Code – es war das Datum seiner bestandenen Facharztprüfung, einer der wichtigsten Tage seines Lebens. In Tränen aufgelöst verachtete ich mich selbst für meine eigene Jämmerlichkeit. Allen Schuldgefühlen zum Trotz öffnete ich die Nachricht und bereitete mich auf den furchtbaren Schmerz vor. »Lieber Simon, mein Herz*patient* ...« lautete die Anfangszeile. Nur *ein* Wortbestandteil, ein wundervoller Teil, verwandelte die Liebesnachricht in eine langweilige Anfrage unter Chirurgen. Natürlich hatte ich komplett danebengelegen. Ich hätte es wissen müssen. *Ich hätte meinem Ehemann trauen müssen.*

Ich erinnere mich noch an mein manisches Lachen beim Lesen der Nachricht, in deren Verlauf der Absender noch auf die Feinheiten der Behandlung eines bestimmten Patienten einging, den mein Mann übernommen hatte. Ich war voller Tränen, Freude und Sorge zugleich. Was, wenn Simon sieht, dass ich eine private Nachricht gelesen hatte? Diese Informationen waren vertraulich und wirklich wichtig. Das wusste ich, und trotzdem löschte ich die Nachricht. Das war blanker Wahnsinn, doch es war mir lieber, ein Menschenleben zu riskieren, als Simon gegenüber zuzugeben, sein Handy entsperrt zu haben. Weil mich danach quälende Schuldgefühle plagten, gestand ich es ihm zwei Tage später doch. Verständlicherweise war er ziemlich aufgebracht und erzählte, dass der Patient infolge dieser fehlenden Hinweise bei der Operation verstorben sei.

»Das musst du jetzt mit deinem Gewissen vereinbaren«, hatte er hinzugefügt, während ich mich vor mir selbst ekelte und leise schluchzte. Mit meiner Paranoia und meinem Wahnsinn hatte ich einen Menschen umgebracht!

Ich weinte wochenlang, wurde nicht damit fertig, was ich getan hatte, und mein Selbsthass war größer denn je. Das galt auch für meinen Medikamentenkonsum. Dann, eines Tages, gestand Simon aus heiterem Himmel, dass der Patient gar nicht verstorben sei, er durch mein rücksichtsloses und selbstsüchtiges Verhalten aber gut und gerne hätte sterben können.

»Und du hast mich angelogen«, warf ich ihm weinend vor.

»Eine kleine Lüge zu deinem eigenen Wohl, um dir eine Lektion zu erteilen«, verteidigte er sich. »Ich möchte nicht, dass du dich je wieder in meine Arbeit einmischst. Das schockiert mich immer noch, Marianne. Ich glaube nicht, dass ich dir jemals wieder vertrauen kann ... meiner eigenen Frau.« Und damit ließ er mich einfach so stehen, wie ein gemaßregeltes Kind.

Ich war zwar nicht für einen Todesfall verantwortlich, aber seine Enttäuschung traf mich mitten ins Herz.

Natürlich änderte Simon seinen PIN-Code und all seine Passwörter am Computer, sodass ich nirgendwo mehr rankam. Ich kann ihm das nicht verübeln und bin ihm eigentlich dankbar dafür. Denn jetzt gerade könnte ich wahrscheinlich nicht widerstehen.

Ich kann mir selbst nicht trauen.

Ich weiß, ich sollte sein Smartphone ignorieren, das da so einladend vor mir liegt. Ich sollte meinem Ehemann vertrauen, weil er mich liebt – aber das kann ich nicht, weil meine Fantasien mein komplettes Leben infrage stellen. Keine Pille der Welt kann mir den Frieden geben, nach dem ich mich jetzt sehne. Ich komme nicht zur Ruhe, bevor ich nicht weiß, was los ist. Obwohl mein rationales Ich sagt, dass es ein harmloser Austausch zwischen Arbeitskollegen sein könnte, schreit das verrückte Ich in meinem Hirn, dass es etwas anderes ist.

Gerade als meine Hand das Smartphone greifen möchte, steht Simon in der Tür. Er hat den Jungs eine Gutenachtgeschichte vorgelesen und lächelt noch über etwas, das einer der beiden gesagt hat. Ich lache nervös, als er auf mich zukommt und mir einen Kuss auf die Wange gibt. Plötzlich ist alles wieder gut. Ich atme tief ein und versinke in seinen Armen. Ich bin so armselig und muss unbedingt aufhören, mich wegen nichts zu quälen. Das gefährdet meine geistige Gesundheit, von den Auswirkungen auf unsere Beziehung ganz zu schweigen.

Jetzt küsst er meinen Nacken und flüstert mir süße Worte ins Ohr. Das ist der Beweis, dass mein Ehemann keine wilde Affäre mit einer Arbeitskollegin hat. Natürlich nicht, es ist einfach nur eine Nachricht. Ich würde das beknackte Smartphone am liebsten durch die Küche schleudern und auf der Arbeitsfläche in viele kleine Stücke zerschmettern. Stattdessen bohre ich mir die Fingernägel in die Handflächen und versuche, mich in seinen Armen zu entspannen.

Irgendwann wendet er sich ab. Als ich rüber zum Herd gehe, um die Pastasoße umzurühren, nimmt er sein Smartphone in die Hand. Während ich Wasser in einen großen Topf fülle, werfe ich ihm einen schnellen Blick zu. Wird er auf die Nachricht antworten? Aber er legt das Smartphone nur vorsichtig wieder hin und inspiziert den Stapel Post auf dem Tresen.

»Ich koche deine Lieblingspasta«, säusle ich, als könnte mein lieblicher Singsang alles retten, als würde ich damit ein Caroline-Abwehrspray im ganzen Raum versprühen. »Mit der Soße, die dich immer an unseren Urlaub in Sorrent erinnert. Wie lange ist das jetzt her? Bestimmt schon fast zehn Jahre, oder?« Lächelnd blicke ich zu ihm. »Weißt du noch, wie heiß es diesen Sommer war? Ich war schwanger mit ...« Ich verstumme.

»Ja, Italien war toll.« Mit einem abwesenden Grinsen prüft er irgendeine Kreditkartenabrechnung. Meinem Gesäusel schenkt er keine Beachtung, runzelt stattdessen die Stirn über der Rechnung, was mich leicht beunruhigt. »Du hast Blumen gekauft, Marianne?«

»Ja ... ja. Ich war nämlich bei Mutters Grab und habe dort Rosen hingelegt, letztens war doch ihr Todestag.«

»Warum hast du denn nichts gesagt? Ich wäre mitgekommen, ihr Todestag macht dich doch immer etwas ...«

»Alles gut ... Es war alles okay«, sage ich, bevor er etwas hinzufügen kann. Meine Mutter war schon immer ein rotes

Tuch zwischen uns. Allein ihre Erwähnung kann zu Streit führen, deshalb versuche ich das Thema so schnell wie möglich zu beenden. Selbstschutz, nehme ich an. Simons eigene Mutter ist vor zwei Jahren gestorben, und er hat sie seitdem nicht ein einziges Mal erwähnt, nicht einmal an ihrem Todestag. Ich weiß, dass die beiden ein unterkühltes Verhältnis hatten, aber sie war schließlich seine Mutter. Vermutlich gehen wir alle unterschiedlich mit Verlust um.

Ich wünschte, mein eigener Kummer wäre nicht immer noch so überwältigend – nach so vielen Jahren, auf so vielen Ebenen. Ich rühre die Soße und sehe scharlachrotes Wasser, weiße, blutbefleckte Tücher. Die Nachricht auf seinem Smartphone hat mich aus der Bahn geworfen und ich schließe die Augen ganz fest, um das Blut nicht zu sehen.

Simon sitzt an der Kücheninsel und lehnt sich über die Platten aus Calacatta-Oro-Marmor. Der Designer meinte, das Muster des Marmors würde die klaren Linien der Eichenschränke hervorheben.

Es ist mir scheißegal, was der Drecksmarmor macht, ich will wissen, ob du mit ihr schläfst.

Ich schaue noch mal zu ihm: Er greift nach dem Smartphone und öffnet die Nachricht. Die Luft ist von Wasserdampf und dem Aroma italienischer Kräuter erfüllt, aber ich rieche nur Angst und Schmerz.

»Oh ... sieht so aus, als müsste ich morgen länger arbeiten«, sagt er.

Ich stürze die Nudeln ins kochende Wasser, unfähig zu sprechen. Die Stille hängt zwischen uns in der Luft, schwer und aromatisch. Schließlich schaffe ich es zu antworten.

»Aha. Warum ... arbeitest du morgen länger?«

»Was meinst du mit warum?«, faucht er. Mir ist klar, dass ich gerade dabei bin, einen potenziell schönen Abend zu ruinieren.

»Ich meinte nur … Ist es ein Notfall?«, frage ich und versuche interessiert, aber nicht zu interessiert zu klingen.

»Ein Notfall? Wohl kaum. Falls es einer sein sollte, ist es in vierundzwanzig Stunden schon zu spät«, brummt er, nimmt eine Flasche Rotwein aus dem Regal und öffnet die Schublade auf der Suche nach einem Korkenzieher.

»Ich habe ihn dir dort auf die Kücheninsel gelegt«, sage ich. Immer versuche ich, Simon die Wünsche von den Augen abzulesen. Eine Freundin von früher hat mal im Scherz gemeint, ich sei eine Stepford-Frau. Aber das stimmt nicht, so gut wie die Frauen aus diesem Roman bin ich leider nicht organisiert. Simon hat einfach einen stressigen Job. Nach einer Operation am offenen Herzen sollte er die Nerven nun wirklich nicht wegen eines bescheuerten Korkenziehers verlieren müssen. Heute Abend ist es aber wohl schon zu spät.

»Ganz ehrlich, Marianne, du weißt, unter was für einem Druck ich stehe. Ich arbeite wirklich hart für die Stelle als Leitender Oberarzt. Heute hatte ich eine anstrengende Besprechung mit Professor Cookson. Ich bin nicht der Einzige, der für die Stelle infrage kommt, und er verlangt uns alles ab. Dann komme ich heim und du stresst mich direkt weiter mit deinen Fragen und deinem *ständigen* Misstrauen … Es ist wieder so weit und es macht mich wahnsinnig!« Er tippt sich mit dem Zeigefinger gegen die Schläfe, um den Wahnsinn zu untermalen. Meinen Wahnsinn. Sein Gesicht ist rot, wütend und gereizt. Ich bin erleichtert, als er den Korkenzieher dort findet, wo ich ihn hingelegt habe, und seine Hände eine Beschäftigung haben. Während er das Metall in den weichen Korken bohrt, starrt er mich an, bis ein leichtes Ploppen zu hören ist. Er schenkt sich ein großes Glas Rotwein ein.

»Ich glaube, ich trinke auch eins«, sage ich und täusche gute Laune vor. *Vielleicht wird ja alles gut, wenn ich nur lange genug so tue?*

Ich schaue auf sein Smartphone, das noch immer auf der

Kücheninsel liegt – ich kann nicht anders. Ich kann die Scheiß-nachricht nicht immer und immer wieder in meinem Kopf durchgehen und versuchen, sie zu erraten, als wäre sie ein Kreuzworträtsel. Aber ich tue es trotzdem. Ich muss das Rätsel einfach lösen, die Antwort auf meine Frage finden. Ich bin meinem eigenen kranken Kopf schutzlos ausgeliefert. *Was ist mit morgen Abend? Kannst du ihr sagen, dass du … Was?* Sie verlässt? Sie nicht mehr liebst? *Wie geht der gottverdammte Satz weiter?*

Da er mir kein Glas eingeschenkt hat, gehe ich rüber zu ihm und schenke mir selbst eines ein.

»Bist du dir sicher, dass du Wein trinken solltest?«, fragt er, als wäre ich ein Kind.

Ich nicke und schlucke. »Mir geht's gut, ich habe heute noch keine Tabletten genommen.« Ich fühle, wie der warmen Rotwein durch meinen Hals fließt und meine Seele besänftigt. Als er sich abwendet, trinke ich einen weiteren, noch größeren Schluck.

»Du hast sie heute nicht genommen?«, fragt er ungläubig.

»Nein. Ich würde die Medikamente gern für eine Weile absetzen. Ich fühle mich stark genug, Simon.«

Mir geht's viel besser – kannst du mich jetzt lieben?

Er verdreht die Augen und schaut besorgt. »Marianne, nimm doch bitte deine Medikamente. Damit ist nicht zu scher-zen. Du weißt, was passiert, wenn du sie nicht nimmst.«

»Ja, aber wenn ich sie nicht nehme, fühle ich mich besser, wacher und …«

»Und was? Verrückter? Paranoider? Psychotischer?«

Das schmerzt. Ich weiß nicht, wieso. Neu ist das nicht. Ich bin mir bewusst darüber, wer ich bin, aber diese Worte machen die unbequeme Wahrheit nur noch schwerer zu ertragen.

»Ich hasse es, mich den ganzen Tag lang so zu fühlen, als wäre ich in Watte gehüllt«, murmle ich und rühre weiter in meinen Töpfen, bei denen ich mich sicher fühle. Ich wünschte, ich könnte die ganze Flasche Wein in einem Zug leer trinken. Stattdessen atme ich tief durch und drehe mich zu ihm um. »Ich möchte gesund werden, Simon. Die dreißig Milligramm vor dem Schlafengehen haben mich ausgeknockt, aber immerhin habe ich damit am nächsten Tag irgendwie funktioniert. Jetzt hat Dr. Johnson meine Dosis auf fünfundvierzig Milligramm erhöht ... Das ist zu viel finde ich.«

»Na, wenn das so ist, du kannst die nötige Dosis ja am besten einschätzen. Schließlich hast du ja jahrelang Medizin studiert«, sagt er sarkastisch.

»Sei nicht so zu mir, Simon, du weißt, was ich meine ... Wie gesagt, ich taumle durch den Tag. Auf fünfundvierzig Milligramm fühle ich mich völlig benebelt.«

»Aber die Dosis beruhigt dich doch?«

»Ja, das kann man wohl so sagen. Aber ich bin ja nicht nur betäubt, mir schwirrt der Kopf nur so vor Gedanken ... Ich finde das alles so verwirrend. Simon, ich will präsent sein ... Ich will eine gute Ehefrau und Mutter sein«, flehe ich. Wenn er die Dinge doch nur ein Mal aus meiner Perspektive betrachten würde!

Doch er blickt noch nicht einmal von seinem Smartphone auf. »Gute Ehefrau und Mutter? Dafür ist es ein bisschen spät, meinst du nicht?«

Ich weine still über meiner blubbernde Soße.

Als Simon endlich sieht, wie schlecht es mir geht, kommt er auf mich zu. »Tut mir leid, so war das nicht gemeint«, sagt er versöhnlich, und ich fühle wieder den Schmerz der Schuld. Er macht mich verantwortlich für all das, was damals passiert ist. »Ich meinte damit, dass es dir nicht guttut, wenn du deine Medikamente nicht nimmst«, sagt er jetzt. »Es geht nicht nur um dich, Marianne. Du musst auch an deine Familie denken. Was glaubst du, was deine ›Schübe‹ mit den Kleinen machen, mit den Kindern, die uns geblieben sind?«

»Nein, Simon ... bitte nicht!« Ich bin kurz davor, erneut in

Tränen auszubrechen, und er spürt, dass ich die Nerven verliere, wenn er nicht aufhört.

»Du interpretierst immer Dinge in meine Worte hinein, die ich überhaupt nicht sage«, wirft er mir vor. »Du solltest wirklich aufhören, voreilige Schlüsse zu ziehen, Marianne. Es tut mir leid, dass es dir schlecht geht, aber du musst wirklich mal auf dein Leben klarkommen, uns allen zuliebe.«

Mit Tränen in den Augen drehe ich mich zu ihm. So hatte ich mir meine Pasta Marinara nicht vorgestellt. Ich wollte Erinnerungen an Sorrent und eine liebevolle Stimmung heraufbeschwören, aber bestimmt keine Tomatensoße mit bitteren Tränen.

»Sorry, tut mir leid.« Er legt seine Handflächen als Geste der Entschuldigung aneinander. »Es ist nur so ... Ich habe einfach hohe Erwartungen an dich ... Und das sollte ich lassen, weil es dir nicht gut geht, mein Schatz«, fügt er etwas milder hinzu.

Eigentlich ging es mir gut, es ging mir nie besser, bis er vor wenigen Tagen zum ersten Mal ihren Namen gehaucht hat. Ich hatte alles hinter mir gelassen, konnte nach vorn schauen. Meine Beziehung zu Simon war wieder auf dem Weg der Besserung. Doch jetzt holen mich die düsteren Schatten der Vergangenheit wieder ein. Er will mir nicht wehtun, ich bin einfach übersensibel. Vielleicht ging es mir nie wirklich ›gut‹ und vielleicht wird es das auch niemals. Habe ich mir das alles nur vorgemacht? Ich sollte auf ihn hören und meine Medikamente weiter regelmäßig nehmen.

Vor zehn Jahren hat mir mein damaliger Hausarzt vorübergehend ein Antidepressivum verschrieben. Schon nach kurzer Zeit wurde ich abhängig. Sowohl Simon als auch ich waren schockiert davon, wie ich reagierte, als ich sie absetze. Meine Panikattacken wurden immer schlimmer, darum gingen wir zusammen wieder zum Hausarzt. Simon empfahl, mir etwas Stärkeres und Langfristiges zu verschreiben. Das ist jetzt viele

Jahre her, und mit einigen Ausnahmen war ich die allermeiste Zeit lang relativ ruhig, doch die letzte Steigerung der Dosis macht mich fertig. Ist das der Preis, den ich dafür zahlen muss, nicht wahnsinnig zu werden und verrückte Dinge zu tun?

Ich sollte vernünftig sein und die Tabletten weiter nehmen. Wir wollen ja nicht, dass es wieder so wird wie letztes Jahr. Zu meinem Riesenglück habe ich einen Ehemann, der sich um mich kümmert, der trotz allem bei mir geblieben ist. Simon hat die Situation – und mich – mehr als einmal gerettet. Erst neulich erzählte er mir von einem seiner Kollegen, der seine Ehefrau für eine zehn Jahre Jüngere verlassen hat, nur weil sie sich gehen ließ. Das hat mich stutzig gemacht. Ich habe wesentlich mehr getan, als mich einfach nur gehen zu lassen, und trotzdem ist er immer noch bei mir ... noch. Er ist ein Heiliger und das Mindeste, das ich tun kann, ist meine Tabletten zu nehmen und sein Leben so etwas erträglicher zu machen. Ich muss mich zusammenreißen und meine Gedanken für mich behalten. Ich darf ihn nicht länger mit meinen Belanglosigkeiten belasten oder ihm einen Grund dafür geben, mich zu verlassen. Ich könnte es nicht ertragen, ihn zu verlieren.

Plötzlich kocht das Nudelwasser über und wirft schaumige Blasen auf die Herdplatte. Schnell springe ich zum Topf und verbrenne mich beim Versuch, ihn von der heißen Platte zu schieben. Ich schreie auf vor Schmerz, aber Simon reagiert nicht mal. Stattdessen trinkt er langsam einen Schluck Rotwein.

»Du erzählst immer, was für eine gute Mutter und Ehefrau du doch bist, dabei kannst du noch nicht einmal Nudeln kochen«, sagt er bitter und schüttelt ungläubig den Kopf. Dann wendet er sich ab, um sich den Anblick der schwachen Frau, die da vor ihm steht, zu ersparen. In einer Küche, die sie nicht verdient, in einem Leben, das sie nicht wert ist.

»Mama, bist du okay?« Sophie steht auf einmal neben mir

und hält meine Hand unter den kalten Wasserstrahl, während sie ihrem Vater einen verächtlichen Blick zuwirft.

»Alles gut, Schatz«, sage ich, dankbar um ihre Hilfe und berührt von ihrer Sorge um mich. Ich frage mich, wie das Leben ohne sie sein wird, wenn sie nächstes Jahr auszieht, um zu studieren. Während sie meine verbrühte Hand mit einem sauberen Handtuch abtupft, fingert Simon weiter teilnahmslos an seinem Smartphone herum. Wahrscheinlich verfasst er gerade eine Nachricht an Caroline und erzählt ihr, was er auf ihrem riesigen Messingbett so alles mit ihr anstellen möchte. (Das Bett gibt es wirklich, sie posiert darauf bei Instagram. Ich will mich nicht zu sehr reinsteigern, aber ich muss mir dieses Bild einfach immer wieder angucken, so schmerzhaft es auch sein mag.)

Als Sophie schließlich zurück nach oben in ihre virtuelle Realität gekehrt ist, öffne ich diskret die Schranktür und greife hinter die Dosen mit der Tomatensuppe. Simon beobachtet mich dabei, wie ich die Mirtazapin-Packung öffne.

»Und nimm die verschriebene Dosis, nur nicht sparsam sein«, sagt er, nach wie vor in sein Smartphone vertieft.

»Ich will mich nur nicht ständig so fertig fühlen«, sage ich seufzend mehr zu mir selbst als zu ihm. »Die Tabletten rauben mir alle Energie. Ich habe schon seit Ewigkeiten nichts mehr genäht.«

»Genäht?«

»Meine Taschen.«

»Eine Welt ohne deine *Handtaschen*. Unvorstellbar!« Er sagt ›Handtaschen‹, als ekele er sich vor dem Wort.

Ich antworte ihm nicht. Sinnlos. Die Arbeit mit Stoff und Farben war mein Talent – ist es hoffentlich immer noch. Simon erkennt dieses Talent nicht an, vermutlich, weil er ein naturwissenschaftlicher Typ ist. Er konnte noch nie etwas mit Mode oder Design anfangen. Ich glaube nicht, dass er je Verständnis für meine Welt hatte, auch wenn er am Anfang unserer Beziehung meinte, dass er meine Energie bewundere. Wir lebten in unterschiedlichen Welten. »*Vive la différence*«, sagte er immer. »Gegensätze ziehen sich an.« Doch als ich nach weniger als einem Jahr Ehe unser Kind zur Welt brachte, brauchte ich nicht mehr zu nähen. Mein neues Leben füllte mich aus und brachte meine Leidenschaft für Design selbst als Hobby zum Erliegen.

Ich wollte immer Mutter sein, mein Baby in meinen Armen halten. Aber manchmal laufen die Dinge eben anders, als man denkt. Das Muttersein und alles drum herum haben mich komplett überrumpelt. Ich war so überwältigt von diesem Kind, dass selbst Simon in den Hintergrund rückte. Ich war ausgelaugt und konnte ihm emotional nichts mehr geben. Es fällt mir schwer, daran zurückzudenken, doch es war diese Missachtung, die ihn in die Arme einer anderen Frau trieb.

Ich erfuhr es von einer Freundin, als Emily gerade erst wenige Monate alt war. Er war mit einer Frau beim Händchenhalten in einem Restaurant gesehen worden; er hatte noch nicht einmal den Anstand zur Diskretion. Als ich ihn damit konfrontierte, erklärte er, er habe gewollt, dass ich es erfahre. Dass die Affäre nichts Ernsthaftes gewesen sei und es ihn erleichtere, dass ich es nun wisse. Doch für mich war das keine Erleichterung, sondern die reinste Qual. Er hatte mir vor der Hochzeit etwas versprochen: dass er anders sei, dass für immer auch für immer heiße und dass er niemals mit einer anderen zusammen sein könnte. Wie sollte ich ihm jemals wieder vertrauen?

Geschwächt von schlaflosen Nächten, dem Gewicht des Babys und dem permanenten Stress des Mutterseins fand ich mich irgendwie damit ab. Ich wollte einfach nur meinen Ehemann behalten und unsere Familie retten. Und wenn das bedeutete, zu vergeben und zu vergessen, dann musste ich das schaffen. Es ging nicht um Sex. Angeblich hat er nie mit einer anderen Frau geschlafen, mal drüber nachgedacht vielleicht, aber er hätte mich nie verletzen können. Deshalb vergab ich ihm, überhaupt darüber nachgedacht zu haben. Ich weiß wirklich nicht, was ich getan hätte, wenn er mir eine richtige Affäre gestanden hätte. Ich rede mir gern ein, dass ich ihn dann verlassen hätte, doch damals konnte ich mir nichts Schlimmeres vorstellen, als ohne ihn zu sein. Und dann passierte etwas noch Schlimmeres.

Meine kaputte Seele leidet noch immer, wenn ich an diese dunklen, einsamen Tage der Erschöpfung und der bleiernen Schwere denke. Ich versuche zu vergessen, doch meine Therapeutin und Simon hielten mich davon ab. Saskia meinte, es würde mir helfen, mich dem Geschehenen zu stellen, den Schmerz zu überwinden und nach vorn zu blicken. Deshalb versucht Simon manchmal, mit mir darüber zu sprechen. Doch ich kann den Namen des Babys kaum aussprechen und muss mir die Ohren zuhalten, wenn er ihn sagt. Deshalb brauche ich die Medikamente.

Um durch den Tag zu kommen, während die Kinder in der Schule sind, versuche ich manchmal auf die Extradosis zu verzichten. Und manchmal brauche ich sie. Wer weiß, was ich tue, wenn ich die Tabletten nicht nehme? An guten Tagen beruhigt es mich jetzt wieder, Taschen aus alten Stoffresten zu nähen, so wie früher. Vor Kurzem habe ich für Jens Geburtstag eine nachtblaue Schultertasche aus Seide und Samtresten genäht und mit winzigen silbernen Sternchen verziert. Als ich sie ihr bei ihrem Geburtstagsdinner überreichte, einem der wenigen gesellschaftlichen Anlässe, die Simon und ich hier besucht haben, freute Jen sich riesig. Ihr gefiel das Geschenk so gut, dass sie die Tasche mit beiden Armen umschlang und meinte, sie habe noch nie etwas so Schönes zum Geburtstag bekommen. Alle bewunderten die Tasche. Ihre Freundinnen fragten mich sogar, ob ich ihnen auch welche nähen könnte. Ich schaute zu Simon, der beim Essen innehielt und gespannt auf meine Antwort zu warten schien.

»Nein, ich habe zu Hause zu viel zu tun«, log ich.

Nur keinen Streit riskieren.

Dabei hat mir lange nichts mehr so viel Freude gemacht, wie diese Tasche zu nähen und sie Jen zu schenken. Obwohl ich vor Simon gesagt hatte, keine Zeit dafür zu haben, wollte ich weitere nähen und spielte mit dem Gedanken, eine Facebook-Seite zu erstellen, um sie zu verkaufen. Als ich Simon wenige Tage später von meinem Plan erzählte, war er wenig begeistert und fragte, wann um Gottes willen ich mich dann um drei Kinder, ein riesiges Haus und einen viel beschäftigten Ehemann zu kümmern gedenke.

Natürlich hat er recht. Warum sollte ich so viel Zeit dafür aufwenden, wertlose Taschen zu nähen, wenn ich meine Zeit auch wesentlich sinnvoller nutzen könnte? Aber es hat mir wirklich Spaß gemacht, die Tasche für Jen zu nähen. Während ich daran arbeitete, konnte ich meine Medikamente vergessen und mir im Traumland aus Stoffsternen eine kurze Pause von der Dunkelheit gönnen. Zumindest für ein paar Stunden.

Jetzt aber wird mir klar, dass das nicht die Lösung sein kann. Es ist allenfalls eine kurzfristige Ausflucht, die auf Dauer nicht funktioniert. Ich werde wieder die höhere Dosis nehmen, um mich von der ewigen Grübelei abzubringen. Die Medikamente können mich einfach besser kontrollieren als ich mich selbst. Ich verspreche mir selbst, nicht mehr über Caroline nachzudenken. Ich werde damit aufhören, dauernd ihre Social-Media-Kanäle zu checken und mir alle möglichen lächerlichen Szenarien auszumalen. Und ich schwöre mir, mich nicht mehr in Situationen zu manövrieren, die mich oder Menschen um mich herum in Schwierigkeiten bringen. Ich bin wirklich frohen Mutes. Und bemühe mich, nicht zusammenzubrechen.

6

In den folgenden Tagen versuche ich, etwas zur Ruhe zu kommen. Doch trotz der höheren Medikamentendosis taucht das Gespenst Caroline immer wieder auf. Auch fünfundvierzig Milligramm Mirtazapin können sie nicht vertreiben. Ich sehe das Gespenst bei Waitrose, bei Costa Coffee, wie sie an ihrem Caffè Latte nippt, ich sehe sie sogar in Simons Büro, wenn ich am Krankenhaus vorbeifahre, was ich manchmal unwillkürlich mache. Aber ich weiß, dass es nicht wirklich Caroline ist, sondern das Mirtazapin.

Ich stehe am Rand eines Abgrunds. Falle ich von selbst oder werde ich geschubst? Ich muss mich schützen, einen klaren Kopf bewahren und nicht wieder abdriften und Chaos anrichten. Deshalb bleibe ich, abgesehen von den Fahrten zur Schule und zurück, zu Hause und bestelle meine Lebensmittel online, um Waitrose, Costa Coffee und Caroline zu meiden. Ich halte das Haus makellos sauber, kümmere mich um den Garten und koche für Simon und die Kinder. Seine Lieblingsrezepte erinnern mich an früher, als wir frisch zusammen waren und ich für ihn gekocht habe. Sophie schlummerte friedlich, der Wein floss und meistens gab es Sex zum Dessert. Ich blättere durch

Rezepte für französische Festessen, sündige Soufflés, traumhaftes Tatar und cremiges Gratin. Muss ich wieder die alte Marianne werden, wenn ich den alten Simon zurückwill?

Ein paar Tage lang setze ich also alles daran, meinen Verstand und meine Ehe wieder auf Kurs zu bringen und romantische Momente aus unserer Vergangenheit neu aufleben zu lassen. Ich durchkämme die Kochbücher von Julia Child und Elizabeth David nach den besten, kompliziertesten und feinsten Rezepten. Ich koche ihre komplexen französischen und mediterranen Gerichte nach und verbringe Stunden damit, Fonds zu reduzieren und Aromen abzustimmen. Dabei bin ich abgelenkt und die Zeit vergeht. Ich mache Pasta selbst, wie früher, und fülle das Haus mit dem warmen Duft von Bauernbrot, das ich als Beilage zu meinen reichhaltigen Aufläufen backe. Kochen erfordert Kreativität, und kreativ sein liegt mir. Simon hat mein Essen immer geschätzt, und jetzt will ich ihn verwöhnen, ihm etwas Gutes tun, so wie früher. Ich bin vielleicht keine junge, vielversprechende Chirurgin und habe auch kein perfektes blondes Haar, aber dafür kann ich sie in der Küche schlagen. *Deine weichen Lippen und deine schmalen Hüften werden ihn schon bald langweilen, Caroline, aber mein Sauerteig und meine selbst gemachte Brühe werden ihn immer bei der Stange halten.*

Ich plane alles so, dass die Kinder im Bett liegen, ich meine Tabletten genommen habe und das Abendessen auf dem Tisch steht, sobald er durch die Tür kommt. Den ganzen Tag über fühle ich mich erschöpft und funktioniere überwiegend auf Autopilot. Ich bin davon getrieben, meine Ehe, mein Leben zu schützen. Ich kann nicht zulassen, dass Caroline (oder ihr Gespenst) unsere Familienfestung erstürmt.

Es ist ja nicht das erste Mal, dass ich so am Rad drehe. Dieser Umzug war der dritte, zu dem uns meine Krankheit gezwungen hat. Aber Caroline ist wirklich anders. Sie quält mich mehr als die anderen, auch weil sie so viel mehr darstellt:

Sie ist eine Kollegin, sie passen zueinander, mit ihr kann er seine Ideen und Probleme teilen. Caroline ist seiner würdig. Mit ihr kann er nach Feierabend über seinen Tag sprechen und sie versteht ihn, weil ihr Alltag genauso aussieht. Und Caroline weiß, wie man sich auf der Weihnachtsfeier der chirurgischen Abteilung benimmt. Sie würde keine Tabletten mit Gin hinunterstürzen und wahllos Frauen bezichtigen, mit ihrem Mann zu schlafen. Sie würde das Abendessen nicht anbrennen lassen, Zwillinge nicht in einem glühend heißen Auto sitzen lassen, die Facebook-Seite einer fremden Frau nicht mit Obszönitäten zumüllen und ihre Haut nicht so stark mit Desinfektionsmittel abrubbeln, dass sie blutet. Nein, sie ist alles, was ich nicht bin. Diese Frau ist eine *echte* Gefahr, und ich glaube, dass sie nicht nur eine Ablenkung ist, wie es meiner Ansicht nach bei der Krankenschwester, der Kellnerin, meiner ehemaligen besten Freundin oder der Mutter von Sophies Klassenkameradin der Fall gewesen war.

Laut Simon war seine erste Frau Nicole eine erstklassige Köchin. Dieses Erbe belastet mich genau wie all diese eingebildeten Affären. Das bedeutet nur noch mehr Druck für mich, ich muss perfekt sein, darf nicht ausrutschen, nicht stürzen und nicht auf den Felsen dort unten zerschellen. Simon betont andauernd, was für eine wundervolle Ehefrau und Mutter sie war, und ich weiß, dass ich da nicht mithalten kann – wie auch, sie war perfekt. Nicole ist nun als Engel in den Himmel aufgestiegen, während ich nur eine einfache Sterbliche mit all meinen menschlichen Schwächen bin, an die Simon mich nur allzu gern erinnert. Um trotzdem ›die beste Ehefrau der Welt‹ zu sein, vollbringe ich immer wieder neue Wunder in der Küche, werde niemals laut, stelle nie unangenehme Fragen und äußere nie bescheuerte Anschuldigungen. Ich putze permanent alle Oberflächen mit einem antibakteriellen Reinigungsmittel und grundreinige sämtliche Teppiche und Räume dieses Hauses. Manchmal stehe ich sogar mitten in der Nacht auf und wische den Küchenboden, damit er in Ruhe trocknen kann und niemand ausrutscht. Oder ich setze mich kurz vor Sonnenaufgang in die Küche und bewundere in den stillen Morgenstunden die makellose Sauberkeit aller Oberflächen, bevor kleine Füße und Hände sie wieder dreckig machen. Perfekt und sauber. Aber nur für einen Moment. Bald schon wird der strahlende Glanz wieder mit schmutzigen Füßen getreten und die perfekte Sauberkeit, der schöne Schein verschwindet. Es ist wirklich eine Sisyphusaufgabe, dieses Haus in Ordnung zu halten.

Jetzt im Moment sind die Jungs bei der Französisch-Nachhilfe und Sophie sitzt oben und lernt. Sie macht sich Sorgen um ihr Abi, und ich bin sicher, dass ihr der Schulwechsel Anfang des Jahres nicht gerade geholfen hat. Simon hat versprochen, ihr ein Auto zu kaufen, wenn sie drei Einser schafft, aber dafür muss sie erst einmal ihren Führerschein machen. Die Führerscheinprüfung und das Abitur sind zwei ziemliche Brocken und ich glaube, dass ihr das ganz schön Stress macht. Deshalb habe ich vorgeschlagen, dass sie nach dem Abitur ein Jahr Pause einlegt, bevor sie auf die Uni geht, wovon Simon natürlich gar nichts hielt. Er meint, so ein freies Jahr sei etwas für ›verzogene Gören‹ und dass sie sich lieber ins Zeug legen solle. Vermutlich hat er damit auch recht. Aber wenn ich ihre gerunzelte Stirn und ihr trauriges Gesicht manchmal so sehe, frage ich mich, wie vernünftig es ist, sie mit achtzehn auf die Uni zu schicken, nur weil man das eben so macht.

Jen holt Oliver und die Zwillinge ab, sodass ich mindestens eine Stunde nur für mich habe, die mir absolut heilig ist. Ich habe alles um mich herum geputzt, einen Braten fürs Abendessen in den Ofen geschoben und frage mich, wie ich die ungestörte Zeit am besten nutzen könnte. Ich hasse es, nichts zu tun, weil ich dann anfange zu grübeln und Erinnerungen hochkommen. Ich will mich nicht erinnern. Ich könnte eine neue Handtasche nähen. Dazu hätte ich Lust, aber was soll Simon denken, wenn er nach Hause kommt und sieht, wie ich in meinem lächerlichen ›Atelier‹ in der Ecke des Hauswirtschaftsraums sitze und meine Zeit verplempere?

»Handtaschen zu nähen, trägt in keinster Weise zum Haushalt bei«, bemerkte Simon, als er mich das letzte Mal beim Arbeiten antraf. »Das ist so ... egoistisch. Ist es so viel verlangt, vorher die Jungs zu waschen und freundlicherweise dieses Chaos hier zu beseitigen?«

Es herrschte zwar gar kein Chaos, aber ich weiß ja, was er meinte. Davon abgesehen sind die Medikamente echte Kreativitätskiller. Immerhin finde ich immer genug Energie fürs Putzen. Ich habe einen ausgeprägten Putzfimmel und komme nicht zur Ruhe, bevor das Haus nicht makellos rein ist. Mir fällt auf, dass Simons Büro das einzige Zimmer des Hauses ist, das ich schon länger nicht mehr geputzt habe. Darin muss es schlimm aussehen. Die Kinder dürfen den Raum nicht betreten und darum halte auch ich mich an diese Regel. Aber ich werde ja mal eben kurz reinschauen dürfen, solange das Fleisch gart! Ich könnte auch ein paar Blumen reinstellen und mit Raumspray nachhelfen. Das würde ihn sicher freuen. Also sammle ich mein komplettes Putzarsenal zusammen und marschiere die Treppe hoch in ›Papas Büro‹. Zu meiner Überraschung ist die Tür nicht abgeschlossen. Ich trete ein. In dem eher minimalistisch eingerichteten Raum stehen ein weißer Schreibtisch mit ebenso weißem Stuhl, ein offenes Regal mit medizinischer Fachliteratur und eine kleine Steinfigur einer Frau. Einer nackten Frau. Eine Patientin hat sie ihm geschenkt. »Sie meinte, die Figur stelle sie selbst dar – und zwar anatomisch korrekt«, lachte er , als er die Figur vor knapp fünf Jahren mit nach Hause brachte. »Und, ist sie das auch?«, wagte ich zu fragen.

Er hat mir diese Frage nie beantwortet.

Ich verdränge die ungebetenen Gedanken an die möglichen Eskapaden meines Ehemanns mit nackten Frauen und mustere den Raum. Ich muss lächeln, denn mein Mann ist wirklich ein Purist. Wenn ich es nicht besser wüsste, würde ich niemals auf die Idee kommen, dass er hier lebt, dabei bin ich seine Ehefrau.

Letztes Weihnachten hat Sophie ihm einen hübschen herzförmigen Briefbeschwerer aus Glas für seinen Schreibtisch geschenkt.

»Danke, Sophie«, sagte er und streckte das Präsent weit von sich, als könnte es beißen. Dann fand er den Fehler: »Da ist ein Kratzer.« Er verzog das Gesicht und hielt den Briefbeschwerer ins Licht. Sophie fing fast an zu weinen.

»Das ist nicht schlimm, Schatz. Er ist so schön, da fällt der Kratzer doch gar nicht auf«, versuchte ich zu beschwichtigen.

»Natürlich. Er ist wirklich toll«, sagte er schnell, als er sich seines Fauxpas bewusst wurde. Zu spät. Sophie war verletzt von seiner Reaktion und hatte sich bereits abgewendet.

Das tat mir so leid für sie. Umso mehr freue ich mich, dass der Briefbeschwerer trotzdem einen Platz auf seinem Schreibtisch gefunden hat. Geschenke der Kinder an uns Eltern haben etwas so Rührendes. Ich liebe jedes einzelne meiner drei Kinder. Simon hat mich mal als Löwenmutter bezeichnet, und ich glaube, das bin ich wirklich. Ich werde die Kinder bis ans Ende der Welt beschützen. Simon habe ich das nie gesagt, aber für mich sind sie das Allerwichtigste, wichtiger noch als er. Das war immer so, und das wird auch immer so bleiben. Das schließt auch Sophie mit ein, die mir so nah ist, als wäre sie meine ›echte‹ Tochter.

Ich poliere den glänzend weißen Schreibtisch, entstaube die Deckenwinkel mit dem Staubwedel und sauge den Teppich ausgiebig. Zweimal. Dann putze ich sein Festnetztelefon mit einem Reinigungsmittel, das intensiv nach Zitrone riecht und angeblich 99,9 Prozent aller Keime abtötet. Mit dem säuerlichen Geruch frischer Zitronen wabert auch Caroline zurück in mein Bewusstsein. Ob Simon wohl ihren Instagram-Account kennt oder schon einmal ihre Facebook-Seite gesehen hat? Ich bezweifle es, da er sich nicht in den sozialen Medien rumtreibt. Er hält das für unprofessionell und fürchtet, Patienten könnten ihn dort ausfindig machen und möglicherweise versuchen, ihn ›als Freund hinzuzufügen‹. Gott bewahre! »Das ist was für traurige Teenager, die kein Leben haben«, pflegt er immer zu sagen, was ich für etwas unfair halte, nicht zuletzt, weil ich selbst bei Facebook und Instagram bin und Rezepte und Haushaltstipps auf Pinterest teile. Ich poste gern Bilder meiner neuen Küche, der Kostüme der Kinder zu Halloween und allen möglichen anderen Familien-Content. Es schadet ja nicht, die guten Seiten zu zeigen. Simon weiß nichts von meinen Social-Media-Accounts. Das würde ihm nicht gefallen, und ich gehe davon aus, dass er von mir verlangen würde, sie zu löschen. Er meint, dass uns Sophies Online-Aktivitäten verwundbar für Cyberattacken machen, die seine Karriere gefährden könnten. Ich glaube, da übertreibt er etwas, aber es spricht für seine Liebe zu Sophie, dass er es ihr trotzdem erlaubt, obwohl es seine Privatsphäre in Gefahr bringen könnte. Das ist sowieso sein ganz großes Thema. Er denkt nämlich, dass Datenfirmen unsere Geheimnisse an Russland verkaufen, aber ehrlich gesagt habe ich kein Problem damit, wenn irgendjemand meine Online-Accounts hacken möchte, um mein Zitronen-Baiser-Kuchenrezept zu stehlen oder Tipps zur Schimmelentfernung an Wasserhähnen zu leaken.

Ich glaube, dass Simon mich in Wirklichkeit von den sozialen Medien fernhalten möchte, weil er mir nicht traut. Er glaubt, ich würde ihm dann nachspionieren, möglicherweise irgendetwas finden und daraus wiederum voreilige und falsche Schlüsse ziehen. Vor einigen Jahren habe ich mir mal eingeredet, Simon ginge mit einer Nachbarin ins Bett, woraufhin ich widerliches Zeug auf ihre Facebook-Seite schrieb. Kurz später stand sie vor unserer Tür, schrie mich an und drohte mit einer Klage. Ziemlich peinlich das Ganze. Simon musste sie beruhigen. Das ist einige Jahre her, aber solche Zwischenfälle sollte ich mir vor Augen halten, wenn ich mit dem Gedanken spiele, meine Tabletten abzusetzen. Ohne meine Medikamente bin ich unzurechnungsfähig.

Ich putze weiter den Tisch und die Schubladen, die natürlich abgeschlossen sind, da Simon manchmal vertrauliche Patientenakten mit nach Hause bringt, die keiner versehentlich zu Gesicht bekommen sollte. Obwohl natürlich niemand einfach so hier reinkommen würde. Wir alle respektieren Simons Privatsphäre, obwohl das umgekehrt nicht immer gilt. Manchmal geht er in den Hauswirtschaftsraum und räumt meine Taschen mit den Nähsachen weg, wenn ich nicht zu Hause bin. Ich nähe zwar nicht mehr viel, aber es geht ums Prinzip. Eigentlich ist es mir ja auch egal, aber letztens hat er eine Tasse Kaffee über einem schönen Stück Stoff verschüttet. Ich hatte es auf der Anrichte liegen lassen und musste ernsthaft heulen, als ich es völlig ruiniert vorfand. Er hat nicht mal versucht, es zu reinigen oder mir von seinem Missgeschick zu erzählen. Er hat den Stoff mit dem zuckrigen, schwarzen Kaffeefleck einfach so liegen lassen. Als ich ihn darauf ansprach, meinte er nur, das müsse eines der Kinder gewesen sein. Dabei ist er der Einzige im Haus ist, der schwarzen Kaffee mit Zucker trinkt.

Ich schiebe die Gedanken an den schönen Stoff beiseite und betrachte mein Werk in Simons Büro: Alles riecht frisch, aber groß anders sieht es nicht aus, da der Raum schon vorher ziemlich makellos und leer war. *Makellos* und *leer*. An schlechten Tagen würde ich so mein Leben beschreiben. Das stimmt natürlich nicht, doch mein verwirrtes Hirn versteht das nicht. Simon sagt immer: »Ich gebe dir mein Bestes, aber das Beste ist dir ja nicht gut genug, Marianne, stimmt's?«

Vom Türrahmen aus fällt mein Blick auf den Laptop, der unangetastet mitten auf dem Schreibtisch liegt. Blickt er zurück oder bin ich mal wieder durch die Medikamente benebelt?

Ich habe schon so viele furchtbare Dinge angestellt, wenn

ich meine Medikamente abgesetzt habe und ›von der Leine‹ war, wie Simon es ausdrückt. Mein letzter Rückfall war der Grund dafür, dass wir das Haus an der Ellis Road verlassen mussten. Eigentlich schade, denn wir waren dort glücklich, aber ich musste mal wieder alles ruinieren, indem ich mir einredete, dass Simon eine heiße Affäre mit der dreiundzwanzigjährigen Kellnerin im Pub an der Ecke hatte. Wirklich schwachsinnig, sie war schließlich jung genug, um seine Tochter zu sein, und, wie Simon ebenfalls betonte, ›nicht besonders helle‹. Doch da war ich bereits im The Hare and Hounds gewesen, hatte ihr ins Gesicht geschrien und ein Glas Bier über den Kopf geschüttet. Der arme Simon war zutiefst beschämt und meinte, er könne den Pub nie wieder betreten. Schon am nächsten Tag warf er unser Haus auf den Markt. Keine zwei Monate später folgte der Umzug, obwohl Sophie protestierte, da sie sich an der Schule gerade erst richtig eingelebt hatte. Wir hatten weniger als drei Jahre in der Ellis Road gewohnt. Dass sie ihre hart erkämpften Freundschaften aufgeben musste, um dreißig Kilometer weiter in eine fremde Stadt zu ziehen, war für sie nicht leicht zu ertragen.

Sophie scheint in letzter Zeit Probleme mit den Schulaufgaben und neuen Freundschaften zu haben. Das Leben als Teenager ist schon ohne ständige Umzüge schwer genug. Ihr Lehrer meinte, dass sie Probleme habe, sich in der neuen Umgebung einzufinden. Und obwohl ich schuld daran bin, glaubt Sophie, dass wir dieses Mal umgezogen sind, weil Simon den Job wechseln wollte. Natürlich klärte er sie bereitwillig darüber auf, dass es mir wieder schlecht ginge, und wir umziehen mussten, weil ich sie alle blamiert hatte. Zu meinem Entsetzen wusste Sophie von meinem kleinen Ausflug ins The Hare and Hounds und von der Bierdusche für die Kellnerin.

»Alle in der Schule sprechen darüber«, gestand sie niedergeschlagen.

Ich weiß, wie sich das anfühlt.

»Schatz, das tut mir so, so leid«, sagte ich.

»Schon okay, Mama, ich wusste, dass etwas nicht stimmt, aber ich wollte dich nicht beunruhigen.«

»Wie schade, dass deine Mutter nicht auch solche Rücksicht auf deine Gefühle genommen hat, als sie in den Pub gestürmt ist, um eine der Mitarbeiterinnen zu belästigen«, schimpfte Simon mit frischer Wut angesichts meiner bescheuerten Aktion.

Und schon durchlebe ich die ganze Schande aufs Neue. *Ich bin ein dummes, selbstsüchtiges Miststück, das es nicht verdient hat, geliebt zu werden.*

Immer noch starre ich auf den Laptop und überlege. Ich versuche der Verlockung zu widerstehen, glaube aber nicht, dass ich das kann. Irgendwas in mir widersetzt sich der Wirkung der Medikamente und ich verliere meine Selbstkontrolle. Simon sagt immer, dass ich nicht alles auf meine geistige Gesundheit schieben könne, sie sei ja schließlich ein Teil von mir und selbst stärkste Medikamente könnten fehlerhafte Persönlichkeiten nicht korrigieren. Das Problem ist, dass ich emotional bin, zu emotional, und aus dem Bauch heraus handle. *Ich habe keine Kontrolle. Man kann mir nicht trauen.*

Wie beiläufig lasse ich die Finger über den Laptop gleiten. Er fühlt sich kühl an, und als ich den Deckel vorsichtig aufklappe, erwacht der Bildschirm zum Leben. Beim Blick auf den nun leuchtenden Screen frage ich mich, welche Geheimnisse dieses Ding wohl verbirgt. Ich stelle mir vor, dass im Innern der Festplatte explosive Informationen schlummern. Versteckte menschliche Intrigen, die sich ihren Weg durch die Schaltkreise bahnen und unter der Tastatur sitzend darauf warten, das Tageslicht zu erblicken.

Ich drücke eine Taste und drehe mich abrupt um. Schaut er mir vom Türrahmen aus zu?

Schuld und Angst überkommen mich. Schnell werden sie von meinem unkontrollierbaren Drang unterdrückt, die Büchse der Pandora zu öffnen. Ich beuge mich nach vorn, um besser sehen zu können, und versuche mich an einem Passwort. In Anbetracht von Simons Beruf gebe ich ›Chirurgie‹ ein. Der Computer sagt mir, dass ich falsch liege, und schlägt vor, es erneut zu versuchen. Einerseits bin ich erleichtert, dass das Passwort nicht funktioniert hat. Ich weiß, dass es mich fertigmachen würde, auf irgendetwas zu stoßen. Andererseits: Wenn ich nichts finde, habe ich meinen Seelenfrieden wieder. Und Seelenfrieden könnte ich wirklich gebrauchen. Dann hätte ich mein Leben zurück und könnte mir sicher sein, dass wir immer noch eine Familie sind und er mich nicht verlassen wird und die Kinder mitnimmt. Das ist meine größte Angst, eine Angst, die mich nachts im Mirtazapin-Nebel um den Schlaf bringt.

Dann kommt mir ein Gedanke. Was, wenn Simon herausfindet, dass jemand an seinem Computer war und in seinem Privatleben herumgeschnüffelt hat? Ich weiß es nicht, aber ich kann mich einfach nicht mehr zurückhalten. Ich muss wissen, ob ich wirklich *verrückt, paranoid und psychotisch* bin, wie er so gerne behauptet. Und nicht *schön, intelligent und talentiert*, wie er mich früher beschrieben hat. Wie gern wäre ich wieder das, was ich einmal für ihn war. Wenn ich wieder zu dem Menschen werde, in den er sich verliebt hat, wird er mir vielleicht endlich vergeben, was damals mit unserem Baby passiert ist. Dann können wir gemeinsam nach vorn blicken.

Bei meinem nächsten Versuch ist eher der Wunsch Vater des Gedankens. Ich tippe langsam und sorgfältig ›Marianne‹. Mein Herz sinkt zu Boden, als das nächste ›Erneut versuchen‹ aufploppt. *Einst war ich sein Passwort.* Ich fühle mich wie eine Jägerin in Reichweite ihres Beutetiers und versuche es nun mit meiner allerletzten Patrone. Ich kann kaum hinsehen, als ich ihren Namen in die Tastatur hämmere. ›Caroline‹. Bingo. Da wo einmal ich war, öffnet nun Caroline das Tor zu seiner Welt. Eigentlich muss ich nicht mehr wissen, aber ich kann mich nicht bremsen. Alice ist in den Kaninchenbau gefallen, und von jetzt an gibt es kein Zurück.

Das Strandidyll im Hintergrund lädt mich ein, in Simons Welt einzutauchen, in seinen Geheimnissen zu baden und mit meinen Füßen in seiner heiligen Privatsphäre zu planschen. Ich stehe auf und kauere über dem Laptop. Auf seinem Stuhl fühle ich mich plötzlich unwohl. Ich weiß, dass ich gerade eine Grenze überschreite, aber mein Verdacht und meine irrationale Wut spornen mich weiter an. Ich muss es schaffen, diese seltsame Wut irgendwie zu bändigen. Oder spricht wieder nur der Wahnsinn aus mir?

Ein Blick auf die Digitaluhr in der Bildschirmecke verrät mir, dass mein sorgfältiges Staubwischen länger gedauert hat, als ich dachte. In weniger als einer halben Stunde wird er zu Hause sein.

Ich sollte den Laptop zuklappen und den Raum verlassen, doch das schaffe ich natürlich nicht. Stattdessen öffne ich seine Favoriten. Da er nicht davon ausgegangen ist, dass irgendjemand gegen seine Anweisung sein Büro betritt, geschweige denn seinen Laptop öffnet, hat er nichts versteckt. Wonach also suchen – E-Mails, Fotos, Dokumente? Auf meinen Klick hin öffnet sich sein Postfach und legt sein Leben bloß. E-Mails vom Krankenhaus, dem Tennisclub, verschiedenen Kollegen und Freunden. Dann finde ich sie. Er hat ihr sogar einen eigenen Ordner in seinem Posteingang gewidmet. Caroline.

Fast schon gewaltsam klicke ich auf den Caroline-Ordner, und obwohl ich viele E-Mails erwartet habe, schockiert mich ihre schiere Anzahl doch. O mein Gott, ich habe den Jackpot in der Lotterie des Grauens geknackt. Stetig scrolle ich nach unten. Im Februar hat er angefangen dort zu arbeiten, aber ich kann keine E-Mails von ihr oder an sie vor April finden. Also fange ich dort an, ganz am Anfang ... Am Anfang wovon? Keine Ahnung. Aber das werde ich jetzt todsicher herausfinden.

7

Ich öffne die erste E-Mail. Sie ist von ihm an sie. Offenbar hat sie gerade erst angefangen, im Krankenhaus zu arbeiten. Es ist so eine Art Willkommensgruß: »Hallo, sag Bescheid, falls du Hilfe brauchst oder Fragen hast.« Er erzählt, dass er selbst erst seit zwei Monaten dort arbeitet und genau weiß, wie es sich anfühlt, »der oder die Neue« zu sein, und dass er sich für die berufliche Entwicklung junger Chirurgen in seiner Abteilung interessiert.

Nicht nur für ihre beschissene berufliche Entwicklung.

Simons E-Mail ist freundlich, aber nicht flirty, und soweit ich das beurteilen kann, ohne Hintergedanken. Auch ihre Antwort ist entsprechend professionell. Sie dankt ihm und fragt nach irgendeinem chirurgischen Verfahren. Bla bla bla.

Dieser professionelle Chirurgenplausch zieht sich über ein oder zwei Monate und etwa zehn E-Mails. Er ist ihr Vorgesetzter, ihr inoffizieller Mentor, und ihrem E-Mail-Verkehr ist zu entnehmen, dass sie eine gute Arbeitsbeziehung entwickelt haben. So weit, so gut. Ich bin seltsam hin- und her gerissen zwischen Erleichterung und leiser Enttäuschung. Hat er also gar keine Affäre? Habe ich mir das nur eingebildet? Bin ich also doch verrückt? Ich bin eine »fantastische Furie«, um meinen Ehemann zu zitieren, der mich im Nachgang der unrühmlichen Pubgeschichte so nannte. Oder war das, als ich dachte, er würde mit der Mutter von Sophies Freundin schlafen? Ich weiß es nicht mehr. Sie alle verschmelzen zu einer eingebildeten Person. Und Caroline? Ist sie auch nur ein Hirngespinst?

Da mir nicht mehr viel Zeit bleibt, springe ich direkt zum Juli, wo ich auf den ersten interessanten Austausch stoße, der meinem Herzen einen leichten Stich versetzt. Die Mail stammt von ihr. Sie fragt ihn, ob sie sich auf einen Drink treffen könnten. Sie sagt, sie möchte mit ihm über einen Patienten sprechen, eine Operation, die sie tags drauf mit einem neuen Team durchführen muss. Sie macht sich Sorgen und möchte sich mit jemandem Erfahrenen austauschen.

Ich öffne seine Antwort: »Ja klar, wie wär's um neunzehn Uhr im The Dog and Duck? Bis dahin sollte ich raus sein aus dem OP. Falls nicht, ruf ich dich an.« Mir stellen sich die Nackenhaare auf – ist das der Anfang? Bin ich verrückt, wenn ich es meinem Mann übel nehme, mit einer schönen jungen Frau in einen Pub zu gehen?

Inzwischen hat er offensichtlich also auch ihre Nummer. Natürlich wird es auch auf seinem Smartphone Nachrichten geben, aber ich denke mal, dass er im Hinblick auf meine Vorgeschichte vorsichtiger damit geworden ist. Wahrscheinlich hält er E-Mails für sicherer und versteckter. Im Gegensatz zu Textnachrichten poppen sie nicht einfach auf und rufen neugierige Ehefrauen auf den Plan.

Gerade bin ich dabei, tiefer einzutauchen, als ich ein Klopfen an der Haustür höre. Das muss Jen mit den Kindern sein. Ich warte einen Moment, kann mich nicht loseisen von der Geschichte, die sich hier vor mir entfaltet. Zu meiner großen Erleichterung geht Sophie die Treppe runter und öffnet. Ich höre, wie Jen nach mir fragt. Sophie antwortet gewohnt vage und einsilbig, dass sie nicht weiß, wo ich bin. Normalerweise würde mich das stören, aber gerade kommt es mir sehr entgegen. Die Jungs werden die Abwesenheit ihrer Eltern ausnutzen und direkt den verbotenen Fernseher ansteuern. Das gibt mir mindestens zwanzig zusätzliche Minuten, dann werden sie Hunger bekommen und nach mir suchen.

Da mir nicht viel Zeit bleibt, überfliege ich die nächsten Tage: ein höfliches Dankeschön von ihr dafür, dass er sie »vor dem Abgrund« gerettet hat, wie sie es ach so witzig formuliert. Ich kann sie mir gut an einem wortwörtlichen Abgrund vorstellen – am Rand von Parkdeck sechs im größten Parkhaus in der Stadt zum Beispiel. Ich sehe sie von dort oben anmutig in ihrem zartrosa Mantel hinabsegeln. Leider landet sie ungünstig, sodass der Inhalt ihres Schädels den Bürgersteig und ihren reizenden Mantel ruiniert.

Ich scrolle weiter durch den Juli. Hier passiert wenig – weder Sextalk noch Nacktbilder. Aber so etwas passiert wohl eher via Smartphone, oder? Trotzdem glaube ich, dass ich es mittlerweile gemerkt hätte, wenn die E-Mails einen sexuellen Unterton oder intime Botschaften enthielten, und im Juli finde ich nichts dergleichen. Sollte ich hier also aufhören? Das ist weniger als zwei Monate her, was soll in der kurzen Zwischenzeit schon groß passiert sein? Immerhin war er die ersten beiden Augustwochen mit mir und den Kindern auf Kreta, und abgesehen von ein paar Meinungsverschiedenheiten, einem kleinen Krach über den Mietwagen und seiner Wutrede über das Verhalten der Jungs lief alles glatt. Wir hatten mindestens dreimal Sex, unspektakulären, etwas gefühllosen Sex, wenn ich ehrlich bin, aber immer noch besser als die harten Sachen, auf die er steht, wenn wir zu Hause sind und niemand uns hören kann. Was Jen wohl sagen würde, wenn ich ihr so ausschweifend von meinem Sexleben berichten würde, wie sie es gern tut? Sie würde bestimmt laut lachen über die Handschellen und die Schläge.. Mir würde es besser gehen, wenn ich über diese Sachen mit einer Freundin sprechen könnte, aber ich bin mir nicht sicher, ob ich das kann. Davon abgesehen wäre das illoyal Simon gegenüber.

Als ich im August ankomme, fällt mir auf, dass die E-Mails regelmäßiger werden. Sie schreiben sich nicht mehr alle ein bis zwei Tage, sondern mehrere Male am Tag. Ich gehe zurück und öffne die erste Mail des Monats. Sie ist vom zweiten August, dem Tag unserer Abreise nach Kreta. Keine Ahnung, warum sie einander schreiben sollten, wenn er im Urlaub ist. Eigentlich legt er großen Wert darauf, nicht von seinen Arbeitskollegen gestört zu werden, wenn er frei hat. »Das sind meine einzigen Auszeiten«, sagt er immer. »Ich will keine chirurgischen Eingriffe diskutieren, wenn ich mit meiner Familie am Strand liege.« Doch für wunderschöne, langbeinige Arbeitskolleginnen kann man wohl selbst im Familienurlaub durchaus mal eine Ausnahme machen.

»Ich kann kaum glauben, dass du zwei ganze Wochen lang weg sein wirst«, beginnt ihre E-Mail. Ich bemerke sofort den veränderten Tonfall. Falls es jetzt noch nicht klar sein sollte, macht der nächste Kommentar alles deutlich: »Ich werde dich vermissen. Ich kann den Gedanken gar nicht ertragen, dass du so lange nicht da bist.« Also hatte ich doch recht! Der Schmerz in meiner Brust ist so stark, dass ich ihn fast für einen Herzinfarkt halte. Schließlich sammle ich mich und finde irgendwie die Kraft, um weiterzulesen. »Wirst du mich auch vermissen?«, fragt sie. Sie ist sich spürbar unsicher. Es sind diese ersten Tage, in denen man sich nicht sicher darüber ist, wo man steht, und permanent wissen muss, welche Rolle man im Leben, im Herzen des anderen spielt.

Er antwortet ihr, dass er sie vermissen werde und nicht wisse, wie er die nächsten zwei Wochen »durchstehen« solle. Als ob ein Urlaub auf einer griechischen Insel im Kreise der Familie etwas wäre, das man durchstehen muss. Doch das ist erst das Vorspiel, und es dauert nicht lange, bis mein schlimmster Albtraum wahr wird. Wie ich befürchtet hatte, war jedes kleine Zucken meiner Muskeln, dieses Gefühl tief in mir, untrüglich: Mein Ehemann und Caroline haben eine Affäre. Daran gibt es keinen Zweifel. Jeder Satz und jede Äußerung verrät das.

In der ersten verräterischen E-Mail, die ihr Verhältnis wirklich offenlegt, beschwert sie sich bei ihm darüber, sie »am Sonntag« allein im Bett zurückgelassen zu haben. Und zwar dem Sonntag vor unserer Abreise. Mir hat er erzählt, dass er das ganze Wochenende Notdienst hatte. Wir bekamen ihn zwei Tage lang nicht zu Gesicht, und als er am Sonntagabend »erledigt« von zwei Tagen »voller OPs« – inklusive einer siebenstündigen Herztransplantation – nach Hause kam, glaubte ich ihm das. »Als dann ein plötzlicher Herzstillstand eingetreten ist, habe ich das Herz mit meinen bloßen Fingern massiert und so das Leben des Patienten gerettet.« Ich erschauderte leicht vor seinem theatralischen Ton, aber verzieh ihm, weil er nun mal ein Held ist und ich ihn liebe.

Herzmassage mit den bloßen Fingern? Das, was er an diesem Wochenende mit seinen Fingern massiert hat, war mit Sicherheit kein beschissenes Spenderherz. Jetzt spüre ich mein eigenes Herz, und es schlägt mir bis zum Hals, als würde es höher und höher steigen, bis ich es schließlich auswürgen und auf den sauberen weißen Tisch kotzen muss.

Ich weiß nicht, ob ich es aushalte, die nächste E-Mail zu lesen, aber ich kann einfach nicht aufhören. Es ist wie ein Autounfall – man weiß, dass man nicht hinschauen sollte, und kann die Augen trotzdem nicht von dem grauenhaften Anblick lassen. Fast bin ich dankbar für meinen betäubten Zustand. Es ist, als würde ich den Schmerz wie durch Watte spüren – immer noch unerträglich, aber gedämpfter, stumpfer. Während ich Simons Schilderung unseres Familienurlaubs lese, möchte ich mir am liebsten die Augen zuhalten. Es schockiert mich, wie einsam und leer er sich angeblich bei uns gefühlt hat und wie schrecklich unser Urlaub wohl für ihn war. Ich lese, dass die leckeren Meeresfrüchte, die wir bei einem schnuckligen kleinen Griechen in Chania gegessen haben, »fürchterlich« waren. Die Kinder sollen die ganze Zeit bockig gewesen sein, ich hätte sie angeschrien, was zu einer von vielen, vielen Meinungsverschiedenheiten geführt hätte. Ich erinnere mich an nichts davon. Ist das passiert? Habe ich das nur verdrängt? *Hat der perfekte Familienurlaub nur in meiner Fantasie stattgefunden?*

Seine E-Mails an eine andere Frau verraten so einiges. Zu meinem Entsetzen finde ich heraus, dass er mich mit den Kindern für überfordert hält. Dass er Angst hat, mich zu verlassen, weil er nicht weiß, was ich dann tun würde. Er fragt sich, warum er mich überhaupt geheiratet hat, vermutet aber, dass es mit seinem Zustand nach Nicoles Tod zu tun gehabt haben muss.

Es ist unerträglich, diese Zeilen zu lesen. Ich weiß, dass Menschen lügen, wenn sie Affären haben, das müssen sie ja. Ich glaube nicht, dass Simon das wirklich alles so meint, sondern glaubt, dass sie das hören will. Und doch fühlt sich das Ganze an wie ein Hammerschlag gegen meinen Kopf, gefolgt von einem langsamen Würgen.

All die Dinge, die ich dir jetzt gern antun würde, Caroline.

Wie im Fieber lese ich weiter. Entsetzen und Faszination sind keine gute Mischung, und jemand mit meinen Problemen sollte sich das hier nicht antun. Ich denke an das Sprichwort »des Wahnsinns fette Beute«. Dank dieser E-Mails macht der Wahnsinn wohl wirklich gerade fette Beute mit mir, stürzt mich in eine Welt aus Schmerz und Verwirrung. Ich werde die Nerven verlieren und Simon hat mir bereits gedroht, sich von mir scheiden zu lassen und die Kinder mitzunehmen, wenn das erneut passiert. Aber hier ist ja der Beweis für meinen Wahnsinn. Meine Augen widersetzen sich dem Rest von mir, der schreit, sofort aufzuhören. Also lese ich weiter.

Anscheinend kann Simon keine weitere Minute mit mir

und ohne sie aushalten. Er hatte noch nie so guten Sex wie mit ihr und kann es kaum erwarten, dieses griechische Drecksloch mit seiner Familie zu verlassen, um ihr nach der Landung in London-Fucking-Gatwick den Himmel auf Erden zu bereiten. Ich brauche einen Moment, um das zu verdauen. Ich bin am Boden zerstört, aber … ich hatte recht, ich kann mich auf meine Instinkte verlassen. Ich hatte nur nicht erwartet, so richtig zu liegen. Das ist so überwältigend, so brutal, so … intim.

Ich klicke auf weitere Mails. Neben gehässigen Bemerkungen über Arbeitskollegen und Fachgesprächen über das Leben im OP stoße ich auf weitere interessante und qualvolle Informationen über mich und unsere Ehe.

»Liebling, ich halte es dieses Wochenende nicht ohne dich aus«, leitet er eine E-Mail ein, die er ihr erst vor wenigen Wochen geschickt hat. Anscheinend war sie übers Wochenende zu ihren Eltern gefahren, und schon der Gedanke an achtundvierzig Stunden ohne sie machte ihn »unglaublich traurig«. Dann erzählt er ihr: »Marianne ist wieder krank, sie kann nichts dafür, aber ich kann damit so schlecht umgehen. Gestern Abend hat sie Charlie angeschrien und ihm gesagt, er sei bescheuert, dabei ist er doch erst sechs. Er war völlig fertig, so etwas von seiner Mutter zu hören. Das passiert, wenn sie ihre Medikamente nicht nimmt. Ich habe sie immer wieder gebeten, sie zu nehmen, aber sie tut's einfach nicht. Sie sagt, dass sie davon müde wird, sieht aber nicht, was das mit uns allen macht. Sie schreit die Jungs an. Neulich hat sie ihnen beim Frühstück sogar gedroht, ihnen wehzutun. Nur weil sie ihre Eier nicht aufessen wollten. Ich weiß, ich sollte stärker sein, Liebling, aber wenn sie mich und die Kinder so furchtbar behandelt, würde ich die Kleinen am liebsten ins Auto setzen und mit ihnen zu dir fahren.«

Ich ringe nach Luft. Wie kann er nur so etwas schreiben? Ja, das ist alles so passiert, aber es war doch ganz anders, als er es darstellt. Viel Raum für Interpretation, aber an welche Version soll ich glauben? Er hat schon öfter gedroht, mir die Kinder wegzunehmen, aber meist war das im Streit, im Eifer des Gefechts. Das Ganze nun Schwarz auf Weiß zu lesen, lässt die Drohung realer erscheinen.

Schließlich schaffe ich es, mich vom Bildschirm abzuwenden. Ich kann es nicht ertragen, weiterzulesen. Ja, es war nicht immer einfach zwischen uns, und es gab Momente in unserer Ehe, die seine Liebe verständlicherweise auf die Probe gestellt haben. Aber ich habe geglaubt, dass wir das aufgearbeitet haben, dass er mir vergeben hat, obwohl ich manchmal ein bisschen paranoid bin, und dass wir wieder auf dem richtigen Weg sind. Ich will mir gar nicht vorstellen, wie die beiden Sex haben. Aber die Art, wie er über mich spricht und jedes kleine Detail über mich ausbreitet, sogar, dass ich ein Antidepressivum nehme, ist noch viel schmerzhafter. Ich fühle mich bloßgestellt, misshandelt. Sie urteilen über mich und interpretieren mein Handeln: mein Leben, meine Vergangenheit, meine Geheimnisse – alles hat er verraten. Es tut auch weh zu sehen, dass er mit ihr umgeht, wie er in der Vergangenheit mit mir umgegangen ist, in *unserer* Vergangenheit. Ich sehe wieder den Simon, in den ich mich verliebt habe, erinnere mich an seine warme, liebevolle Art und an sein ständiges Bedürfnis nach Sex. Tränen strömen mir über das Gesicht, während ich lese, wie er vor Liebe übersprudelt. Mir wird klar, wie wir einmal waren und wie weit wir jetzt davon weg sind – und davon, glücklich zu sein.

Ich balanciere auf einem Drahtseil ohne Sicherung. Was bleibt mir, wenn Simon weg ist?

So weh es auch tut, ich muss die Wahrheit wissen und wende mich doch wieder den E-Mails zu. Ich schlucke und versuche, durch meine verheulten Augen etwas zu sehen. Diese Nachrichten sind neuer, erst wenige Wochen alt. Sie fragt ihn, ob er mit ihr ein Wochenende in Amsterdam verbringen will, sie sei noch nie in Amsterdam gewesen. Er schickt ihr einen

Link zu einem Boutique-Hotel und schlägt vor, Fahrräder zu mieten und an den Kanälen entlangzufahren. Ich bin so neidisch. Ich sollte diejenige sein, die er zu einem romantischen Wochenende entführt. Sie schreibt: »Ich will ins Van-Gogh-Museum gehen.« Er antwortet, sie könnten »überall hingehen – ich will einfach nur die ganze Nacht in deinen Armen liegen und neben dir aufwachen«.

Carolines Simon ist entspannt, glücklich, liebevoll und nett ... so nett. Es ist der Simon, den ich auf der Buchpremiere kennengelernt habe, der mich zu Austern und Champagner eingeladen und mich zum Lachen gebracht hat. Der Mann, der in einem Buchladen ein Buch über Ballett für seine Tochter gekauft hat und mit so viel Liebe von ihr sprach, dass ich ihn mir als Vater meiner Kinder wünschte. Ich wollte damals einfach nur jeden Morgen in seinen Armen aufwachen und in seine blauen Augen blicken. Er sagte, dass er mich für immer lieben würde. Aber er hat gelogen. Für Caroline ist mein Ehemann noch immer dieser Mann, in den ich mich verliebt habe, und gerade das macht mich so fertig – ich dachte, er wäre verschwunden, doch er ist noch immer da, nur nicht für mich.

Ich habe Angst und mir ist schlecht. Wenn ich mich nicht zusammenreiße, muss ich gleich auf den makellosen weißen Schreibtisch kotzen.

Plötzlich höre ich die Haustür und schließe das E-Mail-Postfach mit einem hastigen Klick. Alles verschwindet vom Bildschirm, als wäre es nie da gewesen. Aber es ist da, ich habe es schließlich mit eigenen Augen gesehen. Simon ist zu Hause. Als ich den Laptop schnell zuklappe, klopft mein Herz noch immer laut und ich muss nach Luft ringen, als hätte ich einen Marathon hinter mir.

Schnell scanne ich den Raum, um sicherzugehen, dass ich nichts vergessen habe, das mich verraten könnte. Dann eile ich nach unten, um ihn mit Elizabeth Davids Lammbraten in

Knoblauch-Rosmarin-Kruste zu begrüßen. *Ich werde ihn nicht hergeben. Sie kriegt ihn nicht.*

Auf keinen Fall darf ich die E-Mails ansprechen, sonst wird er mich wieder für verrückt erklären. Als ich vor drei Jahren einen meiner ›Schübe‹ hatte und er nur das Beste für mich wollte, lud er mich zum Abendessen in ein neues Restaurant in einem kleinen Dorf in der Nähe ein. Meine beste Freundin kümmerte sich um die Kinder und ich habe mir extra für den Anlass ein neues schwarzes Kleid mit weißen Punkten gekauft. Ich fand es toll und Simon gefiel es auch. Ich war so glücklich, als wir an diesem Abend die Landstraßen entlangfuhren, und weiß noch, dass ich ihm etwas Lustiges erzählt habe, was die damals dreijährigen Zwillinge gesagt hatten, und er lachte. Er lachte wirklich mit mir zusammen über meine Anekdote. Da dachte ich, wir wären über den Berg, und dass es mir von jetzt an wieder besser gehen würde.

Doch wir fuhren gar nicht zu dem neuen Restaurant, sondern hielten vor einer Klinik. Panik überkam mich. Ich wusste, was das zu bedeuten hatte. Ich fing an zu weinen und schlug wild um mich, als jemand versuchte, mich aus dem Auto zu zerren. Ehe ich mich's versah, hatte ich eine Beruhigungsspritze im Arm und wurde von einem Psychiater ausgefragt, der mir starke angsthemmende Tabletten und acht Wochen stationäre Elektrokonvulsionstherapie verschrieb. Bei mehreren Behandlungen wurde mein Hirn Stromimpulsen ausgesetzt, die eine neuronale Überregung auslösen und so die Symptome meines psychischen Gesundheitsproblems lindern sollten. Das funktionierte nicht und führte nur zu unerwünschten Nebenwirkungen wie Apathie, kurzzeitigem Gedächtnisverlust, fehlendem Antrieb und Kreativitätsmangel – und meine Kinder mussten wochenlang ohne ihre Mutter auskommen. Und all das nur, weil ich meinen Ehemann verdächtigt hatte, eine Affäre mit einer der Mütter aus der Schule zu haben. Obwohl ich weiß, dass Simon mich zu meinem eigenen Wohl einweisen ließ, war es die schlimmste Zeit meines Lebens. Dorthin will ich auf keinen Fall zurück, deshalb kann ich ihn auch nicht auf die E-Mails ansprechen, denn dann würde er denken, dass ich wieder durchdrehe. Und dieses Mal käme es ihm vielleicht ganz gelegen, mich richtig loszuwerden, damit Caroline bei ihm einziehen kann.

Simon steht in der Küche, als ich unten ankomme, und hängt bereits an seinem Smartphone, als wäre es sein Lebenserhaltungssystem. Ich weiß, dass er ihr schreibt. Sie ist jetzt hier bei uns, in unserem schönen Haus, in meiner Küche. Er schaut nicht mal auf, als ich hereinstürme, um das Gemüse aus dem Kühlschrank zu holen. Ich war wirklich viel zu lange in seinem Büro. Natürlich sollte ich nicht herumschnüffeln, aber jetzt habe ich auch noch alles bis zur letzten Minute aufgeschoben, und es dauert mindestens sieben Minuten, bis die Chantenay-Karotten kochen. Verdammt! Das Essen sollte eigentlich auf dem Tisch stehen, wenn Simon zur Tür hereinkommt. Ich muss ihm zeigen, dass es mir gut geht, dass ich alles unter Kontrolle habe und einen Haushalt besser führen kann als Caroline.

»Maaaama«, greint plötzlich eine Stimme aus dem Wohnzimmer. Scheiße! Ich habe die Jungs vergessen. Ich war so in diese verdammten E-Mails vertieft, dass ich gar nicht an sie gedacht habe. Ich bin eine schreckliche Mutter, wie kann ich nur meine eigenen Kinder vergessen?

Schnell blicke ich zu Simon und rechne mit einer sarkastischen Bemerkung zu den Kindern und dem Fernseher, doch er ist immer noch am Scrollen und hat meinen Riesenfehler anscheinend noch gar nicht bemerkt. Erleichtert darüber, dass ihm nichts aufgefallen ist, stelle ich die Karotten und den Blumenkohl auf den Herd und gehe sicher, dass die Bratkartoffeln und das Lamm nicht anbrennen. Dann haste ich ins Wohnzimmer. Alles muss ganz normal wirken. Er darf nicht wissen, dass ich es weiß.

»Meine kleinen Bärchen, das tut mir so leid«, sage ich leise, als ich auf die zwei schläfrigen Jungs treffe, die mit fast viereckigen Augen vor dem Fernseher kleben. Alles ist voller Kekskrümel, ihre Münder sind marmeladenverschmiert. Sophie muss ihnen die Marmeladenkekse gegeben haben, die ich ganz hinten im Schrank versteckt hatte. Simon ist dagegen, Kindern Kekse zu geben – zu viel Zucker, sagt er. Und natürlich hat er damit recht, aber manchmal ist der ein oder andere Keks oder Schokoriegel das Einzige, was hilft. Ich bin Sophie dankbar dafür, dass sie sich um die beiden gekümmert hat, achte aber peinlichst genau darauf, sämtliche Beweismittel zu beseitigen.

»Jungs, wollt ihr etwas zu Abend essen?«, frage ich, obwohl ich weiß, dass es dafür ein bisschen spät ist. Aber ich will nicht, dass sie hungrig ins Bett gehen müssen. Sie schütteln beide den Kopf und kuscheln sich wieder ins Sofa, müde und außerstande, sich dem hypnotisierenden Riesenbildschirm zu entziehen. Da ich nicht zurück in die Küche will, um Simon zu erklären, dass die beiden noch kein Abendessen hatten, entscheide ich mich, sie mit einer warmen Milch mit Honig ins Bett zu bringen. Ich sende Sophie eine Nachricht und bitte sie runterzukommen, um mir auszuhelfen. Sie weiß Bescheid. Ich muss ihr nicht erklären, warum Papa nichts davon erfahren sollte. Kurz darauf steht sie neben mir und begleitet Charlie, während ich Alfie nach oben lotse. Kichernd ermuntern wir sie sanft, leise zu sein. *Werde ich meine Kinder verlieren?*

»Danke, Süße«, flüstere ich ihr zu, als wir das Zimmer der Zwillinge erreichen. »Ich will nicht, dass Papa sich darüber aufregt, dass die beiden ferngesehen haben, verstehst du ...«

»Verstehe.« Sie verdreht die Augen und hilft mir, die zwei ins Bett zu bringen. Wieder einmal frage ich mich, was ich nächstes Jahr nur ohne sie machen soll.

Den Jungs fallen so schnell die Äuglein zu, dass ich noch nicht einmal dazu komme, ihnen die warme Milch zu machen. Erleichtert seufzen wir auf. Was für ein Wahnsinn!

Behutsam schließen wir die Zimmertür und überqueren

gerade den Treppenabsatz, als sie plötzlich stehen bleibt. »Warum tust du das, Mama?«, fragt sie mit ernster Miene und durchdringendem Blick.

»Weil sie ihren Schlaf brauchen«, antworte ich ausweichend.

»Das meine ich nicht, ich meine Papa. Warum sagst du ihm nicht einfach, dass du zu tun hattest und die Jungs deshalb eben etwas später ins Bett bringst? Und wieso bringt er sie eigentlich nicht ins Bett? Das hat er bei mir doch auch gemacht, oder nicht?«

»Ja, das hat er ... Er hat dir auch jeden Abend eine Gutenachtgeschichte vorgelesen.«

Sie lächelt bei der Erinnerung daran und ich frage mich, ob sie den alten Simon so sehr vermisst wie ich. Ich weiß, dass Simon sie über alles liebt, es ihr aber nicht immer zeigen kann, und hoffe, sie weiß das auch.

»Schon gut, Süße«, sage ich mit einem aufgesetzten Lächeln. »Es ist nur ... Papa liebt uns alle sehr, aber seien wir mal ehrlich, ich kann doch nicht zulassen, dass er nach einem vollgepackten Tag im OP nach Hause kommt und dort auf zwei verrückte Zwerge trifft.« Ich verdrehe die Augen. »Er arbeitet so hart, und so gibt es keinen Ärger, weißt du.«

»Ich weiß.« Sie wirft mir einen Blick zu, den ich nicht einordnen kann, und legt die Hand auf meine Schulter.

Ich bin gerührt. Sophie ist kein Mensch, der seine Zuneigung offen zeigt, aber sie hat eine gute Intuition. Sie scheint zu spüren, dass es mir nicht gut geht, und versucht mich auf ihre Art zu trösten.

»Du weißt, dass ich dich liebe, Mama, oder?« Sie sagt das so aufrichtig, dass ich mich einen Moment lang frage, ob sie schlechte Nachrichten für mich hat. Doch als ich in ihr Gesicht schaue, sehe ich nichts als Liebe. Davon habe ich in letzter Zeit nicht allzu viel bekommen, und die Liebenswürdigkeit meiner Stieftochter rührt mich fast zu Tränen.

Hier stehen wir nun, auf dem Treppenabsatz, zwischen Himmel und Hölle. Ich habe das Gefühl, dass etwas Schreckliches passieren wird, aber wahrscheinlich bin ich nur etwas überreizt wegen der E-Mails. Alles wird wieder gut, dafür werde ich schon sorgen.

»Na komm«, sage ich etwas zu fröhlich. »Wir Erwachsenen können ja etwas essen, auch wenn ich eine schreckliche Mutter bin, die ihre Kleinsten verhungern lässt.« Ich zwinkere ihr zu, woraufhin sie mir ein vages Lächeln schenkt.

»Ich habe keinen Hunger, aber danke.«

»Du musst ja kein Fleisch essen«, sage ich, »aber bitte iss etwas. Es gibt auch Tofu!« Ich flehe sie an, mit uns zu essen, und das merkt sie. »Mäuschen, du isst aber schon etwas, oder? Du machst keine blöde Diät oder so?« Ich nehme ihre Hand.

»Ach Quatsch. Ich hatte heute eine *riesige* Pizza zum Mittagessen und bin immer noch voll.« Sie tätschelt ihren nicht vorhandenen Bauch und plustert ihre Wangen auf, als wäre sie kugelrund und fett. Ich glaube ihr nicht. Aber wem kann ich denn überhaupt noch trauen, wenn ich noch nicht mal weiß, ob ich mir selbst trauen kann? Ich denke wieder an die E-Mails und frage mich, ob ich sie mir nur eingebildet habe und die Tabletten meinen Verstand benebeln. Aber ich sehe die Worte doch klar vor mir: Ich vermisse dich, ich halte es ohne dich nicht aus, ich will einfach nur die ganze Nacht in deinen Armen liegen. Habe ich mir das alles wirklich nur eingebildet?

Sophie schenkt mir eine Umarmung, die viel zu schnell vorbei ist, und geht in ihr Zimmer. Diese Suppe werde ich alleine auslöffeln müssen.

Ich gehe die Treppe runter, um Simons Abendessen fertig zuzubereiten. Die Küche ist zu meiner großen Freude leer. Ich freue mich über den Freiraum. Ich muss herausfinden, was real und was Einbildung ist. Mein Kopf ist voll von ihm und ihr, unserem Kreta-Urlaub, Caroline und Simon, die sich küssen, der hungernden Sophie, Simon, der Caroline liebt, den Jungs, die nur Kekse zum Abendessen hatten, von ihren klebrigen Mündern, dem krümelübersäten Sofa …

Scheiße, das SOFA! Ich springe ins Wohnzimmer, um die verräterischen Kekskrümel zu entfernen, die mein mütterliches Versagen gleich zweifach belegen: Fernsehen und Kekse. Wenn Simon Wind davon bekommt, wird er denken, dass ich nicht mehr in der Lage bin, mich um die Kinder zu kümmern. Ich werfe mich auf die Knie, vergrabe mein Gesicht im Sofa und pule einen winzigen Krümel nach dem anderen aus den Sofaspalten. Plötzlich beschleicht mich das dumpfe Gefühl, nicht allein zu sein. Meine Nackenhaare stellen sich auf. Als ich leicht den Kopf hebe, kann ich ihn im Augenwinkel erkennen. Er sitzt in seinem großen Ohrensessel und schaut mir seelenruhig zu.

»Oh … Simon«, beginne ich. »Ich wollte nur …«

»Sprich weiter. Was wolltest du nur?« Langsam und fragend hebt er den Kopf.

Seine Worte hängen in der Luft wie eine Drohung. Er weiß von den Keksen!

»Ich wollte nur … gerade das Sofa sauber machen.« Immer noch auf den Knien kauernd, starre ich ihn an und frage mich, was als Nächstes passieren wird.

»Marianne, mal eine Frage«, sagt er und zupft sich einen Flusen von seinem verschränkten Hosenbein.

Ich warte. Und warte. Und schaue zu ihm auf. Ich knie noch immer. Er lässt sich Zeit. Aus seinem Gesicht ist nichts abzulesen. Was genau weiß er? War alles umsonst?

Schließlich schaut er auf, legt den Kopf zur Seite und fragt: »Hältst du mich eigentlich für blöd?«

8

»Nein, natürlich halte ich dich nicht für blöd.« Meine gespielte Empörung verkommt zu einem erschrockenen Gestammel. Ich höre Sophie telefonieren, womöglich kommt sie gleich die Treppe runter. Hoffentlich bleibt sie oben, ich will nicht, dass sie das hier mitbekommt. Einige Sekunden später höre ich, wie sich oben eine Tür schließt. Sophie wird nicht mitbekommen, was hier als Nächstes passiert. Ich bin unheimlich erleichtert.

»Gehe ich also recht in der Annahme, dass du mich nicht für blöd hältst?«

»Nein ... natürlich ... nein, das bist du nicht ...« Ich bin in meiner Kauerstellung vor dem Sofa erstarrt. Meine schwitzende Faust umklammert noch immer die warmen Krümel.

»Wenn das so ist, warum behandelst du mich dann wie einen Idioten?«

»Das ... das tu ich nicht. Du bist kein ...« Ich spüre, wie mir der Boden unter den Füßen wegbricht. Die Tabletten machen mich so benommen.

»Glaubst du wirklich, du könntest vor mir verbergen, dass die Jungs den ganzen Abend ohne Abendessen vor der Glotze saßen, während du hier sonst was gemacht hast?«

»Ich wollte gar nichts verbergen ... Ich wollte nur –«

»Entschuldigung, aber kannst du vielleicht etwas deutlicher werden?« Sein starrender Blick dringt bis in meine Seele vor.

»Ich war mit Putzen beschäftigt ... und als ich runterkam, schliefen sie schon fast ...« Ich fühle mich so schuldig. Hätte ich nicht in seinen E-Mails herumgeschnüffelt, wäre das alles nicht passiert.

Als er aufsteht, krabble ich auf den Knien instinktiv weg von ihm über den Boden. Ich fühle mich wie ein gefangenes Tier, möchte den Raum verlassen, aber mein Körper gehorcht mir nicht. Außerdem muss ich ihm erklären, was passiert ist, ihm beweisen, dass ich keine schlechte Mutter bin, dass es mir gut geht. Aber Simon spricht zuerst, und ich bin verloren.

»Nach ... *allem* hätte ich wirklich erwartet, dass du dich inzwischen besser um die Kinder kümmerst.«

»Das tue ich ... ich bin ...«

»Nein, das tust du offensichtlich nicht, und ich frage mich ernsthaft, wie das hier weitergehen soll, Marianne.«

»Nein ... bitte ... Simon ...«

»Ich hab's dir schon einmal gesagt: Die Kinder müssen für dich an erster Stelle stehen. Die Zwillinge sind sechs Jahre alt, die kannst du nicht einfach alleine lassen und tun, worauf du gerade Lust hast.«

»Ich war *hier*, ich hab sie nicht alleine gelassen, ich hatte einfach ... einfach viel zu tun.« Panik steigt in mir hoch. *Er wird die Kinder ins Auto setzen und mit ihnen wegfahren ... zu ihr.*

»Viel zu tun? *Viel zu tun?* Ich glaube, du weißt gar nicht, was das bedeutet. Vielleicht solltest du mal Begriffe wie ›Kindeswohl‹ und ›Sorgerecht‹ nachschlagen und dir überlegen, was sie für die Zukunft unserer Familie bedeuten könnten.« Er geht einen Schritt auf mich zu. Ich schaue ihn an und erwarte meine gerechte Strafe. Er hat recht, ich tauge nicht als Mutter und bin auch nicht gut genug, um Simons Frau zu sein. Er schaut auf mich hinunter und befiehlt mir mit zusammengebissenen Zähnen: »Steh auf!«

Langsam stehe ich auf, trete auf ihn zu und warte auf die Ohrfeige, die mich auch sogleich schnell und hart im Gesicht trifft. Der Schmerz, den seine Hand hinterlässt, sticht mir ins Herz, aber ich halte die Augen offen, um all seinen Hass und seinen Ekel aufzusaugen – ich habe es verdient.

Komm schon, schlag zu.

»Du bist eine schlechte Mutter, Marianne.«

Ich warte auf den zweiten Schlag, mit der Faust. Ich habe ihn verdient und schließe die Augen. Ich bin bereit für allen körperlichen und emotionalen Schmerz, den er mir zufügen möchte. Ich will ihn fühlen. Wer könnte es ihm verübeln, nach alldem, was ich getan habe? Doch der zweite Schlag kommt nicht.

»Geh ins Schlafzimmer, zieh dich aus und warte auf mich.« Ich zucke zusammen, als er mich im Vorbeigehen anrempelt, aber er stößt mich nicht zu Boden, ich falle nicht hin.

Vielleicht noch nicht jetzt, aber später wird er mir wehtun, weil ich bestraft werden muss.

Und ich weiß, was nach dem Schmerz kommt. Wir hatten schon eine Weile lang keinen Sex mehr, doch heute Nacht will er mich ... Er will mich nicht auf liebevolle, sanfte Art, aber trotzdem will er mich.

Erst als er den Raum verlassen hat, die Haustür ins Schloss gefallen ist und ich sein Auto wegfahren höre, wage ich es, wieder zu atmen.

Ich gehorche und gehe nach oben. Aufrecht sitze ich im Bett und warte, doch wer weiß, wohin er gefahren ist und wann er wiederkommt? Fragen kann ich ihn kaum.

Ich bin allein und muss natürlich sofort wieder an sie denken. Caroline. Wie ein Junkie greife ich nach Alfies iPad, logge mich ein und konsumiere meinen Stoff. Da ich meinen Browserverlauf immer lösche, dauert es einige Sekunden, bis ich sie bei Instagram finde. Und dann tut sich ihre Welt vor mir auf.

Carolines Leben ist offen zugänglich. Keine Passwörter, keine Geheimnisse.

Die letzten paar Tage zeigen die ach so fotogene Caroline mit Weinglas und einem Strauß Rosen, der angeblich von ihrem »Liebsten #TrueLove« stammt. Es fällt mir schwer hinzusehen, aber ich kann nicht anders. Mein Gesicht brennt noch immer von der schallenden Ohrfeige. Mit einer Hand streiche ich über meine Wange, spüre seine Berührung, während ich sie ansehe. Ein Foto, das sie letzte Woche hochgeladen hat, zeigt sie alleine am Strand. Doch sie kann ja gar nicht allein sein, jemand muss ja das Foto gemacht haben.

Warst du das, Simon?

Sie sieht verträumt und natürlich aus, wie eine der schönen Frauen auf einem Werbeplakat für Naturkosmetik. Man sieht sie von hinten, ihr blondes Haar glänzt in der Herbstsonne. Der blassgraue Kiesstrand setzt ihren altrosa oversized Cardigan perfekt in Szene. Sie sieht aus wie ein Model. Dann entdecke ich etwas im Sand, das mir bekannt vorkommt. Ich sehe näher hin und erkenne, dass sie auf der Scheiß-Picknickdecke sitzt, die Simon im Kofferraum seines Autos liegen hat.

Das muss ich einen Moment lang auf mich wirken lassen: Simons Geliebte fläzt sich auf unserer Familien-Picknickdecke. Diese Decke ist bei uns im Dauereinsatz: Die Jungs lagen als Babys darauf, Sophie hat sich im Urlaub in Devon und Griechenland darauf gesonnt, und jetzt lässt er *sie* darauf sitzen. Wie kann sie es nur wagen, sich mit ihrem hübschen kleinen Arsch auf die Picknickdecke meiner Familie zu setzen? Meine Schläfen pulsieren und mein Herz rast. Das halte ich keine Sekunde länger aus, aber ich kann mich auch nicht abwenden. Ich muss weiter meine private Instagram-Hölle durchschreiten. Jedes Bild löst einen neuen, brennenden Schmerz in mir aus.

Ich suche nach Antworten und werde schnell fündig: sein

Hinterkopf, sein Auto in der Ferne. Jedes Bild ist ein weiterer Beweis – falls ich noch einen brauchte –, dass Caroline und Simon weit mehr als nur Arbeitskollegen sind. Ihre Leben sind auf komplexe Art und Weise ineinander verschlungen, wie Venen und Arterien in einem menschlichen Körper. Und ich kann sie nicht aussperren, sie hat sich bereits selbst hereingelassen.

Ich hänge immer noch im Bett am iPad, scrolle und suche nach weiteren Hinweisen, als Sophie an der Tür klopft. Keine Ahnung, wie lange ich schon hier bin. Ich frage mich, wo Simon ist, und hasse mich selbst dafür, das überhaupt wissen zu wollen. Sophie fragt, ob alles okay ist. Ich lege das iPad zur Seite und sage: »Alles gut, ich bin nur etwas müde.« Simons Befehl zum Trotz gehe ich nach unten, um mir eine Tasse Tee zu kochen. Sophie begleitet mich in die Küche.

Der Geruch von verbranntem Lammfleisch weckt dunkle Erinnerungen an das geplante Abendessen. Als ich die Ofentür öffne, finde ich nur noch einen verkohlten, ungenießbaren Haufen vor. Ich bin das Letzte. Ich kann noch nicht einmal ein Abendessen kochen, ohne es zu ruinieren. Was ist nur aus mir geworden?

Ich setze den Wasserkocher auf und frage Sophie, ob sie Hunger hat, obwohl ich die Antwort bereits kenne. Ich wechsle in den Mamamodus. Dabei fühle ich mich sicher und kann so tun, als ob nichts passiert wäre. Als hätte ich nicht im Bett auf meinen Ehemann gewartet, der nicht nach Hause zurückgekommen ist. Als hätte er den Tag nicht mit Caroline am Strand verbracht, als er mir gesagt hat, er müsse arbeiten.

»Süße, ich wünschte, du würdest etwas essen.«

»Und ich wünschte, du würdest ihm einmal die Stirn bieten.« Sie starrt mich quer durch die ganze Küche hinweg an. Die Luft stinkt nach verbranntem Fleisch und ich bin bestürzt, dass Sophie unsere Unterhaltung mitbekommen haben muss. Sie muss also auch wissen, dass ich im Bett auf ihn gewartet habe. Was muss sie nur von uns denken?

»Oh, Sophie, es ist nicht so, wie es scheint«, lüge ich. »Papa ist gestresst. Er ist müde, etwas schlecht gelaunt und ... ich will ihn einfach nicht reizen und die Situation zusätzlich verschlimmern.«

»Es ist also okay, wenn er dich schlägt?«

Das schockiert mich. Ich weiß nicht, warum. Vermutlich hat Sophie im Laufe der Jahre genug gesehen, doch ich muss weiter schauspielern. Ich muss ihr all die Lügen erzählen, die ich mir selbst erzähle – die Lügen, die ich Simon erzähle und die er mir erzählt. All die kleinen Lügen.

»Das ... Er ... Hat er gar nicht. Menschen tun Dinge ... Es ist nicht immer so, wie es aussieht.« Die Ohrfeige hatte ich fast vergessen. Bestimmt wird er sich entschuldigen, wenn er nach Hause kommt. Ich gehe davon aus, dass er eine Runde mit dem Auto dreht, um runterzukommen – oder um zu ihr zu fahren.

Sophie blickt mich mit seinen Augen an. Simons Gene haben sich gegen Nicoles braune Augen durchgesetzt, genau wie sie später auch meine überlagerten und den Jungs seine blauen Augen vererbten. Der Unterschied besteht darin, dass ich in Sophies blauen Augen keinen Hass sehe. Aber ich erkenne dieselben Zweifel an meinem Verstand. Sophie hat uns schon häufig beim Streiten erwischt. Sie weiß, dass es bei uns manchmal rauer zugeht, sie weiß, dass ich Depressionen hatte, und sie weiß von der kleinen Emily. Und auch von anderen Sachen, wie meinen Zerwürfnissen mit anderen Frauen, Müttern ihrer Freundinnen, und der unbedeutenden Kleinigkeit, dass ich Anfang des Jahres eine Frau in einer Bar ›tätlich angegriffen‹ habe. Ich habe nie an Sophies Liebe gezweifelt. Sie ist mein Kind, auch wenn sie nicht meine leibliche Tochter ist. Aber ich frage mich, ob sie mir noch vertraut nach allem, was passiert ist, und ob sie weiß, dass ich für sie da bin. Ich hoffe, dass sie sich in meiner Gegenwart sicher fühlt und sich keine Sorgen macht, ich könnte etwas Irrationales tun und die Kontrolle verlieren. Ich würde ihr gern sagen, dass ich okay bin – doch das bin nicht.

Ich will, dass Sophie und ich ein anderes Verhältnis haben, als ich es zu meiner Mutter hatte. Meine Mutter litt unter Depressionen und konnte sich nicht um mich kümmern. Darum habe ich den Großteil meiner Kindheit in Pflegefamilien verbracht. Mit zehn Jahren durfte ich sie schließlich sehen, und nach einigen begleiteten Besuchen konnten wir gemeinsam ganze Wochenenden ohne Sozialarbeiter verbringen. Meine Mutter war liebevoll und freundlich, wenn auch etwas traurig, aber ich erinnere mich daran, wie wir gemeinsam an dem offenen Kamin in ihrem kleinen Reihenhaus Marshmallows gegrillt haben. Sie hatte noch ein Baby bekommen, meine Halbschwester Megan, und einen netten neuen Freund namens David, den ich mir auch zum Vater wünschte. Nach dem ersten Besuch wagte ich noch zu hoffen, Teil dieser Familie werden zu können. Das wünschte ich mir sogar noch mehr als eine Barbiepuppe. Als ich dann an einem Wochenende wieder zu Besuch war, war meiner Mutter ruhiger als gewöhnlich, fast apathisch. Am Samstagmorgen setzte David Megan in den Kinderwagen und ging mit ihr einkaufen. Er kümmerte sich um alles, wenn es meiner Mutter nicht gut ging – ums Kochen, ums Putzen, um Megan –, und da nicht mehr genug Essen im Haus war, musste er einkaufen gehen. Weil Megan die ganze Zeit nur am Schreien war, hoffte er vermutlich auch, dass etwas Zeit allein mit mir meiner Mutter guttun würde. »Ich lasse euch zwei Mädels dann mal allein«, sagte er freundlich, als er ging. »Pass gut auf deine Mama auf.«

Kurz nachdem sie das Haus verlassen hatten, ging meine Mutter nach oben und ließ mich eine Kindersendung im Fernsehen ansehen. Nach einer Weile merkte ich, dass sie nicht wieder runtergekommen war. Und als sie auf mein Rufen nicht reagierte, ging ich die Treppe hoch, um sie zu suchen. Ich fand sie in der Badewanne. Das Wasser war scharlachrot. In meiner Verwirrung dachte ich zuerst, sie würde ein besonderes Schaumbad nehmen. Ich sagte immer wieder, dass sie aufwachen soll, doch sie regte sich nicht. Schließlich zog ich den Stöpsel und ließ das scharlachrote Wasser ablaufen. Doch das Blut war noch nicht versiegt: Es strömte aus ihren Handgelenken. David fand mich, wie ich meine Mutter in einem Handtuch umschlungen festhielt und ihm sagte, sie würde schlafen. Ich muss einen extremen Schock erlitten haben. Noch heute fange ich an zu zittern, wenn ich daran denke. Wenn es mir nicht gut geht und ich meine Augen schließe, sehe ich noch immer die weißen, vom Blut meiner Mutter durchtränkten Handtücher vor mir. Das war meine erste Begegnung mit dem viel zu frühen Tod, und es sollte nicht meine letzte gewesen sein.

Es ist schon mehr als dreißig Jahre her und ich kannte sie nicht gut, aber sie war meine Mutter. Einen kurzen, schönen Moment meiner Kindheit lang war mein Traum einer Familie zum Greifen nah, doch als ich versuchte, ihn zu fassen, zerrann er mir in den Händen. Ich weinte um die Mutter, die ich verloren hatte, um die Mutter, die mir so viele Jahre lang fehlte, und noch heute trauere ich manchmal um diese Frau, die ich kaum kannte. Erst als ich selbst Mutter wurde, begann ich mich zu fragen, warum sie mich auf so brutale Art und Weise verlassen hatte. Sie musste doch gewusst haben, dass ich sie finden würde. Vor Jahren habe ich mit David gesprochen, der inzwischen neu geheiratet hat, doch auch er hatte keine Antworten. »Versuch einfach, ihr zu vergeben, Marianne. Sie war sehr krank, aber sie hat dich geliebt.«

Nach vielen Jahren Therapie verstehe ich sie so langsam und kann meiner Mutter verzeihen, dass sie mich verlassen hat. Deshalb ist mir mein Verhältnis zu Sophie auch so wichtig. Ich weiß, wie sehr sie mich braucht. Simon ist weg und die Jungs sind im Bett. Darum koche ich uns beiden jetzt einen Kamillentee, den wir gemeinsam im Halbdunkel der Küche sitzend trinken. Schließlich gibt sie mir einen Gutenachtkuss und verabschiedet sich ins Bett. An der Tür dreht sie sich noch mal zu mir um.

»Versprich mir, dass du dir von Papa nicht mehr wehtun lässt.«

Ich schüttle den Kopf. »Das werde ich nicht«, lüge ich und hoffe, dass mein zuversichtliches Lächeln sie beschwichtigt. Als er spät in der Nacht nach Hause kommt, beiße ich ins Kissen und versuche, nicht zu schreien, damit sie nicht merkt, dass ich mein Wort gebrochen habe.

Am nächsten Morgen kommt er in die dampfende Küche voller Toastkrümel und Kindergequatsche und stellt sich hinter mich. Ich bin gerade dabei, Kaffee zu kochen. Seine Hände gleiten um meine Taille und hinab zu meinen Schenkeln, die er sanft drückt und mir so die Blutergüsse von unserem Sex letzte Nacht in Erinnerung ruft. Ich möchte vor Schmerzen aufschreien, stattdessen drehe ich mich um und tue so, als wäre ich beschäftigt, während mir Tränen in die Augen schießen.

Nachdem ich die Jungs zur Schule gefahren habe und Simon arbeiten gegangen ist, gönne ich meinem Körper ein heißes Bad und versuche, gut zu mir selbst zu sein. In solchen Momenten fühle ich mich so furchtbar einsam. Ich sehne mich nach einer Mutter, an die ich mich wenden kann, mit der ich meinen Schmerz teilen kann und die mir sagt, was ich tun soll. *Ich weiß nicht, was ich tun soll.* Sollte eine Ehe so aussehen? Ich weiß, dass ich unser Privatleben nicht ausplaudern sollte – niemand soll seine Nase in unsere Beziehungsangelegenheiten stecken –, aber ich wünsche mir eine Freundin. Ich brauche eine Freundin. Ich hatte nie allzu viel Glück mit meinen Freundschaften, mit Ausnahme von Jen, aber die mag Simon ja nicht. Ich weiß zwar warum, doch ich wünschte, er wäre etwas entspannter. Um ehrlich zu sein, nervt er ziemlich, was meine

Freunde betrifft. Am Anfang unserer Ehe, als es nur Sophie, Simon und mich gab, lud ich Sophies Freunde öfter mal zu uns nach Hause ein, um ihr eine Freude zu machen. Eines Tages erlaubte ich ihr mal, ihre beste Freundin Kate nach dem Tanzkurs zum Tee mitzubringen. Sophie, die damals neun war, rannte Händchen haltend und quietschvergnügt mit ihrer Freundin die Treppe rauf in ihr Zimmer. Als Kates Mutter Sonia später vorbeikam, um sie abzuholen, bat ich sie auf einen Kaffee herein. Wir setzten uns in die Küche und quatschten. Während wir uns darüber unterhielten, wie es ist, eine neunjährige Tochter zu haben, dachte ich noch: *Das ist schön, das sollte ich öfter machen.*

Berauscht von der Erfahrung, eine neue Freundin gefunden zu haben, sagte ich im Scherz, dass ich am liebsten den ganzen Abend mit ihr quatschen würde.

»Am liebsten würde ich eine Flasche Wein aufmachen und Simon sagen, dass er sich eine Pizza holen soll – mir ist so gar nicht nach Kochen«, lachte ich.

»Scheiß drauf! Soll er sich doch eine Pizza holen, oder noch besser: dir etwas zum Abendessen kochen«, rief sie gerade in dem Moment, als er hereinkam. Ich hatte ihn nicht kommen hören und war erschrocken, ihn da stehen zu sehen. Sonia kicherte und wartete darauf, dass ich mit einstimmte, doch ich fühlte mich entsetzlich. Wie illoyal von mir, so etwas zu einem wildfremden Menschen zu sagen. Ich sah, wie er sich versteifte – sein Kiefer zuckte kaum sichtbar, ein untrügliches Zeichen, das nur ich kannte –, und ich resignierte.

»Was verschafft uns das Vergnügen?«, fragte er mit seinem charmantesten Lächeln.

Sonia errötete sofort wie ein kleines Mädchen und stellte sich vor.

»Also dann, Sonia, schön, dich kennenzulernen.«

»Ja, gleichfalls – ein schönes Haus habt ihr«, lobte sie.

Ich sagte gar nichts und schaute mit eingefrorenem Lächeln

zu. Es war wie ein entscheidender Ballwechsel beim Tennis. Die Frage war nur, ob er ihr im nächsten Moment die Siegermedaille überreichen oder ihr den Ball direkt ins Gesicht schmettern würde.

»Ja, hier lässt es sich aushalten, oder?«, sagte er und musterte die Küche, als wäre er zum ersten Mal dort. »Es kostet Blut, Schweiß und Tränen, so ein Haus zu besitzen, Sonia«, fügte er grinsend hinzu. Sie sah etwas verwirrt aus, lachte aber mit ihm.

»Kaffee, Simon?«, hörte ich meine brüchige Stimme in die darauffolgende Stille hinein fragen.

»Nein, Schatz, wie du weißt, trinke ich nie Kaffee nach achtzehn Uhr.« Er wendete sich Sonia zu. »Davon werde ich immer so zitterig, Sonia.«

»Ach so, na logisch, das Koffein.«

»Das, aber auch weil nach einem harten Arbeitstag kein Essen auf meinem Tisch steht, und die hier«, er wedelte mit der Hand in meine Richtung, »einfach nur in der Küche rumhockt und mit dir tratscht.« Er setzte ein strahlendes Lächeln auf, als wäre das nur ein Scherz. War es aber nicht.

»Na na, *Simon* ...«, erwiderte ich gespielt ironisch.

»Oh, das tut mir leid, mir war nicht klar, dass ich Marianne von ihren häuslichen Pflichten abhalte«, lachte Sonia.

»Nun, das tust du aber«, antwortete er. Er lächelte nicht mehr.

Sie blickte kurz zur mir und dann zurück zu Simon. Ihr Lächeln verflog blitzartig. »Sorry, mir war nicht klar, dass wir noch in den Fünfzigern leben«, konterte sie mit eines siegessicheren Grinsen und stand auf. Die beiden starrten sich an. Dann rief Sonia ihre Tochter, schnappte sich ihre Handtasche, stürmte aus der Küche und schlug krachend die Haustür hinter sich zu.

Simon war außer sich, das konnte ich in seinen Augen sehen. Aber er lachte auf, als wäre das alles furchtbar lustig. Er zwickte mir in die Wange und fragte, wieso ich nicht auch lache.

»Weil es nicht lustig war«, sagte ich den Tränen nahe. Ich dachte, ich hätte eine neue Freundin gefunden. »Das ist mir peinlich. Jetzt erzählt sie allen anderen Müttern, was wir für eine seltsame Beziehung führen ... als wäre ich so eine Art Stepford Wife.«

»Und genau deshalb solltest du dich auch nicht mit diesen dämlichen Weibern abgeben«, meinte er damals und schenkte sich ein großes Glas Rotwein ein. »Nur weil eine Frau ihren Ehemann liebt und nach einem Tag harter Arbeit für ihn da sein möchte, ist sie noch lange keine Stepford Wife«, ergänzte er. »*Schön wär's.*«

Ich lächelte halbherzig und war dankbar, dass er noch immer zu Scherzen aufgelegt war. Das Ganze war wirklich keinen Streit wert. Trotzdem hatte mir dieses Erlebnis wehgetan, und ich fragte mich, wie ich ihr jemals wieder begegnen sollte. Doch ich schluckte meinen Groll hinunter, unterdrückte die Tränen und begann, das Gemüse zu schälen.

Mit Sonia habe ich nie wieder gesprochen. Ich habe sie mal auf dem Spielplatz gesehen. Sie hat gelächelt, doch ihr Lächeln fühlte sich an wie Mitleid, und Mitleid brauchte ich nicht, ich brauchte eine Freundin. In Jen habe ich eine Freundin gefunden. Mit ihr fühle ich mich wohl. Außerdem hat sie Simon schon mehrfach getroffen und weiß, wie man mit ihm umgehen muss. Auch wenn er sie mir gegenüber gerne kritisiert, springt er immer auf ihre Schmeicheleien und Flirtversuche an – darin ist Jen nämlich gut. Am liebsten würde ich ihr alles erzählen, was mir auf der Seele brennt. Ich habe schon mal darauf angespielt, dass er manchmal schwierig ist, doch Jen ist darauf nicht eingegangen, lachte und meinte nur: »Sind sie das nicht alle?«

9

Seit ich vor einigen Tagen die E-Mails entdeckt habe, sitze ich wie auf heißen Kohlen und weiß nicht mehr, wem oder was ich noch trauen kann – mich selbst eingeschlossen. Ich weiß nur, dass ich nicht die nötige Kraft für eine weitere langwierige Auseinandersetzung habe, die in körperlichen und psychischen Schmerzen gipfelt. Deshalb gehe ich Caroline aus dem Weg. Ich versuche, nicht an sie zu denken und vermeide es, in Simons Büro zu gehen, um seine E-Mails zu lesen. Aber ich weiß nicht, wie lange ich noch in dem Wissen weiterleben kann, dass er ein Doppelleben führt, das ich mit wenigen Klicks nachverfolgen kann.

Mit Simon kann ich umgehen. Auch mit seinen Launen und der Art, wie er mich manchmal behandelt, komme ich noch gerade so klar, weil ich unsere Familie retten will. Ich bin bereit, diesen Preis zu zahlen, wenn sich die Kinder dadurch sicher und glücklich fühlen. Wenn er aber wirklich eine andere liebt, halte ich das nicht aus. »Als ich versprochen habe, mit dir zusammenzubleiben, bis dass der Tod uns scheidet, habe ich das auch so gemeint, Marianne. Ich hoffe nur, das gilt auch für dich«, meinte er neulich zu mir. Jetzt frage ich mich, ob er mich nur dahaben will, um mich dafür zu bestrafen, dass ich nicht die Frau bin, die er sich wünscht. Und für das, was damals passiert ist. Werde ich das jemals wiedergutmachen können? Reicht es nicht, dass ich jeden Tag an mein kleines Baby denke und fast jede Nacht vor dem Einschlafen um es weine?

Nicht nur in seinem Beruf, auch in seinem Alltag legt Simon Wert auf chirurgische Präzision. Aber ich mache mir Sorgen, dass es schlimmer wird und in etwas anderes umschlägt. Er war schon immer ein Perfektionist und hat immer wieder versucht, das auch auf mich zu übertragen. Hin und wieder wird er handgreiflich und fies, und anschließend macht er weiter, als wäre nichts passiert. Doch auch ich bin schuldig: Ich belüge mich selbst, indem ich seine Gewalt mit seinem beruflichen Stress rechtfertige. Ich sage mir, dass ich mich von nun an nicht mehr so behandeln lassen werde. Doch nie lasse ich meinen Vorsätzen Taten folgen. Neuerdings beschränkt sich seine Wut nicht mehr aufs Schlafzimmer, sondern hat sich auch auf unseren Alltag ausgeweitet. Er hackt mittlerweile selbst auf den wenigen Dingen herum, die ich eigentlich gut kann. Meine Beurre blanc ist ihm zu dünn, er findet, dass der neue Bettbezug im Gästezimmer ›billig‹ aussieht, seine Bücher stehen nicht in alphabetischer Reihenfolge im Regal und die Kinder vernachlässigen ihre Hausaufgaben. Das betrifft alles meinen Kompetenzbereich, den Teil unseres Lebens, für den ich zuständig bin, mit dem ich mich auskenne. Ich habe das Gefühl, ausradiert zu werden. Je mehr er mich kritisiert, schikaniert und demütigt, desto unsichtbarer werde ich, insbesondere vor den Zwillingen. Früher war ich immer stolz darauf, wie gut ich mich um unsere Familie kümmere. Es ist mir wichtig, dass die Kinder glücklich und gut in der Schule sind. Zu den meisten Elternabenden gehe ich alleine, ich weiß, mit wem die Kinder spielen, ich kenne die Klassenarbeitstermine der Jungs und kann Sophies letzte Noten und ihre Leistungskurse herunterbeten. Und trotzdem habe ich das Gefühl, dass ich nicht gut genug bin. »Du musst dafür sorgen, dass die Jungs Mathe lernen«, sagte Simon vor Kurzem. »Alfie konnte mir neulich nicht einmal sagen, was drei plus sieben ergibt. Wie kann das sein?«

Wenn Simon in der Nähe ist, habe ich inzwischen das Gefühl, nicht dazuzugehören, als wäre ich zu Gast in meiner eigenen Familie. Ich hatte als Kind zwar keine Familie, aber ich habe Familien im Fernsehen gesehen und die Eltern meiner Freunde erlebt, und so wie es bei uns läuft, sollte es nicht sein. Wer erinnert sich nicht noch an alte Werbespots: Der Vater kommt zum Abendessen nach Hause, die ganze Familie sitzt gesellig beisammen. Manchmal habe ich das Gefühl, dass Simon mich den Kindern entfremden will – er zieht Grimassen, wenn ich etwas sage, und wenn er sich mit den Kindern Witze erzählt und ich versuche mitzumachen, verdreht er die Augen und behauptet: »Mädels sind nicht lustig.« Den Jungs gefallen diese Sticheleien, aber ich finde sie respektlos. So denken sie, dass Mädchen weniger wert wären als Jungs, und das tut weh.

Heute Abend ist Sophie sein Opfer. Er macht eine gemeine Bemerkung über ihre Jeans, die »unvorteilhaft« sei, woraufhin sie in Tränen ausbricht und auf ihr Zimmer rennt. Eigentlich will ich ihr hinterherlaufen, aber das würde nur für noch mehr Aufregung sorgen.

»Was zur Hölle ist los mit ihr? Sie ist so ein Sensibelchen!«, blafft er.

»Simon, sie ist ein Teenager. Sie hasst sich selbst und steht unter Druck. Du hast ihr Äußeres kritisiert, verstehst du nicht, dass sie das verletzt hat?«

Ich weiß, dass ich mich auf dünnem Eis bewege, aber das ist wichtig, hier geht es um ein pubertierendes Mädchen, dem es ohnehin schon nicht gut geht, da muss sie sich nicht auch noch die gefühllosen Kommentare ihres Vaters anhören. Ich habe Angst, dass unsere problematische Ehe ihr und den Zwillingen ein seltsames Beziehungsbild vermittelt. Zwar versuche ich, die schwierigen Momente zu kaschieren – all die kleinen Lügen, die Spannung, das Gezanke, die Auseinandersetzungen –, aber wir leben alle unter einem Dach und Kinder bekommen eine Menge mit. Ich will, dass sie sich später einmal an glückliche Zeiten zurückerinnern können. Sie sollen sich nicht wegen ihrer Eltern zu beziehungsunfähigen Menschen entwickeln. Simon ist nicht immer einfach und meine Sorgen um seine Fremdgeherei sind dabei sicherlich keine Hilfe. Oft gehen wir aber auch liebevoll miteinander um. Ganz sicher ist schon bald wieder alles in Ordnung.

Ich weiß, dass er sich ärgert, aber er ist zu stolz, um ihr hinterherzugehen, sich zu entschuldigen oder sie wenigstens in den Arm zu nehmen. Ich glaube nicht, dass er zu stolz ist, um Caroline in dem Arm zu nehmen. Die Probleme in unserer Familie gibt es erst, seit sie aufgetaucht ist. Je schneller sie also wieder von der Bildfläche verschwindet, desto besser.

Simon macht es später wieder gut, indem er Sophie eine Fahrstunde anbietet, worüber sie sich freut. Doch irgendetwas muss im Auto vorgefallen sein, denn die beiden kommen erst spät zurück und Sophie rennt tränenüberströmt hoch in ihr Zimmer. Es ist offensichtlich, dass er sich schuldig fühlt. Für was, will er mir nicht sagen. Aber irgendwer wird dafür bezahlen müssen. Und zwar ich. Also warte ich auf den nächsten Ausbruch, und siehe da, schon ruft er mir vom Wohnzimmer aus zu, dass die Überwürfe auf dem Sofa ›unordentlich‹ aussähen.

Ich lasse die Jungs allein in der Küche und eile in Richtung Wohnzimmer, das ich mit einem resignierten Seufzer betrete. Es ist spät, die Jungs waren anstrengend, ich sorge mich um Sophie – und finde an den Überwürfen nichts auszusetzen. Tatsächlich habe ich heute Ewigkeiten damit verbracht, sie akkurat zusammenzufalten (wie er es mir vor einigen Wochen *vorgeschlagen* hatte). Das Ganze entwickelte sich zu einem regelrechten Zwang: Jedes Mal, wenn ich am Wohnzimmer vorbeikam, musste ich reingehen, und erst nachdem ich die Dinger etwa zwanzig Mal neu gefaltet hatte, brachte ich es über mich, den Raum wieder zu verlassen.

Ich stehe am Abgrund.

»Ich kaufe dir Überwürfe aus Kaschmir und du gehst damit um, als wären sie Billigware aus Polyester«, schimpft er, während er mir ernsthaft eine ungeduldige Gratislehrstunde im ›Falten von Überwürfen‹ erteilt.

»Simon, die sind doch völlig okay ...«, verteidige ich mich und versuche, meine Gereiztheit zu verbergen.

»Für dich ist immer alles okay, du hinterlässt überall ein Chaos, das Haus liegt quasi unter einer Staubschicht und du ...«

»Simon, ich wische jeden Tag Staub und putze, bis sich mein verdammtes Gesicht in sämtlichen Oberflächen spiegelt.« Jetzt kann ich mich nicht mehr zurückhalten. Meine Nerven liegen heute so blank, dass ich das Gefühl habe, gleich zu explodieren.

»Nicht fluchen, das ist unter deiner Würde«, faucht er.

»Aber irgendwie auch nicht, oder? Ich bin halt würdelos. So bin ich, und ich bin nicht gut genug.« Das alles schreie ich fast und weiß, dass das kein gutes Ende nehmen wird, aber ich bin kurz vorm Durchdrehen. All die Anspannung der letzten Tage wird mir zu viel und ich kann mich nicht mehr bremsen. »Ich war doch nie gut genug, oder Simon? Das hat deine Mutter mir von Anfang an klargemacht, und ich beweise noch immer jeden Tag aufs Neue, dass sie recht hatte.«

Jetzt marschiert er an den Sofas vorbei und schleudert die Überwürfe zu Boden, die ich so mühevoll zusammengefaltet habe.

»Sprich nicht so über meiner Mutter, Gott hab sie selig.«

Die Frömmigkeit kaufe ich ihm nicht ab. »Gott hab ... Simon, du warst noch nicht einmal an ihrem Grab ...«

»Wie kannst du es wagen!« Er hält plötzlich inne. War ich

zu weit gegangen? Warum muss ich ihn immer provozieren? Ich hätte einfach die Scheiß-Überwürfe falten sollen und fertig.

»Aber ... es stimmt doch. Ich mache dir ja gar keinen Vorwurf, euer Verhältnis war unterkühlt ...«

»Ach ja, weil du dich so gut mit Familien auskennst, stimmt's? Deine eigene Mutter hat dich doch quasi direkt nach deiner Geburt sitzenlassen.« Wütend starrt er mich an und mein Instinkt rät mir, ihm besser aus dem Weg zu gehen.

»Simon, bitte, lass uns nicht ... Ich meinte nur ...«, beginne ich, um Frieden bemüht. Doch der Geist ist aus der Flasche entkommen. Und ich habe sie geöffnet.

Er stürmt auf mich zu und packt mich am Kragen meines Pullovers, bis sich meine Füße fast vom Boden lösen. Unsere Gesichter sind sich ganz nah. Der Hass in seinen Augen verbrennt meine Haut. Ich hätte den Mund halten sollen. Nun möchte ich mich selbst dafür ohrfeigen, etwas so Bösartiges über seine Mutter gesagt zu haben. Was für eine grausame Ehefrau ich doch bin.

»Du *meintest* nur ...?«

Ich spüre die Hitze seines Gesichts in meinem, seine bohrenden Augen, und ich harre aus, halte den Atem an und warte auf den Schlag. Vielleicht gibt er mir eine Kopfnuss, denn er hat beide Hände um meine Kehle gelegt und kann mich damit nicht schlagen. Ich ertrage das nicht mehr. Seine Wutattacken sind in letzter Zeit häufiger, länger und angsteinflößender geworden. Zum ersten Mal in unsere Ehe fürchte ich ernsthaft, dass er mich erwürgt und mich auf der langen Liste von Todesopfern häuslicher Gewalt verewigt.

Als ich mit Mitte zwanzig als Single in London die Nächte auf Partys durchmachte, fühlte ich mich stark und unabhängig. Ich hätte einen Mann noch nicht einmal für mein Essen bezahlen lassen. Niemals hätte ich mir träumen lassen, irgendwann in meinem eigenen Haus zu stehen und von meinem eigenen Mann fast erwürgt zu werden, ernsthaft um mein

Leben zu fürchten und nichts dagegen tun zu können. Was ist nur aus mir geworden?

Geduldig warte ich auf meine Strafe, halte den Atem an und hoffe, dass es schnell und leise vonstattengeht. Dann durchdringt plötzlich Charlies Stimme die toxisch aufgeladene Luft. Er ruft nach mir und ich versuche mich aus Simons Griff zu lösen.

»Bleib hier«, befiehlt er, aber ich kann mich befreien – mein Kind braucht mich. »Marianne, wenn du jetzt gehst, wirst du es bereuen«, warnt er mich, als ich in den Flur wanke. Sein Zorn ist greifbar, aber ich kann mein Kind nicht im Stich lassen.

»Maaamiii!« Jetzt schreit Alfie, und Charlie stimmt mit ein. Schon der Klang ihres Wehklagens löst in mir eine körperliche Reaktion aus. Ich stürme durch den Flur in die Küche. Alfie hat sich den Kopf an der Kücheninsel gestoßen. Sofort nehme ich ihn in den Arm und küsse sein kleines Gesicht.

»Na, zeig mal her, mein Schatz«, sage ich und kämme sanft sein Haar zur Seite, um zu schauen, ob seine Kopfhaut aufge-platzt oder eine Beule zu sehen ist. Da ich nichts erkennen kann, rufe ich Simon, der sofort heraneilt und seine Wut auf mich angesichts des verletzten Kinds einen Moment lang vergisst.

Grob schiebt er mich zur Seite und checkt routinemäßig Alfies Kopf. »Tut dir was weh, Kumpel?«, fragt er, schaut ihm prüfend in die Augen und tastet ihn sanft ab.

»Sollen wir ihn in die Notaufnahme bringen? Immerhin hat er sich ja am Kopf verletzt«, frage ich.

»Nein, das wird schon wieder, aber ich glaube trotzdem, dass wir einen Notfall haben«, sagt er alarmiert.

»Oh ... was? Was ist los?« Ich komme fast um vor Angst, doch meine Panik scheint Simon sichtlich zu amüsieren.

Er schaut erst zu Alfie und dann zurück zu Charlie. »Ich glaube, wir sind jetzt auf ein Notfallschokoladeneis angewiesen.«

Begleitet von spitzen Freudenschreien klettert Charlie auf Alfie, der dabei fast umfällt, um ebenfalls zum Leidtragenden dieses ›Notfalls‹ zu werden.

Erleichtert lache ich auf, strecke die Arme nach Alfie aus, umarme ihn und küsse Charlie auf den Kopf. Fragt sich nur, wo wir das Schokoeis herkriegen sollen. Im Tiefkühlfach gibt es nämlich keins, was Simon sauer aufstößt.

»Also Schwester Mami, her mit dem Schokoeis«, ordnet Simon an.

Als die Jungs mich erwartungsvoll ansehen, bin ich etwas verloren. »Ich ... habe ... wir haben kein Eis ... Herr Doktor.«

Simon täuscht aufrichtiges Erstaunen vor. »Haben Sie das ganze Eis gegessen, Mami?«, fragt er und verdreht die Augen, was die Jungs veranlasst, gegen die ›gierige Mami‹ zu protestieren, die scheinbar nichts Besseres zu tun hat, als die Süßigkeitenvorräte zu plündern.

»Wenn Mami das Eis gegessen hat, kann sie ja neues kaufen«, schlägt Simon vor.

Ich blicke von ihm zu den Jungs – meint er das ernst?

»Was ... willst du ...?«

»Fahr los und geh Notfalleis kaufen.« Er sagt das mit beschwingter Stimme, doch die Dunkelheit ist kaum merklich in seine Augen zurückgekehrt.

»Ja! Los, Mami!«, stimmt Charlie mit ein, dem das Spiel gefällt.

»Jetzt?«, frage ich.

Simon nickt und blickt zu den Jungs, die nun ebenfalls nicken.

»Aber es ist spät ... schon nach acht. Dazu müsste ich in den Supermarkt am anderen Ende der Stadt fahren.«

»Ja, das musst du«, sagt Simon. »Oder nicht, Jungs?«

»Eis holen!«, rufen sie einstimmig.

* * *

»Was *willst* du von mir, Simon?«, frage ich. Er hält einen Korkenzieher in der Hand, vor ihm auf der Mittlerweile haben die Jungs steht eine ungeöffnete Flasche Wein. Mittlerweile haben die Jungs das Schokoeis verspeist, für das ich fünfundzwanzig Minuten lang quer durch die Stadt gefahren bin. Es ist fast neun Uhr und die beiden liegen bereits im Bett. Alfie klagt über Bauchschmerzen und Charlie meint, ihm sei schlecht.

»Was ich will ...« Simon sticht den Korkenzieher voller Wut in den Korken der Rotweinflasche und beginnt zu drehen. Während er das Werkzeug tiefer in der Flasche versenkt, fühle ich mich, als würde er die Spitze in mein Fleisch rammen. Ich bin alles andere als streitlustig, doch um ihn zu ›provozieren‹ genügt es ja schon, ihn nach seinen Wünschen zu fragen – alles ist relativ. »Was ich *will* ist, dass du ins Bett kommst, damit wir die Diskussion fortsetzen können, die du unterbrochen hast, um hysterisch kreischend nach einem Krankenwagen zu rufen – wegen einer Beule.«

»Krankenwagen hab ich nie gesagt ... Ich wollte ihn einfach nur durchchecken lassen.« Ich versuche, ruhig zu bleiben. Ich muss ruhig bleiben.

»Ich bin Arzt. Ich habe ihn untersucht – oder hättest du gern eine zweite Meinung? Ist dir meine Expertise nicht gut genug?«, sagt er und betont jede Silbe ganz langsam, als wolle er sie mir einhämmern. Er steht mit seinem Weinglas im Türrahmen, Alfies Verletzung scheint vergessen. »Zeit fürs Bett«, verkündet er, und mir wird schlecht.

Wenn ich es nicht besser wüsste, könnte ich das auch als Einladung zu liebevollen Küssen und einer Schmuseeinheit verstehen, einem sanften Vorspiel zu leidenschaftlichem Sex. Ein Ehepaar, das sich in seinem Glück wälzt. Aber ich weiß es besser. Inmitten meiner Angst um das, was mir heute Nacht bevorsteht, erscheint plötzlich Caroline. Sie sucht mich in meinen schwersten Zeiten auf und drängt sich zwischen uns ins

Bett, weil sie mir zeigen will, wie sehr er sie liebt, und wie stark sich diese Liebe von unserer Liebe unterscheidet.

Wälzt ihr euch in eurem Glück, Caroline?

Er deutet an, dass ich vorgehen soll. Ich habe keine Wahl. Ein lautstarker Streit würde nur die Kinder aufwecken und sie traumatisieren, also tapse ich auf wackeligen Beinen voran, während er mir Stufe um Stufe folgt. Trotz allem, was passiert ist, begegne ich meinem Ehemann normalerweise mit Liebe und Respekt. Heute Abend ist das anders. Trotz all der Dinge, die er zu mir gesagt und mir angetan hat, trotz aller realen oder ausgedachten Affären: Ich habe immer gewusst, dass er mich liebt. Aber jetzt liebt er eine andere, und das tut höllisch weh. Wenn es sie nicht gäbe, wäre alles gut, dann würde er mich so lieben wie zuvor, dann könnten wir wieder glücklich sein. Aber so, wie es aussieht, werde ich nicht nur ihn, sondern meine ganze Familie verlieren.

Ich hatte schon immer etwas Angst vor ihm, aber meine größte Angst war, dass er mich verlässt. Es tut mir weh, dass er bereit dazu ist, unsere Familie, das wunderschöne Haus und unsere Zukunft für eine andere Frau wegzuwerfen. Die Kinder sind meine größte Sorge. Die Gefahr sie zu verlieren ist real, insbesondere, wenn es in seinem Leben jetzt jemanden gibt, der sich um sie kümmern kann.

Angeblich suchen wir uns bei der Partnerwahl immer den gleichen Typ aus, und obwohl ich nie ein blondes Supermodel war, haben auch Caroline und ich unsere Gemeinsamkeiten. Auch ich war einst eine Singlefrau mit einer vielversprechenden Karriere. *Champagner und Erdbeeren hatte auch ich in meinem Supermarktkorb, Caroline.* Simon sagte immer, dass ihn mein Lifestyle angezogen habe, meine Art zu tanzen, laut zu lachen und einen Raum mit Farbe zu füllen. Doch anstatt sich zurückzulehnen und den Schmetterling zu bewundern, warf er sein Netz aus. Er zwängte mich in seinen Rahmen und nagelte mich an die Wand wie eine Trophäe, doch die Nadeln, die den

Schmetterling halten, sind leicht zu übersehen, sodass niemand weiß, dass ich gefangen bin. Im Laufe der Jahre ist der Schmetterling verblasst. Er hat mir all das geraubt, was mich einmal ausgemacht hat. Jetzt ist nur noch eine öde, blasse Frau übrig, die Angst davor hat zu sagen, was sie wirklich denkt. *Und verlernt hat, wie man tanzt.*

Es ist schwer den Menschen, der ich einmal war, in Einklang mit der Frau zu bringen, die ich jetzt bin. Eine Frau, die hilflos in ihrem schönen Schlafzimmer mit maßgefertigten Eichenschränken und edlen Daunendecken steht. Meine Kinder sind das Einzige, das mich morgens dazu bringt aufzustehen. Sie sind mein Lebensinhalt und ich glaube, dass ich ohne sie nicht überleben könnte.

Unsere Ehe lief noch nie perfekt, doch bis Caroline aufgetaucht ist, war mein Leben erträglich. Jetzt aber sehe ich schon, wie sie sich auf unserem Ehebett rekelt. Wie sie verführerisch auf unserem Sofa liegt, wie sie ihre Arme um die Jungs, *meine* Jungs, legt. Oder wie sie in der Küche Frühstück macht. Diese Frau will mir meinen Ehemann ausspannen, aber wenn ich das zulasse, wird sie auch mein Leben und meine Kinder übernehmen. Carolines perfekte Pfannkuchen werden auch Sophies Appetit wieder zum Leben erwecken. Die Jungs werden sie schmatzend vertilgen und Nachschlag fordern, den Caroline in meiner Pfanne in meiner Küche bereitwillig zubereiten wird. Jetzt sitzt sie an meinem Schminktisch und besprüht ihre perfekte Haut mit meinem Lieblingsparfüm.

Finger weg, das gehört mir, und mein Mann auch.

»Marianne, wir müssen reden«, sagt Simon, während er seine Krawatte löst und aufhängt. Wird er mir jetzt von ihr erzählen und mich von meinem Elend befreien? Hoffentlich nicht. Das könnte ich nicht ertragen.

Jahrelang glaubte ich, ihm etwas schuldig zu sein, weil er zu mir gehalten hat, trotz allem, was mit Emily passiert ist. Er hätte häufig Gelegenheit dazu gehabt, mich zu verlassen, und ich bin ihm dankbar dafür, dass er das nie getan hat. Beim giftigen Gedanken an Caroline, die mir meine Kinder stehlen will, fühle ich eine kochende Wut in mir aufsteigen. Ich bin wie ein brodelnder Vulkan, der kurz vor dem Ausbruch steht. Ich hasse diese Frau und habe Angst davor, dass Simon mich für sie verlassen wird. Und vor dem, was die beiden danach vorhaben. Aber ich habe auch Angst davor, was ich als Nächstes vorhaben werde.

»Dir ist klar, dass du Hilfe brauchst, oder?«, sagt er, während er auf dem Bett sitzt, an seinem Wein nippt und das Glas anschließend schwenkt wie ein Weinprüfer.

»Mir geht's gut.«

»Aber Marianne, Schatz, du bist völlig fertig – du verträgst nicht einmal die leiseste Kritik ...«

»Wenn du auf die Überwürfe anspielst ...«

»Ja, aber noch schlimmer ist die ... die Hysterie, mit der du auf eine kleine Beule reagierst.« Er schaut mich mit besorgter Miene an. Ich weiß nicht, ob die Sorge echt oder gespielt ist. »Schatz, du musst verstehen, dass ich kein gutes Gefühl dabei habe, wenn du mit den beiden alleine bist.«

Panik steigt in mir auf. Diese Drohung bemüht er gerne. Ich weiß, dass er sich um mein Verhalten mit den Kindern sorgt, aber er weiß genau, dass die Sorge, sie zu verlieren, mein allergrößter Horror ist.

»Sie sind bei mir gut aufgehoben«, beharre ich.

»Schatz, dir geht es nicht gut ... Dein heutiger Auftritt ist nur ein weiterer Beleg dafür ...«

»Alfie hat sich verletzt – es ist kein Zeichen einer geistigen Erkrankung, wenn eine Mutter zu ihrem schreienden Kind rennt ...«

»Du hast komplett überreagiert, wie immer, und gibst deine Ängste an die Kinder weiter.«

»Und du gibst deine Frauenfeindlichkeit an die Jungs weiter«, höre ich mich sagen. Ich habe keine Ahnung, woher dieser Mut (oder ist es Dummheit?) kommt. Ich bin einfach so wütend.

»Ach du liebe Güte, jetzt drehst du aber völlig durch, oder? Ich bin nicht der Kranke, Marianne. Und ein Frauenhasser bin ich erst recht nicht. Offensichtlich ist deine Paranoia zurück.«

»Simon, als ich das letzte Mal bei meiner Psychiaterin war, meinte sie, dass es mir gut geht. Aus dem, was heute Abend passiert ist, lässt sich keine geistige Erkrankung konstruieren.«

»Da haben wir es wieder, du machst mich runter.«

Ich fasse es nicht, er dreht mir jedes Wort im Mund rum. »Nein, mache ich nicht, du bringst mich absichtlich dazu, Dinge zu sagen, die ich gar nicht so meine ...«, setze ich an, als würde ich aus einem Drehbuch ablesen.

»Nein, deine Krankheit bringt dich dazu, Dinge zu sagen, die du nicht so meinst.« Ich gebe auf. Mir fällt auf, dass meine Rolle immer darin besteht, ihn zu beschwichtigen. Damit wir auch brav und gesittet zu einer vernünftigen Zeit und ohne Streit ins Bett kommen. Heute Abend hat er aber offensichtlich ein Hühnchen mit mir zu rupfen. Und er rupft nicht gerade sanft.

»Warum nutzt du jede Gelegenheit, um mich anzugreifen?«, fragt er jetzt. »Ich verlange doch nur etwas Respekt von dir. Ist das wirklich zu viel verlangt, Marianne?« Er mimt die Opferrolle des armen Ehemanns, der von seiner durchgeknallten Frau unfair behandelt wird. Am Ende dreht sich wieder alles nur um ihn.

»Das habe ich ... Ich habe großen Respekt vor dir, aber wenn ich mich um mein Kind kümmere, weil es sich wehgetan hat, dann hat das nichts mit mangelndem Respekt dir gegenüber zu tun.«

»Du hast mich respektlos behandelt.« Er hebt die Stimme und mir wird klar, dass er nicht locker lassen wird. »Vorhin hast du den Raum verlassen, während ich mit dir gesprochen habe ...«

»Du hast mich über das Falten von Überwürfen belehrt ... während in der Küche etwas Dringlicheres passiert ist.« Ich wähle meine Worte mit Bedacht, trotzdem scheint mein Konter ihn zu überraschen. Obwohl ich nicht besonders aggressiv auftrete, hat er die subtile Veränderung in mir bemerkt. Seine Affäre mit Caroline hat mich bestärkt, weil ich weiß, dass sie echt ist – das habe ich Schwarz auf Weiß. So verrückt kann ich also gar nicht sein, oder?

Er schaut mich lange an und ich weiß, dass er darauf wartet, dass ich mich als die gebrochene Frau bekenne, die auf seine Hilfe angewiesen ist. Weil ich aber nicht so reagiere wie gewünscht, tut er etwas, das ich eigentlich eher von den Zwillingen erwarten würde. Langsam schüttet er den Inhalt seines Weinglases über die Daunendecken und den blassgoldenen Teppich und verlässt den Raum.

Mit den Überwürfen ging alles los. Sie sind eine Art Statussymbol für ihn. Er bestand darauf, sie anlässlich des Besuchs unserer Nachbarin Renee und ihres Ehemanns zum Abendessen diesen Sommer zu kaufen. Sie ist eine attraktive Frau und hat ein Faible für Inneneinrichtung, und Simon war es sehr wichtig, ihr unsere neuen Kaschmirüberwürfe zu präsentieren, bevor er sie in den Garten zur Inspektion seiner Rosen entführte. Um Mitternacht. *Das habe ich mir nicht ausgedacht.* Ich darf jetzt nicht darüber nachdenken – so viele Frauen, so viele Lügen. Aber lügt Simon oder lüge ich? Ich sitze allein inmitten meiner von bordeauxroten Flecken übersäten Bezüge und weiß nicht mehr, wem ich noch glauben soll. Ich bin zu erschöpft, um zu weinen. Ich will nur schlafen. Doch erst einmal muss ich die Schweinerei beseitigen, die er auf unserem schönen, teuren Schlafzimmerteppich hinterlassen hat. Dem Teppich, den er selbst ausgesucht hat. Simon steht auf Luxus genauso wie auf schöne Frauen, die er als Beweis für seinen Erfolg betrachtet. Ich vermute mal, dass Caroline anfangs auch nur ein Kunstobjekt für seine Sammlung sein sollte, so wie ich es einmal war. Da man mit mir wohl nicht mehr angeben kann, hat er sich ein neueres, funkelnderes Schmuckstück gesucht. Ich bin voller Makel, wie die falsch gefalteten Sofaüberwürfe oder dieser fleckige Teppich, der mal schön war. Ich sehe zu, wie sich der rote Fleck langsam in der hellen Wolle ausbreitet, und fühle, dass ich im Weg bin. Simon lässt sich durch nichts und niemandem davon abhalten, das zu bekommen, was er will. Und das macht mir Angst.

Ich reinige den Schlafzimmerteppich so gut, wie ich kann, und stecke die fleckige Bettwäsche in die Waschmaschine. Irgendwann höre ich, dass Simon zurückkommt. Es sieht so aus, als hätte er mal wieder eine ›Runde mit dem Auto‹ gedreht, und ich kann mir schon denken, was das bedeutet. Als ich nach einer halben Stunde nach oben gehe und ins Bett schlüpfe, schläft er bereits. Ich muss an seine erste Frau denken, die arme Nicole, Sophies Mutter, und frage mich zum ersten Mal, ob diese Ehe wirklich so perfekt war, wie er behauptet. Warum hat sie dann eine Überdosis genommen? Wie konnte sie Sophie nur zur Halbwaise machen? Laut Simon hatte sie ein schweres Päckchen zu tragen, eine unglückliche Kindheit, die sie in die Depression trieb, und ich muss schon sagen, dass sie mich ein bisschen an mich selbst erinnert.

Ich kann es kaum erwarten, mir die nächste Folge von *Die heimliche Liebesaffäre meines Mannes* reinzuziehen. Sein lautes Schnarchen verrät mir, dass er viel Wein getrunken hat und schläft wie ein Murmeltier. Also versuche ich, von meinem Smartphone aus auf seine E-Mails zuzugreifen, und ich bin erleichtert und leicht schockiert, als sich das Postfach öffnet. Es ist aufregend und furchteinflößend zugleich, das zu tun, während er neben mir in der Dunkelheit liegt und keinen blassen Schimmer hat, dass ich in seinen Geheimnissen herumschnüffle.

Ich stoße auf E-Mails aus den letzten Tagen und tauche in sein zweites Leben ein, gierig nach Informationen, die ich nicht haben möchte. Caroline erzählt ihm, dass er der beste Liebhaber ist, denn sie je hatte, und dass sie seine Leidenschaft liebt. Er hält die ganze Nacht durch und steht trotzdem morgens früh auf, um ihr Blaubeerpfannkuchen ans Bett zu bringen. *Blaubeerpfannkuchen!* Das ist nicht der Simon, den ich kenne. Hier kommt er nur in die Küche, um zu essen oder mir zu sagen, dass ich irgendetwas falsch mache.

Das tut weh. Ich öffne eine weitere E-Mail, die mir sein Doppelleben offenbart, in dem alles anders und doch irgendwie gleich ist, in dem nichts Sinn ergibt – ein Paralleluniversum, das nur einen Klick entfernt ist. Ihre intimsten Momente und Gefühle liegen offen vor mir, und ich foltere mich mit den Details. Es macht mich krank zu lesen, dass mein Mann einen Ständer bekommt, wenn sie auf der Station an ihm vorbeigeht; dass er sich kaum noch auf seine Arbeit im OP konzentrieren kann, weil er nur an sie denkt. Sie wiederum kann es kaum erwarten, ihn in sich zu spüren und denkt an ihn *auf* sich, *in* sich und *überall* sonst. Er macht sie in seiner Antwort darauf aufmerksam, wie gut sie ihn reiten würde, dass er darauf steht, wenn sie ihm ihre Brüste ins Gesicht drückt und ihre langen Beine eng um ihn schlingt.

Diese offenherzige Intimität, jedes Geheimnis, jeder Betrug macht mich ohnmächtig vor Schmerz. Ihre E-Mails zu lesen ist in etwa so, wie den beiden von der Bettkante aus beim Sex zuzuschauen. Ich sitze im Kleiderschrank, schiele hinter den Vorhängen hervor, stehe hinter ihnen. Und glotze. Ich bin das fünfte Rad am Wagen, der unwillkommene Gast – die andere Frau. Dabei bin ich es doch, deren unschuldiges Leben die beiden mit jedem Stoß vernichten, deren Ehe sie mit jedem Orgasmus zerstören. #AnstandsehefrauSpielen

Als ich das Smartphone irgendwann abschalte, fühle ich mich, als hätte man mir das Herz herausgerissen. Doch trotz seiner Grausamkeit, seiner Schläge und seiner Verachtung bin ich noch immer eifersüchtig auf sie und auf den Simon, den sie hat und ich nicht. Ich bin die Ehefrau, ich habe diesen Mann geheiratet, ich hatte Hoffnungen und Träume. Er hat sie alle vernichtet, und sie hat ihnen den ultimativen Todesstoß versetzt. Mit mir wechselt er meist kaum ein Wort, Caroline hat er anscheinend sehr viel zu sagen. Jedes sexuell aufgeladene Wort, das die beiden virtuell austauschen, ist schmerzhafter als jede einzelne seiner Ohrfeigen. Das Schlimmste aber ist, dass er mir noch immer wichtig ist und dass ich ihn noch immer begehre. Er gehört mir und ich bin nicht dazu bereit, ihn aufzugeben – vielleicht werde ich das nie sein. Wir suhlen uns in unserem Schmerz, tun einander weh, aber anders kenne ich es ja nicht. Ich kann mir nicht vorstellen, jemand anderen zu lieben als Simon.

Ich liege in der Dunkelheit und gehe jeden einzelnen Satz in meinem Kopf durch, quäle mich mit ihren Worten und bin erstaunt darüber, wie sehr ich ihn jetzt gerade will. Ich weiß nicht, ob es der Einblick in seine Leidenschaft oder das Bedürfnis danach ist, von ihm so berührt zu werden, wie er sie berührt, aber mein Begehren ist so stark wie mein Schmerz. Ich will ihn wieder für mich haben, ihn wieder in Besitz nehmen. Vorsichtig berühre ich seine schlafende Brust, dann gleitet meine Hand unter seinem Pyjama sanft abwärts. Ich habe das Gefühl, als würde jemand anderes meinen Körper steuern, als ich nach ihm greife und ihn fest umklammere. Er regt sich und ich küsse seinen Hals. Ich bin in einem Zwiespalt, dösig von den Tabletten und gleichzeitig erregt. Als er aufwacht, setze ich mich auf ihn, lasse ihn in mich eindringen und schmiege meinen Körper an ihn. Ich lehne mich nach vorne und drücke ihm meine Brüste ins Gesicht. *So wie Caroline.*

Er fängt an mit Stößen zu reagieren, greift meine Nippel und kneift sie. Unterbrochen von Bissen sagt er mir leise, dass ich eine Schlampe bin und bestraft werden muss. Und er hat recht. Ich drücke ihn fest nach unten und reite ihn so schnell ich kann, bis er schließlich stöhnend seinen Höhepunkt erreicht. Da ich selbst aber noch nicht gekommen bin, lasse ich ihn unter Protest zurück in mich gleiten und fauche ihm dabei kleine Sauereien zu. Als ich fertig bin und mich auf den Rücken rolle, rinnen Schweiß und sein Speichel zwischen meinen Brüsten herab. Mein Herz schmerzt und meine Schenkel brennen, aber ich habe ihn zurückerobert, wenn auch nur für wenige Augenblicke. Erfüllt von Liebe und Abscheu schlafe ich ein.

Eigentlich wollte ich ihn mit dieser Liebesbezeugung zurückgewinnen, ihm zeigen, dass ich die Frau sein kann, die er begehrt, dass ich wie Caroline sein kann, wenn er sich das wünscht. Dass ich alles tun würde, um uns alle zusammenzuhalten und meinen Kindern Sicherheit zu geben. Mir Sicherheit zu geben.

Doch als ich das nächste Mal in sein steriles Büro komme, seinen Laptop aufklappe und lese, wie sehr er *sie* »anbetet«, dass sie »die Sonne« an seinem »Himmel« sei, rinnen kalte Tränen über meine Wangen. Es ist wie eine kleine Reise in die Vergangenheit. Ich weiß noch, wie er mir am Anfang unserer Ehe haargenau dasselbe erzählte, als er mich überzeugen wollte, dass er mich nicht betrogen hatte. Eine neue Welle Schmerz überkommt mich, strömt aus meinen Organen, brennt wie Salz auf einer frischen Wunde.

Ich bin nicht wie Caroline. Ich stehe nicht auf Schmerz, und Simon meint, ich müsse mir mehr Mühe geben. Wenn ich ihn liebe, würde ich tun, was er von mir verlangt, ohne mich zu widersetzen. Sie aber *muss* sich gar keine Mühe geben, sie lässt sich gerne fesseln und schlagen, lässt sich jederzeit und überall nehmen. Sie ist aufregend und schön. Wie soll ich mit dieser perfekten Frau mithalten? Ich würde mich so gerne loseisen von den E-Mails, die davon erzählen, wie sie sich gestern Nacht um den Verstand gevögelt haben. Doch das schaffe ich nicht. Ich bin die Voyeurin in der Affäre meines Ehemanns und kann einfach nicht aufhören.

»Wann sehen wir uns?«, fragt er sie. »Ich halte es kaum eine Minute ohne dich aus, ich bin süchtig nach dir, Baby.« Ihre Antwort klingt ähnlich sehnsuchtsvoll, wenn auch poetischer. »Als du heute Morgen deinen Kaffee getrunken hast, habe ich deine langen, feinen Finger dabei beobachtet, wie sie den Pappbecher umspielt haben«, schreibt sie, und ich denke an seine langen, geschickten Finger, die Herzen umgreifen und zerquetschen. Auch mein Herz hatten diese Hände viel zu lange in ihrem Griff. »Ich wollte dieser Pappbecher sein«, fährt sie fort. »Ich wollte deine Finger augenblicklich auf mir und vor allem in mir spüren.« *Komm wieder runter, Caroline, du gewissenloses Flittchen.* »Ich muss an gestern Nacht denken. O Gott, so schön bin ich noch nie gekommen.«

Ich will mich übergeben, kann förmlich hören, wie sie im Stakkato auf dem großen Messingbett stöhnt und kreischend zum Höhepunkt kommt. Einmal mehr bin ich entsetzt und erregt zugleich. Diese anschaulichen Schilderungen machen alles so real. Sosehr ich mich auch losreißen möchte, sosehr zieht es mich in ihr Schlafzimmer, wo ich wie eine Stalkerin dabei zusehe, wie sie ihn besteigt. Ich küsse sie, während sie auf und ab stößt, schreie mit ihr, wenn er in ihre Nippel beißt und sie ihn reitet, bis er explodiert. Ich höre sie laut in meinem dunklen Hirn schreien.

Abrupt höre ich auf und klicke die E-Mails weg. Ich kann das nicht mehr lesen. Nur meine Wut lässt mich das Ganze hier überhaupt durchstehen, aber meine Wangen sind noch immer feucht von den Tränen. Ich denke an uns, wie wir vor dieser Tragödie waren, bevor ich meinen Verstand verlor und er langsam die Kontrolle übernahm, bis wir uns schließlich gegenseitig auf unsere ganz spezielle Art und Weise zerstörten.

Wie bei allen Ehen gibt es auch in unserer Licht- und Schattenseiten. Es war nicht alles schlecht. Gerade zu Beginn, als wir unsere neue Wohnung einrichteten und unsere Hochzeit planten, waren wir uns sehr nah. Er begleitete mich sogar zum Kauf meines Hochzeitskleids. Die Einwände der Verkäuferin, dass es ›ungewöhnlich‹ sei, den Bräutigam dabeizuhaben, und das Unglück bringen solle, taten wir nur lachend ab. Wer sollte auch sonst mitkommen? Meine Mutter war tot, meine Freundinnen aus der Uni und von der Arbeit waren ihrer Wege gegangen. Andere Familienmitglieder gab es keine, er war alles, was ich hatte. Außerdem wollte ich ihn dabeihaben. Ich fand das süß und war nicht abergläubisch – er brachte mir doch Glück, kein Pech. Aber die Verkäuferin sprach mit mir, als wäre er gar nicht dabei, was eine gewisse Spannung erzeugte. Ich weiß noch, wie Simons Kiefer zuckte, als sie mich fragte, ob ich *wirklich* wolle, dass er mich in den Kleidern sieht. Während meine Finger über die verschiedenen weiß- und cremefarbenen Versuchungen auf den Bügeln streiften, war die angespannte Stimmung deutlich zu spüren. Sie hatte mir meinen Tag ruiniert.

»Ich bezahle dafür«, sagte er, »also werde ich mir die Kleider ja wohl auch ansehen dürfen, die meine Verlobte anprobiert. Dinge zusammen zu machen, darum geht's doch beim Heiraten«, fügte er an und zwinkerte mir zu. Ich strahlte meinen edlen Ritter an, der mich begleitet hatte, um mich in weiße Spitze zu hüllen und in ein besseres Leben zu entführen. Das musste ›Liebe‹ sein, und Simon würde mich nicht im Stich lassen wie meine Mutter oder mich zurück ins Jugendheim stecken, so wie es meine Pflegefamilien getan hatten.

Ich verliebte mich in ein cremefarbenes, tailliertes Kleid mit tiefem Ausschnitt und Rüschen. »Sie sehen absolut umwerfend aus«, stimmte die Verkäuferin mit mir überein, und ich wartete voller Vorfreude auf Simons Zustimmung. Doch seinem Gesicht war abzulesen, dass es ihm nicht gefiel. Er schlug das weiße Kleid im Schaufenster vor, das die Verkäuferin sogleich in der passenden Größe suchen ging.

»Mir gefällt das hier«, sagte ich, als sie weg war.

»Schatz, dieses kitschige Kleid wird dir nicht gerecht«, seufzte er, trat einen Schritt zurück und schüttelte den Kopf.

»Aber es ist so hübsch ...«

»Marianne, du siehst darin aus wie eine übergewichtige Nutte«, blaffte er. Nie hätte ich damit gerechnet, dass er jemals so etwas zu mir sagen würde, und ich spürte, wie mein Kinn zu beben begann, während ich weiter dastand *wie eine übergewichtige Nutte*. Als er sah, dass mir die Tränen in die Augen schossen, atmete er tief ein. »Zu dir kann man wirklich gar nichts mehr sagen, du bist so empfindlich. Das hätte ich nie von dir erwartet.«

Diesen Satz sollte ich im Laufe der Jahre noch häufiger hören: »Das hätte ich nie von dir erwartet, ich dachte immer du wärst eine bessere Ehefrau/Mutter/Liebhaberin.«

Ich bin die reinste Enttäuschung.

Jedenfalls war mein Hochzeitskleid am Ende kaltweiß und beraubte mich, wie die Verkäuferin anmerkte, jeglicher Farbe. Es war hochgeschlossen und hatte lange Ärmel. Simon fand es perfekt: »Du siehst genauso aus, wie ich mir Mrs. Wilson immer vorgestellt habe – meine Ehefrau.«

Ich war jung und verliebt. Ich hinterfragte nichts, denn ich konnte mein Glück kaum fassen, einen Ehemann wie Simon abgekriegt zu haben. Jill, eine der wenigen Freundinnen, mit denen ich noch in Kontakt stand, bestaunte mein Glück ebenfalls. »Alle Achtung, du Glückspilz, hast dir also einen Arzt geangelt.« Andere Freundinnen waren weniger begeistert: Sie hielten ihn für etwas launisch, fanden, ich solle nichts überstürzen und abwarten, bis ich mir wirklich sicher sei. Weil ich sie für eifersüchtig hielt, hörte ich nicht auf sie. Ich war mir in meinem Leben einer Sache noch nie so sicher gewesen, das wollte ich nicht aufs Spiel setzen, nur weil ich mich nicht entscheiden konnte. Zwar bekam ich immer wieder zu hören, dass ich hübsch sei, aber ich hatte kein großes Selbstvertrauen. Darum konnte ich mir nicht vorstellen, dass mich irgendjemand heiraten wollen würde. Und schon gar nicht ein selbstbewusster, charmanter angehender Chirurg aus gutem Hause wie Simon Wilson. Was sah er nur in mir? Mal ehrlich, aus finanzieller, familiärer und genetischer Sicht war ich nicht gerade ein Hauptgewinn. Die freudlose Joy erkannte das. Sie bot an, Simon eine Forschungsreise durch Europa zu finanzieren und schlug ihm vor, Sophie mitzunehmen. Er lehnte ab und sagte, dass er mich liebte. Entgegen allen Erwartungen stand er zu mir und heiratete mich. Seine Entscheidung verzückte und erstaunte mich zugleich – niemand hatte sich je zuvor für mich entschieden.

Von jetzt an hieß es: Wir gegen den Rest der Welt. Es beruhigte mich zu wissen, dass er sogar eine tolle Karrierechance ausgeschlagen und sich Joys Wünschen widersetzt hatte, um bei mir zu sein. Ich hatte so ein Glück. Simon wollte mein Mann sein, mit mir ein Leben aufbauen und eine Familie gründen – das war alles, was ich je gewollt hatte.

Ich weiß noch, wie er mich in unserem neuen Haus in die Arme schloss, während die siebenjährige Sophie zufrieden in ihrem fliederfarbenen Zimmer nebenan schlummerte, das weiche, lange Haar auf dem Kissen ausgebreitet und ihre kleine Kuscheltierkatze Muffin im Arm. Wir hatten nicht viel damals, aber wir hatten einander, Sophie und ein Baby, das unterwegs war und mir alles bedeutete. Zu Beginn zweifelte ich weder an mir noch an Simon, und als unsere wunderschöne Tochter Emily geboren wurde, hatte ich das Gefühl, dass wir komplett waren und unser Happy End gefunden hatten. So kann man sich täuschen.

10

Ich hatte eine schwierige Geburt und blieb mit Emily noch eine Woche im Krankenhaus. Sophie wohnte so lange bei Joy, aber Simon holte sie jeden Tag ab, um mich zu besuchen. Bei jedem Besuch brachten sie hübsche Sachen mit – Kleidchen für das Baby, Blumen oder einen kleinen Kuchen – und Simon überhäufte uns mit Küssen. »Meine Mädels«, sagte er immer, und ich fühlte mich einfach nur geliebt.

Per Taxi kehrte ich mit Emily vom Krankenhaus aus zurück in ein leeres Haus. Simon war wieder bei der Arbeit und Sophie war entgegen meinem Wunsch immer noch bei Joy. Weil sie nicht meine leibliche Tochter war, hatte ich keine rechtlichen Möglichkeiten, obwohl ich von ihr wusste, dass sie lieber bei mir gewesen wäre. Ich versprach ihr, dass ich sie so bald wie möglich zurückholen würde. Sophie hatte bereits eine Mutter verloren und nun Angst, auch die zweite zu verlieren. Niemand wusste besser als ich, wie sich das anfühlt.

Als ich allein mit dem Baby in unser Haus kam, fühlte ich mich einsam und leer. Es war mitten im Winter und das Haus war seit Tagen nicht geheizt worden. »Wolltest du Gaskosten sparen?«, begrüßte ich Simon scherzhaft, als er spätabends endlich nach Hause kam. Nicht, dass das für ihn infrage käme. Für Menschen aus wohlhabenden Verhältnissen wie Simon gehört verschwenderisches Heizen geradezu zum guten Ton. Ich lächelte ihm zu. Statt mein Lächeln zu erwidern, blitzte er mich wütend an.

»Was willst du mir damit sagen, Marianne?«

Meine Freude über den ersten gemeinsamen Abend zu Hause mit dem Baby verflog ziemlich schnell.

»Glaubst du etwa, dass ich nicht hier war, während du im Krankenhaus warst?«, fragte er. »Unterstellst du mir, dass ich bei jemand anderem war, Marianne?« Er sprach langsam, ganz bewusst.

Mir lief ein eiskalter Schauer den Rücken hinunter. Es war mir nicht einmal in den Sinn gekommen, dass er in meiner Abwesenheit irgendwo gewesen sein könnte. Ich war noch immer viel zu erschöpft vom Schock plötzlich Mutter zu sein und von meinem Schlafmangel, um mir Gedanken um Simons Freizeitgestaltung zu machen. Trotz all meiner Beteuerungen und Beschwichtigungsversuche machte er ein riesiges Fass auf und meinte, ich sei wahnsinnig, genau wie meine Mutter. Er stürmte aus der Wohnung und schlug die Tür hinter sich zu, als hätte ich ihm etwas Schreckliches angetan. Ich war am Boden zerstört und weinte mehrere Stunden lang mit Emily fest in meinen Armen. So hatte ich mir meine Heimkehr nicht vorgestellt. Ich gab mir selbst die Schuld dafür, ihm nicht zu vertrauen.

Als er später weinend zurückkehrte, sagte er mir, dass er seine Reaktion zutiefst bereue, und bat mich um Vergebung. »Ich habe mir einfach so große Sorgen um dich und das Baby gemacht«, sagte er. »Ich habe dich so vermisst, während du im Krankenhaus warst. Ich weiß nicht, was ich ohne dich machen würde, du bist alles für mich«, schluchzte er. Ich strich ihm durchs Haar und tröstete ihn, war einfach nur froh, ihn wieder-zuhaben. Obwohl ich immer noch verletzt und verwirrt von seiner Reaktion auf meine harmlose Bemerkung war – wer weiß, was passiert ist, während ich weg war? –, zählte für mich einzig und allein, dass er zurück zu mir nach Hause gekommen war und ich ihm alles bedeutete, weil er mir ebenfalls alles bedeutete.

Ich glaube, meine Heimkehr war der Beginn einer postpartalen Depression. Im Krankenhaus war es mir dank der Unterstützung und der Freundlichkeit des Pflegepersonals, Simons kurzen Besuchen und Sophies Zuneigung für ihre kleine Schwester gut ergangen. Doch danach war ich mir unsicher über meine Rolle, meine Zukunft und darüber, was von mir als Ehefrau und Mutter erwartet wurde. Noch schlimmer aber war, dass ich mir unsicher über meine Gefühle für Emily war. Ich war ihre Mutter, also musste ich sie lieben – oder? Ich *fühlte* es einfach nicht. Ich tat alles, was in meiner Macht stand, um Liebe für meine kleine Tochter heraufzubeschwören. Ich blickte sie stundenlang an, während sie in meinen Armen schlief, und wartete ... und wartete. Verzweifelt versuchte ich sie zu stillen, obwohl ich nur wenig Milch hatte und jeder gescheiterte Versuch großen Stress für mich bedeutete. Und manchmal, wenn ich in einer dieser langen, einsamen Nächte mit ihr auf dem Arm im Schlafzimmer auf und ab schritt, in der Hoffnung, sie möge endlich einschlafen, fragte ich mich: War ich vielleicht wie meine Mutter? War auch ich dazu bestimmt, eine Mutter zu sein, die nicht klarkommt, nicht lieben kann und ihr Kind an jemanden abgeben muss, der dazu in der Lage ist?

Simon, der mich beobachtet haben musste, verzweifelte. Er hatte sich eine Mutter für seine Kinder gewünscht, und bei den meisten Frauen stellte sich das ganz natürlich ein. Muttersein ist doch eigentlich ein Instinkt, ein Bedürfnis. Nicht für mich, nicht damals. Und wenn ich darüber nachdenke, was er mir gerade antut, glaube ich, dass wir quitt sind. Ich habe ihn enttäuscht und nun enttäuscht er mich, sodass wir beide wieder bei Null anfangen können, wenn das alles hier vorbei ist. Ich wäre nicht die erste Frau, die ihrem Partner vergibt, sie betrogen zu haben, weil sie möchte, dass alles so bleibt, wie es ist. Und ich bin nicht bereit, dieses Leben aufzugeben, also muss *sie* gehen.

Immer wieder putze ich die Küchenoberflächen mit Chlorreiniger, um sämtliche Gedanken an die beiden zu neutralisieren. Doch ich werde sie nicht los, so sorgfältig ich auch putze. Ihre enge Verbindung quält mich. Ihre Intimität fasziniert mich. Und während ich die Badewanne schrubbe, stelle ich mir vor, wie beide darin sitzen und seine Hand im heißen Wasserdampf zwischen ihre festen, braun gebrannten Schenkel gleitet. Ich entkalke das Spülbecken und stelle mir vor, wie sie auf meiner Küchenanrichte sitzt und er ihre Beine mit seinen langen Fingern sanft auseinanderschiebt, um sie hier zu nehmen. Beim Wischen des Fußbodens denke ich an ihre E-Mails, in denen sie ihn bittet, streng zu ihr zu sein, sie zu fesseln und ihr wehzutun, weil sie ein böses Mädchen ist.

11

Heute Abend spielen die Jungs für die Juniormannschaft der Schule Rugby. Sie sind die jüngsten im Team. Auf Simons Drängen hin habe ich die beiden für das Training zweimal die Woche angemeldet. Abgesehen davon, dass Alfie keine Lust darauf hatte, hielt ich das im Hinblick auf das ohnehin schon hohe Pensum an außerschulischen Aktivitäten der Zwillinge für zu viel. Ich teilte Simon meine Bedenken mit, der sich unnachgiebig zeigte und meinen Einspruch abschmetterte, dass Alfie weniger wettkampfbegeistert sei als Charlie. Simon will nicht wahrhaben, dass Alfie Sport hasst und nach der Schule lieber Theater spielen würde. Für seinen Auftritt als Joseph beim Krippenspiel letztes Jahr erntete er stürmischen Beifall. Sophie und ich mussten weinen, so gut war er. Simon hingegen machte Überstunden und konnte deshalb nicht dabei sein. Wenn es bei einer Partie besonders heftig zur Sache geht, kommt Alfie manchmal abends weinend nach Hause. »Bitte, ich will da nicht mehr hin, Mama«, fleht er dann, und manchmal erfinde ich ohne Simons Wissen eine Krankheit, um Alfie davor zu bewahren, unter vierzehn überdrehten Jungs begraben zu werden.

Ich weiß nicht, wie viele Nachmittage ich an der Seitenlinie damit zugebracht habe, Charlie zuzujubeln und gleichzeitig jeden schmerzhaften Moment für Alfie mitzufühlen. Heute Abend gilt es, die Früchte der harten Arbeit im Spiel gegen eine andere Privatschule aus der Gegend zu ernten. Die Atmosphäre ist angespannt. Wetteifernde Papas säumen den Spielfeldrand, während die geschminkten Mamas mit Trinkflaschen posieren.

Simon kann heute früher Schluss machen im Krankenhaus und trifft uns dort. Sogar Sophie hat angeboten mitzukommen, wofür ich ihr sehr dankbar bin. Die Jungs wissen, dass Papa unterwegs ist, und ich beobachte, wie Alfie sich besonders bemüht nicht zu heulen, obwohl ihm soeben ein größerer Junge absichtlich aufs Bein gesprungen ist, bevor das Spiel überhaupt angefangen hat. Ich bin in Gedanken bei ihm, als der Pfiff ertönt und das Spiel beginnt, schaue ihnen zu und dann immer wieder nervös hinüber zum Parkplatz, um nach Simons Auto Ausschau zu halten.

Simon hätte schon vor fast einer Stunde hier sein sollen. Aber keine Spur von ihm. Das Spiel ging um siebzehn Uhr los, inzwischen ist es Viertel vor sechs und die Teams haben eine Pause eingelegt und trinken eklige heiße Fertigbrühe. Alfies Gesicht spricht Bände: Er wünscht, er wäre irgendwo anders und sehnt sich nach seinem gemütlichen Zuhause. Ich fühle mich genauso.

Mit ängstlichem Flattern im Bauch checke ich mein Smartphone – keine Nachricht von Simon. Ich frage mich, ob es vielleicht einen Notfall gab. Und falls ja, was für einen Notfall ... und hat Caroline etwas damit zu tun?

Schnell schiebe ich die unerwünschten Gedanken beiseite und schaue mir weiter das Spiel an, bekomme aber kaum etwas mit. Die Jungs tun mir so leid, sie wollten ihrem Papa doch unbedingt zeigen, wie sie spielen. Selbst Alfie legt sich deshalb richtig ins Zeug.

»Papa kommt also nicht?«, fragt Sophie, während sie ihre Hände reibt und ihre Füße bewegt, um sich warm zu halten.

»Vermutlich ein Notfall«, behaupte ich. Ich hasse es, seine Abwesenheit erklären zu müssen.

»Oder eine spannendere Alternative«, murmelt sie. Ich tue so, als würde ich sie nicht hören, aber ihre Worte tun richtig weh.

Eine halbe Stunde später stoßen die Jungs frisch geduscht und umgezogen endlich zu Sophie und mir. Beide halten erfolglos Ausschau nach ihrem Papa.

»Papa sagt, es tut ihm soooooo leid, aber jemand hat sich sehr wehgetan und ist fast gestorben, aber Papa hat ihn gerettet«, sage ich schnell. Die Enttäuschung in ihren Gesichtern bricht mir das Herz. Die Jungs sind zu jung, um sich davon groß beeindrucken zu lassen, aber immerhin klingt es nach einer vertretbaren Entschuldigung, und ich hoffe, dass sie das Fehlen ihres Vaters etwas weniger schmerzhaft macht. Ich vermeide es, Sophie anzuschauen, die einen tiefen Seufzer ausstößt, weil ich die Jungs belüge. Aber während wir zusammen zum Parkplatz gehen, rede ich mir selbst ein, dass eine Lüge manchmal der liebevollste Weg ist, um etwas zu erklären.

»Also ... ich habe mir überlegt ...«, beginne ich, während ich zurücksetze und auf dem Parkplatz so zügig wende, dass der Wagen auf dem frostigen Boden ausschert, was auf der Rückbank für Erheiterung und freudige Jauchzer sorgt. Ich lache mit den Kindern. Es macht Spaß, hin und wieder unartig zu sein und ein paar Risiken einzugehen.

»Also ... du hast dir überlegt ...?«, wiederholt Charlie.

»Hab ich?«, scherze ich, und die Jungs rufen lachend und immer lauter: »Mama! Sag's uns!«

»Okay, okay, ich habe mir überlegt, dass wir ... zu McDonald's fahren!«

Die Freude hätte nicht größer sein können, selbst wenn ich das Disneyland vorgeschlagen hätte. Ein Happy Meal ist das beste Trostpflaster, und ich wollte ihnen so auf meine eigene, bescheidene Weise eine Freude machen, damit sie glücklich sind und vergessen, dass ihr Vater nicht aufgekreuzt ist. Ich wollte sie für einen kurzen Moment lang zum Lachen bringen, weil ich weiß, dass sie die Spannungen zu Hause trotz all meiner Versuche, Schönwetter zu machen, mitbekommen.

Also machen wir uns auf zu McDonald's, unter der strengen Auflage, Papa nichts davon zu sagen, »weil er sehr traurig wäre, dass wir ohne ihn gegangen sind«, wie ich lüge. Begleitet von Burger-Lobgesängen der Zwillinge rollen wir auf dem Parkplatz des Goldenen Ms ein.

Als die Kinder zehn Minuten später das (laut Simon) giftigste Essen der Welt verdrücken, ist ihr Glaube an ihre Eltern und die Welt wiederhergestellt. Die Jungs haben sich für ein Happy Meal entschieden, und selbst Sophie hat sich zu einem Veggie Wrap hinreißen lassen. Ich gönne mir einen großen Hamburger. Während wir im fluoreszierenden Licht des Restaurants sitzen, dessen Name wir (vor Simon) nicht laut auszusprechen wagen, beobachte ich die Kinder. Sie sind alle versunken – die Jungs in ihrem Essen und ihren Spielzeugen, Sophie in ihrem Smartphone. Meine Kinder, in Sicherheit. Glücklich. Und bei mir. Ich logge mich bei Instagram ein. Keine Ahnung, warum. Vielleicht ist es die Unbesonnenheit, allein mit meinen Kindern zu sein und teuflisches Fast Food zu verspeisen, doch auf einmal fühle ich mich mutig. Wenn wir vier zusammen sind, ist alles andere egal. Dann kann die Abwesenheit ihres Vaters auch mit einem Burger, einem Gratis-Spielzeug und einer Cola kompensiert werden. Mit diesem neu gewonnen Mut entscheide ich mich, tiefer in den Tunnel hineinzugehen. Ich weiß zwar nicht, wie dunkel es da drin sein wird, aber ich weiß, dass meine Kinder mich hier in dieses grell erleuchtete Fast-Food-Restaurant zurückholen werden, falls nötig.

Also gebe ich zum gefühlt tausendsten Mal ›Caroline Harker‹ ins Suchfeld ein, und zack, da ist sie wieder, schaut mich direkt an, und lädt mich ein, ihr Leben zu durchwühlen ... das Leben, das in meines eindringt.

»Mama, guck mal, wie hoch das fliegt«, bestaunt Charlie sein Star-Wars-Raumschiff, kurz bevor es in Alfies Gesicht landet, der daraufhin sein Getränk verschüttet.

Ich wische den Tisch mit Papierservietten ab und rufe »Esst euren Burger!« und »Tu Alfie nicht weh!«, während ich mir Caroline Harker von ganz Nahem ansehe. Sie hat ein Weinglas in der Hand und wirft mir ihr perfektes Lächeln zu – glänzende Lippen, strahlend weiße Zähne. Bestimmt sind die gebleacht, und die Bräune muss aus dem Solarium stammen. Es ist ja nicht so, als wäre sie den ganzen Sommer im Urlaub gewesen, dafür verbringt sie zu viel Zeit hier mit meinem Mann. Und dann sehe ich es, hochgeladen vor zehn Minuten: zerwühlte Laken, ein Seidenstrumpf auf dem Boden, zwei Gläser und eine Flasche seines Lieblingsmerlot. »#LoveInThe-Afternoon«.

Mein Herz schlägt mir bis zum Hals. Wie kann er nur? Bisher hat er nur mir wehgetan, aber jetzt auch den Kindern. Er hat sie den Kindern vorgezogen, das ist unverzeihlich. Schmerz und Wut überwältigten mich, sodass ich einen kurzen Augenblick lang vergesse, wo ich bin. Ein Schleier legt sich über mich. Alles ist dunkel und ich versuche, dem Albtraum zu entkommen. Und dann wird es wieder hell. Die Kinder amüsieren sich über irgendetwas.

»Mama ist so alt, dass sie schon nichts mehr sieht«, kichert Sophie, als mir plötzlich bewusst wird, dass ich mein Smartphone direkt vor meine Nase halte, als wollte ich in das Bild schlüpfen, um zu sehen, wer da hinter der Kamera steht. Ich suche nach Hinweisen, nach irgendetwas, das mir bestätigt, dass er jetzt gerade dort bei ihr ist. Am liebsten würde ich sie mit ihrem Seidenstrumpf strangulieren. Doch das Lachen der Kinder vertreibt die Laken, die Weingläser und den Seidenstrumpf aus meinen Gedanken. Meine Kinder holen mich zurück. Ich fange an zu schielen. Die Zwillinge finden das super, weil sie es selbst noch nicht können. Sie lachen lauthals und versuchen vergeblich, ihre Augen zum Schielen zu bringen, was Sophie und mich ebenfalls zum Lachen bringt. Kleine Momente wie diese sind kostbar. Der Blick auf meine hübschen Kinder auf der anderen Seite des Tisches bestärkt meine Überzeugung, dass Caroline sie niemals bekommen darf.

Als wir später nach Hause kommen, steht Simons Auto in der Einfahrt. Ich sehe ihn am Fenster stehen, bereit seine tausend fadenscheinigen Ausreden wie Konfetti über uns regnen zu lassen. Traurig öffne ich die Tür und lasse die Jungs an mir vorbeistürmen. Sie haben die Abwesenheit ihres Vaters beim Spiel wohl schon vergessen oder vergeben. Jetzt steht er im Flur und fängt die beiden auf, umarmt sie und schlägt als Wiedergutmachung für sein Ausbleiben vor, morgen gemeinsam Pizza essen zu gehen.

Ich sage nichts und gehe in die Küche. Er folgt mir, macht sich eine Flasche Merlot auf – seine zweite heute – und faselt umständlich irgendetwas von einem Patienten, dem er gerade noch so das Leben gerettet habe. Ich antworte nicht und fange nur automatisch an die Küchenoberflächen zu putzen, ohne überhaupt hinzuschauen.

»Die Jungs waren enttäuscht, dass du nicht dabei warst«, sage ich, nachdem er seine ›Geschichte‹ beendet hat.

»Enttäuscht? Enttäuscht wäre die Familie des Patienten gewesen, wenn er heute Abend gestorben wäre.«

»Das ist kein Vergleich.« Selbst wenn es einer wäre, lässt

mich der Instagram-Account seiner Flamme stark daran zweifeln, dass er überhaupt im Scheiß-Krankenhaus war.

»Nein, natürlich ist das kein Vergleich«, spöttelt er, »selbstverständlich ist es wichtiger, irgendein Kinderrugbymatch mitzuverfolgen, als ein Menschenleben zu retten.«

»Das habe ich nicht gemeint ...« Wie schafft er es nur immer, mir die Worte im Mund herumzudrehen? »Es war ja nicht ›irgendein‹ Rugbymatch, sondern das erste Rugbymatch der Jungs für das Team, dem sie vor allem beigetreten sind, weil du das so wolltest.«

»Ich habe mich bei den Jungs entschuldigt. Und deine miese Laune kann ich nach meinem heutigen Tag wirklich nicht brauchen ...«, sagt er, als wäre meine Wut total daneben und belanglos.

»Dass du mir damit wehtust, ist das Eine, Simon«, unterbreche ich ihn, »viel schlimmer aber ist, was du den Kindern damit antust.« Der Satz hängt in der Luft wie eine dicke Wolke. Ich halte den Atem an und wische weiter mit dem antibakteriellen Reinigungstuch herum. Ich wünschte, ich könnte auch seine Schlampe wegwischen wie Schmutz.

»Ausgerechnet du wirfst mir vor, ich würde unseren Kindern wehtun?«, fragt er.

Volltreffer!

Ich sacke zusammen und fühle mich schon wieder, als würde ich fallen. Immer tiefer und tiefer.

Er gewinnt immer.

Am liebsten würde ich ihm sagen, dass ich weiß, wo er war, es liegt mir auf der Zunge, doch was für Beweise habe ich denn? Ein Foto von zwei leeren Weingläsern? Das genügt kaum, um ihm vorzuwerfen, dass sie ihm wichtiger ist als seine Familie. Das Foto könnte auch zu einem anderen Zeitpunkt entstanden sein, möglicherweise war er ja gar nicht derjenige, der aus dem zweiten Glas getrunken hat, der, mit dem sie ihre Bettlaken zerwühlt hat.

»Die Jungs waren traurig, dass du nicht da warst. Hättest du mich angerufen, hätte ich es ihnen wenigstens sagen können«, sage ich und versuche ganz ruhig und sanft zu sprechen, um nicht unnötig Öl ins Feuer zu gießen.

»Ah, stimmt, ich hätte dich anrufen können, als mein Patient gerade um sein Leben gekämpft hat. Ich hätte die Instrumente niederlegen und meinem OP-Team sagen sollen ›Sorry, ich weiß dass mein Patient stark aus seiner Aorta blutet und jeden Moment sterben könnte, aber ich muss jetzt wirklich meine Frau anrufen.‹« Er macht keinen Hehl aus seiner Abscheu und trinkt noch einen Schluck. »Ich wünschte, du wärst ein kleines bisschen realistischer, Marianne«, sagt er jetzt. »Ich wünschte, ich hätte jemanden zum Reden, jemanden, der mich versteht.«

»Hast du doch auch, oder?«, höre ich mich sagen.

Als er sich blitzartig umdreht, weiß ich, dass er nur auf meine wilden Anschuldigungen, meine Tränen und mein Flehen gewartet hat. So kann er alles abstreiten und mich für verrückt erklären, mich in die Klapsmühle stecken und sich dann mit Fräulein Caroline und ihren widerlichen Bettlaken in aller Ruhe ein neues Zuhause einrichten. »Was soll das heißen?«

»Na, dass du mit *mir* reden kannst. Ich bin deine Frau, ich verstehe dich.« Ich versuche, Zeit zu gewinnen. Ich muss diese Sache, die sich in unsere Ehe eingenistet hat, ausradieren. Wenn ich ihm jetzt mit Vorwürfen komme, weiß ich, wer heute Nacht die Koffer packt und ohne die Kinder gehen muss – er wird es nicht sein. Die E-Mails beweisen Schwarz auf Weiß, dass diese Affäre tatsächlich existiert und ich nicht verrückt bin. Ich schaue in sein schönes Gesicht, im Wissen, dass seine Lippen sie geküsst haben, seine Hände ihren Körper überall angefasst haben und möchte ihn fragen warum. Ich will, dass er einbricht und mir alles gesteht, was für einen Fehler er begangen hat, dass er nur mich liebt und mich fragt, ob ich ihm verzeihen kann. Ich weiß nicht, ob ich das könnte, doch das ist ohnehin nebensächlich, weil er natürlich nicht fragt.

»Ich muss noch etwas arbeiten«, sagt er und macht sich auf den Weg zur Tür. Kurz vorher dreht er sich aber noch mal um zu mir, um mir einen weiteren vernichtenden Schlag zu versetzen. »Marianne, wird dir das Ganze vielleicht wieder zu viel?« Eine Fangfrage, die keine Antwort verlangt. »Es ist nur ... neulich hast du Charlie angeschrien, ihn bescheuert genannt ... und dann hast du die Jungs inmitten von Kekskrümeln auf dem Sofa vergessen, statt ihnen Abendessen zu machen. Und jetzt das ... dieser *aggressive* Ton ... ganz ehrlich, das macht mir ziemliche Sorgen.«

»Mir geht's gut, das habe ich doch gesagt ...«

»Ja, aber mit Emily ging es dir auch gut, und wir wissen ja, was dann passiert ist.« Mit einem warnenden Blick geht er aus der Küche und schließt die Tür hinter sich. Er verschließt mir die Türe.

»Auf geht's Jungs, Zeit für die Badewanne. Mama fühlt sich nicht gut, sie ist mal wieder etwas durcheinander«, höre ich ihn rufen.

Ich renne zur Tür und öffne sie. »Ich habe den Jungs gesagt, dass sie heute nicht baden müssen. Sie haben nach dem Rugby geduscht und schon ihre Schlafanzüge angezogen«, sage ich, wohl wissend, dass sie die widersprüchlichen Anweisungen verwirren werden.

»Auf geht's Jungs, Zeit für die Badewanne«, sagt er noch mal, ganz ruhig, als wäre ich gar nicht da. Ich höre sie aus ihrem Kinderzimmer protestieren, während er nach oben geht. »Doch, ihr *badet*. Wie gesagt, Mama geht es mal wieder nicht so gut.« Jetzt erobert er die Kinder zurück und macht einen auf perfekten Papa: verlässlich, lustig und liebevoll. Ich hingegen verschwinde währenddessen langsam in die Bedeutungslosigkeit, bis sie mir nicht mehr trauen, bis ich mir selbst nicht mehr traue. Sie werden glücklich in Simons Welt leben, einer Welt, in der ich keinen Platz habe, in der aber bereits eine nagelneue Mutter auf sie wartet.

Ich sehe die Szene bildlich vor mir: Caroline in legerer Freizeitkleidung mit lockerer Hochsteckfrisur und Mehlstaub auf der Nase. Die Sonne strahlt gefällig durchs Fenster und hüllt sie und meine wunderhübsche Farrow-&-Ball-Wand in ihr butterweiches Morgenlicht. Sie macht mal wieder Pfannkuchen in meiner Küche, direkt hier neben mir, mit meinen Pfannen, meinen Zutaten, sogar mit meinem handgeschriebenen Rezept, das ich in der Schublade aufbewahre. Die Jungs können es nicht erwarten, denn sie lieben Carolines Pfannkuchen. Und Simon liebt Caroline. Er küsst ihr das Mehl von der Nase und sie schenkt ihm einen vielsagenden Blick, doch wie bei allen guten Müttern gehen die Kinder bei ihr vor. Also wirft sie die Pfannkuchen zum großen Entzücken der Jungs in die Höhe. Ich konnte noch nie Pfannkuchen hochwerfen – sie landen entweder auf dem Fußboden oder bleiben in der Pfanne kleben –, aber ich wette, Caroline kann das. Selbst Sophie ist hingerissen von Carolines jugendlicher Schönheit. Diese Mama ist so viel schöner und glücklicher als die alte, verschwindet nicht wochenlang im Krankenhaus und verpasst der Kellnerin in der Kneipe an der Ecke auch keine Bierdusche.

Das war letztes Jahr, als ich mich komplett in etwas reingesteigert habe. In was genau, weiß ich nicht einmal mehr. Vielleicht war da auch gar nichts. Caroline wird ein guter Einfluss für die arme Sophie sein. Sie wird ihr bei den Hausaufgaben helfen und sie werden gegenseitig ihre Instagram-Posts liken – Sophie ist ein Social-Media-Junkie, sie ist ständig dort unterwegs. Caroline kennt bestimmt jemanden, der in einer coolen Band spielt und ihr kostenlos Tickets beschaffen kann. Das würde zu ihr passen. Sie will es allen recht machen, Männern genau wie Kindern. Meinen Kindern. #PerfekteEhefrau #CooleMutter

Ich setzte mich auf einen meiner schicken Lederbarhocker,

lege meinen Kopf auf die Calacatta-Oro-Marmorarbeitsplatte und weine.

Ja, es gab Warnzeichen, aber ich hatte gehofft, alles würde wieder normal werden, sobald unsere Probleme überwunden waren. Doch durch die Sache mit Emily ist genau das Gegenteil eingetreten. Und es ist meine Schuld.

Ich war gerade erst Mutter geworden und steckte in einem Gefühlschaos. Alles ließ ich widerstandslos über mich ergehen. Irgendwann versuchte ich nur noch irgendwie Simons Gefühle mit meinen und den Bedürfnissen des Babys zu vereinbaren. Jeder Tag bestand daraus, das Baby zu füttern, die Windeln zu wechseln und zu beten, dass es einschläft. Emily weinte sehr viel, genau wie ich. Simon meinte, Nicole hätte mit Sophie niemals solche Schwierigkeiten gehabt – angeblich konnte sie Sophie sofort beruhigen und hat umgehend ein inniges Verhältnis zu ihr aufgebaut. Mir ging es direkt noch schlechter. Verzweifelt versuchte ich, mehr für Emily zu sein als ein gefühlloser Pflegeroboter, doch meine Gefühle waren einfach abgestumpft. Ich hatte eine undurchdringliche Mauer um mich herum aufgebaut. Ich hatte keine Freunde, keine Mutter, an die ich mich wenden konnte, und dann kam auch noch Simons Mutter und entriss mir auf Simons Geheiß hin Sophie wieder. Das machte alles nur noch schlimmer. Sie fehlte mir, und ohne Sophie fühlte ich mich noch einsamer, noch verlorener. Indessen fiel es mir immer schwerer, mich um Emily zu kümmern, die nichts essen wollte und kaum schlief und stattdessen die meiste Zeit über brüllte. Simon machte viele Überstunden, und da ich tagsüber viel allein war, überlegte ich mir, einem Club für ›junge Mütter‹ beizutreten, was Simon allerdings für unter meiner Würde hielt. »Im Kreis auf dem kalten Boden eines ungemütlichen Gemeindezimmers sitzen – willst du das unserem Kind wirklich antun?«, fragte er damals und schüttelte fassungslos den Kopf.

Ich stimmte ihm zu, nicht weil ich das für unter meiner

Würde hielt, sondern weil ich das Geschnatter von Müttern, die leider wirklich alles besser wussten als ich, wirklich nicht gebrauchen konnte. Ich litt unter Schlafmangel, kämpfte mit meinen Schwangerschaftspfunden und war todunglücklich. Es fiel mir schon schwer, mir die Haare so zu kämmen, dass ich halbwegs ›normal‹ aussah. Ich sehnte mich nach Ruhe, nach etwas, was ich früher jederzeit hatte machen können: ins Bett gehen und schlafen. Aber Emily war ein Schreibaby und hatte Koliken. Die Tage verschwammen und wurden zu einem endlosen Brei, wir waren beide hilflos, einsam und ständig am Weinen. Jeden Morgen wachte ich aufs Neue mit dem Entschluss auf, dass ich es heute hinbekommen würde. Doch meine Versuche, das Baby zu beruhigen, schienen das Gegenteil zu bewirken und machten alles nur noch schlimmer. Auch mit meinen eigenen Gefühlen kam ich nicht klar. Ich fühlte mich zurückgestoßen, wenn sie meine Brust ablehnte, und betrachtete es als persönliche Beleidigung, dass sie in Simons Armen friedlich schlummerte, während sie bei mir ununterbrochen brüllte.

»Du bist zu angespannt, das überträgt sich auf sie«, behauptete Simon, wenn er sie mir aus dem Arm nahm. »Nicole hat das immer so gemacht.« Er strahlte Emily an und wog sie sanft hin und her oder hielt sie hoch und sprach mit ihr, woraufhin sie ihn mit großen blauen Augen anstarrte und ihre kleinen Fingerchen ausstreckte. Er wusste wunderbar mit ihr umzugehen, aber mir blieben all diese schöne Momente verwehrt, und das machte mich ehrlich gesagt eifersüchtig. Ich war eifersüchtig auf Simon, auf Nicole und auf alle anderen Menschen, die ein zufriedenes, schlafendes Baby im Kinderwagen vor sich herschoben, weil sie das konnten und ich nicht. Weil ich Angst davor hatte, eine Panikattacke zu bekommen und dass etwas passieren würde, verließ ich das Haus nicht. Stattdessen saß ich den ganzen Tag lang mit ihr auf dem Schoß vor dem laut aufgedrehten Fernseher, um ihr Geschrei nicht hören zu müssen. In der Werbung verhöhnten mich selbstgefällige Weiber in makellosen After-Baby-Körpern, die von ihrer bevorzugten Windelmarke schwärmten. Das Ganze war unbekanntes Terrain für mich, so unzugänglich und mysteriös wie der Mond. Steckte ich bereits in einer postpartalen Depression oder lag es daran, dass ich selbst kein Verhältnis zu meiner eigenen Mutter gehabt hatte? Ist es vererbbar, eine schlechte Mutter zu sein? Davon war jedenfalls Simon überzeugt.

»Es beunruhigt mich, dass deine Mutter sich umgebracht hat«, sagte er, als er eines Abends nach Hause kam und mich weinend in meinem Morgenmantel vorfand.

»Ach ja?«, fragte ich teilnahmslos seufzend über Emilys übliches Geschrei hinweg, als er sie mir sanft aus den Armen nahm.

»Ja. Ich habe mit einer Kollegin darüber gesprochen. Sie glaubt, dass du deine psychischen Probleme vererbt bekommen hast. Dazu kommt, dass die Abwesenheit deiner Mutter natürlich Einfluss darauf nimmt, wie du auf Emily reagierst ... Nature und Nurture.«

»Es geht darum, wie sie auf *mich* reagiert«, erwiderte ich, während mir dicke Tränen über die Wangen kullerten. Gefühle und Hormone wirbelten in meinem Kopf herum. Noch betroffener als die Sorge um die Gene meiner Mutter machte mich die Tatsache, dass er mit irgendjemanden auf der Arbeit über mich sprach. Mit einer anderen Frau. Es sind die kleinen Details, die einen richtig fertig machen, wenn es einem schlecht geht. Ich schämte mich und fühlte mich allein, so allein.

»Ich bin enttäuscht, Marianne«, warf er mir an den Kopf, während er die friedlich auf seinem Arm schlafende Emily sanft an sich drückte. »Ich habe dich für eine starke Mutter gehalten, die imstande ist, diese Situation zu meistern.«

»Das bin ich ja auch ... es ist nur ...«

»Und du weißt, dass ich nicht oberflächlich bin und dich nicht wegen deines Aussehens ausgewählt habe, aber ich muss schon sagen, dass es mir im Moment echt peinlich wäre, mit dir auf der Straße gesehen zu werden. Offen gesagt siehst du furchtbar aus. Du suhlst dich den ganzen Tag lang in Selbstmitleid und lässt dich hemmungslos gehen. Wenn du damit beschäftigt wärst, eine gute Mutter zu sein, könnte ich es ja verstehen, aber als Mutter scheinst du ja nichts zu taugen. Bei deiner Mutter war das vermutlich genauso ...«

»Meine Mutter war krank.« Ich wurde ihr schon als Baby weggenommen, weil sie eine potenzielle Gefahr für mich darstelle. Das traf auf mich wohl eher nicht zu – oder?

»Du hast selbst gesagt, dass du Emily nicht liebst – was für eine Mutter sagt so etwas?« Simon hatte recht, und ich hatte genauso viel Angst wie er davor, durch meine Krankheit dem Kind nie eine echte Mutter sein zu können. So war das nicht abgemacht gewesen. Er hatte seinen Teil erledigt und mir und meinem Baby ein hübsches Haus gekauft. Doch trotz nagelneuem Haus, tollem Ehemann und perfektem Baby konnte ich aus irgendeinem unerklärlichen Grund nicht glücklich sein. Simon hatte recht, ich ließ mich gehen, lief den ganzen Tag in meinem verwaschenen blauen Morgenmantel rum, mein Haar war ungekämmt, mein Augen permanent verheult. Wenn ich nicht endlich etwas dagegen unternahm, würde ich ihn vielleicht verlieren.

»Ich gehe mich anziehen«, sagte ich und ging leise aus dem Zimmer.

»Wird auch Zeit«, antwortete er, ohne mich anzusehen, aber nicht ohne eine letzte spitze Bemerkung. »Du bist so fett geworden. Ich hoffe, du findest überhaupt etwas, das dir noch passt.«

Als würde er mich wieder unter Wasser drücken, während ich gerade versuchte aufzutauchen, um Luft zu holen. Ein weiterer Schlag ins Gesicht.

Ich dachte, dein Job wäre es, kaputte Herzen zu heilen, Simon.

Daran denke ich jetzt gerade, während ich in meiner Designerküche sitze und höre, wie die Jungs oben mit ihrem Vater lachen. Wir wussten beide, dass ich Simon nicht verdiente. Deshalb versuchte er mich zu der Frau zu formen, die er sich wünschte. Blöderweise tauchte die echte Marianne immer wieder auf und versaute alles. Aber jetzt hat er ja Caroline gefunden, eine Frau, die er sich nicht erst zurechtbiegen muss, weil sie bereits perfekt ist. Doch am Ende kann es nur eine geben.

12

Ich bin ständig kurz davor zu verzweifeln und kann es kaum erwarten, mich heute Abend mit Medikamenten hinter meinen Schleier zu verziehen. Meine Tabletten nehme ich jetzt immer später am Tag ein, sodass ich in der Lage bin, die Kinder hin- und herzufahren, am Wochenende aber verpasse ich mir morgens manchmal eine höhere Dosis. Ich will keine Medikamente nehmen, aber ich brauche sie, um die Gedanken zu beruhigen, die ich habe, seit Caroline in unser Leben getreten ist. Simon meint, die Tabletten würden meine Heilung unterstützen, aber ich nehme nun seit fast zehn Jahren unterschiedlichste Medikamente und habe langsam das Gefühl, dass sie nichts bewirken – ich bin, wer ich bin. Meine Mutter.

Nachdem ich die Leiche meiner Mutter gefunden hatte, war ich für lange Zeit schwer traumatisiert. Ich habe eine Therapie gemacht, professionelle Hilfe von Sozialarbeitern bekommen und von meinem zehnten bis zu meinem fünfzehnten Lebensjahr in einer liebevollen Pflegefamilie gelebt. Meine Pflegemama, Mrs. Fellowes, war eine ehemalige Kunstlehrerin und hatte zwei eigene Kinder, dazu mich und immer mal wieder ein anderes kleines Kind, das vorübergehend bei der Familie wohnte. Durch Mrs. Fellowes (oder Jean, wie ich sie nennen durfte) erfuhr ich zum ersten Mal in meiner Kindheit Liebe und Beständigkeit. Jean war weise und fürsorglich, und wenn wir von der Schule nach Hause kamen, erwartete sie uns immer am Herd mit warmen Ofengerichten und Gläsern voller Milch. Es war wie im Märchen. Jean schenkte mir Nähzeug und erkannte mein Talent fürs Zeichnen und Entwerfen. Sie las Frauenmagazine mit Hochglanzfotos von Models, mit denen ich Stunden verbrachte und die Bilder mit selbst gemachten Klamotten nachstellte, die ich aus alten Stoffen und Secondhandsachen kreierte. Jean erweckte meine Liebe für Farben und Mode zum Leben, und ich vermute mal, dass ich ohne sie wohl auf der Straße gelandet wäre. Jean und Bob dachten darüber nach, mich zu adoptieren, doch dann wurde sie krank und lag monatelang im Krankenhaus. Darüber geriet der Plan in den Hintergrund. Jean musste sich einer Chemotherapie unterziehen und Bob war außer sich vor Sorge und entsprechend kurz angebunden, als ich ihn eines Tages auf die Adoption ansprach. »Tut mir leid, Marianne, aber wenn es Jean nicht mehr gibt, kann ich keine Kinder aufnehmen.«

Ich war am Boden zerstört. Es war mir nie in den Sinn gekommen, dass es Jean ›nicht mehr geben‹ könnte. Ich wusste zwar nicht, warum, aber es kam unerwartet für mich. Sie war doch der einzige Mensch, auf den ich zählen konnte. Als sie starb, wurde mir etwas klar: Alle Menschen, die ich liebte, ließen mich allein. Die Hochzeit mit Simon und meine Stieftochter ließen mich das vergessen – zumindest hatte ich meine eigene Familie, die mir niemand wegnehmen konnte. *Bis du aufgetaucht bist, Caroline, mit deinen weißen Zähnen und deinen zerwühlten Laken.*

Ich hebe meinen Kopf von der Küchenarbeitsplatte. Alles ist ruhig. Ob ich wohl ohnmächtig war und Simon in der

Zwischenzeit die Kinder mitgenommen hat? Dann höre ich ein Kichern, gefolgt von Simons tiefer Stimme. Offensichtlich hat er die Zwillinge gebadet und liest ihnen nun eine Geschichte vor – alle sind zu Hause, alle sind in Sicherheit. Ich sollte dankbar sein. Die Welt ist in Ordnung. Für den Moment.

Während ich an Jean und die beruhigende Wirkung der Kunsttherapie denke, gehe ich in den Hauswirtschaftsraum und öffne die Schränke, in denen ich meine Nähsachen aufbewahre. Alles ist ordentlich in Keksdosen und alten Pralinenschachteln verpackt. Ich öffne sie und streichle über den weichen Samt und die seidige Spitze. Dann erinnere ich mich daran, wie sehr sich Jen über meine Tasche gefreut hat und dass sie mich ein paar Wochen später gefragt hat, ob ich eine für ihre Freundin nähen könne.

Es schmeichelte mir so sehr, dass sie ihr gefiel, und vermutlich steigerte ich mich da etwas rein. Ich betrachtete das als ersten Auftrag, einen kleinen Silberstreif am dunklen Horizont. Ganze Firmenimperien haben so ihren Anfang genommen, durch private Empfehlungen kann man bekannt werden und ehe man sich's versieht, findet man sich auf einer *Vogue*-Doppelseite wieder. Die Lieblingsfarbe von Jens Freundin ist Grün und sie liebt das Meer, also kaufte ich einen schönen meeresgrünen Stoff und bastelte winzige Seesterne aus Perlen. Simon würde das nicht gefallen, er hat ja bereits deutlich gemacht, dass er meine Näherei für Zeitverschwendung hält. Aber ich wollte ihm beweisen, dass ich Erfolg damit haben kann. Weil ich ihn mit meiner neuesten Schöpfung endlich überzeugen wollte, verbrachte ich viele Tage mit Nähen, Entwerfen und Verwerfen. Als ich schließlich fertig war, legte ich die Tasche auf den Küchentisch, um sie zu bewundern. Ich war unwahrscheinlich stolz. Sie war wirklich schön. Zum ersten Mal seit Langem war ich zufrieden mit mir selbst und hatte das Gefühl, der Welt etwas geben zu können. Sophie fand die

Tasche toll und selbst den Jungs fiel sie auf – sie nannten sie
›hammergeil‹. Später am Abend entdeckte auch Simon die
Tasche.

»Na, was sagst du?«, fragte ich stolz. Selbst Simon musste
doch wohl zugeben, dass sie schön war.

»Na ja, eine Tasche eben«, meinte er seufzend.

»Ach Simon, du bist so gemein!«, sagte ich scherzhaft, um
meine Verletzung zu überspielen.

»So? Ich finde, dass du tagsüber weitaus Wichtigeres zu tun
hättest, als mit deinem Nähzeug herumzuspielen«, knurrte er
langsam, während er sich vom Tisch abwendete.

»Ich spiele nicht nur herum, Simon«, sagte ich mit aufge-
setzter, ziemlich fragiler Freundlichkeit. »Das ist meine erste
Auftragsarbeit, ich habe sie gerade fertiggestellt.« Ich hob sie
auf und präsentierte sie voller Stolz. Ich wünschte mir so sehr,
dass sie ihm gefällt. Mit seinem Segen könnte ich mein Hobby
weiterführen, ohne andauernd Steine von ihm in den Weg
gelegt zu bekommen.

Er seufzte. »Wir haben doch darüber gesprochen, Marianne. Du kommst so schon kaum mit den Kindern zurecht.
Und wer genau hat dich damit ›beauftragt‹?«, fragte er und
imitierte die Anführungszeichen mit den Händen.

»Jen ... Ihrer Freundin Suzie hat meine Tasche so gut gefallen, dass ich ihr jetzt eine für ihren Geburtstag nähen soll.«

»Ach herrje.« Erneut seufzte er und neigte zur Bekundung
seines falschen Mitgefühls den Kopf zur Seite.

»Was?«

»Sorry, Schatz, aber ich fürchte, Jen macht sich über dich
lustig.«

»Warum sollte sie? Verstehe ich nicht.«

»Warum sollte sie Nachschub verlangen, wenn ihr schon
die Tasche, die du für sie gemacht hast, nicht gefallen hat?«

»Aber sie hat doch gesagt ... Du warst dabei, auf ihrer Party, du hast doch gesehen, wie sie sich gefreut hat. Sie hat sie den ganzen Abend lang getragen. Sie fand sie total toll.«

»Natürlich, sie würde dir ja auch kaum das Gegenteil erzählen, aber ich habe leider gehört, wie sie im Anschluss etwas ziemlich Gemeines über die Tasche zu einer ihrer Freundinnen gesagt hat. Ich habe dir nichts davon erzählt, weil ich dir nicht wehtun wollte, aber ich kann nicht zusehen, wie du dich schon wieder zum Affen machst ... Schatz. Denk mal drüber nach. Jen besitzt Handtaschen von Prada und Gucci. Sie will deinen selbst gemachten Kram nicht ... Sie wollte nur höflich sein.«

Und so ließ ich die Tasche einfach auf dem Tisch liegen und widmete mich der einzigen Sache, die ich noch beherrschte: Ich kümmerte mich ums Abendessen. *Lammgigot à la boulangère* aus Elizabeth Davids *Die französische Küche*, einem Buch, auf das Simons Mutter geschworen hatte, als sie noch lebte. Die Vorbereitungen hatten den ganzen Tag in Anspruch genommen, und ich bin sicher, selbst die freudlose Joy hätte das zu würdigen gewusst, wäre sie noch unter uns. Mit tränenschweren Augen stand ich über dem Lamm und war schockiert davon, dass Jen etwas Gemeines über mein Geschenk, über die Handtasche gesagt hatte. Ich hatte wirklich geglaubt, dass sie ihr gefiel – vor allem, als sie nach einer Tasche für ihre Freundin Suzie gefragt hatte. Vielleicht hatte Simon sich verhört oder übertrieb, möglicherweise log er sogar? Aber warum sollte Simon das sagen, wenn es nicht stimmte? Und es klang schon nach ihr, das muss ich zugeben. Ich stellte mir einen dieser gehässigen Sätze vor, die Jen von sich gibt, wenn sie in Lästerstimmung ist.

Innerhalb weniger Minuten reduzierte ich die Soße, tranchierte das Lamm und dämpfte das Gemüse. (Simon mag sein Gemüse al dente.) Ich stellte ihm den Teller hin und trat zurück, um seine Reaktion abzuwarten. Sicher würde es ihn umhauen und er würde mir nachsehen, dass ich den ganzen

Tag mit dem Nähzeug ›herumgespielt‹ hatte. Doch seinem angespannten Kiefermuskel war anzusehen, dass er wütend war. Allein die Vorstellung, wie ich nähte, während ich einen Haushalt zu führen hatte, machte ihn rasend. Auf seiner Zunge vereinte sich das zarte, fast schmelzende Lammfleisch mit dem hellen, köstlichen Jus, der nach Knoblauch und Thymian duftete und von dem knusprigen Braten aufgesaugt wurde. Ich wartete ... und wartete und stand nervös herum, als wäre ich bei *The Taste* und wartete gespannt auf das Urteil der Jury.

Irgendwann, als der Teller fast leer war, legte er Messer und Gabel ab, nahm sein Smartphone und schaute zu mir auf. Als ich seinen Teller nahm, fühlte ich mich wie eine Kellnerin.

»Hat es dir geschmeckt?« Eigentlich hätte ich ihn auch gleich siezen können.

»Es war ganz gut.« Er schob seinen Stuhl zurück. »Das Lamm war zu lange im Ofen.« Er sah mich noch nicht einmal an, stand einfach auf und ging. »Und sorg dafür, dass die Jungs nicht weiter wie die Wilden durch den Vorgarten pflügen«, waren seine Abschiedsworte, als er den Raum verließ.

Ich bin so gut darin, mit ihm das Bild unserer ›perfekten Familie‹ aufrechtzuerhalten, dass mir kein Mensch glauben würde, dass unsere Ehe alles andere als perfekt ist. Ich habe bereitwillig meine Karriere aufgegeben, um Mutter zu sein, aber manchmal frage ich mich, wie mein Leben ausgesehen hätte, wenn ich beides sein könnte. Aber Simon meinte, man könne nicht alles haben, und so sei es für uns am besten. ›Uns‹? Wer ist das? Gehöre ich überhaupt dazu? In letzter Zeit fühle ich mich so überflüssig, so als wäre ich nur dafür da, Simons Bedürfnisse zu befriedigen, während er auf eine passende Gelegenheit wartet, mich loszuwerden und Caroline einen Ring an den Finger zu stecken. Ich weiß, dass ich nie gut genug sein werde, und warte nur darauf, dass er mich verlassen wird. So wie meine Mutter, so wie Emily.

Emily wäre jetzt zehn Jahre alt und ich denke fast immer an

sie. Sie hatte Simons blaue Augen, wie die anderen Kinder auch, denen er auch allen seine Linkshändigkeit vererbt hat. Emily war noch zu klein, um zu wissen, ob sie Links- oder Rechtshänderin war. Wie sie sich wohl entwickelt hätte? Ich werde es nie wissen, denn sie ist gestorben ... Und ich allein bin schuld daran.

13

Es hätte die schönste Zeit meines Lebens sein sollen, doch es war die schlimmste. Ich hielt mein perfektes, heiß ersehntes Baby in den Armen und war schwer depressiv und mit allem überfordert. Simon machte viele Überstunden und löste mich, wenn er abends nach Hause kam, nur widerwillig ab. An manchen Abenden war er müde und gereizt, dann war er so wütend auf mich. An diesen Abenden war ich froh, dass Sophie bei Joy war. Es mag kein Vergnügen für sie gewesen sein, aber wenigstens musste sie so nicht unsere lautstarken Auseinandersetzungen mitanhören, während Emily im Hintergrund brüllte. Eines Abends kam er einfach gar nicht nach Hause.

Es war schon nach elf Uhr, als ich anfing, mir wirklich Sorgen zu machen. Wenn Simon ausging, war er um diese Zeit meist wieder zu Hause, schließlich musste er morgens immer früh raus. Ich hatte ihn spät abends heimlich telefonieren hören und Parfüm an ihm gerochen, sodass sich zu meinen schlaflosen Nächten und meiner Depression noch die Paranoia gesellte, dass er sich möglicherweise mit irgendjemandem traf. Ich rief ihn an und hinterließ mehrere tränenerstickte Nachrichten auf seiner Mailbox. Vielleicht hatte er auch einen Unfall gehabt? Er fuhr zwar nie betrunken, doch in seinem schicken neuen Auto wollte er womöglich auch nach ein paar Bieren noch eine Runde drehen. Ich schaute in das Gesicht meines Babys und fragte mich, ob es noch einen Vater hatte.

In den nächsten paar Stunden wurde meine Verzweiflung immer größer. Ich rief seine Freunde an, die verschiedenen Pubs im Umkreis und schließlich die Polizeiwache. Weil ich dort kein Glück hatte, setzte ich Emily in den Kinderwagen, zog Simons Mantel an und lief hinaus in die Nacht, um ihn zu suchen. Es war stürmisch, der Wind war eiskalt und der Regen spritzte mir wie Eis ins Gesicht, lief mir in den Mantel und durchnässte mich komplett. Heulend stapfte ich durch die Straßen, bis mich tief in der Nacht ein junges Paar anhielt und fragte, ob alles okay sei mit mir. Ich sagte ihnen, dass es mir gut gehe und dass sie mich in Ruhe lassen sollten. Ich war ziemlich unfreundlich. Aber mir war egal, was die Leute von mir dachten, und ich wollte auch keine ›Hilfe‹. Ich wollte nur Simon.

Nach mehreren Stunden und unzähligen vergeblichen Anrufen machte ich mich in der vagen Hoffnung, dass er inzwischen zu Hause sein könnte, auf den Heimweg. Ich stellte mir vor, wie er auf dem Sofa saß und sich erschöpft von der Arbeit fragte, wo ich steckte. Er war abgesehen von Sophie und Emily das Einzige, was ich hatte, mein Ein und Alles. Einsam schleppte ich mich zurück. Als ich die Haustür öffnete und sah, dass das Haus nach wie vor verwaist war, brach ich zusammen. War er bei einer anderen? Hatte er einen Unfall gebaut? Lag er in einem Straßengraben oder im Bett einer anderen Frau? Ich wusste nicht, welche Option schlimmer war.

Emilys permanentes Geschrei ging mir durch Mark und Bein. Ich versuchte, sie zu beruhigen, aber ich konnte nicht klar denken. Selbst um vier Uhr morgens war Simon noch nicht zu Hause. Ich konnte mich kaum rühren vor Erschöpfung und Sorge. Also legte ich mein Baby ins Kinderbett in unserem Schlafzimmer und mich selbst aufs Ehebett und flehte, dass er endlich durch die Tür kommen würde. Mir war egal, wo er gewesen war, und ich würde mich auch nicht trauen, ihn danach zu fragen, ich wollte ihn einfach nur bei mir haben. Er war der einzige Mensch, der mich liebte, und der einzige, der Emily beruhigen konnte.

Irgendwann döste ich ein, doch je mehr ich wegdämmerte, desto lauter schien Emilys Geschrei zu werden. Während meines unruhigen Schlafs lieferten ihre Schreie den Soundtrack zu meinen Albträumen, in denen ich ihr beim Ertrinken zusehen musste, ohne sie retten zu können. Also stand ich auf und nahm sie hoch, drückte sie an mich und wiegte sie hin und her, bis sie auf wundersame Weise aufhörte zu weinen. Ich hielt sie weiter fest, beruhigt von ihrer warmen, zarten Haut an meiner Wange, ihren verschnupften kleinen Atemzügen.

Als sie eingeschlafen war, legte ich sie zurück in ihr Bettchen, doch natürlich schrie sie wieder los, als ich gerade an meinem eigenen Bett ankam. Das Ganze wiederholte sich einige Male, bis wir beide weinten. Ich holte sie ein letztes Mal aus ihrem Bettchen und hielt ihr kleines, heißes Köpfchen an mein Gesicht. Unsere Tränen verebbten, während wir uns gegenseitig Trost spendeten. Ich glaube, in dieser Nacht habe ich angefangen, sie endlich zu lieben. Wir hatten uns mitten im Sturm endlich verbündet. Ich nahm sie mit in unser großes Doppelbett und legte sie sanft neben mich. Ich war glücklich. Das war bedingungslose Liebe. Ich hatte mein ganzes Leben danach gesucht. Dieses kleine Wesen in meinen Armen brauchte mich, und ich brauchte sie. Innerhalb weniger Sekunden schlief ich ein und träumte von weichen Kissen und Babys mit Engelsflügeln.

Am nächsten Morgen wachte ich auf und erinnerte mich daran, dass Simon nicht da war, aber auch, dass ich endlich Gefühle für Emily hatte. Ich blickte hinüber zu ihrem Bettchen, doch da war sie nicht, und sie weinte auch nicht. Dann entdeckte ich ihren leblosen Körper neben mir. Ihre Augen waren weit geöffnet. Aber sie war nicht wach.

Simon traf fast zeitgleich mit dem Krankenwagen ein. Alles, was er über die Lippen brachte, war: »Was hast du getan, Marianne?«

Wir weinten beide furchtbar viel. Ich habe nie wirklich aufgehört. Es ist nicht nur der Verlust, es ist dieses grausame, grausame Schuldgefühl. Deshalb kann ich Simon auch nicht verübeln, wie er mit mir umgeht und dass er mich mit unseren Kindern nicht gern allein lässt, mir nicht vertraut. Warum sollte er, wenn ich mir noch nicht einmal selbst vertraue?

Auch heute kommt Simon wieder spät nach Hause und riecht nach teurem Parfüm und Schuld. Er wirkt verwirrt, was mich wenig überrascht, vermutlich ist er eben erst aus ihrem Bett gekrochen. Ich soll ihm abnehmen, dass er arbeiten war, während sie ihn wahrscheinlich den ganzen Abend lang geritten hat, bis der Arzt kam. Im wahrsten Sinne des Wortes. Bestimmt sieht sie anmutig aus, wenn sie auf ihm sitzt und sich von ihm abschwingt, wie die Pferdetussi, die sie nun mal ist.

Seine Ohrfeige von neulich hat sich zu einem rotblauen Bluterguss über meine rechte Gesichtshälfte entwickelt. Normalerweise überschminke ich meine blauen Flecken mit Concealer, um seine eigene Gewalttätigkeit vor ihm zu verbergen und so zu tun, als wäre nichts passiert. Heute will ich, dass er es sieht. Er soll sehen, was er ist, was aus ihm geworden ist. Ich gehe auf ihn zu und drehe mein Gesicht dabei leicht ins Profil, damit ihm der Anblick nicht entgeht. Er schaut von seinem Smartphone auf, ohne zurückzuweichen. Ich stehe in einem Zwiespalt. Meine Gefühle sind ein einziges Durcheinander. Ich hasse ihn, aber ich liebe ihn immer noch, will ihn immer noch.

»Hast du Überstunden gemacht?«, frage ich.

Er nickt abwesend, während er auf seinem Smartphone herumtippt. Nicht einmal eine Antwort bin ich ihm also wert.

»Ich wünschte, du hättest angerufen. Das Abendessen ist jetzt hin. Ich stand den ganzen Tag in der Küche.«

Ich weiß, dass ich es darauf anlege. Vielleicht riskiere ich einen Wutausbruch – aber vielleicht wird er mich auch leidenschaftlich küssen, um mich zurückzuerobern und zu überzeugen, dass alles gut ist.

Mit einem ächzenden Seufzer pfeffert er sein Smartphone auf den Küchentisch, als müsste er mich abwimmeln wie eine lästige Fliege. »Ich bin gerade erst zur Tür reingekommen, und schon geht deine Jammerei wieder los, Marianne.« Dabei hebt er verzweifelt die Hände, als wäre es meine Schuld, dass *er* viel zu spät zu Hause ist.

»Ich jammere nicht, ich *sage* nur, dass ich gekocht habe. Es gibt etwas Besonderes.«

»Oh, das tut mir aber leid, dass du den ganzen Tag lang in unserem Eine-Millionen-Pfund-Haus *kochen* musstest. Wie schrecklich dein Leben doch ist! Gibt es vielleicht eine Selbsthilfegruppe, der du dich anschließen kannst?«

Ich ignoriere seinen Sarkasmus und wende mich stattdessen den Sandwiches für die Lunchpakete der Jungs für morgen zu. Doch der Gedanke an ihn mit ihr macht mich so wütend, dass ich übermütig werde. Ich kann mich nicht bremsen und sage: »Ich muss nur einfach wissen, was du machst ... dass du Überstunden machst, meine ich.« Unsere Blicke treffen sich. Mein Mut scheint ihn zu überraschen.

»Offen gesagt habe ich gar nicht länger gearbeitet. Ich war etwas trinken«, sagt er und schaut mich weiter an.

»Oh, du warst mit Kollegen etwas trinken?«, frage ich nach einer kurzen Pause, um das Ganze nicht wie ein Verhör klingen zu lassen. Da er nichts erwidert, blicke ich in Erwartung einer Antwort auf. Ich halte den Atem an. Ich will es nicht wissen. Und will es doch. Ich will es wissen. Wird er mir komplizierte

Lügen von Menschen und Orten erzählen, die es nicht gibt, oder wird er sich an die Wahrheit halten? Wenn es eine ausgefeilte Lüge ist, dann will er Caroline geheim halten, wenn er aber offener ist, dann hat er keine Angst, dass ich es herausfinde, und will, dass ich es weiß.

Er möchte mir wehtun, das sehe ich am Funkeln in seinen Augen. »Nicht mit Kollegen, nur mit einer Person«, sagt er herausfordernd. Ohne seinen kalten Blick von mir abzuwenden, fügt er hinzu: »Jemand, dessen Gesellschaft ich genieße. Hast du ein Problem damit, wenn ich nach einem langen, harten Tag etwas trinken gehe mit jemandem, den ich bewundere?«

Innerlich zucke ich zusammen, lasse mir aber nichts anmerken. Ich lasse es dabei bewenden, öffne ein Glas Erdnussbutter für die Brote der Jungs und beobachte ihn dabei, wie er sich eine Brotstange vom Küchentisch nimmt und sie entzweibricht. Als wäre sie einer meiner Knochen. Ich weiß, dass er mich immer noch beobachtet, nichts sagt, aber mich dazu herausfordert, weitere Fragen zu stellen. Doch das werde ich nicht. Ein Geständnis würde mich zum Handeln zwingen, und das kann ich nicht. Dazu bin ich nicht bereit. Noch nicht.

Ich stehe mit dem Rücken zu ihm. Obwohl wir weit entfernt voneinander stehen, umhüllt uns derselbe Mantel des Schweigens.

»Hast du schon mal darüber nachgedacht, dass deine Mutter vielleicht eine Psychose hatte?«, fragt er ruhig, legt den Kopf zur Seite, als meinte er die Frage philosophisch, und nimmt sich eine Flasche Wein. Offenbar wetzt er gerade ein Messer aus seinem emotionalen Waffenarsenal, um es mir in den Rücken zu rammen, während ich süße kleine dreieckige Brote für die Jungs schmiere.

»Ich mag nicht zu viel über meine Mutter nachdenken«, antworte ich und bestreiche die Toasts zügig mit der Bioerdnussbutter. Ich versuche, ruhig zu bleiben. Ich muss ihm auf vernünftige Art und Weise antworten, mir ist nicht danach, ein Fass aufzumachen. Das Problem ist nur, dass mir auch nicht nach vernünftig ist. Ich könnte durchdrehen. Sein Kommentar war wie ein Schlag in meine Magengrube, von dem ich noch immer taumle. Da er das aber nicht sehen soll, setze ich die Unterhaltung betont sachlich fort. »Ich glaube, meine Mutter war manisch-depressiv, möglicherweise kam noch eine Wochenbettdepression dazu, die sich auf eine Art und Weise äußerte, die schwer zu diagnostizieren war.«

»Auf eine Art und Weise äußerte, die schwer zu diagnostizieren war? Hat Doktor Google das so ausgespuckt?« Verächtlich lachend schenkt er sich ein Glas Rotwein ein. »Marianne, sie war jahrelang ein *Zombie*; dann hat sie sich in der Badewanne die Pulsadern aufgeschlitzt. Am Babyblues allein wird das nicht gelegen haben.« Mit einem vernichtenden Satz zerstört er das Andenken an meine Mutter und trivialisiert gleichzeitig postpartale Depressionen.

»Sie war kein Zombie ... Sie war krank. Ich weiß nur, dass es ihr nach meiner Geburt schlechter ging. Dann kam das Baby, und dann ....« Ich halte inne, ich kann nicht weitersprechen, nicht weiter dagegenhalten.

»Ja, und ich sage nur, dass sie wahrscheinlich eine Psychose hatte ... und du möglicherweise auch.«

Na gut, wenn du meinst, Simon, dann bin ich eben ein Psycho.

Ich antworte ihm nicht. Schließlich sieht er ein, dass er mich heute Abend nicht zu einem Streit provozieren kann.

»Ich gehe ins Bett«, sagt er, schnappt sich sein Weinglas und verlässt den Raum, ohne sich umzudrehen.

Obwohl die Welt um mich herum langsam zusammenbricht, mache ich weiter wie immer. Ich fülle Hummus in eine kleine Dose, die Sophie morgen zum Mittagessen mitnimmt. Dann nehme ich mir ein langes, scharfes Küchenmesser und schnipple Karotten. Dabei stelle ich mir vor, es wären Carolines lange Finger. Obwohl ich längst genug Karottenstäbchen habe, hacke ich weiter auf den Möhren rum ... und hacke ... und hacke.

Schau mich an Simon, wie ich die Finger deiner Freundin zerhacke wie ein Psycho.

Unsere Unterhaltung war aufschlussreich. Zum ersten Mal hat Simon noch nicht einmal versucht zu verbergen, wo oder bei wem er war. Sie muss etwas Besonderes sein. Das ist kein ausgedachter One-Night-Stand mit einer Kellnerin oder ein Produkt meiner Fantasie. Nein, Caroline ist echt. Ich weiß, dass mich die Medikamente verwirren, aber ihr schmutziges kleines Geheimnis haben sie Schwarz auf Weiß in ihrer monatelangen E-Mail-Korrespondenz verewigt.

Ich hasse sie.

Abgesehen von der Tatsache, dass ich meinen Ehemann nach wie vor liebe, bleibt mir keine wirkliche Wahl. Ich muss bleiben und kämpfen, um meine Familie zu retten. Ich bin nicht finanziell unabhängig, habe seit unserer Hochzeit nicht mehr gearbeitet und noch nicht einmal einen aktuellen Lebenslauf, sodass ich die Kinder und mich ohne ihn nicht versorgen könnte. Außerdem würde er niemals zulassen, dass ich die Kinder mitnehme, selbst wenn ich die finanziellen Mittel hätte – deshalb sitze ich in der Klemme, denn ich würde die Kinder niemals verlassen.

Ich kann mit einem Mann zusammenleben, der mich nicht liebt. Ich bin es gewohnt, ungeliebt zu sein, ich habe viele Jahre meiner Kindheit bei Menschen verbracht, die mich nicht wollten. Und doch frage ich mich nach fast zehn Jahren und vier Kindern, drei davon gemeinsame, ob er wirklich nichts mehr für mich empfindet. Er hat mich mal geliebt, daran muss ich denken, wenn ich lese, was er ihr schreibt, aber ich fürchte, dass ich jetzt nur noch eine letzte Hürde auf dem Weg zu ihrem gemeinsam Happy End bin. Wird er mich als Nächstes wieder einweisen lassen, damit sie freie Bahn hat? Sie könnte direkt einsteigen und meine Rolle übernehmen – deshalb muss ich ruhig und gefestigt rüberkommen, darf nichts Überstürztes tun oder sagen. Dabei fühle ich mich weder ruhig noch gefestigt.

Caroline steht in den Startlöchern und ich muss etwas unternehmen. Durch sie bin ich überflüssig wie ein Kropf. Simon hat einen Ersatz für mich gefunden.

Ich war zuerst hier. Ich will mein Leben zurück. Ich will, dass sie verschwindet.

14

Als ich am nächsten Tag runterkomme, ist Simon schon weg. Ich habe im Gästezimmer übernachtet. An seiner Seite hätte ich mich unwohl gefühlt, als würde ich neben einem Fremden liegen. Allerdings konnte ich nicht schlafen und bekam deshalb mit, dass er vor sechs Uhr morgens das Haus verlassen hat. Ich lag allein auf dem Schlafsofa und wusste, dass er zu ihr unterwegs war, um sie sanft zu wecken und mit ihr den ganzen Tag lang Wunder an Normalsterblichen zu vollbringen. Während ich versuche, das Bild ihrer nackten Körper in den Laken aus dem Kopf zu kriegen, überpinsle ich meinen Bluterguss mit Concealer von Yves Saint Laurent und rufe den Jungs zu: „Beeilt euch oder ihr kommt zu spät.«

Die Toasts, die plötzlich aus dem Toaster schießen, versetzen mir einen kleinen Schreck, sodass ich kurz nervös auflache. Die Luft ist vom morgendlichen Duft von verbranntem Toast und starkem, gesüßtem Kaffee erfüllt, doch statt Geborgenheit verspüre ich einen Brechreiz. Sollte ich die Tablette vielleicht lieber jetzt als später nehmen? Ich bin nervös. Meine Haut kribbelt, als wären meine Nervenenden nach außen gekehrt und schutzlos den Elementen ausgesetzt.

Ich schlucke eine Tablette und fahre die Jungs zur Schule, bevor die Müdigkeit einsetzt. Wie immer genieße ich die Freiheit des Fahrens, während ich Radio höre und die Affäre meines Mannes für ein paar Minuten nicht live auf meinem Smartphone mitverfolgen kann. Alles Schlechte hat auch sein Gutes, sage ich mir immer. Während Simon es seiner Geliebten besorgt, kann ich tun und lassen, was ich will. Auf dem Spielplatz begegne ich Jen, und da ich unbedingt mit jemandem reden muss, schleppe ich sie kurzerhand in ein Café in der Nähe.

»Peter ist so ein Idiot«, lautet ihre einleitende Bemerkung bei kalorienarmen Muffins und fettreduziertem Milchkaffee. Dann unterhält sie mich mit einer Geschichte darüber, wie geizig er sei und dass er sich gesträubt habe, ihr eine Chanel-Handtasche zum Geburtstag zu kaufen. Ich wünschte, ich hätte solche Probleme, nicke und schüttle den Kopf artig an den richtigen Stellen, ganz so, wie ich es bei Simon immer tue. Meine Gemütslage scheint Jen nicht zu entgehen, jedenfalls hört sie irgendwann auf, über sich selbst zu sprechen. »Ich weiß, ich weiß, Luxusprobleme«, lacht sie und nippt an ihrem Kaffee. »Bei dir alles gut, Süße? Da labere ich ohne Punkt und Komma und frage dich noch nicht einmal, wie dein Wochenende war.«

»Ach, ganz nett, aber nichts Besonderes ...« Am liebsten würde ich ihr alles erzählen. Von den E-Mails, von Carolines funkelnden Zähnen, von ihren zerwühlten Laken und von dem bescheuerten Korb mit Champagner und Erdbeeren. Ich will sie ganz blöd fragen, ob sie meint, dass mein Ehemann mich noch liebt. Ich brauche jemanden zum Reden. Einst war er das, doch das ist vorbei. Jetzt hat er Caroline. Und sie ihn.

»Du wirkst irgendwie niedergeschlagen, Süße. Und was ist das? Ist das ein blauer Fleck?« Jen sieht betroffen aus.

Ich nicke langsam und erzähle ihr dann zögerlich, dass ich meinen Kopf an der Schranktür gestoßen habe.

»Haha ... Und ich habe einen Moment lang gedacht, du

hättest dir mit Simon einen Faustkampf geliefert«, kichert sie. Aber sie merkt, dass da noch was ist.

Ich lache und schüttle den Kopf.

»Aber du hast doch irgendetwas auf dem Herzen, oder? Ich verstehe, wenn du lieber nicht darüber sprechen willst, aber hey, wir sind Freundinnen, und dafür sind Freundinnen doch da, um ihre Sorgen zu teilen ... und ...« Sie lehnt sich vor und nimmt meine Hand. Dabei schaut sie mich mit so großer Anteilnahme an, dass ich ihr am liebsten um den Hals fallen und heulen möchte.

»Ich glaube, Simon hat eine Affäre«, höre ich mich über das Geschirrgeklapper und Geplapper im Hintergrund hinweg sagen.

Jen schaut mich mit offenem Mund an und rührt sich plötzlich nicht mehr. Ihr Kaffeelöffel schwebt über der Tasse. Fast muss ich lachen. Aber das wäre wohl ein bisschen deplatziert.

»Jen, alles gut bei dir?«, frage ich sie, weil sie immer noch regungslos dasitzt.

»Sorry, Süße«, sagt sie und kommt langsam wieder zu sich. »Aber ich kann nicht fassen, dass er ... Wie kommst du darauf, dass er ...?«

Ich zucke mit den Achseln.

Sie lässt den Kaffeelöffel sinken und berührt meinen Arm. Während sie den Ärmel meiner Jacke umklammert, funkeln mir die Diamanten an ihren Fingern entgegen. »Weißt du, wer es ist ... diese Frau?« Sie schlägt ihre langen Beine übereinander und beugt sich noch weiter vor, um den Details besser lauschen zu können.

Ich erzähle ihr kurz und vage von ›einer Kollegin‹. Sie wirkt ungläubig, fast skeptisch, und am liebsten würde ich ihr von den E-Mails erzählen. Ich weiß, was ich gesehen habe, aber ich kann es nicht laut aussprechen. Das würde das Ganze real machen, und ich fürchte, kurze Zeit später würde es die komplette Schule wissen.

Sie zieht die Augenbrauen hoch, ruft die Kellnerin und bestellt uns noch zwei fettarme Milchkaffee. »Eigentlich sollte ich keinen zweiten bestellen. Zu viel Milch. Ich versuche ja abzunehmen, aber ich bin so … überrascht und wütend. Wir brauchen jetzt Koffein, Süße.«

Das ›Wir‹ tröstet mich und gibt mir das Gefühl, endlich eine Verbündete gefunden zu haben. Ich entschuldige mich und gehe zur Toilette, wo ich überwältigt von Jens Freundlichkeit anfangen muss zu weinen. Dann übergebe ich mich. Tschüss, Tablette, die ich heute Morgen extra eingenommen habe. Hoffentlich kann ich mich zusammenreißen. Jetzt, wo ich es Jen erzählt habe, ist es in der Welt. Bis jetzt hat sich alles nur in meinem Kopf abgespielt.

»Hast du Simon schon darauf angesprochen?«, fragt sie mich bei meiner Rückkehr. Unser Kaffee ist da. Sie rührt ihren viel zu lange und viel zu langsam um und starrt mich an.

Plötzlich kommt mir in den Sinn, dass er vielleicht schon mit ihr gesprochen hat: »Marianne ist krank, sie denkt sich Sachen aus. Vielleicht erzählt sie dir, dass ich eine oder gar mehrere Affären habe. Das macht sie immer, wenn es ihr wieder schlecht geht.« Ich kann es ihn förmlich sagen hören. »Natürlich stimmt das nicht, die Ärmste ist nicht sie selbst – wir nennen es Kopfschmerzen, dabei ist es so viel mehr.« Ich kenne die Leier, er hat sie schon in der Vergangenheit bei meinen anderen Freunden bemüht.

Ich hätte nichts sagen sollen und wünschte, ich könnte die Worte mit dem zweiten fettarmen Milchkaffee wieder hinunterschlucken.

»Nein«, sage ich und trinke einen Schluck. »Ich habe ihn noch nicht darauf angesprochen«, ergänze ich leise.

Jen schüttelt langsam den Kopf, den sie auf ihre Hände stützt, um schließlich laut hervorzusprudeln: »Aber Simon ist der perfekte Ehemann. Ihr beide wirkt so glücklich … Ich kann gar nicht glauben, dass er dir so etwas antut. Am ersten

Schultag bin ich ihm doch auf dem Spielplatz begegnet. Da hat er dich ins Bett gesteckt, weil er sich so um dich gesorgt hat, du hattest Kopfschmerzen ...«

Bei dem Wort ›Kopfschmerzen‹ zieht sich alles in mir zusammen.

»Ich hatte keine ...« Ihre Neugier ist so groß, dass ich ein Verhör befürchte. Am liebsten würde ich wegrennen. »Ich ... ich weiß nicht, Jen, ich bin mir nicht sicher, manchmal mache ich aus einer Mücke auch einen Elefanten«, sage ich zurückrudernd.

Ich gerate in Panik. In einer halben Stunde habe ich ihr mehr erzählt als sonst irgendjemandem in den letzten Wochen, und sosehr ich Jen auch mag, muss ich Simon recht geben. Sie ist eine Tratschtante, auf deren Diskretion ich nicht setzen kann. Ich sollte diese Sache nicht mit ihr besprechen. Abgesehen davon: Was, wenn ich mich doch wieder täusche? Das letzte und vorletzte Mal war ich mir auch todsicher. Und dann, nach einem kompletten Nervenzusammenbruch, der für alle Beteiligten richtig scheiße war, ist mir klar geworden, dass ich mir alles nur eingebildet habe.

Ich brauche noch eine Tablette, habe aber keine bei mir. Nervös blicke ich andauernd auf meine Uhr. »O Mist, fast vergessen, ich habe noch einen Arzttermin heute«, lüge ich. Als ich aufstehe, greift Jen schockiert von diesem plötzlichen Aufbruch nach meiner Hand.

»Arzt? Ich hoffe nichts Ernsthaftes, Süße?«

»Nein, es ist nichts.« Als Jen merkt, dass ich mit den Tränen kämpfe, wird sie noch süßlicher.

Sie hält meine Hand immer noch fest und will mich zum Bleiben bewegen, aber ich muss hier weg und befreie mich aus ihrer Umklammerung. »Marianne, so kannst du nicht gehen, du bist völlig durch den Wind ... Was willst du jetzt machen?«

Ich sage ihr, dass ich das nicht weiß, und renne aus dem Café. Jen bleibt allein an unserem Tisch mit den halb ausgetrunkenen Kaffeetassen und den unangetasteten Muffins zurück.

Ich habe ein schlechtes Gewissen. Jen ist so lieb, genau das brauche ich gerade, aber ich bin in Panik geraten, weil ich es momentan so schwer finde, Menschen richtig einzuschätzen. Trotz all meiner plötzlichen Zweifel hat mir Jen heute das Gefühl gegeben, in ihr eine echte Freundin zu haben. Und das tat für einen kurzen Moment lang richtig gut. Ich hoffe, dass ich sie durch meinen plötzlichen Aufbruch nicht vor den Kopf gestoßen habe. Aber wie sagt Simon immer? Wenn sie eine echte Freundin ist, nimmt sie mich so, wie ich bin.

Als ich zurück nach Hause komme, bin ich beunruhigt. Habe ich etwas im Café vergessen? War es richtig, Jen einzuweihen? Wenn sie die Tratschtante ist, für die Simon sie hält, erzählt sie den anderen Müttern vielleicht just in diesem Moment weiter, was ich ihr anvertraut habe. Aber sie ist auch meine Freundin, sie macht sich Sorgen um mich. Ihr ist doch bestimmt klar, dass ich ihr im Vertrauen von meinen Ängsten erzählt habe, und sie würde niemals am Schultor darüber sprechen. Oder?

Es zieht mich in Simons Büro. Jetzt, da Jen von meinem Verdacht weiß, wenn auch nur andeutungsweise, verspüre ich das Bedürfnis, ihn noch mal zu überprüfen. Nach allem, was passiert ist, zweifle ich einfach immer an mir selbst. Es ist leichter, die E-Mails von seinem Laptop aus aufzurufen, und da er manchmal den Browserverlauf meines Smartphones checkt, könnte er dort auch leichter entdecken, dass ich ihm hinterherspioniere. Ich muss lachen. Jen wäre entsetzt, wenn sie wüsste, dass Peter *ihren* Browserverlauf kontrolliert. Neulich habe ich mich gefragt, wie Jen sich verhalten würde, wenn jemand so mit ihr umginge. Sie würde eine Affäre ganz bestimmt nicht tatenlos mitansehen, sie würde sich ihre Rolle in der Familie nicht so einfach nehmen und sich auch nicht respektlos vor den Kindern behandeln lassen. Aber Jen hat eben auch eine Familie, die sie liebt, und muss sich nicht an jeden Strohhalm klammern, den ihr Ehemann ihr reicht, weil sie Angst davor hat, ihn und alles, was sie hat, zu verlieren.

Ich öffne die Tür zu Simons Büro und trete erneut ein wie Alice ins Albtraumland. Am Schreibtisch klappe ich den Laptop auf und springe wieder in den Kaninchenbau, ohne zu wissen, was mich erwartet. Ich gebe ›Caroline‹ ein, und wie von Zauberhand entfaltet sich sein geheimes Leben vor mir. Welche Hölle mich heute wohl erwartet?

Ich gehe direkt zu den E-Mails, und ja, da gibt es keinen Zweifel, ich habe mir nichts davon ausgedacht. Inmitten von Herzchen- und Küsschen-Emojis finden sich heute allerdings Hinweise auf Ärger im Paradies. Sie scheint immer noch leicht verstimmt über seine ›miese Laune‹ zu sein, als er neulich abends spät bei ihr aufschlug.

Aha, enttäuscht sie ihn also jetzt schon? Ich dachte, die Ehefrau wäre diejenige, die nichts versteht?

Doch selbst Ärger im Paradies vermag den Schmerz nicht zu lindern, den mir die nächsten paar Zeilen versetzen.

Schatz, ich weiß einfach nicht, was ich dazu sagen soll, dass du es ihr gestern Abend nicht gesagt hast. Ich weiß, so etwas sollte man nicht überstürzen, aber mittlerweile sind es sechs Monate und ich kann nicht ertragen, dass du weiter in dieser toxischen Atmosphäre lebst. Du hast Nicole über alles geliebt, und wenn du mich fragst, warst du über ihren Tod noch nicht hinweg, als du Marianne getroffen hast. Auf jeden Fall liebst du sie nicht genauso. Es tut mir leid, das fragen zu müssen, aber hast du sie vielleicht nur geheiratet, um über Nicole hinwegzukommen? Die Liebe deines Lebens ist sie jedenfalls nicht, oder? Und mit Sicherheit ist sie nicht die Mutter, die du dir für deine Kinder wünschst.

Es ist wie ein Schlag ins Gesicht, und ich frage mich, wieso ich mich immer wieder aufs Neue damit quäle. Ich empfinde nur Hass für diese wildfremde Frau. Da trifft sie mich einmal am Weinregal bei Waitrose und meint, meine Fehler, meine Persönlichkeit, meine Tauglichkeit und meine Ehe beurteilen zu können. Wie kann sie es wagen, mich mit ihrer Küchenpsychologie und ihrer jugendlichen Naivität zu verurteilen? Für eine Ehe gibt es kein Patentrezept und nicht alles ist schwarz oder weiß. *Es gibt Grauzonen, Caroline, aber grabe lieber nicht zu tief in der Ehe deines Geliebten – dir wird nicht gefallen, was du findest.*

Ich scrolle nach unten zu seiner Antwort.

Oh Schatz, natürlich denkst du zuerst an die Kinder, ich wünschte, Marianne wäre so rücksichtsvoll wie du – ist sie aber nicht, und das ist nur ein Problem von vielen. Ich weiß, ich ziehe das alles in die Länge, aber glaub mir, ich arbeite dran, und bald können wir zusammen sein. Dass du verunsichert bist, tut mir leid, Schatz, und vielleicht hast du recht, ich glaube, ich habe sie wirklich geheiratet, als ich noch getrauert habe.

Er arbeitet daran, bald können sie zusammen sein. Nur über meine Leiche.

Unsere Ehe ist eine Farce. Wie du weißt, hatten wir keinen Sex mehr, seit die Jungs gezeugt wurden, und wir sprechen kaum noch miteinander. Eigentlich beschwert sie sich nur ständig darüber, wie gelangweilt sie ist und dass sie nicht für mich kochen möchte. Gestern Abend war sie so sauer, dass sie mir einfach gar nichts zu essen gemacht hat. Natürlich hätte ich mir selbst was Kleines machen können, aber nach dem langen Tag im OP war ich einfach zu müde.

Ich bin wütend. Diese Ungerechtigkeit, diese Lügen. Die

kleinen Lügen mögen nur die Feinheiten des häuslichen Lebens betreffen, aber sie definieren mich. Er stellt mich wie eine grausame Person dar, die weder fähig noch willens ist, auch nur zu versuchen, eine gute Ehefrau und Mutter zu sein. Nichts davon ist wahr. Er ist doch derjenige, der abends spät von einem Drink mit einer Person, die er ›bewundert‹, nach Hause gekommen ist, eine Flasche Wein geöffnet hat, einen Streit über den angeblich vererbten Geisteszustand meiner Mutter vom Zaun brechen wollte und ins Bett gestürmt ist.

Und wir hatten keinen Sex, seit die Jungs gezeugt wurden? *Er belügt auch dich, Caroline.*

Ich scrolle zu ihrer Antwort. Das vielfach bemühte Klischee des verheirateten Mannes, der nicht mit seiner Ehefrau schläft, wird sie ihm hoffentlich nicht abnehmen?

Baby, das ist unfassbar, sie ist deine Ehefrau, deine Partnerin. Ich weiß, dass du kein Sexleben hattest, was du heldenhaft ausgestanden hast, doch für ihre Faulheit gibt es keine Entschuldigung. Sie ist den ganzen Tag lang zu Hause, da wäre ein Sandwich doch wirklich nicht zu viel verlangt.

Darüber muss ich lachen. Zu gerne würde ich mal sein Gesicht sehen, wenn ich ihm ein Sandwich zum Abendessen mache. Sie hat wirklich keine Ahnung. Und meine Faulheit? Ich lese weiter und kann meine Wut über seine Lügen und die scheinheilige Reaktion dieser Parasitin auf seine abwegigen Märchen kaum noch zügeln.

Offensichtlich weiß deine Frau nicht zu schätzen, was sie an dir hat. Und wie du immer sagst, scheinst du ihr nichts zu bedeuten. Simon, Liebling, bitte geh mit ihr zum Arzt, sie braucht Hilfe. Ich verstehe das jetzt. Nach unserem Gespräch gestern Abend kann ich nachvollziehen, was du durchgemacht hast. Natürlich gibt es Momente, da würde man die Zeit gerne zurückdrehen, doch das geht nicht, du hast sie geheiratet und musst dich jetzt aus dieser vergifteten Beziehung befreien. Ich weiß, dass du ihr dein Bestes gegeben hast, deine Liebe und Unterstützung, aber auch ohne ihre Krankheit scheint sie gerne zu meckern und ist permanent unglücklich und jammert über ihr privilegiertes Leben. Jetzt verstehe ich die Dynamik auch viel besser. Sie ist einer dieser Menschen, die nur nehmen und nicht geben, und egal, wie sehr du versuchst, sie zu lieben und ihr zu helfen, kann sie deine Liebe nicht erwidern. Offensichtlich hatte sie es auf dich abgesehen, weil du Chirurg bist, und ist so schnell schwanger geworden, dass dir keine andere Wahl blieb, als sie zu heiraten. Ich weiß, dass du nur für deine liebe Mama geheiratet hast, aber Marianne hat dich reingelegt. Sie wusste, dass du das Richtige tun würdest, weil du eben ein wunderbarer Mann bist.

O mein Gott, er hat sie sogar darüber belogen, wann ich schwanger geworden bin und warum wir geheiratet haben. Niemand hat ihn gezwungen, mich zu heiraten. Er liebte mich, er wollte heiraten und eine Familie gründen – mit mir. Doch nicht einmal das kann er jetzt zugeben. Und über die ›liebe Mama‹ muss ich fast grinsen.

Ich lese weiter und gebe es mir richtig, all die Lügen, all das Getue, all die ›Babys‹ und jedes einzelne ›Schatz‹.

Du hast Marianne so viel gegeben, bitte schenk ihr nicht auch noch den Rest deines Lebens. Ich weiß nicht, wie lange ich noch warten kann. Ich will nicht grausam klingen, aber du würdest ihr einen Gefallen damit tun, wenn du sie verlässt, damit sie sich ein eigenes Leben aufbauen und hoffentlich auch etwas Glück finden kann, denn mit dir ist sie nicht glücklich.

Ach Caroline, ich hätte mehr von dir erwartet.

Sie hält sich doch bestimmt für eine Feministin. Ihrer blutenden Schwester aber steckt sie das Messer lieber noch tiefer in den Rücken.

Und seine Antwort auf diese verkackte Schmährede ist ... noch mehr Kacke.

Schatz, ich werde dem ein Ende bereiten, aber vorher muss ich mit David dafür sorgen, dass alles wasserdicht ist. Er ist seit Jahren mein Anwalt und weiß, was los ist. Am Mittwochabend bin ich mit ihm verabredet und lege die Karten auf den Tisch. Er weiß genau, was ich tun muss, damit wir das Haus und die Kinder behalten können. Das ist alles Neuland für mich, Schatz, du weißt ja, dass ich noch nie fremdgegangen bin, nie auch nur an eine andere Frau gedacht habe, bis ich dir begegnet bin. Du hast alles verändert, und zwar zum Guten, aber ich muss dich noch um ein bisschen Geduld bitten. Ich brauche dich und kann mir den Rest meines Lebens nicht ohne dich vorstellen. Ich liebe dich so sehr. Kuss.

So so, er trifft sich also nächsten Mittwoch mit seinem Anwalt? Dann ist die Lage ernster, als ich dachte. Hier geht es nicht nur um eine Affäre, sondern um das Ende unserer Ehe – und wenn es nach Simon geht, kommt das lieber heute als morgen.

Mein Mund ist ganz trocken und mein Brustkorb zieht sich eng zusammen, während ich die letzte Nachricht von ihr lese.

Ach Baby, sorry, aber eins noch: Sie gehört irgendwo hin, wo sie sicher ist und sich selbst oder anderen nichts tun kann. Ich sage das auf diesem Weg, weil ich es dir nicht ins Gesicht sagen kann, es ist zu schmerzhaft – aber Simon, du

hast durch sie bereits ein Kind verloren. Hast du keine Angst,
ein weiteres zu verlieren?

Ich bin so verletzt, jede noch so winzige Information sticht
mir tief ins Herz und nistet sich in meinem Hirn ein. Ja, ich
hatte damit gerechnet, dass er mich ihr gegenüber als verrückte
und unfähige Mutter präsentiert, aber ich dachte dabei eher an
Kekskrümel und McDonald's. Das hier ist auf einem komplett
anderen Level. Dass er ihr von Emily erzählt, damit hatte ich
wirklich nicht gerechnet.

*Endlich kommen die Dinge für die beiden ins Rollen. Und
für mich.*

15

»Hallo Schatz.« Er ist zurück von der Arbeit. Schnell eile ich die Treppe hinunter und begrüße ihn selbstbewusst mit einer Umarmung. Ich fühle mich anders, voller Power. Die E-Mails heute haben alle Restzweifel beseitigt. Ich bin weder verrückt noch wahnhaft. Er will Schluss machen mit uns, unserer Ehe, unserer Familie und unseren Lügen. Und jetzt, wo ich seine Gedanken kenne, weiß, wie er mich und unser gemeinsames Leben wahrnimmt, beginne ich dasselbe zu fühlen. Meine Ehe mag vorüber sein, aber wenn Simon und sein gewissenloses Flittchen meinen, sie könnten mir meine Kinder nehmen, dann irren sie sich gewaltig.

Ein Funke Hoffnung in der Dunkelheit. Ich muss meine Vernichtung nicht tatenlos mitansehen. Auch wenn ich verliere – ich kann immerhin dagegen ankämpfen.

Ich küsse ihn auf die Wange, dabei möchte ich ihm eigentlich ins Gesicht schlagen. »Schweren Tag gehabt?«

Du verlogener, betrügerischer Scheißkerl.

»Nein, eigentlich sogar einen ziemlich guten Tag.«

Er folgt mir auf meinem Weg in die Küche.

»Wirklich?«, frage ich, fast kokett.

»Ja ... du darfst mich von nun an Dr. Wilson, Leitender Oberarzt der Chirurgie, nennen!«

»Wow, das ist ja toll, Schatz«, lobe ich und umarme ihn. Ob er ihr wohl vor mir davon erzählt hat? Sehnsüchtig blicke ich in Richtung der Küchenmesser.

»Ja, die letzten Wochen waren hart. Cookson wollte die Position anderweitig vergeben, aber am Ende habe ich ihn mit meinen außerordentlichen Fähigkeiten und Begabungen überzeugt«, sagt er nur halb im Scherz.

»Na dann, Glückwunsch. Du hast es wirklich verdient.« Immerhin musste er sich dazu längere Zeit bei dem widerlichen Professor Cookson einschleimen, und das kann nicht leicht gewesen sein.

»Nun, der Prof meinte, dass er an mich glaubt und von meinen Referenzen und meiner Arbeitsmoral beeindruckt ist ... Der andere Typ ist eher ein unbeschriebenes Blatt, Single, Mietwohnung, kein familiärer Background.«

»O ja, eine Ehefrau und eine Familie im Hintergrund können in solchen Angelegenheiten hilfreich sein – ein geordnetes Familienleben.« Ich lächle durch zusammengebissene Zähne.

»Ich glaube kaum, dass ich meine neue Position dir zu verdanken habe, Marianne«, faucht er.

Ich bin so außer mir, dass ich am liebsten um mich schlagen würde, um ihn so zu verletzen, wie er mich verletzt hat. Stattdessen lächle ich und gehe in den Stepford-Modus über, während ich darüber sinniere, wie ich Caroline loswerden könnte. Ich verspüre das Bedürfnis sie zu erwähnen, zu fragen, wie es ihr geht, nur um sein Gesicht zu sehen. Aber wenn ich das mache, wird er nur wieder meine Therapeutin Saskia anrufen, ›bestürzt‹ über ›Mariannes sprunghaftes Verhalten‹, meine offenbar ›zwanghafte und irrationale Eifersucht‹. Das sieht nicht nur er so. Die Mütter an den vorigen Schulen der Kinder, die Nachbarn in den Orten, in denen wir gewohnt haben – sie alle haben sich gegen mich gewendet und geglaubt, ich wäre eine Verrückte, die sie alle im Schlaf umbringen will.

Ja, es gab Zeiten, in denen ich bedingt durch meinen Kummer, die Tabletten und meine Lebensumstände überreagiert und mir Dinge ausgemalt habe, die nie passiert sind. Aber diesmal nicht. Dieses Mal ist es anders, denn ich *weiß es. Ich weiß es.* Dieses Mal werde ich mich schlauer anstellen. Ich werde keine Kellnerinnen mit Bier und Anschuldigungen überschütten. Ich werde nicht herumbrüllen und mich wie ein ›Fischweib‹ verhalten. Ich werde gar niemanden beschuldigen – zumindest noch nicht. Ich werde eine günstige Gelegenheit abwarten und sie dann von innen heraus zerstören, genauso, wie sie es mit mir machen.

Ich stellte mir Caroline vor, wie sie und unser frisch gebackener Leitender Oberarzt Dr. Simon Wilson in *unserem* Bett liegen, während er ihr Thackeray vorliest und den Möchtegernliteraten spielt. Sie beugt sich in ihrem knappen Negligé über ihn, nimmt ihm das Buch aus der Hand, setzt ihm die Brille ab und ...

Ich muss meine Tabletten nehmen, will aber klar und fokussiert bleiben. Ich weiß, dass ich Gefahr laufe, aus meinem Leben gerissen zu werden, und im Rauschzustand würde ich das Ganze nur beschleunigen.

»Ich hoffe, du hast deine Medikamente genommen«, sagt er beiläufig, während er am Tisch sitzend auf das Essen wartet, für das ich mich den ganzen Tag abgerackert habe. Manchmal glaube ich, er liest meine Gedanken ... oder lässt mich beobachten.

»Ja«, lüge ich. »Sogar eben erst. Deswegen bringe ich dir dein Essen, solange ich mich noch auf den Beinen halten kann.«

»Gut. Ich weiß zwar nicht, was schlimmer ist: wenn du umkippst und in Ohnmacht fällst oder wildfremde Menschen angreifst. Bei näherem Nachdenken glaube ich, Ersteres ist mir lieber«, sagt er ohne zu lächeln.

Ich reagiere nicht darauf – genau das will er doch, aber ich beiße nicht an. Ich gebe gesalzene Butter zu den grünen Bohnen und arrangiere sie neben dem Fleisch auf seinem Teller. »Ich habe dein Lieblingsessen gekocht, Bœuf bourguignon, ein passendes Festmahl für unseren Leitenden Oberarzt«, verkünde ich mit einem strahlenden Grinsen.

Ich hoffe, du erstickst daran, Simon.

Mit vorgetäuschter Feierlichkeit setze ich ihm den Teller vor und wünschte, ich hätte die Tabletten in sein Essen gebröselt, damit er einmal spürt, wie es ist, die Welt durch einen Schleier zu sehen und sich ohnmächtig zu fühlen, nicht zu wissen, wer man ist oder wo man war, was echt ist und was nicht.

Er beißt in sein Rindfleisch und ich warte auf sein Urteil. »Nicht übel ... nicht übel«, sagt er.

Ach, heute Abend etwa gar nichts zu beanstanden?

»Aber ...«

Zu früh gefreut.

»Stimmt etwas nicht?«, frage ich.

»Was um Himmels willen hast du mit den grünen Bohnen angestellt? Sie sind zäh wie Leder. Die kann ich nicht essen, die sind zerkocht.«

Na ja, es wäre ja auch zu schön gewesen, um wahr zu sein.

»Oh, das tut mir leid, Schatz. Soll ich dir ein paar neue kochen?«, frage ich freundlich und würde sein Gesicht am liebsten mit aller Kraft in seinen Teller drücken.

»Nein, mach dir nur keine Umstände.«

Mache ich nicht, aber ich würde dir gerne welche machen.

Bevor ich etwas tue oder sage, was ich später bereuen würde, gehe ich ins Wohnzimmer. Plötzlich habe ich eine riesige Wut im Bauch, meine Gefühle spielen verrückt. Ich hasse es, dass er eine andere liebt. Ich glaube nicht, dass ich ihn noch will, aber ich will unser Leben behalten. Ich habe das Gefühl, dass sie mir mein Leben unter den Füßen wegzieht, und er serviert es ihr auch noch auf dem Silbertablett – das macht mich fuchsteufelswild. Die Kinder sind im Bett und ich räume ein bisschen auf und schmökere in meinem Buch, einer romantischen Komödie – davon könnte ich auch etwas in meinem Leben vertragen.

Irgendwann kommt Simon herein, um etwas zum Meckern zu finden.

»Was liest du da für einen Schund?«, sagt er genau aufs Stichwort.

»Es ist wirklich gut, ziemlich lustig – eine Liebesgeschichte um ein junges Paar, das sich im Urlaub kennenlernt. Sie sprechen nicht dieselbe Sprache, heiraten aber trotzdem. Jen hat es mir ausgeliehen.«

»So was kann ja nur von ihr kommen«, meint er verächtlich schnaubend, während er sich die neueste Ausgabe des *Telegraph* vom Couchtisch nimmt und Anstalten macht, wieder zu gehen. Als ich ihn einmal nach einem *Guardian*-Abo gefragt habe, meinte er, der sei etwas für ›linke Schnösel‹, und damit hatte sich die Sache erledigt.

»Schatz«, rufe ich ihm fröhlich nach. Er dreht sich mit wütendem Gesicht um. »Glückwunsch … zur Beförderung. Ich bin so stolz auf dich.«

So einfach mache ich es dir nicht. Ich werde dir keinen Vorwand geben, mich loszuwerden. Ich bleibe hier.

Er zuckt die Achseln und verlässt den Raum – gefeiert wird woanders, mit einer anderen Frau.

Jetzt, da ich alleine bin, nehme ich mir eines der iPads der Jungs vom Couchtisch und logge mich ein. Wie schön es doch wäre, ein eigenes Tablet oder einen Laptop zu haben! Ich war überglücklich, als ich mein erstes iPhone bekam, ein altes von Simon, aber er meinte, ich müsse ihm mein Passwort verraten. Außerdem benutzt er irgendeinen Trackingdienst, damit er weiß, wo ich gerade bin. Kürzlich habe ich ihn nach einem eigenen iPad gefragt, doch er meinte, dass ein Smartphone für meine Bedürfnisse völlig ausreicht. Das stimmt zwar, aber er prüft meinen Verlauf (die Sachen, die ich nicht lösche) und ich kann die Bilder seiner Geliebten auf dem kleinen Bildschirm leider nicht so gut inspizieren. Ich will jedes noch so kleine Detail erkennen und manchmal, wenn ich mich schlicht nicht zurückhalten kann und nur mein Smartphone zur Verfügung habe, könnte ich dafür eine Lupe brauchen, um die Sherlock-Holmes-Analogie an dieser Stelle auszureizen. Ich kenne die PINs der Jungs, weil ich sie selbst an ihrem Geburtstag festgelegt habe, als sie ihre iPads bekamen. Sie haben sie zum Glück nicht geändert. Ich komme sowieso nur dran, wenn sie schlafen, da sie im Wachzustand gefühlt den ganzen Tag lang an den Teilen hängen – obwohl wir ihre Bildschirmzeit beschränkt haben. Sie schmuggeln die Dinger nach oben und berufen sich immer auf dieselbe Ausrede, wenn wir sie dabei erwischen: »Das ist für die Schule!«

Jedenfalls kann ich jetzt in aller Ruhe, ungestört von meinem Ehemann oder den Kindern, schamlos Carolines soziale Medien durchforsten. Zuerst gehe ich zu Facebook. Der größere Screen präsentiert mir ihre Haut noch feinporiger, ein Gesicht, das noch nie von Kindern um den Schlaf gebracht wurde, frei von Sorgen. Eine glamouröse, glückliche junge Frau mit einem Supermarktkorb voller Alkohol und einem Faible für harten Sex mit meinem Mann. Ihr neuestes Foto ist kein Selfie. Sie strahlt in die Kamera. Vermutlich hat es der Mann geschossen, der sie liebt. Beim Knipsen hat er ihr erzählt, wie umwerfend sie aussieht. Sie hält ein Glas in der Hand (vielleicht ist es ein Gin Tonic?), und irgendwie verrät mir ihr rosiges Gesicht, dass sie gerade erst Sex hatte. Ihr Lippenstift ist frisch aufgetragen und ihre weißen Zähne konkurrieren mit ihren unwiderstehlichen Lippen. Plötzlich verspüre ich ein Stechen im

Bauch, einen Moment der Erinnerung an eine Zeit, in der ich mich so fühlte. Dank ihm. Strahlend. Rosig. Umwerfend.

Ich grüble über jedes Detail des Fotos nach – selbst die Kulisse ist schön: eine teure Tapete mit riesigen, grünen Palmblättern auf dunkelblauem Grund. Wirklich richtig schön. Das verleiht ihr eine exotische Ausstrahlung, und wenn ich mir die vielen Terrakottatöpfe um sie herum und die Armreifen um ihr Handgelenk so ansehe, ist sie bestimmt viel rumgekommen. Wahrscheinlich hat sie sich ein Brückenjahr gegönnt, finanziert von Mami und Papi.

Selbst wenn mein Mann mich nicht mehr lieben sollte, weigere ich mich, irgendeiner OP-Schlampe zu gestatten, mein Schicksal zu bestimmen. Besten Dank auch. Ich schwanke zwischen meiner Wut ihm und meiner Abneigung ihr gegenüber und weiß kaum, wen ich mehr hasse. Eigentlich sollte er es sein – er ist verheiratet, sie ist Single –, aber ich hasse sie trotzdem mehr.

Ihre Fotos versetzen mich in leichte Panik, deshalb husche ich in die Küche und nehme doch noch eine Tablette, um durch die Nacht zu kommen, ganz wie Simon es wollte. Ohne sie kann ich mir selbst nicht trauen. Wenn ich einen Fehler mache, wird Simon direkt wieder zu meiner Therapeutin rennen, die wiederum direkt zu einem Psychiater rennen wird, der mich im Handumdrehen in die Klinik stecken wird – und ich möchte ihm und seinem verdammten Anwalt nicht noch mehr Munition liefern. Die Leute glauben einem Chirurgen, wenn er behauptet, seine Frau sei krank, brauche Medikamente und müsse in die Klinik. Ärzte hören ihm zu, weil er einer von ihnen ist und ihre Sprache spricht. Er kennt den Jargon, in dem die normalsten Handlungen der Welt nach Wahnsinn klingen. Und da ich mich wegen der Medikamente nicht immer an alles erinnere, was ich gesagt oder getan habe, kann ich mich einfach nicht gegen ihn behaupten. Es ist unheimlich, wenn man Realität und Fantasie nicht mehr unterscheiden kann, und es ist wichtig, dem Menschen vertrauen zu können, mit dem man sein Leben teilt. Ich habe Simon einmal vertraut, doch das ist vorbei.

Ich gehe ins Bett, aber kann nicht schlafen. Um drei Uhr morgens sitze ich also im fahlen Lichtschein meines Smartphone-Displays auf der Kloschüssel und wechsle von Facebook zu ihrem hübschen Instagram-Account. Was für ein Bild ich nur abgeben muss: das Smartphone dicht vor mein Gesicht gedrückt, die Augen weit aufgerissen, um jedes Detail aufzusaugen, jeden Moment mitzubekommen, jede kleinste Nuance. Wie ein durchgeknallter Junkie – erschöpft, verängstigt und gleichzeitig unfähig, mich von ihrer wohl kuratierten Online-Existenz loszueisen. Ich bin erst zufrieden, wenn ich mir ihre Fotos ansehen und überprüfen kann, wo sie ist. Ich bin besessen von ihrem lächelnden Gesicht, ihren vielen Armreifen und ihrem glänzenden Lippenstift. Erneut schaue ich sie an, umrahmt von der Tropentapete und mit demselben Glas Gin Tonic in der Hand. Das Foto scheint ihr wirklich gut zu gefallen, denn sie hat es auf sämtliche Social-Media-Accounts hochgeladen. Mir gefällt es nicht. Ich hasse es. Sie sieht selbstzufrieden aus. Als habe sie etwas Wertvolles gestohlen, ohne dabei erwischt zu werden.

Ich bin müde. Die Medikamente haben mich lahmgelegt, aber nicht lahm genug, darum bin ich komplett überreizt. Ich bin mir selbst meine schlimmste Feindin. Wie jede Sucht hört auch diese niemals auf. Es ist immer ›nur noch dieses letzte Foto‹, das mich jedes Mal noch verzweifelter um Nachschub flehen lässt. Ich hätte ihre Facebook-Seite niemals vor dem Schlafengehen anschauen dürfen. Mein nächster Klick öffnet ein weiteres Foto, und ich erinnere mich, dass Simon letzten Samstagabend das Haus verließ, um Tennis spielen zu gehen. Samstags geht er sonst nie spielen. Er meinte immer, dass wir mehr Zeit zusammen als Familie verbringen müssen. Trotz aller Schwierigkeiten war Samstag immer unser Familientag. Meistens fahren wir mit den Kindern in den Park, bringen die Jungs nach dem Tee ins Bett und schauen uns durch unsere Filmsammlung, wenn Sophie in ihrem Zimmer verschwunden ist. Dann koche ich uns ein leichtes Abendessen, backe frisches Brot, das wir in eine große gemeinsame Schüssel voller hausgemachter Brokkolicremesuppe tunken. Aber wenn ich mich recht entsinne, haben wir das schon wochenlang nicht mehr gemacht. Er meinte beim letzten Mal, meine Suppe sei ›zu schwer‹.

Jetzt sehe ich das Foto auf ihrem Instagram: weiße, enge Shorts, ein knappes T-Shirt, ein Tennisschläger in der einen, eine Flasche Peroni in der anderen Hand – nach einer verschwitzten, hitzigen Partie mit meinem Mann. »#Tennis #TennisDrinks #FastSoGutWieSex«.

Ich wünschte, ich könnte meinen eigenen Hashtag anfügen – #MitDemEhemannEinerAnderen.

Ich versuche, mich auszuloggen, muss mich diesem grausamen Panoramablick auf die andere, bessere Beziehung meines Manns entziehen. Doch dann werfe ich einen letzten Blick auf ihre Seite und sehe, dass sie vor wenigen Sekunden ein neues Bild hochgeladen hat ...

Und da ist es. Der winzige Smartphone-Screen hüllt den Raum in ein gespenstisches, kaltes Licht. Graue, formlose Gliedmaßen, ein schemenhaftes Gesicht, verschwommene Linien, die unter den Tränen, die mir in die Augen schießen, noch weiter verschwimmen. Ein Ultraschallbild.

»Schaut mal, wen wir heute zum ersten Mal gesehen haben! #Ultraschall #Schwanger #FrischgebackeneMama #MeinBaby #Muttergefühle«

16

Wie ich die letzten paar Tage überlebt habe, weiß ich selbst nicht. So oft wollte ich etwas sagen, habe mich dann aber zurückgehalten. Wenn jemand zu Hause ist, verschwinde ich immer wieder auf der Toilette und heule. Wie Simon sich wohl fühlt? Ist er glücklich, besorgt, sauer? Er legt doch so viel Wert auf seine Privatsphäre, es würde ihm gar nicht gefallen, dass sie das auf Instagram geteilt hat. Aber wie soll er es mitbekommen, er hat ja kein Instagram. Vielleicht lädt sie die Bilder deshalb dort hoch – ein geheimes Leben, das sie so gerne teilen würde. Aber es geht nicht, weil er verheiratet ist. Oder will sie womöglich, dass ich es weiß?

Du könntest jeden haben, warum nimmst du mir meinen Ehemann?

Ich finde keinen Schlaf, dafür ist die Wut in meinem Bauch viel zu groß. Stattdessen male ich mir einen inszenierten Selbstmordpakt aus: Ich schubse beide vor einen fahrenden Zug und täusche Verzweiflung und Überraschung vor, wenn die Polizei vorbeikommt, um mich über den Tod meines Ehemanns zu unterrichten.

Warum tun sie mir das an? Was ist aus mir geworden?

Ich muss versuchen, an schöne Dinge zu denken, deshalb denke ich an Kätzchen und Kaninchen und frage mich dann, ob sie wohl welche hat. Keine Sorge, ich würde keine Tiere töten, ich bin ja kein wandelndes Klischee, ihr Häschen ist sicher – im Gegensatz zu ihrer rosigen Zukunft mit Simon und ihrem neuen Baby, da könnten sie ein paar Hindernisse erwarten.

Als ich heute Morgen aufgewacht bin, ging es mir zum ersten Mal seit Langem ganz okay. Ich finde mich mit der Situation ab, was nicht heißt, dass ich sie akzeptiere und meinen Kopf bereitwillig auf die die Straße lege, damit ein Laster darüberfährt. Sie ist schwanger mit dem Kind meines Ehemanns, mit dem Halbgeschwisterchen meiner Kinder, und sie weiß nicht, dass ich es weiß.

Ich vertreibe mir die Zeit mit dem Putzen von Zimmern, die nicht geputzt werden müssen, um das ungeborene Baby wegzuwischen, wegzusprühen und wegzuschrubben. Doch ich sehe sie alle auf meinen glänzenden, geschrubbten Oberflächen, in meinen funkelnden Fenstern und auf den Wänden in meiner Lieblingsfarbe.

Sie hat mir sogar mein Borrowed Light *genommen.*

Wie aus einem altmodischen Projektor erscheinen sie auf meinen Wänden, ein liebreizendes Video von Simon und Caroline, die mit ihrem Baby kuscheln. In meinem Kopf wird das Bild immer größer und ich breche in Tränen aus, als ich sehe, dass Sophie und die Jungs ebenfalls dabei sind und ihr neugeborenes Geschwisterchen bewundern.

Papis kleiner Bastard.

Ich betrachte das Bild an der Wand genauer ... oder ist es in meinem Kopf? Beim Anblick des Gesichts ihres Babys bleibt mein Herz einen Moment lang stehen: Es sieht aus wie Emily.

Aber Caroline wird ihr Baby nicht sterben lassen wie ich. Sie wird eine leichte Geburt haben, ihre Milch wird fließen und sie wird ruhig bleiben und ihr Baby trösten. Sie wird die perfekte Mutter sein, die ich niemals sein konnte.

Ich bin so verletzt, so zerstört, so einsam. Meine Brust schmerzt und ich spüre eine gewaltige und neue Art von Leere. Endlich wende ich den Blick vom Bild dieser perfekten Familie ab und erinnere mich selbst daran, dass es *meine* Familie ist, die sie niemals haben darf. Ihren Bastard kann sie behalten, aber meine Kinder bekommt sie nicht.

Ich muss etwas unternehmen, damit das aufhört. Ihre Vorschläge per E-Mail, mir die ›Hilfe‹ zukommen zu lassen, die ich angeblich so nötig habe (zweifelsohne langfristig in der geschlossenen Psychiatrie), werden nun sicherlich intensiviert werden. Wer weiß, wozu sie imstande ist, um das zu bekommen, was sie will, um ihre große glückliche Familie zu verwirklichen! Ja, ich muss etwas unternehmen. Und zwar schnell.

Ich habe es auf die nette Tour versucht, wollte ihn durch meine Kochkünste von mir überzeugen. Ich habe sein Privatleben zu Hause perfekter denn je gemacht. Aber offensichtlich konnten meine zarten Hähnchenschenkel in Zitrone nicht mit ihren festen jungen Schenkeln mithalten. Extreme Situationen erfordern extreme Maßnahmen, deshalb ist es jetzt an der Zeit für Plan B. Als ich im Krankenhaus anrufe, stockt mir fast der Atem vor Aufregung. Ich wähle die mir so vertraute Nummer und frage die Frauenstimme am anderen Ende: »Könnte ich bitte mit Caroline Harker sprechen – sie arbeitet als Chirurgin in der Kardiologie?«

17

Nach einem kurzen Gespräch mit einer abweisend wirkenden Rezeptionistin namens ›Katie am Apparat‹ lande ich in der Warteschleife.

Kurz darauf ist Katie wieder in der Leitung. Zu meiner Bestürzung erklärt sie mir, dass Caroline gerade nicht zu erreichen ist. Ich bringe meine Enttäuschung zum Ausdruck, woraufhin mir Katie irgendwas erzählt von wegen ich solle eine E-Mail an die Abteilung schreiben, dann würde sich eines Tages möglicherweise jemand bei mir melden, aber nur, wenn der Monat ein ›r‹ im Namen trägt oder so. Statt Katies dämlichen Worten zu lauschen, formuliere ich lieber meine eigenen.

»Oh, das tut mir leid, das hätte ich gleich sagen sollen. Ich bin Simon Wilsons Frau – Dr. Simon Wilson, Herzchirurg ... Leitender Oberarzt?«, füge ich affektiert hinzu.

»Ach so ... Mrs. Wilson.« Plötzlich ändert sich Katie Klugscheißers Tonfall und sie ist die Freundlichkeit in Person.

»Natürlich habe ich Carolines Handynummer. Wir sind gute Freundinnen«, schiebe ich ein, bevor sie ihr aufgesetztes Gesabbel fortführen kann. »Aber ich Dummerchen habe ein neues Handy und wohl vergessen, die Nummer zu übertragen.

Unter uns gesagt, Katie, möchte ich für Simon ... meinen Ehemann ... eine Überraschungsparty organisieren. Er ist doch gerade erst zum Leitenden Oberarzt befördert worden, und dafür verdient er eine Party ... Und dazu will ich alle seine Kollegen einladen. Höchste Geheimhaltungsstufe!«, ergänze ich in meiner Chirurgenehefrauen-Stimme.

»Oh ... ah ... na ja, eigentlich darf ich die Handynummern unserer Angestellten nicht rausgeben, Mrs. Wilson.« Die Unschlüssigkeit ist ihrer Stimme anzumerken – weder möchte sie Regeln brechen noch die Ehefrau eines Leitenden Oberarztes vor den Kopf stoßen.

»Oje, das verstehe ich natürlich. Ich möchte Sie auch wirklich nicht in Schwierigkeiten bringen, es ist nur so, dass Caro – ich meine Caroline – versprochen hat, mir zu helfen. Ich muss zugeben, dass ich auf ihre Hilfe angewiesen bin ...« Ich kichere mädchenhaft, obwohl mir eher nach kotzen zumute ist. »Es wäre so schade, Simon zu enttäuschen ...«, füge ich hinzu.

»Ach, ich denke, in diesem Fall kann ich eine Ausnahme machen«, sagt sie. Ob meine Anspielung auf einen enttäuschten Simon den Ausschlag gegeben hat? Steht auch sie unter seinem Bann? Ich werde es wohl nie erfahren, aber plötzlich heißt es ›Sesam öffne dich‹ und Katie rückt einfach so Carolines Handynummer raus.

Ich danke ihr überschwänglich und trage dabei richtig dick auf. Vor allem bin ichdankbar, dass wohl noch keine Gerüchte über mich in Umlauf sind – die beschissenen ›Katies‹ im letzten Krankenhaus legten nämlich irgendwann einfach auf, wenn ich anrief.

Doch Katie ist schnell wieder vergessen und ich lecke mir in diebischer Vorfreude die Lippen. Es dauert nur zwei Rufsignale, bis unsere Welten aufeinanderprallen.

»Hallo ... hallo, spreche ich mit Caroline?«, frage ich selbstsicher und fröhlich.

»Ja, Caroline hier, wer ist da?«

Ich koste den Moment aus. Ich habe sie überrumpelt. Ich habe die Kontrolle. Und so wird es auch bleiben.

»Hier ist Marianne ...«, sage ich nach einer Pause und gebe ihr dann noch ein paar Sekunden, um meinen Namen sacken zu lassen, ihr ein bisschen Angst einzujagen.

»Marianne ...« Der Schock in ihrer Stimme ist unüberhörbar. Damit hat sie nicht gerechnet. Und ich genieße es.

Bevor sie irgendetwas anderes sagen kann, presche ich vor: »Wir haben uns schon mal getroffen, bei Waitrose – du arbeitest mit meinem Ehemann zusammen. Simon?«, vergewissere ich mich im Brustton der glücklich verheirateten Gattin eines Leitenden Oberarztes.

»Ich weiß, das kommt jetzt aus heiterem Himmel ...«, fahre ich fort. »Ich habe deine Nummer von Katie ... Du weißt schon, aus dem Krankenhaus«, sage ich, als wäre die Rezeptionistin eine gemeinsame Freundin.

»Hm, ich kenne keine Katie ...«

Nein, eine Marianne kennst du aber, richtig? Du schamlose Kuh fickst ihren Ehemann.

»Sie hat mir freundlicherweise deine Nummer gegeben, und ich wollte nicht, dass Simon es erfährt, aber ich muss dringend mit dir sprechen«, rede ich über sie hinweg. Dann halte ich einen kurzen Moment lang inne. Ich will, dass sie für einen Augenblick glaubt, dass ich sie frage, mit wem sie es in ihren zerwühlten Laken treibt.

»Oh ... okay.«

Machen wir uns Sorgen?

»Wie du vielleicht weißt, ist Simon befördert worden.« Meine Stimme bebt vor gespielter Vorfreude. »Und ich plane etwas Besonderes für ihn: Ich will ihm eine Überraschungsparty schmeißen.« Eigentlich habe ich nicht vor, das wirklich zu tun. Ich hoffe, dass Caroline schon längst über alle Berge ist, bevor ich in die Verlegenheit komme, irgendwelche Überraschungspartys schmeißen zu müssen. Aber die Party ist mein

Back-up für den Fall, dass Caroline immer noch nicht der Vergangenheit angehören sollte, nachdem sie mit mir mittagessen war.

Da sie nicht antwortet, mache ich einen auf Jen und quassle einfach weiter. »Die Sache ist nur, dass wir normalerweise unser eigenes ›privates‹ Ding draus machen, wenn wir etwas Großes feiern wollen, wenn du verstehst, was ich meine«, schnurre ich in meiner anzüglichsten Stimme, die vermutlich klingt, als hätte ich einen Herzinfarkt, aber ich mache einfach weiter. Ich muss ein paar kleine intime Anspielungen einstreuen, um sie zu ködern. Wenn ich Caroline den Eindruck vermitteln kann, dass wir ein glückliches Pärchen sind, wird sie schockiert und fasziniert sein und mehr erfahren wollen. Ich hoffe, ihre Neugier damit zu wecken, sodass sie einem Treffen mit mir zustimmt, um herauszufinden, ob Simon die Wahrheit über seine Ehe erzählt. Es ist mir egal, wie sicher sich seine Geliebte ist – sie hat immer den Verdacht, dass es etwas gibt, das er ihr nicht erzählt. Denn wenn er seine Frau belügt, die Mutter seiner Kinder, mit der er sein ganzes Leben teilt, warum sollte er dann nicht die Frau belügen, mit der er bislang nur eine Flasche Merlot und einen Haufen zerwühlter Bettlaken geteilt hat? Ich baue darauf, dass sie ihm nicht von unserem Gespräch erzählt. Wenn sie so schlau ist, wie ich glaube, wird sie wissen wollen, wie die Ehe aus meiner Perspektive aussieht – ohne dass er seinen Senf dazugibt. Deshalb muss die Party eine ›Überraschung‹ sein.

»Jedenfalls sollen alle seine Freunde da sein, aber ich will auch ein paar neue Gesichter dabeihaben. Insbesondere Frauen – wie du bestimmt schon gemerkt hast, ist die Kardiologie ein kleiner ›Altherrenclub‹.« Ich lache laut, um weibliche Kameradschaft anzudeuten. Allerdings muss ich aufpassen, denn mein ›lautes Lachen‹ klingt schnell manisch. »In seinem letzten Krankenhaus war es auch so – verkrustete Fossilien sind das –, und ich will keine Party voller alter Männer. Simon hat schon von verschiedenen Kolleginnen erzählt«, sage ich und verpasse ihr damit einen kleinen Nadelstich, »aber mir ist nur *dein* Name eingefallen.«

»Ja?«, fragt sie. Ein kleiner Anflug von Hoffnung schwingt in ihrer Stimme mit. Sie hofft, dass ich das sage, weil er die ganze Zeit nur über sie spricht.

»Ja ... als wir uns damals bei Waitrose getroffen haben?«

»Oh, ja, klar.« Aus ihrer Stimme klingt Enttäuschung. Ein schöner Klang.

»Also, Caroline, ich wollte gerne mit einer seiner Kolleginnen ins Gespräch kommen, um ein wenig die Lage zu peilen.«

»Inwiefern?«, fragt sie frostig. Ich zeige mich unbeeindruckt.

»Ich glaube, dass Frauen Menschen einfach besser einschätzen können – wir wissen, wer sich mit wem gut versteht und wer mit allen gut auskommt. Ich will niemanden einladen, wenn das für einen anderen Gast unangenehm ist, wenn du weißt, was ich meine«, kichere ich im Wissen, dass ihr meine Ironie entgehen wird.

Oh Caroline, du mit deinem gescheiten Köpfchen und deiner flexiblen Hüfte – du hast keine Ahnung. Während du auf deiner Privatschule dein Pony geritten hast, habe ich gelernt zu überleben. Wie kannst du es wagen, deinen Uterus mit etwas zu füllen, das nicht dir gehört, und keine Konsequenzen befürchten? Ich mach dich fertig.

»Simon ist in gesellschaftlichen Angelegenheiten ein hoffnungsloser Fall. Ich glaube das sind alle Männer, oder? O Gott, ich bin sexistisch, meine siebzehnjährige Tochter würde mich umbringen«, höre ich mich lachen.

Fällt dir das Possessivpronomen auf, Caroline? MEINE siebzehnjährige Tochter – nicht deine. Niemals deine.

Sie antwortet nicht. Ich habe sie wie einen Fisch am Haken

und sinniere über dieses Bild, während sie einfach nur dasitzt, in meiner Telefonfalle.

»Jedenfalls dachte ich, es wäre doch genial, wenn ich eine der Frauen treffen könnte, die mit Simon zusammenarbeiten, um gemeinsam eine Gästeliste auszuarbeiten und herauszufinden, wer wer ist.«

»Tut mir leid, ich verbringe meine Freizeit nicht mit Arbeitskollegen, deshalb weiß ich nicht, wer ...«, sagt sie und tut ganz vage.

»Oh, wie schade. Fällt es dir schwer, mit den Kollegen in Kontakt zu kommen?«, frage ich, als wäre das ein Problem.

Schließlich ist es dir nicht schwergefallen, mit meinem Ehemann in Kontakt zu kommen.

»Nein, schwer fällt mir das nicht. Ich mache es einfach nicht.« Sie fühlt sich angegriffen, kann es nicht ertragen, wenn sie nicht für perfekt gehalten wird.

»O nein, tut mir leid. Ich hätte nichts sagen sollen – es geht mich ja nichts an, wie die Leute bei der Arbeit zurechtkommen.«

»Wie meinst du das?«

Sie ist offensichtlich besorgt, das ist ihrer Stimme anzumerken. Caroline ist nicht so stark, wie sie dachte, und glaubt jetzt, dass Simon erwähnt haben könnte, dass sie den Anforderungen nicht gerecht wird. Gut.

»Nun, selbst wenn du bei der Arbeit keine Freunde hast, bin ich sicher, dass du weißt, wer ...«

»Ich habe Freunde«, blafft sie.

»Oh, ja wunderbar«, sage ich, als würde ich ihr nicht glauben. »Das ist ja nicht immer leicht. Gott, wenn ich daran denke, was Simon so erzählt, und er ist ja in leitender Funktion.«

Ich lege den Kopf schräg, so wie es meine Therapeutin Saskia immer getan hat, wenn ich ihr etwas Trauriges erzählt habe. Auch wenn Caroline mich nicht sehen kann, hilft mir das bei meiner Darbietung.

»Ach Caroline, jetzt habe ich dich verärgert ... Tut mir leid. Ich hätte nichts sagen sollen. Es ist nicht so, als würde Simon mit irgendwem über deine ... Schwierigkeiten ... mit anderen Kollegen sprechen – aber mir erzählt er eben Dinge. Aber offensichtlich hast du keine Lust und das kann ich dir auch gar nicht verübeln. Ich habe dich nur gefragt, weil wir uns damals bei Waitrose über den Weg gelaufen sind und ich dachte, dass du mir vielleicht weiterhelfen könntest. Aber da gibt es noch diese Schwester ... Alison? Ich weiß ja nicht, aber Simon spricht andauernd von ihr. Soweit ich weiß, sind sie gut befreundet ... Bei der werde ich es mal versuchen. Sicherlich kann sie mir eine ganz gute Einschätzung darüber geben, wen ich auf Simons Party einladen kann. Und keine Sorge, ich werde dich nicht auf die Gästeliste packen, falls dir das das unangenehm sein sollte.« Ich lächle sie durch die Leitung an.

Sie sagt nur sehr wenig während unseres Austauschs, was vermutlich meiner Jen-Imitation zu verdanken ist, und ich frage mich, ob es funktionieren wird. Wird sie mir sagen, dass ich mich verpissen soll, ihr Telefon wegwerfen und zu Simon rennen?

Ich hoffe, dass ich genug Zweifel gesät habe, ihr ausreichend Häppchen über unser Ehe hingeworfen habe, um sie an Bord zu holen, ohne dass sie ihm etwas davon erzählt. Dann werden sie und ich ein Geheimnis teilen, genau wie sie und Simon. Das Herrliche daran ist nur, dass ich von allen Geheimnissen weiß, ohne dass sie es wissen. Wissen ist Macht, und so werde ich mir endlich etwas Macht zurückholen und mein Unglück nicht länger tatenlos über mich ergehen lassen.

»Ich bin sicher ... dass ich eine ganz gute Einschätzung geben könnte ... Ich meine, es gibt eine OP-Schwester namens Alison, aber ich wusste gar nicht, dass sie mit deinem Ehemann befreundet ist.«

Oh, sie ist so eifersüchtig, dass ich es am anderen Ende der Leitung brodeln höre. Das freut mich, weil ich nur wild drauflosgeraten hatte. Simon hat mal eine Alison erwähnt, die ›zu jung und völlig inkompetent‹ sei.

»Okay, super ... Hättest du denn Zeit für ein Mittagessen nächsten Montag oder Dienstag?«

Idealerweise bevor mein Ehemann am Mittwoch mit seinem Anwalt mein Schicksal besiegelt.

»Mittagessen?«

»Oh, ich weiß, wir sind noch nicht mal befreundet, und das alles mag sich recht formal anhören, aber vielleicht schaffst du es ja, dich während der Mittagspause davonzustehlen? Du bist natürlich eingeladen. In der Stadt gibt es doch diesen netten kleinen Italiener, Da Gianni. Kennst du den?«

Natürlich kennst du den. Dort isst du doch so gern Fagioli und genießt das Vorspiel mit meinem Ehemann.

»Ja ... ich ...«

»Fabelhaft, sollen wir uns da treffen, sagen wir, am Montag um halb eins?« Ich schlage zu, bevor sie die Gelegenheit hat, sich wieder herauszuwinden. Sie hat angebissen, jetzt muss ich sie nur noch an Land ziehen. »Bitte sag ja, ich habe so selten Gelegenheit, mit Freundinnen auszugehen. Simon ist nicht so gern mit den Kindern allein – das endet immer in Tränen und Chaos.« Ich lache und hoffe, dass sein selbst geschaffenes Bild des perfekten Vaters erste Risse bekommen hat.

»Okay. Ja,« sagt sie, »gegen halb eins.«

Ich kann es kaum erwarten.

18

Heute ist es so weit. Mein Lunchdate mit der reizenden Caroline steht an, die laut Instagram gestern mit Freunden in einem tief ausgeschnittenen Top in einer angesagten Weinbar feiern war. Ob Simon das wohl so gut fände?

Ich entscheide mich für eine hübsche ausgewaschene Jeans, einen zartgrauen Pulli und einen rosa Schal. Freundliche Farben in sanften Tönen. *Du sollst mich für harmlos halten. Ich will nur deine Freundin sein.*

Bei der Ankunft im Restaurant fühle ich mich seltsam ruhig, weil ich alles im Griff habe, vielleicht aber liegt es auch an der Tablette, die ich mir um Viertel nach neun eingeworfen habe, nachdem ich die Kinder an der Schule abgesetzt habe. Ich versuche ja die Dosis zu reduzieren, aber heute brauche ich einfach eine Absicherung, die verhindert, dass ich während des Hauptgangs auf die Liebhaberin meines Ehemanns losgehe oder Rotwein über ihr zauberhaftes blondes Haar schütte. Die Mindestdosis wird mich (hoffentlich!) für die Dauer des Mittagessens beruhigen, ohne meine Erinnerung im Nachhinein zu stark zu trüben. Ich werde sie auch nicht mit Alkohol herunterspülen, sondern bei Sprudel bleiben. Sicher ist sicher.

Ich setze mich an einen Tisch am Rand, denn ich will nicht, dass uns jemand sieht. Aufmerksam studiere ich die Speisekarte. Vermutlich wird sie einen Salat bestellen. So wie auf Instagram. Das Stillleben zeigte einen großen Blattsalat mit Walnüssen, keine Gesichter, doch die zwei Teller und die zwei Weingläser verrieten alles. »#Healthy #VeggieMonday #GemüseIstGesund«. Wirklich, ich könnte kotzen. *Wie wär's mit #FremdgehfreierFreitag, Caroline. Auch nicht schlecht, oder?*

Ich bin selbst von mir überrascht, wie freundlich und warm ich sie empfange, als sie endlich kommt. Hoffentlich schaffe ich es, meine wahren Gefühle, all das Gift in mir auch weiterhin zu verbergen. Sie sieht gut aus. Offensichtlich hat sie sich in Schale geworfen. Fürs Mittagessen mit mir oder für meinen Ehemann bei der Arbeit? Wer weiß! Sie trägt einen hellblauen Grobstrickcardigan über einem knappen, schwarzen Rock und hohe, glänzende Stiefel.

Eine werdende Mutter stelle ich mir anders vor.

Ich versuche, einen Blick auf ihren Bauch zu erhaschen, bevor sie sich setzt, doch noch ist nichts zu sehen. Ich sehe Simon neben ihr im Bett liegen, das Baby in der Mitte, und verdränge das Bild sofort aus meinem Kopf.

»Was trinkst du?«, frage ich an meinem Sprudel nippend mit Blick auf die Karte, als sich die junge Kellnerin nähert.

»Ein Mineralwasser bitte, still«, bestellt sie ohne zu lächeln.

»Lass uns gleich direkt Essen bestellen. Du hast ja nur eine Stunde«, sage ich, als wäre ich der rücksichtsvollste Mensch der Erde, obwohl ich ihr am liebsten die Gabel in die Hand rammen würde.

Während sie das Menü studiert, beobachte ich sie über den Rand meiner Speisekarte hinweg und frage mich zum wiederholten Male, womit ich diese Ungerechtigkeit verdient habe. Mit ihrem wunderschönen Körper und ihrem makellosen Gesicht hätte sie jeden haben können. Sie war frei, ungebunden, hätte auf Weltreise gehen, die Leitung einer medizinischen

Abteilung am MIT oder an der UCLA übernehmen und das Leben einer hübschen Akademikerin in Boston oder Kalifornien genießen können. Stattdessen hat sie sich meinen Mann, meine Kinder, mein Leben ausgesucht. Sie muss gewusst haben, worauf sie sich einlässt. Sie muss Gefallen an meinem Lebensentwurf gefunden und beschlossen haben, ihn für sich selbst zu wollen. Caroline muss mich in den sozialen Medien ähnlich intensiv gestalkt haben wie ich sie. Während die Mätresse also die Ehefrau ausspionierte, entdeckte sie das gemachte Nest und entschied sich, ihr Kuckuckskind dort hineinzulegen. Aber es ist *mein* Nest, ich habe hart dafür gearbeitet, es perfekt zu machen, unser Familienglück perfekt zu machen. Wie die Sonnenuhr habe ich gelernt, nur die heiteren Stunden zu zählen und die Dunkelheit Dunkelheit sein zu lassen.

Borrowed Light – geborgtes Licht. Gestohlener Ehemann.

Als ich von dem Baby erfuhr, habe ich mein virtuelles Ich natürlich auf Vordermann gebracht. Es gab bereits Familienbilder von Urlauben und Schulevents, aber ich warf meine persönliche PR-Maschine an, um die Onlinepräsenz meiner Familie richtig aufzupolieren. Mit der Hilfe von Photoshop, ein paar cleveren Filtern und gekonnt zurechtgeschnittenen Bildern sahen wir auf Instagram und Facebook aus, als wären wir einem Hochglanz-Promimagazin entsprungen. Die Bilder von unserem Sommerurlaub auf Kreta, die unsere schöne Tochter in der Hängematte und unsere wunderbaren Söhne beim Planschen im Meer mit ihrem perfekten Vater zeigen, könnten aus einem Prospekt für Luxusreisen stammen. #VaterUndSöhne #Family. Die Realität sieht natürlich anders aus. Auf den Bildern kann man nicht sehen, dass Papa am liebsten so schnell wie möglich raus aus dem Wasser will, um sich abzutrocknen und seiner Geliebten sexy Nachrichten zu schreiben. #SextingPapi #FremdgehenderEhemann. Selbst ich erkenne mein Leben nicht wieder. Dann ist da das Bild der lachenden

Kinder, die im Park Laubblätter umherwirbeln, das ich in eine *Vogue*-Story verwandelt habe, in strahlende herbstgoldene Glückseligkeit. #BrüderUndSchwester #Geschwisterliebe. Natürlich musste ich den Müll, die Hundehaufen und die Plastiktüten zwischen den Blättern herausretuschieren, und von Charlies und Alfies Trotzanfall, der Sophie dazu brachte, die beiden als ›kleine Scheißkerle‹ zu bezeichnen und davonzustürmen, ist darauf auch nichts zu sehen. #TochterMitDreckigemMundwerk.

Das ist alles meins, meins, meins.

Wir sind nicht perfekt – wer ist das schon?–, aber als Familie haben wir viel zusammen durchgemacht, auch schwere Zeiten. Ich habe den Schmerz, die Schuld und all die Querelen im Lauf der Jahre ertragen und uns ein Zuhause aufgebaut. Und jetzt taucht *sie* mit ihrem frisch gewaschenen Haar und ihrem gebärfreudigen Uterus auf und macht alles kaputt.

Such dir ein eigenes Leben, du Schlampe, meins kriegst du nicht. #Diebin.

»Also«, beginne ich und falte die Hände auf der Tischplatte vor mir, um mich abzustützen und demonstrativ die Kontrolle über das Mittagessen mit der Geliebten meines Ehemanns an mich zu reißen. Wenn ich es nicht schaffe, schnell die Oberhand zu gewinnen, breche ich ein. Ich muss sie bei unserem Fake-News-Lunch mit so vielen Informationen wie möglich füttern. Vor allem will ich Zweifel und Unsicherheit streuen – so wie sie es mit mir getan hat, egal ob bewusst oder unbewusst. Ich will, dass sie leidet. Ich will, dass sie alles hinterfragt, was er ihr erzählt hat, alles, was sie für die Wahrheit hält. Sie soll spüren, wie es sich anfühlt, paranoid zu sein. Sie sollen beide glauben, dass der andere Geheimnisse hat, und sie soll wissen, dass er lügt – nichts ist schmerzhafter, als zu glauben, dass man von dem Menschen, den man liebt, belogen wird. Dass sie etwas Besonderes ist, er das Ganze gern offiziell machen möchte und will, dass sie einzieht, bedeutet nicht, dass sie die

Einzige für ihn sein wird. Seine Ehe mit mir hält ihn ja offenkundig auch nicht vom Fremdgehen ab.

Einmal Fremdgänger, immer Fremdgänger, Caroline.

Neulich habe ich ein paar Restaurantrechnungen in seiner Brieftasche gefunden, die ich nicht zuordnen konnte. Natürlich war er nicht mit mir essen, und ausgehend von meinen zwanghaften Online-Recherchen kann auch Caroline diesen romantischen Rendezvous nicht beigewohnt haben. Deshalb frage ich mich, ob er Caroline bereits zur Ehefrau Nummer Drei auserkoren hat und nun auf der Suche nach einer Nachfolgemätresse für diese Ehe ist. Vielleicht ist das seine Masche: Wird er Caroline dasselbe antun wie mir? Wird er sie mit Zweifeln und Ängsten füllen, bis sie kaputtgeht und er sich ein neueres Modell zulegen muss? Auf Caroline gebe ich einen Scheiß, aber vielleicht ist das Gleiche auch mit Nicole passiert. Vielleicht hat sie das Leben mit ihm in den Selbstmord getrieben? Bei Simon würde mich wirklich gar nichts mehr überraschen.

Er meinte zwar mal zu mir, dass sie ›sehr fragil‹ gewesen sei. Aber als sie sich kennenlernten, war sie eine erfolgreiche Bankerin und laut Joy, die keine Gelegenheit ausließ, mich auf Nicoles Vorzüge aufmerksam zu machen, ›eine starke Frau‹. Hat er sie gebrochen, so wie er versucht mich zu brechen?

Ich bin entschlossener denn je. Ich werde keine zweite Nicole sein. Ich werde nicht entschlafen und meine drei Kinder im Stich lassen. Ich weiß besser als jeder andere, was man einem Kind damit antut. Es ist schon lange her, dass ich die Leiche meiner Mutter gefunden habe, doch ich sehe sie noch immer vor mir – als ob ihr Geist in mir weiterlebt. Das Leben meiner Mutter ist mir noch unheimlicher als ihr Tod. Es hat mich zu einem gefügigen und ängstlichen Menschen gemacht. Jeder vergessene Name, jeder unliebsame Gedanke ist ein Zeichen, dass ich ihr Leben lebe und eines Tages neben meiner Mutter im kalten, blutdurchtränkten Badewasser liegen werde.

Manchmal frage ich mich, ob Simon meine Angst anziehend fand – eine brüchige, verletzliche Frau, die ihm nicht die Stirn bieten oder versuchen würde, ihn zu kontrollieren, so wie seine Mutter es immer getan hat. Joy war eine wohlhabende Frau, die ihn noch über den Tod seines Vaters und unsere Hochzeit hinaus mit neuen Autos, Häusern und Urlauben verwöhnte. Körperliche Zuwendung schenke sie ihm hingegen nie. Darum legt auch Simon mehr Wert auf Dinge als auf Menschen. Frauen sind für ihn austauschbar, nichts als hübsche Schmuckstücke, die ihn gut aussehen lassen und seine Bedürfnisse befriedigen. Langsam frage ich mich, wie austauschbar ich für ihn bin ... insbesondere jetzt, da er ein neues, hübscheres Spielzeug gefunden hat.

Diesem neuen Spielzeug sitze ich nun gegenüber, um nichtige Themen wie Gästelisten und Canapés zu besprechen. Ich versuche aufregend, lustig und ein bisschen frech rüberzukommen, ganz à la Jen. Caroline soll mich nicht für unterwürfig oder langweilig halten. Bestimmt hat er ihr neben Geschichten über meine ›Krankheit‹ und meine ›zwanghafte Eifersucht‹ auch erzählt, dass ich stumpf und uninteressant sei. Deshalb werde ich ihre Welt auf den Kopf stellen und dafür sorgen, dass sie alles hinterfragt, was er ihr erzählt hat, was sie zu wissen glaubt. Gleiches mit Gleichem vergelten also.

»Ich mag dieses Restaurant«, seufze ich lächelnd. »Simon entführt mich oft zum Abendessen hierher, und ich weiß nicht ... Obwohl wir schon so häufig hier waren, finde ich es immer wieder unglaublich romantisch. Hier kommen wir einfach runter und können unseren anstrengenden – wenn auch wunderbaren – Alltag für einen Moment vergessen ... und ganz für uns sein.« Ich spiele mit meiner Brotstange, führe sie langsam zu meinem Mund und beiße das Ende ab. »Das ist ein Gefühl, als wären wir wieder in den Flitterwochen, weißt du?«

Kein Sex, seit ich mit den Zwillingen schwanger geworden bin? Ernsthaft?

»Wie ... schön«, stammelt sie – ein erstes Anzeichen dafür,

dass meine Kampagne den gewünschten Effekt erzielt. Das Beste daran ist aber, dass es mir Spaß macht. Als ihr Wasser kommt, reißt sie es der Kellnerin förmlich aus der Hand.

»Ja, bei italienischer Musik muss ich immer an Urlaub denken«, lächle ich. »Magst du Italien, Caroline?«

»Ja ... besonders die Toskana.« Sie versucht zu lächeln, fühlt sich spürbar unwohl. Und ich genieße es.

»Ooooh, die Toskana, ich auch! Hat Simon erzählt, dass wir überlegen, uns dort ein Häuschen zu kaufen?« Stimmt zwar nicht, aber eine Lüge mehr oder weniger macht den Kohl jetzt auch nicht mehr fett. Je mehr Schwindel, desto besser, oder, Caroline?

Sie schüttelt den Kopf und verschluckt sich an einem riesigen Schluck Wasser. Ich möchte loslachen. Nein, ich möchte in brüllendes Gelächter ausbrechen – es ist so einfach, so wohltuend, einem Menschen wehzutun, der mir selbst so wehgetan hat. O Mann, das hätte ich schon so viel eher tun sollen, statt mich selbst mit ihren Online-Profilen zu foltern und zu versuchen, Simon durch aufwendige Abendessen und Sex nach seinem Geschmack zurückzugewinnen. Nein, das hier macht viel mehr Spaß.

»O ja, wir denken an ein kleines Bauernhaus. Simon meint, wir haben ja schließlich drei Kinder, und wenn *die* irgendwann Kinder bekommen, brauchen wir einen Ort, an dem wir uns alle treffen können und einfach ...« Ich streue weiter Salz in die Wunde, die ich aufgerissen habe und immer weiter aufreiße. Selbst der Chirurg Simon wird sie nicht wieder zusammennähen können.

DREI Kinder – zähl sie gerne durch. Kein Platz für deinen verschwommenen Embryo.

Ich lehne mich vor und versuche, aufrichtig auszusehen. »Entspannung ist so wichtig für Simon, und die findet er nur, wenn er glücklich ist, im Kreise seiner Familie«, lüge ich. »Ich finde ja sowieso, Familie ist am wichtigsten. Da können wir einfach nur *sein*, verstehst du?« Natürlich hat er auch seine kleinen Hobbys nebenher, aber die bedeuten ihm nichts – das Einzige, was für ihn zählt, sind wir.

Ich nicke ihr zu und sie nickt zurück, bestimmt ist sie auf der Suche nach den Anzeichen der Psychose in meinen Augen.

»Wir wollen Italien zu unserem zweiten Zuhause machen – du weißt schon, Freunde einladen, gemeinsam grillen, ein paar Flaschen Wein trinken, in der Küche und im Garten mit den Kindern entspannen. Ich habe ein solches Glück«, füge ich dermaßen selbstgefällig hinzu, dass ich mich fast selbst dafür hasse. Ich schaue sie an und koste die Unsicherheit in ihrem Gesicht aus.

»Entschuldige«, sage ich plötzlich, als hätte ich gerade erst gemerkt, dass ich ohne Punkt und Komma rede. »Da erzähle ich unentwegt von Ferienhäusern und Familie und ... du bist so höflich zuzuhören, dabei musst du verhungern – wir haben ja noch nicht mal bestellt.«

Ich bitte die Kellnerin herbei und bestelle die Meeresfrüchte-Linguine, während sie einen Salat ordert.

Ich kenne dich besser, als du dich selbst kennst, Caroline.

»Übrigens«, sage ich und trinke einen Schluck Wasser, »bist du natürlich herzlich eingeladen, uns jederzeit in der Toskana zu besuchen. Du könntest deinen Mann mitbringen ... oder ...?« Ich wedle mit meiner halb angebissenen Brotstange vor ihrem Gesicht rum – weil ich es kann.

»Ich bin nicht verheiratet«, sagt sie und lässt ihre Finger aufgeregt den Stiel ihres Wasserglases auf- und abgleiten. #Nervös.

»Wohnst du ... allein?«, frage ich, und falte betont gleichgültig meine Serviette. Sie soll nicht das Gefühl bekommen, verhört zu werden.

Und wo siehst du dich in fünf Jahren, du hinterhältige Scheißkuh? Pfannkuchen in meiner Küche zubereitend? Vergiss es, du Schlampe.

»Ja, ich habe ein kleines Cottage am Stadtrand.«

»O wie schön! Jetzt habe ich aber genug gefragt«, witzle ich. »Caroline, ich bin dir so unglaublich dankbar dafür, dass du heute gekommen bist, deine Hilfe bei der Gästeliste ist für mich wirklich unbezahlbar«, beginne ich, um den Bogen zurück zur Party zu schlagen und nicht Gefahr zu laufen, dass sie mein Katz-und-Maus-Spiel doch noch durchschaut.

»Ich ... kann dir vielleicht ein paar Namen geben, aber wie ich schon am Telefon gesagt habe, bin ich noch nicht lange da.«

Sie hat keine Lust, mit der Ehefrau ihres Liebhabers zu plaudern, und behält ihr betont formales Gebaren bei. Jeden Moment rechne ich damit, dass sie ihren Mantel nimmt, um zu gehen, weil sie mich für unerträglich dämlich hält ... oder weil sie ein Gewissen hat?

»Es wäre toll, wenn du mir die Namensliste schicken könntest«, sage ich. »Caroline, ich bin dir so dankbar. Und Simon wird es auch sein ...« Mein Handy klingelt. Ich erwarte diesen Anruf. Als mir ein unbekannter Anrufer gestern seine beschissenen Doppelglasfenster aufschwatzen wollte, erkannte ich darin meine Chance. Ich bekundete Interesse und bat ihn, mich heute um dreizehn Uhr zurückzurufen, um alles weitere zu besprechen. In Ermangelung einer vertrauenswürdigen Freundin bin ich also auf einen nervigen Verkäufer angewiesen, um mein Handy während meines Mittagessens mit Caroline klingeln zu lassen.

»Hallo, spricht da Mrs. Wilson?«, fragt der junge Mann schnippisch. »Jordan hier, von Wonderful Windows.«

»O Schatz, danke für den Anruf, aber ich bin beim Mittagessen ...«, sage ich, schaue zu Caroline und verdrehe mit einem zärtlichen, verträumten Lächeln die Augen. Der schlecht gelaunte Jordan wird überrascht sein, in diesem Frühstadium unserer Doppelglasbeziehung mit »Schatz« angesprochen zu werden, fährt jedoch unbeeindruckt fort.

»Tut mir sehr leid, Mrs. Wilson, aber Sie meinten ja, Sie

hätten ab dreizehn Uhr Zeit, deshalb melde ich mich, um mit Ihnen über ...«

»Oh, wie süß ... ja, ich weiß Schatz, aber das musst du dir für später aufsparen, wenn die Kinder im Bett sind«, kichere ich und forme mit dem Mund die Worte »mein Ehemann« in Richtung der irritiert dreinblickenden Caroline, die mindestens so überrascht sein müsste wie der großspurige Jordan, der wie alle unnachgiebigen Telefonvertreter einfach weiterredet, ein echter Verkäufer eben. Ich muss mich zusammenreißen, um nicht zu lachen. Er tut so, als wäre das, was ich eben gesagt habe, völlig normal – vermutlich ist er einfach nur froh, dass ich ihn nicht weggedrückt habe.

»Wonderful Windows bietet zugfreie Fenster zur Hälfte des ...«

»Schatzi, ich sitze hier mit einer Freundin zusammen, da kannst du doch nicht solche frechen Sachen sagen«, säusle ich. Ich schüttle den Kopf und täusche mit einem schüchternen Lächeln Verlegenheit vor. »Ja, Baby, ich dich auch, für immer ... Ach übrigens, vergiss das Rugbymatch der Jungs nicht, so wie letzte Woche.« Ich frage mich, ob sie das checkt, schließlich war sie der Grund dafür, dass er das Spiel seiner Söhne verpasst hat. »Ich weiß. Ich weiß, dass du zu tun hattest, aber sie haben so schrecklich geweint, weil du bei diesem besonderen Spiel nicht dabei warst ... Ich vergebe dir, aber eigentlich hast du es ja schon längst wieder gutgemacht. Ich liebe dich auch.«

Ich lege mein Smartphone weg und ignoriere das Versprechen des Verkäufers »eines sehr guten Kostenvoranschlags und einer zehnjährigen Garantie«. Ich glaube nicht mehr an Garantien. Der Blick in Carolines Gesicht verrät, dass sie in diesem Moment noch verletzter ist als ich. Statt Mitleid empfinde ich Genugtuung. Endlich bin ich selbst aktiv und lasse die Dinge nicht länger stumm über mich ergehen. Ich komme ins Handeln. Ich hatte Zeit, um mich auf die Situation einzustellen, ich weiß, wie Simon ist. Aber sie hat keinen blassen Schimmer. Ich weiß, dass sie dank seiner Falschinformationen ein verdrehtes Bild von mir hat. Eine Weile lang ist es ihm so gelungen, uns beide zu kontrollieren. Doch das ist jetzt vorbei. Jetzt reiße ich das Ruder an mich.

»Sorry, das war Simon, ein hoffnungsloser Fall.« Ich lächle nachsichtig. »Er ist ein alter Romantiker, aber manchmal ziemlich zerstreut. Letzte Woche hat er das Rugbymatch der Jungs verpasst. Sie sind erst sechs ... die Zwillinge«, sage ich, als ginge ich davon aus, dass sie nichts über unser Leben weiß – warum sollte sie auch? »Jedenfalls waren sie am Boden zerstört. Er wäre so gern gekommen, aber es war wohl viel zu tun und ein Kollege muss ziemlich anstrengend gewesen sein und ihn gebeten haben, dazubleiben. Er ist einfach zu gut für diese Welt.«

Ich studiere ihr Gesicht. Meine Sicht auf unser Leben ist so weit von Simons Version entfernt. Ahnt sie womöglich, dass er ihr vielleicht nicht die ganze Wahrheit erzählt? Denn wahrscheinlich tut er das nicht.

So fühlt es sich an, betrogen zu werden, Caroline.

Unser Essen kommt. Sie hat bisher sehr wenig gesagt. Meine Worte sind wohl schwer verdaulich, jedenfalls sieht sie aus, als müsse sie sich jeden Moment übergeben. Aber sie scheint sich zu sammeln.

»Wie lange seid ihr schon verheiratet?«, fragt sie und hat sich offenbar entschieden, das Spiel mitzuspielen, um so viele Informationen wie möglich aus mir herauszukitzeln. Caroline ist so hungrig auf weitere Informationen aus unserer Ehe wie ich auf ihre Online-Posts. #HungrigeMädels #Ladies'Lunch.

»Seit fast zehn Jahren«, seufze ich zufrieden. »Und es waren glückliche Jahre ... jedenfalls überwiegend«, füge ich neckisch hinzu und spieße eine Garnele mit meiner Gabel auf.

»Überwiegend?«, fragt sie und starrt mich an, um dann Desinteresse vorzugaukeln und gedankenverloren in ihrem Salat herumzustochern.

»Ja, ich meine, es war nicht immer ein Zuckerschlecken. Es gab Hochs und Tiefs ... so wie in jeder Ehe, denke ich mal«, sage ich und lasse meine Gabel sinken. Meine Darbietung ist wirklich oscarverdächtig, ich bin von mir selbst überrascht. Subtile Nuancen, die Augen abgewandt. Ich bin glaubwürdig und brillant, jedenfalls rede ich mir das ein.

»Oh ... aber ist alles okay?«, fragt sie mechanisch. Würde sie sich ernsthaft dafür interessieren, würde sie wohl kaum meinen Ehemann vögeln. Aber wegen meiner Darbietung glaubt sie, ich wäre aufgebracht. Jetzt will sie mehr über diese angedeuteten Tiefs wissen. Sie hat sich nach vorn gebeugt und spitzt die Ohren in freudiger Erwartung weiterer Enthüllungen zu den Schattenseiten unserer Ehe. Sie dachte, sie wüsste alles, sie dachte, sie wüsste über jeden einzelnen Moment dieser zehn Jahre Bescheid. Die hoffnungslose Verrückte, die mit dem gutherzigen, genialen Mann verheiratet ist. Doch hier kommt meine Version, und genau wie seine ist sie eine ziemlich gute Story.

»Alles gut«, sage ich, was offensichtlich gelogen ist.

Sie bestellt sich noch ein Wasser und mir einen Sprudel. Ich könnte ein großes Glas Wein vertragen, aber das wäre in Kombination mit den Tabletten keine gute Idee. Ich muss einen klaren Kopf bewahren, sie mit genug Informationen füttern und selbst genug sammeln. Sie darf auf keinen Fall bemerken, dass ich Bescheid weiß.

»Aber du scheinst aufgebracht ...?«, beharrt sie.

Ich nicke. »Ja, es ist nur so schwer ... eigentlich ist es ja egal, wann, wo oder wie oft ... aber ... egal, das ist jetzt Vergangenheit.« Ich schaue weg und hoffe, ihr Interesse entfacht zu haben.

»Vergangenheit?«, fragt sie begierig. Sie will mehr erfahren. #Bingo.

»Ja, eigentlich ist das ja *Privatsache*, aber mein Mann hat sich im Lauf unsere Ehe einige Fehltritte erlaubt ... So was passiert eben.«

Sie lehnt sich zurück. »Was meinst du damit?« Wahrscheinlich glaubt sie mir nicht. Er hat ihr schließlich erzählt, dass ich mir diese Sachen ausdenke, darum wird sie das vermutlich als Wahnvorstellung einer Verrückten abtun. Ich muss ihr gerade genug Grund geben, an ihm zu zweifeln, darf es aber nicht übertreiben. Sie soll ja nicht denken, dass ich das alles nur erfinde. Ein Tröpfchen und noch eins und noch eins, um sie bei der Stange zu halten.

»Na ja, den ein oder anderen Ausrutscher mit Frauen, die ihm nichts bedeuteten, aber das ist jetzt sehr indiskret von mir – du bist Simons Kollegin. Das ist nicht fair.«

»Du hast recht, ich glaube, das ist unangemessen.« Sie wirkt erleichtert und enttäuscht zugleich.

»Ja, natürlich, entschuldige.«

»Gar kein Problem ... wirklich nicht.« Sie trinkt einen weiteren großen Schluck Wasser, vermutlich um sich selbst davon abzuhalten, nach Namen und Telefonnummern zu fragen. Das würde ich jedenfalls tun, aber ich bin ja auch die Verrückte.

Und manchmal bin ich das wirklich.

»Jedenfalls möchte ich Simon zu Ehren eine wundervolle Party schmeißen, denn ich glaube, es ist wichtig, gute Neuigkeiten zu feiern. Wir haben in den letzten Jahren viel durchgemacht. Letztes Wochenende haben wir lange miteinander gesprochen. Er wünscht sich einen Neuanfang und möchte, dass wir alles andere hinter uns lassen.« Ich bin überrascht, wie einfach es ist, meine Geschichten, meine Lügen zu verbreiten. Vermutlich, weil es Wunschdenken ist. Ich wünschte, ich wäre in einer glücklichen Ehe, in der eine Beförderung gefeiert wird, weil sie gut für die gemeinsame Zukunft ist. Doch wegen Caroline steht meine Zukunft auf dem Spiel.

»Ja, diese Beförderung hat Simon so stark unter Druck

gesetzt«, fahre ich fort, »aber er hat versprochen, sich von jetzt an wieder mehr um die Familie zu kümmern.«

»Ach ja ...?« Sie will *unbedingt* mehr erfahren. Aber immer langsam. Sie muss es wirklich wollen, so mag sie es doch am liebsten. #VerboteneFrucht.

»Das ist ja schön!« Die Vorstellung, dass Simon sich mehr um seine Familie kümmern will, muss der blanke Horror für sie sein. Sie versucht verzweifelt, ihre Gefühle zu verbergen. Ich würde sie am liebsten auslachen, reiße mich aber am Riemen.

»Also, Marianne, das war wirklich nett, aber ich muss jetzt wieder ...«, sagt sie. Ihren Salat hat sie fast nicht angerührt.

»O nein, wir haben ja noch gar nicht über die Canapés gesprochen«, bemerke ich geknickt. »Sorry, ich muss ein armseliges Bild abgeben, oder?«, schiebe ich nach, um ihr Interesse zurückzuholen und sie mit meiner Selbsterkenntnis zu überraschen. »Ich bin einfach noch recht neu hier. Ich habe keine Verwandtschaft, die Schulmamis haben ihre Cliquen und ...«

»Das tut mir leid, Marianne. Aber ich muss jetzt ...«

»Ich bin nicht auf dein Mitleid aus, wirklich, aber wie ich dir schon am Telefon gesagt habe, will ich das hier unbedingt für Simon machen. Ich habe schon länger keine Party mehr geschmissen und du wirst alle dort kennen, weil hauptsächlich Arbeitskollegen kommen werden. Deine Hilfe würde mir so viel bedeuten!«

»Hilfe?« Sie hat keinerlei Absicht, mir auch nur eine Sekunde lang bei irgendwas zu helfen. Sie möchte nichts mit mir oder meiner armseligen Party zu tun haben, doch ich sehe, wie in ihren Augen etwas flackert. Ich glaube, es ist Mitleid.

Ich will dein Scheißmitleid nicht, Caroline. Ich will dein Unbehagen, deine Angst, ich will, dass du sie schmeckst, genauso wie ich.

»Also, ich plane die Party für Freitag nächste Woche ...«, sage ich. Dann halte ich ihr einen Köder hin, den ich ihr bisher vorenthalten habe, von dem ich weiß, dass sie ihn nicht ablehnen kann, nämlich einen Vorgeschmack auf ihre erhoffte Zukunft, einen Einblick in ein Leben, das sie sich schon als ihr eigenes ausmalt.

Nur über meine Leiche.

»Komm doch einfach am frühen Abend bei uns vorbei! Wir können etwas trinken und dann zeige ich dir unser Haus, bevor die anderen Gäste eintreffen ...«

Langsam scheint ihr Interesse aufzukeimen und sie lässt sich wieder zurück auf ihren Stuhl sinken. Ihr Drang zu gehen scheint verschwunden zu sein.

»Freitag? Ich weiß nicht. Da muss ich erst ...«

»Deinen Freund fragen? Bring ihn doch mit!«

»Nein, ich meinte, in meinen Kalender schauen. Ich weiß noch nicht, was ich da vorhabe ... manchmal arbeite ich länger«, behauptet sie, aber wir wissen beide, dass sie dieser Verlockung nicht widerstehen kann.

»Ich verstehe natürlich, wenn du es nicht einrichten kannst, aber ich glaube, du würdest etwas verpassen. Neben seinen Kollegen werden auch ein paar uralte Freunde von Simon kommen.«

Die Aussicht darauf, Simons Freunde in seinem schönen Haus kennenzulernen, muss sie fast zum Orgasmus bringen. Und den erreicht sie laut ihrer E-Mails ja ziemlich schnell, wenn mein Ehemann in der Nähe ist. Sie glaubt, sie wird ihm näher sein, wenn sie seine Vergangenheit kennt. Aber ich bin *Teil* dieser Vergangenheit. Die gemeinsame Vergangenheit gehört zu den wenigen Dingen, die eine Ehefrau einer Geliebten voraus hat. Sie kann es kaum erwarten, in diesem Nest herumzuschnüffeln ... meinem Nest.

Caroline, die Kuckucksdame, legt ihre Eier in die Nester fremder Frauen.

»Ganz wie du magst«, biete ich an, »gib mir doch einfach deine Adresse, dann schicke ich dir eine Einladung per Post.

Ich hasse diese Einladungen per E-Mail, die sind so unpersönlich.«

Ich reiche ihr einen Stift und ein Notizbuch aus meiner Tasche und sie notiert ihre Adresse. Wie könnte sie auch ablehnen?

Ich nehme ihr Stift und Notizbuch wieder aus der Hand und verstaue beides sicher in meiner Tasche.

Ich weiß, wo du wohnst.

»Wenn du von Anfang an dabei bist, dann überrasche ich ihn wenigstens nicht ganz allein, falls er zu früh kommen sollte. Und du *musst* dir meine neue Küche anschauen, bevor sie im Chaos versinkt«, kichere ich wie eine spießige Hausfrau.

»Marianne, das hört sich wunderbar an, und ich hoffe, dass ich es einrichten kann«, sagt sie. Höre ich da einen Anflug von Schuld in ihrer Stimme?

»Großartig! Ich rufe dich an und dann gehen wir die Liste mit den Canapés durch ...?«

»Nein, ähm, da kenne ich mich nicht so mit aus ...«

»Ach so, ich dachte nur ... Simon ist am Mittwoch nicht da und ich dachte, da könnten wir die Canapés am Telefon durchgehen, ohne dass er uns belauscht ... Ich schaue mal eben in meinen Kalender.« Ich entsperre mein Handy und starre auf das Foto der Zwillinge. »Ja, am Mittwoch ist er mit unserem Anwalt verabredet.«

»Ach echt?«, fragt sie neugieriger als je zuvor. Ihr hatte er ja erzählt, er würde mit David über die Scheidung sprechen. Das will er vermutlich auch, doch da er mich belügt, werde ich sie belügen und eine weitere kleine Bombe platzen lassen, deren Splitter hoffentlich auch Simon treffen werden.

»Ja. David, unser Anwalt, ist ein alter Freund. Er unterstützt uns bei den Planungen für das Haus in der Toskana. Falls du in der Hinsicht mal Pläne haben solltest, kann ich ihn wirklich empfehlen. Simon wollte eigentlich, dass ich mitkomme. Wir sind alte Freunde und wenn wir zusammenkommen, fließt immer reichlich Merlot. Davids Frau ist so irrsinnig lustig«, bemerke ich augenzwinkernd, als seien wir alle beste Freunde, obwohl ich mich noch nicht einmal an den Namen dieser Tussi erinnern kann. »Aber Sophie ist verabredet und ich kann die Jungs unmöglich alleine lassen. Mein Mann ist schrecklich, manchmal vergisst er einfach, dass wir Kinder haben«, kichere ich. »Einer der Jungs meinte neulich, dass er sich einen Papa wie den seines Freunds Josh wünschte. ›Warum denn, mein Schatz?‹, habe ich ihn gefragt und er meinte, weil Joshs Papa sich wirklich mit seinem Sohn unterhalten würde.« Ich schüttle den Kopf, während sie mich ungläubig anstarrt. »Er ist unfassbar, ehrlich«, fahre ich fort. »Ich muss alles alleine machen. Er ist ein hoffnungsloser Fall – liebenswürdig, aber ein absolut hoffnungsloser Fall.«

Instinktiv führt sie ihre Hand zu ihrem Bauch – zum Schutz, zur Verteidigung.

Was denkst du jetzt über den Papi deines Babys, Caroline? #PerfekterPapa.

»Hast du Kinder?«, frage ich und bemühe mich, nicht zu lachen.

Sie schüttelt ihren Kopf.

»Hättest du gern welche?«

Willst du meine gleich auch noch? Meinen Mann hast du ja schon, warum dann nicht gleich das Komplettpaket?

»Ich ... ja, ich liebe Kinder. Ich habe zwei jüngere Schwestern ...«

»Wie schön. Wir haben Sophie, die siebzehn ist, dann die Zwillinge, die – wie gesagt – sechs sind und ganz schöne Rabauken. In der Schule machen sie ziemlich viel Unsinn. Neulich haben sie eine Spielzeugpistole gefunden und gespielt, sie würden damit einen anderen Jungen ›erschießen‹«, erfinde ich. »Daraufhin sind seine Eltern durchgedreht und haben mit der Polizei gedroht, so ein Theater – ich bin immer noch dabei, das Ganze mithilfe der ziemlich schrecklichen Schulleiterin und zahllosen teuren Therapiestunden zu lösen. Simon hat keine Ahnung von dem ganzen Drama, wie schwer es ist, zwei sture Jungs mit Todeswunsch in Schach zu halten.«

»Sollte ihr Vater nicht Bescheid wissen, wenn ...«, beginnt sie vorwurfsvoll, und ich sehe bereits die starke Zweitfrau aus ihr sprechen. Ich bezweifle, dass ihre Fragerei bei Simon auf viel Gegenliebe stoßen würde.

»Ja, das sollte er absolut, aber wenn du mich fragst, hilft es nicht gerade, dass er im Wohnzimmer Kriege und im Garten Schießereien mit ihnen nachspielt«, lüge ich. Das genieße ich besonders – sie bekommt jetzt wirklich Angst, und vor allem kann ich Simon als durchgeknallten Chauvi-Papa darstellen, der Kriegsspiele und Spielzeugwaffen unterstützt. Nichts könnte der Wahrheit ferner sein, aber ich revanchiere mich damit nur für seine Lügen über mich und mein Handeln.

»Schießereien?«, stammelt sie.

»Ja. Simon liebt Waffen, aber jedes Mal, wenn ich ihm sage, dass den Jungs das nicht guttut und dass wir über ihr problematisches Verhalten sprechen müssen, sagt er so etwas wie: ›Nicht jetzt, Marianne, gib mir lieber eine Massage‹ oder Sex oder was auch immer er sich an diesem Abend eben wünscht. Er findet die Kinder viel zu anstrengend. Ich meine, er hat drei Kinder und sein Leben lang noch keine einzige Windel gewechselt«, lache ich, als wäre das bewundernswert oder lustig.

Ihrem Gesicht ist abzulesen, dass der Vater ihres ungeborenen Babys, mit dem sie den Rest ihres Lebens verbringen möchte, möglicherweise nicht ganz ihren Vorstellungen entspricht. Ich hoffe auch, dass ich ganz anders rüberkomme, als sie dachte, dass ich nicht die Frau aus seinem Zerrbild bin. Hoffentlich ist ihr klar geworden, wie sehr ich an dieser Familie und an diesem Leben hänge, dass ich mich wie eine Klette daran klammern werde. An mir ist kein Vorbeikommen.

Mein Leben kriegst du nicht, das ist unverkäuflich.

Ich bestehe darauf, die Rechnung zu übernehmen. Sollte

Simon danach fragen – was er tun wird –, werde ich ihm erzählen, dass ich mit Jen mittagessen war, um mich dafür zu bedanken, dass sie die Jungs von der Französischnachhilfe abgeholt hat, während ich Sophie bei ihrem Tanzstudio eingesammelt habe.

Nachdem wir das Restaurant verlassen haben, verabschiede ich mich vor dem Eingang mit der herzlichsten, aufrichtigsten Umarmung, die ich über mich bringen kann. Ich glaube, sie kauft sie mir ab. Dann winke ich ihr mädchenhaft zu und danke ihr herzlich für ihre Zeit, kündige noch mal an, sie am Mittwoch wegen der Canapés anzurufen und äußere meine inständige Hoffnung, dass sie zur Überraschungsparty kommt.

Mich wirst du nicht los, Caroline, ich bleibe. Koste es, was es wolle.

Auf dem Weg zurück zum Auto denke ich darüber nach, wie gierig sie all die kleinen Krümel aufgelesen hat, die ich ihr hingeworfen habe. Caroline wird Simon nichts von unserem Treffen erzählen, denn wir wissen beide, dass er dem Ganzen ein Ende bereiten würde – aber sie will mehr. Sie will wissen, was sich in unserer Ehe wirklich abspielt. Wahrscheinlich hat ihr Vertrauen in ihn erste Risse bekommen. Und wenn sie sich den Weg in meine neue Designerküche erkämpfen will, dann sollte sie wissen, worauf sie sich einlässt. Und ich kann ihr alles erzählen, was sie meiner Meinung nach wissen sollte.

Im Auto beginnt meine diebische Freude über den augenscheinlichen Erfolg meines Plans rasch zu verfliegen. Als ich einsteige und den Spiegel in der Sonnenblende runterklappe, holt mich mein Gesicht wieder auf den harten Boden der Realität zurück. Meine Augen sehen wild aus und das Grinsen auf meinem Gesicht wirkt aufgemalt, als wäre ich der Joker. Ich klappe den Spiegel schnell wieder hoch. Was zur Hölle mache ich hier? Was ist aus mir geworden? Ich war gerade mit der Geliebten meines Ehemanns mittagessen, habe die Frau wahrscheinlich gequält. Trotz allem, was sie mir angetan hat, fühle ich mich plötzlich nicht mehr so wohl dabei, einem fremden Menschen so wehzutun. Immerhin ist sie schwanger. Aber dann entsinne ich mich, dass sie das Kind meines Ehemanns bekommt und dass ich mit harten Bandagen kämpfen muss, wenn ich meine Kinder behalten möchte, auch wenn das gegen meine Natur ist. Ich bin eine Mutter, die alles tun würde, um ihre Familie zu beschützen – wer weiß, wozu ich noch imstande bin?

Ich lasse den Motor an, rede mir selbst ein, dass ich härter werden muss, und prüfe mein Make-up erneut im Spiegel. So gut sah ich schon lange nicht mehr aus. Mein Rachefeldzug hat begonnen – höchste Zeit!

Ich bin kein gemeiner Mensch, aber ich musste den Schmerz seines Betrugs an Caroline weitergeben. Sie sollte ihn in ihrem Salat schmecken. Ich glaube, sie wollte cool und abgeklärt rüberkommen, wie eine normale Arbeitskollegin eben. Stattdessen wirkte sie einfach nur unterkühlt und distanziert. Sie weiß nicht, dass ich weiß, wer sie wirklich ist. Jedes Mal, wenn sie ihrem Liebhaber eine E-Mail schickt, teilt sie ihre intimsten Gedanken, ihre dunkelsten Sehnsüchte und ihre innigsten Orgasmen unwissentlich mit mir. Trotz ihres überheblichen Auftretens weiß ich, dass sie eine Ehezerstörerin mit dem moralischen Kompass einer streunenden Katze ist. Natürlich trägt Simon genauso große Schuld daran, gemeinsam haben sie ein völlig verzerrtes, voreingenommenes Bild von mir geschaffen, das auf seinen Lügen basiert. Wie kann sie es wagen, seinen Worten zu glauben und mich als Ehefrau und Mutter zu verurteilen? Wie kann sie es verflucht noch mal wagen, sich schwängern zu lassen und mich aus meinem eigenen Nest zu stoßen? Sie hat geglaubt, sie habe unsere Ehe durchblickt, doch die Wahrheit ist immer komplexer. Heute habe ich ihr eine andere Perspektive vermittelt. Ich hoffe, sie damit ins Grübeln gebracht zu haben, und dass sie so zumindest hinterfragen wird, was er ihr so über mich und seine Familie erzählt. Dieses Mittagessen wird ihrem scheinheiligen ›Mari-anne braucht Hilfe‹ hoffentlich ein Ende bereiten und Caroline hinterfragen lassen, ob Simon sie in Bezug auf seine ›verrückte Frau‹ vielleicht belogen hat. Doch in allererster Linie hoffe ich, dass unser Mittagessen sie dazu bringen wird, sich endlich zu verpissen und uns in Ruhe unser Leben leben zu lassen.

Während ich wegfahre, sehe ich sie in ihren kleinen sportli-chen Mini steigen. Ihre Schultern hängen herab, ihr Gesicht ist von Angst erfüllt. Caroline sieht zehn Jahre älter aus. Fast empfinde ich Mitleid für sie. Fast.

19

Statt direkt nach Hause zu fahren, feiere ich meinen Sieg mit einer Ehrenrunde durch den Supermarkt. Während ich unser Gespräch immer wieder in meinem Kopf Revue passieren lasse, werfe ich wahllos Sachen in den Einkaufswagen. Ja, es muss verdammt schmerzhaft für sie gewesen sein, doch bei jedem noch so winzigen Anflug von Schuld erinnere ich mich an das ganze Leid, das sie mir zugefügt hat. Sie dachte wirklich, sie könnte dieses Mittagessen mit der Ehefrau ihres Geliebten, mit der Frau, die sie verdrängen will, mit links erledigen. Aber weißt du was, Caroline? Deine Beziehung ist gar nicht so stabil und sicher, wie du dachtest. #WachsInMeinenHänden #SchockierteSchlampe.

Ich bin so fies – und ich genieße es. Ich glaube, ich habe soeben mein Talent für emotionale Folter entdeckt – kein Wunder, ich habe ja vom Meister höchstpersönlich gelernt. Das Mittagessen lief so gut, dass ich überlege, die Überraschungsparty für Simon tatsächlich zu organisieren. Eigentlich wollte ich sie hinhalten, um dann im letzten Moment abzusagen oder ihr ganz aus Versehen nicht auszurichten, dass die Party abgesagt wurde, damit sie trotzdem aufkreuzt. Eine schöne Vorstellung: Wir drei, wie wir verlegen auf den Barhockern in der Küche herumrutschen, während ich über unser perfektes Leben plaudere. Aber eine Überraschungsparty ist noch besser! Das ist Simons größter Albtraum – seine biederen Kollegen, sein Chef, seine Geliebte und ein paar unserer Freunde als Überraschungsgäste in unserem reizenden Zuhause, mit Drinks und Knabbereien. Was soll dabei schon schiefgehen?

Plötzlich ist es schon Zeit, die Jungs abzuholen. Als ich an der Schule ankomme, winke ich Jen zu und rufe, dass ich keine Zeit zum Reden habe, weil ich zu Hause ›den Klempner‹ erwarte. Der Klempner ist mal wieder eine meiner kleinen Lügen. Ich habe heute keine Zeit für den neuesten Klatsch aus Jens Leben. Endlich habe ich meinen eigenen. Ich kann Carolines erste E-Mail nach unserem Mittagessen kaum erwarten. Hoffentlich habe ich sie überzeugt, dass ich nicht verrückt bin – jedenfalls nicht so durchgeknallt und herzlos, wie Simon ihr per E-Mail weismachen will. Weiß der Geier, was er über mich erzählt, wenn sie unter vier Augen sind.

Simon ist aus naheliegenden Gründen ein sehr ›privater‹ Mensch und wird die Überraschungsparty furchtbar finden. Wenn er mies gelaunt nach Hause kommt und dort seine Arbeitskollegen und die Schulmamis warten – ein absolutes Grauen. (O ja, ich werde alle Frauen einladen, mit denen er so gerne vor der Schule herumflirtet, mit denen ich mich aber nicht anfreunden ›darf‹, weil sie unter meiner Würde sind. Hoffentlich tragen sie ihren Teil bei, indem sie sich betrinken, dummes Zeug erzählen und ihn so vor seinen spießigen alten Kollegen blamieren – und natürlich vor Caroline.)

Auf dieser Party werde ich mich von seiner Leine losreißen, der Welt beweisen, dass es mir gut geht, dass ich eine gesunde Ehefrau und Mutter bin und er der Gestörte von uns beiden ist. Lange genug habe ich nach seiner Pfeife getanzt und ihn mit Samthandschuhen angefasst, jetzt ist es Zeit, meine Kinder und mein Leben zurückzuerobern, die alte Marianne wieder zum

Leben zu erwecken. Er nimmt mir die Luft zum Atmen. Permanent will er wissen, wo ich mich aufhalte, verurteilt jeden Menschen, mit dem ich mich auch nur unterhalte, aber aus seinem Leben hat er mich stets ferngehalten. Immer hatte er Geheimnisse vor mir und mich nie in seine Arbeitswelt eingebunden. Ich kenne nur wenige seiner Freunde. Er vermeidet es, mich mit unter Leute zu nehmen. Wahrscheinlich hat er Angst, ich könnte dabei die Leichen in seinem Keller finden oder die Frauen, mit denen er ins Bett geht. Schon passiert, Simon.

Ich packe die Jungs ein, serviere ihnen selbst gekochte Gemüsesuppe und lasse sie nach dem Essen im Garten toben, damit sie ihre überschüssige Energie loswerden. Sophie ist schon von ihrer Fahrstunde zurück und macht Hausaufgaben. So pflichtbewusst kenne ich sie gar nicht – hoffentlich kommt sie in der Schule jetzt besser zurecht. Ich koche mir einen Kamillentee, werfe mir zwei Tabletten ein, schnappe mir Alfies iPad und setze mich damit in die Küche, von wo aus ich die Jungs aus dem Fenster beobachten kann. Ein bisschen schäme ich mich dafür, dass ich das Tablet meines sechsjährigen Sohns missbrauche, um meinem Ehemann und seiner Geliebten nachzuspionieren – aber was sein muss, muss sein.

Erfreut stelle ich fest, dass seit heute Nachmittag eine ganze Flut neuer E-Mails eingetroffen ist. Ich atme einmal tief durch, bevor ich beginne sie zu lesen.

Hallo Schatz, sorry, dass ich vorhin nicht da war, ich war mit einer alten Freundin mittagessen.

Du hast unser Geheimnis also für dich behalten, Caroline?
»Kommst du heute Abend bei mir vorbei?«, fragt sie.

Ja, aber nur wenn du meine Lieblingsunterwäsche anziehst.

Unterwäsche? O Gott, er ist so ein Klischee! Da kommen

mir fast die Meeresfrüchte wieder hoch. Letztes Jahr, als ich dachte, dass er was mit der Kellnerin hat, habe ich mir neue Unterwäsche im Internet bestellt. An dem Model sah sie toll aus – ein schwarzer Seidenslip, Strümpfe und Strapse, nicht aufdringlich, sondern elegant. In dieser Montur wartete ich im Kerzenschein in unserem Bett darauf, dass Simon nach dem Bier mit den ›Kollegen‹ nach Hause kam. Der Pub war schon seit Stunden geschlossen. Ich war mir sicher, dass er bei der zweiundzwanzigjährigen Kellnerin war, die ihm seinen Rotwein bei Zimmertemperatur servierte, versuchte mir aber einzureden, dass ich falsch lag und er mich in diesem sexy Outfit wieder lieben würde. Doch als er ins Schlafzimmer kam, stand ihm nicht Leidenschaft ins Gesicht geschrieben, sondern Abscheu. Ich war unglaublich verletzt und zog schnell die Bettdecke über mich, bevor er aussprechen konnte, was er dachte. Ich wollte mich schützen, was mir nicht gelang. Er riss mir die Decke weg und misshandelte mich mit Worten.

»Um Himmels willen, Marianne, du bist Mutter, keine abgehalfterte Nutte.« Die Erinnerung daran schmerzt noch immer wie eine alte Wunde, die nicht heilen möchte. Aber diese Marianne ist jetzt Geschichte. Ich werde sicher nicht daran kaputtgehen, dass mein Ehemann eine andere Frau in Dessous begehrt.

Unser heimliches Mittagessen wird Carolines Beziehung zu meinem Ehemann ziemlich auf die Probe stellen. Es ist schwer vorstellbar, dass sie so tut, als wäre nichts gewesen, wo sie doch soeben erfahren hat, dass Simon mit seiner Ehefrau ein Ferienhäuschen für die Rente kaufen möchte. Meine Anspielungen auf unser Sexleben und unser Eheglück, all die ›Neuanfänge‹ und ›Fehltritte‹ werden ihr bestimmt noch im Kopf herumschwirren. Sie wird sich damit selbst quälen – und hoffentlich auch bald ihn.

Und da trudelt plötzlich eine neue E-Mail ein, die beweist, dass alles nach Plan läuft. Sie schicken sich ihre E-Mails spontan zu wie Textnachrichten, vermeintlich viel sicherer und geheimer. Falsch gedacht.

> Hey, ich wusste gar nicht, dass du ein Haus in der Toskana kaufen willst.

> Will ich auch nicht, wie kommst du darauf?

> Ach, Roger meinte heute Nachmittag, dass er dort ein Haus kaufen möchte. Er glaubt wohl, du spielst auch mit dem Gedanken.

Fängst du schon an, ihn anzuflunkern, Caroline? Böses Mädchen.

> Nein, aber mit dir würde ich mir dort gern irgendwann ein Ferienhaus kaufen.

> Mich interessiert mehr, wann du mir meine Kleider vom Leib reißt und …

Ein kleiner Dämpfer – besonders beharrlich scheint sie in dieser Sache ja nicht zu sein. Hat sie unser Mittagessen etwa schon wieder vergessen? Das Einzige, was sie zu interessieren scheint, ist schnellstmöglich von meinem Ehemann flachgelegt zu werden. Was zur Hölle ist bloß los mit dir, Caroline? Hast du es so nötig?

Die folgenden E-Mails werden schwülstiger, intimer. Ihr Sextalk spielt auf unterschiedlichste abenteuerliche Praktiken an, die Sextoys und Schmerzen umfassen. Simon tut anderen gerne weh, egal ob in der Küche oder im Schlafzimmer, ob seelisch oder körperlich. Das sieht man auch an seinen sexuellen Vorlieben. Als er mich das erste Mal beim Sex schlagen wollte, war ich entsetzt. Doch im Laufe der Jahre habe ich aus

Angst, er könnte mich verlassen, nicht nur das über mich ergehen lassen. Obwohl er weiß, wie es mir dabei geht, verdreht er nur die Augen, wenn er mich weinen sieht. Wenn ich nicht so tue, als würde es mir gefallen, schlägt er noch härter zu. Das Ganze ist mit der Zeit häufiger geworden, aber ich schaffe es mittlerweile, mit dem Kopf woanders zu sein.

Einmal habe ich ihn gebeten aufzuhören. Da wurde er so wütend auf mich, dass ich mich in Erwartung einer Bestrafung auf dem Bett krümmte. Stattdessen stand er langsam auf, zog sich an und ging aus dem Haus. Mich ließ er ans Bett gefesselt zurück. Da ich mich nicht aus meinen Handschellen befreien konnte, lag ich stumm weinend nackt in der Dunkelheit und wartete darauf, dass er nach Hause kommen und mich befreien würde. Am nächsten Morgen um sieben Uhr klingelte mein Wecker. Weil ich ihn nicht abstellen konnte, kam Sophie ins Zimmer gelaufen und fand mich zitternd und immer noch weinend auf dem Bett vor. Als sie mich sah, entfuhr ihr ein spitzer Schrei. Ich versank vor Scham im Boden und erzählte ihr, dass Papa und ich ein Spiel gespielt hatten und er weggerannt sei, um mich zu ärgern. Ich sagte ihr, wo der Schlüssel lag, und sie befreite mich von den Handschellen. Wir haben nie mehr darüber gesprochen. Damals war sie zehn.

20

Ich rufe Caroline am Mittwochabend an. Nach einer knappen Begrüßung schwafle ich erst über Olivenölspritzer auf Feigen und Parmaschinken und lasse dann meine innere Julia Child die Vor- und Nachteile von Hühnerleberpastetchen erörtern. »Ein echter Julia-Klassiker«, wiehere ich in die Leitung wie eine geistesgestörte Küchenchefin auf Koks. Die Canapés für Simons ›Überraschungsparty‹ sind mir so was von scheißegal. Eigentlich will ich herauszufinden, ob Simon heute Abend bei ihr ist (und sie verunsichern und ihr den Abend versauen). Nach fünfundvierzig Minuten kulinarischem Gebrabbel kann ich ziemlich sicher sagen, dass sie alleine ist. Also plant er gerade tatsächlich mit seinem Anwalt – und ohne mich – meine Zukunft. Am liebsten würde ich ihm die Druckshühnerleberpastetchen mit feinstem Arsen beträufelt auf einem edlen Servierteller zu seiner Überraschungsparty kredenzen.

Ich hatte ernsthaft gehofft, dass unser Mittagessen Früchte tragen und zur Trennung der beiden führen würde. Doch allem Anschein nach unternimmt sie gar nichts, wie die expliziten E-Mails und ihre dauernden grinsenden Selfies zu bestätigen scheinen. Und auch Simon scheint es mit seinen Scheidungsplänen ernst zu meinen. Bevor ich für den Rest meines Lebens in der Klapsmühle lande, werde ich jetzt schwerere Geschütze auffahren und sie bei meiner Party beide vernichten. Wollen wir doch mal sehen, ob ihre Liebe das überstehen wird!

Ich lege das Telefon weg, wütend und verletzt darüber, dass er jetzt gerade mit seinem Anwalt bespricht, wie er mich am schnellsten loswerden kann. Doch ich tröste mich damit, dass auch ich einen Plan habe, und logge mich wieder in seinen E-Mail-Account ein, um sein schäbiges Liebesleben zu durchwühlen. Simon meinte ja, es sei Zeitverschwendung, Handtaschen zu nähen. Im Vergleich zu meinem neusten Zeitvertreib muss ich ihm recht geben – ich kann meine Zeit deutlich besser nutzen. Es macht mir ziemlich Spaß, Carolines selbstgefälliges Leben mit neuen nagenden Zweifeln zu überziehen und die Auswirkungen anschließend online nachzuverfolgen. Sie wird nicht vergessen, was ich ihr gesagt habe. Ich muss die Party vorbereiten und weiter an meinem Märchen von der perfekten Ehe, den perfekten Kindern und dem perfekten Leben arbeiten – ganz nebenbei kann ich die Lügen aufdecken, die ihr Liebhaber ihr erzählt. Über meine perfekten Instagram-Posts hinaus habe ich endlich einen Weg gefunden, seine Lügen aus der Welt zu schaffen und mitzumischen.

So viel Spaß mir das auch alles macht, an manchen Tagen möchte ich ihn einfach nur mit seiner Affäre konfrontieren und fertig. Doch die E-Mails reichen dazu nicht aus. Er würde alles abstreiten oder schlimmer noch: meine Anschuldigung nutzen, um die Scheidung zu rechtfertigen, sodass ich am Ende obdach- und kinderlos dastehe. Nein, ich tue das Richtige. Ich muss die beiden gemeinsam konfrontieren. Wenn ich dem Ganzen ein für alle Mal ein Ende bereiten will, muss ich mich schlau anstellen. Ich will seine Beziehung und seine Karriere ruinieren, ich will ihn zugrunde richten. Das klingt hart, aber mit mir hat er exakt dasselbe gemacht und sich dazu auch noch die Unterstützung der reizenden Caroline gesichert. Sie wird mit ihm untergehen. Ich will nicht zu grausam sein, aber sie hat damit angefangen, und was mit dem Baby passiert, wäre als Kollateralschaden zu betrachten, oder?

Als ich mich gerade ausloggen will, entdecke ich, dass er vorhin erst Dessous bestellt hat. Anscheinend tut es sein Lieblingsset nicht mehr. Da er gerade bei David sein dürfte, kann er nicht auf seine E-Mails zugreifen. Ich öffne die Bestellbestätigung und sehe ein wunderschönes samtweiches rotes Set mit Rüschen. Mir ist speiübel, aber wie heißt es so schön? Wenn das Leben dir Zitronen gibt, mach Limonade draus. Als ich die E-Mail durchgehe, sehe ich, dass man innerhalb von zwei Stunden nach Bestellung noch Änderungen vornehmen kann. Also ändere ich die Lieferadresse zu unserer. Wenn das Päckchen eintrifft, werde ich meinem Ehemann überschwänglich danken und ihm sagen, wie wundervoll er doch ist, während er sprachlos dastehen wird, ohne die leiseste Ahnung, wie das passieren konnte.

Als Nächstes gehe ich auf ihr Instagram-Profil und folge ihr ganz offiziell. Das wird sie wahnsinnig machen, aber hey, wir sind doch jetzt Freundinnen, die zusammen Mittagessen gehen. Da ist es doch nur natürlich, dass ich ihre Posts like. Wie sehr sie das frustrieren muss. Das war's wohl mit den glamourösen Bildern, den kryptischen Captions und den geheimen Hashtags, mit denen sie vor ihren Freundinnen mit ihrem verheirateten Liebhaber prahlt. Jetzt habe ich sie alle gelikt und ihr unter dem beschissenen Ultraschallbild ihres Embryos zu den ›fantastischen Neuigkeiten‹ gratuliert. Ein klarer Fall von ›too much information‹. Als Nächstes lädt sie wahrscheinlich den Befund ihres letzten Abstrichs hoch!

Zu guter Letzt knipse ich ein Foto von einer halb leeren Flasche Merlot und zwei Weingläsern neben unserem Bett. »#DateNight #FrühInsBett #Eheleben #Zweisamkeit.«

Lies das und heul doch, Caroline!

Wenige Tage nach der Bestellung kommen meine Dessous

an. Ich öffne das Paket, drapiere die rotseidene Unterwäsche aufs Bett, um sie zu fotografieren, und lade das Bild sofort bei Instagram hoch. »#GeschenkMeinesMannes.«

Ich hoffe, sie gefällt dir, Caroline, du stehst doch so auf rote Dessous?

Dann schicke ich Simon eines der Fotos und bedanke mich überschwänglich für das reizende Geschenk. Er antwortet nicht. Vermutlich glaubt er jetzt, selbst durchzudrehen.

Willkommen in meiner Welt, Simon! #Gaslighting2.0.

Ein paar Tage später schlage ich den Kindern vor, vorzeitig den Weihnachtsbaum aufzustellen. Die Jungs können sich vor Begeisterung kaum halten, und ich bitte sie, diese großartige Idee ihrem Papa per Textnachricht zu unterbreiten. Simon hat gar keine andere Wahl als mitzuspielen, denn die Jungs sind Feuer und Flamme. Selbst Sophie bringt es nicht übers Herz, den Zwillingen ihre Vorfreude aufs Baumschmücken zu verwehren, obwohl sie mich natürlich für übergeschnappt hält.

Begeistert stelle ich unser frühes Familienweihnachten ins Netz. Es ist zwar erst Anfang Oktober, aber ich glaube, damit komme ich durch – »#NurNoch12Wochen«. Ich fürchte, wenn ich das Weihnachtsfest nicht vorziehe, um Caroline damit so richtig zu verwirren, werde ich zu Heiligabend bereits in der Klapsmühle sitzen. Meine drei umwerfenden Kinder tragen identische Weihnachtspullis und trinken heiße Schokolade, während wir fünf zusammen den Weihnachtsbaum schmücken. (Simon musste natürlich dazu gezwungen werden.) Anschließend lächeln wir alle in die Kamera. Ihm scheint nicht klar zu sein, dass ihn auch seine stilvolle Geliebte mit seinen dämlichen Elfenohren zu Gesicht bekommen wird. Köstlich. Ich grabe einen Plastikmistelzweig aus und bitte eines der Kinder, ein Foto von Papi und mir ›unter dem Mistelzweig‹ zu machen, und küsse ihn, als es Klick macht. Die Ergebnisse können sich sehen lassen – die Grimasse auf seinem Gesicht beim Kuss lässt sich als Lachen interpretieren. »#Vorweihnacht-lichesKüsschen«.

Wenn ich einen Wunsch frei hätte, würde ich Caroline zum Teufel schicken, um unsere Familie wieder zu vereinen. Natürlich ist er nicht perfekt, aber er ist im Moment oft abwesend, sodass es mir gelungen ist, ihn durch Kochen und Putzen zufriedenzustellen. Er ist so sehr mit seiner neuen Position bei der Arbeit beschäftigt, dass ihm weder die Decke, die sich auf die Sofalehne verirrt hat, noch die leere Tüte Erdnussflips aufgefallen ist, die ich im Auto vergessen habe. Sogar der Sex ist schnell, routinemäßig und schmerzfrei. Und auch sonst: weder Hochs noch Tiefs, einfach der ganz normale Alltag mit meiner fünfköpfigen Familie und meiner deutschen Profiküche. Aber ich weiß ja, dass sie in den Startlöchern sitzt und nur darauf wartet, dass ich in die Klinik verfrachtet werde. Ich habe keine andere Wahl, als zu kämpfen. Ich muss unbedingt die Kinder behalten. Ganz bestimmt werde ich nicht noch einmal mit meiner Familie umziehen oder alleine weggehen. Das kann ich den Kindern nicht antun. Ich bin es ihnen schuldig, dass ich hierbleibe. Und genau darum muss ich sie verscheuchen, sie aus Simons und damit auch aus meinem Leben entfernen. Sollte mir das nicht gelingen, werde ich den Rest meines Lebens bis oben hin vollgedröhnt mit Medikamenten auf einer Bank im perfekt gepflegten Garten irgendeiner Psychiatrie verbringen.

Die ganze Woche habe ich mit der Organisation der Überraschungsparty zugebracht – die Canapés mit dem Caterer besprochen und mehrere Kisten Champagner sowie Blumen bestellt. Jede Menge Blumen. Und ich habe mir für den Anlass ein Kleid gekauft – mittellang, aus rotem Samt –, das meine neue Haarfarbe unterstreicht und perfekt für den heutigen Anlass geeignet ist. Simon wird wenig begeistert von meinen blonden Haaren sein, schließlich hat er schon eine

Blondine, aber heute Abend wird er ganz andere Probleme haben. Heute Abend zeige ich Caroline, was ich habe – und behalten werde. Bis dass der Tod uns scheidet. Sie soll sich nur keine Illusionen machen: Das sind meine Kinder, das ist mein Haus, hier lebe ich mit meiner Familie, und ich habe viel dafür getan und hart dafür gekämpft, um hier zu bleiben. Trotz allem empfinde ich immer noch etwas für Simon. Er ist der einzige Mann, den ich je geliebt habe, und er ist der Vater meiner Kinder. Er ist der Mann, der mich gerettet, aber auch kaputtgemacht hat.

Jetzt bin ich dran mit Kaputtmachen.

Inspiriert von Simons Blumensträußen habe ich das Haus mit weißen Rosen, gigantischen Hortensien und Lilien dekoriert.

Teure, exotische Sorten, Caroline – weil ich es ihm wert bin.

Als am Dienstag sein neuester Strauß eintraf, musste ich an unsere Anfangszeit denken und wie er eines Abends zum ersten Mal mit einem Dutzend Rosen nach Hause kam.

»Für wen sind die?«, fragte ich damals. »Hat irgendwer Geburtstag?«

Er lachte und meinte, ich sei so süß, so authentisch, deshalb würde er mich so lieben. #Verletzlich #ReifZumPflücken.

Noch nie zuvor hatte mir jemand Blumen mitgebracht und er war unglaublich berührt von meiner entzückten, tränenreichen Reaktion. Er ergriff meine Hände und sagte: »Ich verspreche dir, deine Welt mit Blumen zu füllen, Marianne … mit Blumen und Glück, für alle Zeit.« Die Blumen schickt er mir noch immer; die glücklichen Tage hingegen sind in letzter Zeit rar geworden. Aber das wird sich heute Abend ändern, wenn ich mein Leben wiederhabe.

Bringt er dir Blumen mit, Caroline?

Fieserweise habe ich niemanden von Carolines Liste eingeladen, obwohl ich sie doch gezwungen habe, sich nur deshalb mit mir zu treffen. Da das Ganze am Anfang nur als List gedacht war und ich nie vorhatte, eine Party zu schmeißen, war es ja auch völlig egal, welche Namen auf ihrer traurigen kleinen Liste stehen. Aber jetzt, da die Party tatsächlich stattfindet, kann ich gut und gerne auf ihre Freunde in meinem Haus verzichten. Es reicht ja schon, dass sie da sein wird. Stattdessen habe ich meine Bekannten eingeladen: Jen und Francesca und ein paar andere Mütter. Der heutige Abend soll sich rumsprechen, das wird der Tratsch auf dem Spielplatz garantieren. Ich habe am Schultor erzählt, dass ich eine Party für Simon plane und jeder willkommen sei, vorbeizuschauen. Aber kein Wort zu Simon! Es soll doch eine Überraschung werden. Da ich noch nie etwas ohne sein Einverständnis gemacht habe, komme ich mir jetzt regelrecht rebellisch vor. Was habe ich schon zu verlieren?

Alles.

21

Seit ich von der Affäre weiß, konzentriert sich mein ganzer Hass auf Caroline. Sie hätte nur Nein sagen müssen, dann wäre mir und meinen Kindern das alles hier erspart geblieben. Jetzt aber wird mir klar, dass sie der Auslöser, nicht die Ursache ist. Und auch wenn ich sie nicht mag, ist sie nicht diejenige, die mich belügt, mich im Stich lässt, mich kontrolliert und mich körperlich und seelisch misshandelt. Das ist einzig und allein mein Ehemann. Es hat eine Weile gedauert, bis mir das klar geworden ist. Lange Zeit habe ich geglaubt, ich würde Simon lieben. Ich dachte, dass er alles für mich wäre. Und das war er auf gewisse Weise ja auch, da mir dank ihm nichts und niemand anderes geblieben war. Erst seine E-Mails haben mich langsam aus der Kältestarre meiner Ehe geweckt. Durch die Gehirnwäsche, die er mir verpasst hat, ist mein Kopf zu Brei geworden. Ich brauchte diesen Weckruf ganz dringend. Ja, Caroline hat alles beschleunigt und hilft kräftig dabei mit, meine Familie zu zerstören, aber er ist mein Mann, der Vater unserer Kinder, und er genießt es, uns von innen heraus kaputt-zumachen. Deswegen konzentriere ich mich von jetzt an auf sie beide. Egal, welche Konsequenzen das für mich haben wird, ohne meine Kinder kann ich nicht leben. Keine Umzüge und keine Affären mehr, egal ob ausgedacht oder nicht – ich werde mein Schicksal selbst in die Hand nehmen und heute Abend werde ich dieses Krebsgeschwür aus meinem Leben herausschneiden.

Pünktlich um fünf Uhr nachmittags treffen die Caterer ein. Eigentlich sind es Caterinnen, eine Gruppe junger Frauen frisch von der Gastronomiefachschule, die sehr selbstbewusst für ihr Alter sind und vor Ideen und Kreativität sprühen. Ihre Pläne, die Canapés mit essbaren Blüten und gehobelter Roter Bete zu garnieren, haben mich auf eine Idee gebracht. Simon verabscheut Rote Bete, er bekommt davon Durchfall – entsprechend habe ich von dieser Sorte Canapés gleich die doppelte Menge bestellt und darum gebeten, generell so viel Rote Bete wie möglich zu verwenden, weil mein Ehemann darauf schwöre. Ein bisschen armselig, ich weiß, aber winzige Rebellionen wie diese schmecken mir genauso gut wie die Canapés selbst. Die Caterinnen sind alles andere als günstig. Als sie das Haus gesehen haben, dachten sie wahrscheinlich, sie könnten uns abziehen, aber was soll's? Es ist sein Geld, und ehrlich gesagt werden die Kosten der Canapés nach dem heutigen Abend wohl sein kleinstes Problem sein.

Für ein komplettes Festessen werde ich weder Zeit noch Geld verschwenden, insbesondere da ich die Gäste mit Ausnahme von Jen alle nicht ausstehen kann. Aber egal, ich muss Caroline ja die gute Gastgeberin vorspielen. Ich will ihr Angst einjagen, sie vernichten und sie in die Flucht schlagen. Ich muss klarstellen, dass sie nicht einfach so auf mir rumtrampeln können und ich mir meine Kinder nicht wegnehmen lasse ... Simon kann tun und lassen, was er will, aber meine Kinder bleiben bei mir.

Auch wenn ich wirklich gehofft hatte, dass sie mein Angebot annehmen würde, schon früher zu kommen, hat sie mir vorhin geschrieben, dass sie länger arbeitet und deshalb später zusammen mit den anderen Gästen eintrifft. Ich frage mich, ob das stimmt oder ob sie einfach nur Angst davor hat, mit der Ehefrau ihres Geliebten allein zu sein. Egal! Ich werde ihr trotzdem mein perfektes Leben zeigen, mein prächtiges Haus, sodass sie es unbedingt haben will, denn Caroline hat sicherlich noch nie etwas gewollt, das sie dann nicht haben konnte.

Ich bin gerade dabei, Duftkerzen von Jo Malone zu verteilen, als es an der Tür klingelt und der erste Schwung Gäste auf der Matte steht. Es ist Jen mit einer Schar Mütter. Gut, dass sie so früh gekommen sind, ich möchte auch ihnen zeigen, dass ich alles im Griff habe, dass mein Leben in diesem Haus grundsolide ist. Wer weiß, was Simon seinen Kollegen so alles über mich erzählt hat. Aber ich schätze mal, dass er genug Gift gespritzt hat, um ihren baldigen Einzug und meinen Auszug zu rechtfertigen. »Seine Frau war krank, er hat alles in seiner Macht Stehende getan«, kann ich sie schon reden hören. Mir stellen sich die Nackenhaare auf, deshalb köpfe ich ein paar Champagnerflaschen und hoffe darauf, dass der Schampus mich beruhigt.

Während die Caterinnen Tabletts voller Canapés abladen und Gläser auf Tabletts platzieren, begrüße ich Jen und die Mädels. Sie hat Suzie und Francesca dabei und eine Yvonne, die ruhig, aber ganz nett zu sein scheint. Ich schenke eiskalten Champagner aus und führe Small Talk. Heute Abend habe ich auf die Tabletten verzichtet. Das ist riskant, besonders in Kombination mit dem Champagner und meiner Feierlaune, aber ich will mich nicht zudröhnen. Immerhin habe ich die letzten zehn Jahre verschlafen; heute Abend will ich absolut nichts verpassen.

»Du sieht hübsch aus«, sage ich zu Jen. Ich mag ihren Style – heute hat sie sich für ein langes apricotfarbenes Kleid mit passenden High Heels entschieden. »Du hast so eine tolle Figur. Ich könnte etwas so eng Anliegendes nie tragen.«

»Ja, aber dafür bin ich riesig. In High Heels bin ich fast einen Meter achtzig groß.«

»Du Ärmste«, lache ich und komme mir klein und plump neben ihr vor.

»Nein, das ist schrecklich! Als Teenager hab ich keinen Typen abgekriegt. Peter will nicht, dass ich diese Schuhe trage, weil er dann so klein neben mir aussieht. Der kleine Scheißzwerg«, fügt sie murmelnd hinzu, was mich zum Lachen bringt.

»Du bist so fies, Jen«, grinse ich. Ich freue mich, dass diese temperamentvolle Frau meine Freundin ist, und hoffe sie öfter zu treffen, wenn dieser Abend vorüber ist. Dann werde ich unabhängig sein, ein Leben nach meinen Vorstellungen führen, treffen, wen ich will, und gehen, wohin ich will.

»Nein, bin ich nicht, er ist einfach ein Arschloch. Ich hasse ihn. Das sind meine sexy Schlafzimmerschuhe«, sagt sie und vergisst Peter für einen Moment, um uns stolz ihre Schuhe zu präsentieren.

»Die sind der Hammer«, seufzt Francesca.

»Ja, die kann man sogar noch tragen, wenn man sonst nichts mehr anhat – viel zu schade für Peter.«

Ich grinse Francesca an, die ihre Augen verdreht. Wir beide bestaunen die blonde, hübsche, große und gertenschlanke Jen. Nicht nur ihre Schuhe sind zu schade für Peter.

»Wir hatten einen Riesenkrach, bevor ich los bin. Er ist immer so verdammt eifersüchtig. Meint, ich hätte ihn nur wegen seiner Kohle geheiratet. Wichser.«

»Hast du doch auch, oder nicht?«, lacht Suzie.

Jen nimmt zunächst eine Abwehrhaltung ein, macht Anstalten, sich eine Liebeserklärung zusammenzulügen, aber dann überlegt sie es sich doch anders und erwidert kichernd: »Okay, erwischt.«

Wir müssen alle lachen und ich bin von ihrer schonungslosen Ehrlichkeit einmal mehr überrascht und amüsiert. Ich nippe an meinem Champagner und frage mich, wie Jen und die anderen reagieren würden, wenn ich plötzlich verkünden würde, dass Simon mein Handy kontrolliert und mich zum Vergnügen schlägt.

»Bei der Suche nach einem Ehemann habe ich keinen Wert auf Liebe oder Aussehen gelegt. Jetzt wird mir klar, dass eine Balance wichtig ist«, sagt sie reumütig.

»Zwischen dir und Peter?«, frage ich.

»O Gott, nein. Ich meine eine Balance in jeder Beziehung. Es gibt jede Menge heißer Typen, die mich im Schlafzimmer *und* finanziell glücklich machen könnten. Peter kauft mir zwar Sachen, aber er macht mich nicht glücklich – das hat er auch noch nie. Er ist ein lausiger Liebhaber, der sein Geld mit zwielichtigen Geschäften verdient. Ich will einen intellektuellen, weisen Mann. Jemanden, von dem ich etwas lernen kann. Und zwar nicht nur im Schlafzimmer«, seufzt sie.

»Und reich sollte er auch sein?«, fügt Francesca an.

»Das sowieso«, grölt Jen.

Auch ich muss lachen und genieße unsere verschwörerische Mädelsrunde. Schon lange war ich niemandem mehr so nahe, aber mit Jen ist das anders. Ich bewundere ihren Tatendrang und ihre Unabhängigkeit. Sie schafft es, ihr eigenes Leben zu leben, obwohl sie verheiratet ist. Aber sie ist ja auch nicht mit Simon verheiratet. Obwohl Jen manchmal richtig übel lästert, insbesondere über Peter, fühle ich mich einfach wohl in ihrer Gesellschaft. Ich glaube, sie mag mich auch. Vor allem aber ist Jen für mich da und interessiert sich für mich, und genau das brauche ich jetzt, wo ich mich so einsam fühle.

»So, jetzt haben wir aber genug über Männer geredet«, verkündet Francesca und klatscht in die Hände wie ein aufgeregtes Kind. »Ach Süße, ich bin so verliebt in deine Blumen – hat was Hochzeitliches, aber auf eine schöne Art«, lobt sie begeistert meine Blumendekoration.

»Findet ihr die Deko nicht irgendwie drüber?«

»NEIN, AUF KEINEN FALL! Blumen und Geld – davon kann man nie genug haben!«, stimmt Jen lautstark überein.

Die anderen Mütter sind heute Abend garantiert nur gekommen, um sich unser Haus anzusehen. Es ist das größte in dieser Straße, und durch den Küchenausbau ist es sogar noch größer geworden. Die ›Mädels‹ vom Schultor haben mich von Anfang an skeptisch beäugt, und ich hoffe, dass sie keine Nachforschungen zu den Gründen unseres Umzugs angestellt haben. Weil diese Bartante mich damals angezeigt hat, bin ich sogar vorbestraft, sodass man wahrscheinlich einfach nur »Arzt, Ehefrau, Bar, Randale« googeln muss, um mich zu finden. Jen kennt unser Haus schon. Sie interessiert sich nicht für meine teure deutsche Küche oder meinen Kühlschrank, der so groß ist, dass man darin wohnen könnte – sie ist gekommen, um Zeit mit mir zu verbringen, und das weiß ich zu schätzen.

»O mein Gott, die Mädels hassen dich«, flüstert mir Jen ins Ohr, als sie mich beiseitenimmt. Ich schnelle herum und werfe beinahe eine der Caterinnen über den Haufen, die gerade irgendetwas Raffiniertes mit eingelegten Walnüssen zubereitet.

»Sie hassen mich?«, frage ich leicht beunruhigt. Mein Hang zur Paranoia ist besonders stark, wenn ich meine Tabletten nicht genommen habe. Dann bilde ich mir nicht nur Affären ein, sondern auch, dass Menschen über mich sprechen, die das in Wirklichkeit wohl gar nicht tun.

»Ja, sie hassen dich ... du Miststück«, sagt sie scherzhaft, aber es klingt, als würde sie es ernst meinen. Wir schauen uns verlegen an. Es ist schon komisch, aber wir kennen uns noch nicht gut genug für diese Art von Humor und ich weiß nicht, wie ich die Situation retten soll, weil ich so ungeübt als neue Freundin bin. »Na, weil du ein so wunderbares Haus und so viele tolle Dinge hast«, sagt sie und mustert dabei begeistert ihr Champagnerglas. Die anderen unterhalten sich, begutachten weiter die Küche und bewundern die Aussicht auf meinen Achttausend-Quadratmeter-Garten durch die Glasdoppeltür.

»Die Champagnergläser hat Simon in einer Zeitschrift gefunden und sie aus Paris anliefern lassen. Sie haben ein Vermögen gekostet, aber das ist eben typisch Simon. Was schöne Dinge anbelangt, kommt er ganz nach seiner Mutter. Soweit ich weiß, hat sie ihn kein einziges Mal in den Arm genommen, aber ich wette, dass sie ihre beschissene französische Antikkommode jeden Abend umarmt hat«, kichere ich.

Jen muss laut lachen. Es schmeichelt mir, dass sie mich lustig findet, darum spreche ich direkt weiter.

»Simon ist schrecklich – für ihn müssen es immer Designermode und Markenklamotten sein, und von seinem Tennis will ich gar nicht erst anfangen. Wahrscheinlich würde er lieber neben seinem neuen Tennisschläger einschlafen als neben mir«, sage ich nur halb im Scherz. Diesmal lacht Jen nicht, sondern schaut mich besorgt an. Sie wartet darauf, dass ich weiterspreche. Als ich das nicht tue, stellt sie ihr Glas beiseite.

»Marianne, du weißt, dass du mit mir reden kannst?«

Ich nicke. Es ist so schön, Jens ernste, einfühlsame Seite kennenzulernen. »Danke Jen, aber ich glaube nicht ...«

»Hey, ich bin deine Freundin, und ich spüre doch, dass du nicht glücklich bist. Dir ging es schon damals im Café nicht gut und seither haben wir kaum miteinander gesprochen. Am Schultor ist das ja auch nicht so einfach, wenn man die kleinen Monster an der Backe hat. Es geht mich zwar nichts an, aber meintest du nicht, Simon hätte was mit ...?«

»Ähm ... ja, zwischen uns läuft es gerade nicht so gut.« Weil ich meine Tabletten nicht genommen habe, fühle ich mich beklommen und höre mich selbst reden. »Ja, Simon hat was mit ... der Frau, von der ich dir erzählt habe.«

»Meintest du nicht, das hättest du dir nur eingebildet?«

»Hat Simon dir das erzählt?« Ich spüre Panik in mir aufsteigen – hat er sein Gift auch unter all meinen potenziellen Freundinnen verspritzt?

»Nein ... das hast du selbst bei unserem Gespräch im Café

gesagt. Du warst gerade dabei, etwas zu erzählen, und meintest dann, dass du dir alles nur einbilden würdest.«

»Hm ... das dachte ich damals auch. Jetzt weiß ich, dass ich recht hatte.«

»Krass!«

»Jepp. Sie will meine Kinder ... Sie will hier einziehen, Jen. Sie will meine Kinder, mein Leben und ...« Da mir auffällt, wie wahnsinnig ich klinge, beiße ich mir lieber auf die Zunge.

»Was für eine Schlampe!« Sie regt sich in meinem Namen auf und ich liebe sie dafür.

»Ach, es ist ja nicht nur sie ... Er ist genauso schuld daran. Ich bin so wütend auf die beiden.«

»Scheiße, völlig zu Recht«, gießt sie weiter Öl ins Feuer – als ob meine Flammen nicht schon hoch genug lodern würden.

»Ja, ich esse und schlafe kaum noch und ...«

»Ich wäre *mehr* als wütend! Ich würde die Schlampe stalken, mir ein Foto von ihr vornehmen, ihren Kopf mit Photoshop auf ein Schwein montieren, das Ganze hochladen und sie darauf verlinken!«, behauptet sie mit solcher Gehässigkeit, dass ich sie sanft anstupsen muss. Ich will nicht, dass sie in diesem Zustand auf Caroline trifft ... falls die überhaupt kommt.

»Sie kommt hierher – heute Abend«, sage ich so ruhig wie möglich.

Jen ist völlig baff. »Was zur Hölle?«

»Ich weiß, ich weiß, aber ich werde mich zur Wehr setzen. Sie weiß nicht, dass ich es weiß, also kein Wort ihr gegenüber.«

»Aber warum ...?«

»Ich will ihr mein Territorium zeigen. Sie soll sehen, dass es meins ist, und begreifen, dass es weder zur Miete noch zum Verkauf steht. Ich glaube, dass sie das nach heute Abend kapieren wird. Da bin ich mir sogar ziemlich sicher.«

»Du bist ja knallhart.«

»Jen, sie wird sich alles unter den Nagel reißen, was sie kann«, ergänze ich, ohne zu erwähnen, dass die beiden mich einweisen lassen wollen. Das würde nur sämtliche Zweifel bestätigen, die Simon möglicherweise schon gesät hat. Ich muss dafür sorgen, dass Jen mir glaubt und auf meiner Seite steht.

»Die Kinder und das Haus gehören mir, und das bleibt auch so«, zische ich und trinke einen kräftigen Schluck Champagner aus dem eleganten Glas, aus dem man so eigentlich nicht trinken soll. Simon wäre schockiert. Gut so.

»Moment mal, Marianne – du willst die Kinder und das Haus, aber du lässt dir doch wohl von ihr nicht deinen Ehemann ausspannen, oder?«

»Sie kann ihn gerne haben, wenn sie mag, aber ich glaube nicht, dass sie das noch will, wenn ich hier heute Abend fertig bin.« Die Schwangerschaft erwähne ich nicht, selbst ohne meine Tabletten ist mir klar, dass dies nicht der passende Moment ist. Noch nicht.

»Stille Wasser sind tief, das trifft auch auf dich zu, Marianne, oder? Viel Glück, und falls du Verstärkung brauchst, kannst du auf mich zählen – du kennst mich ja.« Sie lacht und nippt an ihrem Champagnerglas. Es tut gut, das zu hören. Endlich schlägt sich mal jemand auf meine Seite.

Ermutigt von ihren Anfeuerungen möchte ich mir gleich alles von der Seele reden. »Ich will weder meine Fassung noch meine Würde verlieren, aber das Ganze macht mich so scheißwütend. Caroline will alles, was mir gehört – dabei steht ihr die Welt offen. Warum verpisst sie sich nicht zurück zu ihrem Stecher?«

»Sie hat einen Freund?«

»Hatte sie, aber jetzt ist es wohl aus.«

»Woher weißt du das?«

»Weil sie mit Simon zusammen ist – und weil ich sie im Internet stalke«, gebe ich zu und nippe an meinem prickelnden Getränk. Fast muss ich kichern.

»Ah ja, und was hast du sonst noch im Internet über diese ... diese Chirurgenschlampe herausgefunden?«, zischt Jen.

»Nun, dass sie beliebt ist, die Welt bereist hat, in meinen Mann verliebt ist und auf Schmerzen steht ... oder steht das in ihren E-Mails? Weiß ich schon gar nicht mehr.« Mir ist leicht schwindelig von dem Champagner. Ich muss aufhören zu trinken.

»E-Mails? Du liest ihre E-Mails?«

»Die, die sie meinem Mann geschrieben hat, ja.«

»Du hast ohne sein Wissen seine E-Mails gelesen ...?«

Ich nicke energisch. Wie erleichternd es ist, darüber zu sprechen. »Nicht die feine englische Art, ich weiß, aber ich musste mich vergewissern« Jetzt kichere ich, hauptsächlich aus Verlegenheit. Ich schäme mich dafür, wer und was aus mir geworden ist – eine Schnüfflerin, eine Voyeurin.

Jen sieht schockiert aus. Findet sie vielleicht, dass ich zu weit gegangen bin?

»Ich habe das nur getan, weil ich wusste, dass etwas im Busch war«, sage ich abwehrend. »Normalerweise würde ich seine E-Mails nicht lesen ... Aber nach dem Anmelden ist sein E-Mail-Konto bei den Favoriten aufgetaucht, mit einem ganzen Ordner voller Nachrichten zwischen den beiden. Er hat sie nicht wirklich versteckt.«

»Wow! Meinst du, dass er erwischt werden wollte?«, fragt sie, setzt sich auf einen Barhocker und überschlägt langsam die Beine.

»Nein, er ist nur einfach nicht besonders internetaffin. Er hat noch nicht einmal einen Facebook-Account.«

»Willst du ihn mit der Sache konfrontieren?«

»Das will ich schon, nur wird er mich dann für verrückt erklären. In der Vergangenheit habe ich mir schon mal eingebildet, dass er eine Affäre hat, obwohl das gar nicht stimmte. Ich bin schnell eifersüchtig. Einmal dachte ich sogar, dass er eine Affäre mit der Kellnerin im Pub um die Ecke unseres alten Hauses hatte ... und davor mit meiner besten Freundin ... und mit anderen Frauen.«

»O Scheiße! Ich hoffe ja, du hast nie mich verdächtigt, was mit deinem Typen zu haben.« Nachdem sie die letzten Tropfen aus ihrem Glas heruntergekippt hat, wuchtet sie die Flasche aus dem Eiskübel, um sich nachzuschenken.

»Du? Nein!«, lache ich ungläubig.

»Warum lachst du?«

»Du bist nicht sein Typ«, sage ich und bereue meine Offenheit. Ich möchte ihr nicht wehtun.

»Tausend Dank auch!« Zu spät.

»Oh, so war das nicht gemeint, ich ... ich meine, wer weiß schon, auf wen er steht. Und wenn ich so darüber nachdenke ... auf dem Schulfest habt ihr beiden ja doch ziemlich eng getanzt«, zwinkere ich ihr zu.

»Ja, aber nur, weil mir kalt war. In der schäbigen alten Schulhalle ist es ja selbst im August ziemlich eisig.« Ihr Schmollen macht mir ein schlechtes Gewissen, als hätte ich sie einer Sache bezichtigt, die sie verletzt. Ich darf diese Freundschaft nicht durch meine dämlichen Anspielungen kaputtmachen, so wie all die anderen. Unsere Freundschaft ist noch jung, und wenn ich möchte, dass wir alte Freundinnen werden, darf ich über solche Dinge keine Witze machen. Abgesehen davon ist sie meine einzige Verbündete.

Während wir an unseren Gläsern nippen, klingelt es an der Tür – Simons Arbeitskollegen in Begleitung ihrer Ehefrauen. Danach folgt meine persönliche Glanzleistung: sein Boss, Professor Robert Cookson, und seine Gemahlin, zwei unerschütterlich rechtskonservative, religiöse Zeitgenossen, für die diese Zusammenkunft vermutlich die dekadenteste Veranstaltung ist, seit Caligula seine berüchtigten Partys geschmissen hat. Ich stelle die Gäste einander vor, öffne weitere Champagnerflaschen und instruiere sie alle, sich rechtzeitig zu verstecken und hervorzuspringen, wenn Simon in etwa dreißig Minuten nach Hause kommt. Langsam werde ich unruhig, denn von Caroline ist nach wie vor keine Spur – kommt sie vielleicht doch nicht? War alles umsonst? Ist sie nach unserem Mittagessen doch zu dem Schluss gekommen, dass Simon die Wahrheit sagt? Dass seine Ehefrau verrückt ist und sie sich von ihr fernhalten sollte, bis die Scheidung in trockenen Tüchern ist und das Haus ihr gehört?

Bei jedem Klingeln an der Tür hoffe ich, dass sie es ist, und sammle meine Kräfte. Meine Aufregung scheint meiner aufmerksamen guten Freundin Jen nicht zu entgehen.

»Bist du okay, meine Liebe?«, fragt sie und füllt unsere Gläser nach. Ich sollte Nein sagen, aber mein Glas ist bereits voll und ich muss irgendwie runterkommen.

»Ja, danke Jen. Ich fühle mich einfach so hilflos, verstehst du? Wütend bin ich auch. Das will ich mir zwar nicht anmerken lassen, aber ehrlich gesagt würde ich sie am liebsten umbringen für das, was sie mir antut.«

»Wer kann es dir verdenken, Süße, was erdreistet die Schlampe sich auch …?«

»Ich weiß, ich weiß. Aber sei so lieb und behalte das für dich«, beschwichtige ich sie und drücke liebevoll ihren Arm.

»Hey«, sagt sie sanft, »keine Sorge, Marianne, ich stehe hinter dir.«

Ich lächle und streichle ihren Arm. Es tut gut, sie an meiner Seite zu wissen.

Als ich gerade dabei bin, ein paar leere Gläser auszuspülen, klingelt es an der Tür. Mir wird speiübel. Warum tue ich mir das an? Dann mache ich mir klar, dass ich Simon und Caroline von innen heraus zerstören, sie verletzen und vernichten will. Zumindest soll es ein Warnschuss sein, um ihr zu zeigen, dass ich es ernst meine und nicht nachgeben werde. Sie soll das Gefühl bekommen, dass ich alles im Griff habe, vor allem meine eigenen Nerven … was in meinem derzeitigen Gemütszustand nicht ganz einfach wird.

Ich begebe mich zur Tür und öffne sie mit einem breiten, aufgesetzten Lächeln im Gesicht. Sie steht auf der Schwelle und sieht schlicht umwerfend aus – ihr glänzendes blondes Haar ist minimal zerzaust, als hätte sie gerade einen Werbespot am Strand gedreht.

»Heeeeeeey«, höre ich mich in dem künstlich-überschwänglichen Tonfall sagen, den man für Menschen anschlägt, die man hasst.

22

Sie muss in der fünfzehnten Schwangerschaftswoche sein und sieht in ihrem weiten meerblauen Kleid leider verdammt gut aus. Ich könnte heulen. Bestimmt hat er sie ständig mit mir verglichen, wenn er bei ihr war, wenn er mit ihr schlief. Obwohl ich ihn nicht länger will und weiß, dass mir unsere Ehe nicht guttut, trauere ich unseren guten Zeiten nach. Was wäre ohne sie aus uns geworden? Es ist schwer, das einfach abzuschalten.

»Komm rein, wie schön, dass du da bist«, lächle ich und trete zur Seite, damit sie eintreten kann.

Schneller, Caroline, sonst fühle ich mich womöglich versucht, dein makelloses Gesicht in den Wandspiegel zu rammen.

In der Küche angekommen, vergewissern mich Jens zusammengepresste Lippen, dass sie weiterhin auf meiner Seite steht. Sie sieht wütend aus. Das tut gut und bestärkt mich. Ich habe eine Freundin bei mir, die mir den Rücken freihält.

»Also dann, willkommen bei den Wilsons«, verkünde ich und stelle Caroline den anderen Frauen vor. Die Ärzte kennt sie ja wahrscheinlich aus dem Krankenhaus. Bevor sie sich dem Ärzteklüngel anschließt und dort verschwindet, brauche ich etwas Zeit mit ihr allein. Deshalb führe ich sie zum Hocker neben mir, den sie mühelos besteigt. Wie einen fremden Ehemann. Sie umklammert ihr Sektglas, das wohl Wasser enthält, und ich erhebe mein Glas. »Auf neue Freundschaften und dicke Überraschungen«, sage ich und stoße mein Glas schwungvoll an ihres, das sie nur zaghaft anhebt. »Ich freu mich so, dass du doch gekommen bist, Caroline«, lächle ich. »Das wolltest du dir nicht entgehen lassen, was?« Ich fuchtle mit einem Finger vor ihrem Gesicht rum. Dann wird mir klar, dass ich einen recht angeschwipsten Eindruck machen muss, und stelle mein Glas ab. Genug getrunken.

»Hast du meine Gästeliste bekommen?«, fragt sie, als sie beim Blick in die Runde verwundert feststellt, dass keiner ihrer Favoriten erschienen ist.

»Ja, vielen Dank noch mal«, antworte ich flüchtig. »Nur waren die meisten Namen auf der Liste nicht gerade ... Das ist jetzt wirklich indiskret, aber ehrlich gesagt mag Simon die genannten Leute nicht.« Eigentlich ist es doch nur fair, dass ich seine Arbeitsbeziehungen durchkreuze, wo er doch sämtliche Beziehungen meines ganzen Lebens ruiniert hat.

»Glückwunsch«, sage ich und klirre mein Glas an ihres.

»Wozu?«

Ich deute auf ihren noch flachen Bauch. »Zu dem Baby.«

»Oh, das ... habe ich noch gar nicht allen erzählt. Mir wäre es lieber, wenn du nicht ...«

»Aber klar. Kann ich völlig verstehen – man darf das Schicksal ja nicht herausfordern.« Ich lächle, als mein Blick Jens trifft, die sich daraufhin sofort erhebt.

»Hey hey, und du bist?«, fragt sie. Ihr übertriebenes, beschwipstes Augenzwinkern auf dem Weg zu uns kann Caroline unmöglich entgangen sein.

»Caroline Harker. Ich bin eine Kollegin ... von Simon.« Halbherzig schüttelt Jen ihre ausgestreckte Hand und starrt ihr dabei unverhohlen ins Gesicht – etwas zu lange. Das macht die

Situation noch unangenehmer, als sie ohnehin schon ist. »So so, eine Kollegin also. Sicher voll spannend, der Alltag als Krankenschwester«, versucht Jen sie zu provozieren. Carolines Überlegenheitsgefühl entgeht selbst der angeschickerten Jen nicht.

»Ich bin keine Krankenschwester ... ich bin Chirurgin ...«

»Ja, und sie arbeitet eng mit Simon zusammen«, informiere ich Jen genüsslich, die anschließend bekräftigt, wie gut wir alle miteinander befreundet sind.

Caroline, wenn du mich ersetzen willst, musst du an einer verdammt hohen Mauer vorbei. Diese Mauer heißt Jen.

»Simon immer mit seinen Krankenhausgeschichten. Oh. Mein. Gott. Dieser eine Mann ... Marianne, war das nicht ein Autounfall?« Sie gestikuliert mir wild zu, als könnte sie mir damit auf die Sprünge helfen. »Er war zwanzig und sein Herz stand still ... dreißig Minuten lang. Alle dachten, das war's jetzt, aber Simon hatte einfach dieses Gefühl, diese Intuition, ihn nicht aufzugeben. Und dann – TADAAA! – hat er ihn ins Leben zurückgeholt.«

Ich muss Jen zu ihrem Improvisationstalent beglückwünschen. Ich kann mich nicht daran erinnern, dass Simon diese Geschichte jemals erzählt hat, und da Jen ihn erst ein paar Mal gesehen hat, gehe ich davon aus, dass sie einfach nur dick aufträgt. Wer hätte gedacht, dass Jen mich so hervorragend unterstützen würde? Auch wenn sie meinen Jahrgangschampagner runterspült wie Fanta – diese Betriebskosten ist Jen in jedem Fall wert. Und sie steht hinter mir, wie versprochen!

»Ja ... ich erinnere mich daran«, sagt Caroline. »Das war eine der ersten Operationen, bei der ich im Krankenhaus assistiert habe.«

Also ist Jens ›improvisierte‹ Anekdote gar kein Produkt ihrer Fantasie, sondern wahr? Er muss sie ihr am Schultor erzählt haben. Bestimmt haben sich die anderen Muttis bei dieser Unterhaltung zu den beiden gesellt, um sich an Simon zu reiben wie läufige Hündinnen. Ich merke, dass Caroline uns genau beobachtet, während wir über unsere Kinder lachen. Sie soll glauben, dass unsere Familien ganz eng miteinander sind. Dass Jen und ich ein perfektes Leben teilen, unsere Abende gemeinsam bei reichlich Wein verbringen und gegenseitig auf unsere Kinder aufpassen, wenn die andere verhindert ist. Was überhaupt nicht der Fall ist. Jen hat uns ein paar Mal eingeladen und ab und zu haben wir auch zugesagt, aber da Simon sie ja nicht wirklich mag, musste ich ihr auch häufig absagen. In Wirklichkeit sehe ich Jen selten außerhalb der Schule. Und meistens übernimmt Jens Kindermädchen das Elterntaxi. Aber davon weiß Caroline nichts. Sie soll uns einfach für beste Freundinnen halten und glauben, dass wir schon viele gemeinsame Stunden bei Schulsportveranstaltungen und Ausflügen mit den Kindern verbracht haben.

Das ist der nächste Stolperstein für dich, Caroline, wenn du ich sein und mein Leben übernehmen willst. Also fick dich, Caroline.

»Ach, wo sind nur meine Manieren geblieben«, höre ich mich sagen. »Caroline, ich wollte dir doch das Haus zeigen.«

Sie wirkt etwas überrascht, aber falls sie versuchen sollte, sich herauszuwinden, schleife ich sie notfalls mit Gewalt die verdammten Stufen bis in unser Schlafzimmer hinauf. Denn das will ich ihr *wirklich* unbedingt zeigen.

Zunächst führe ich sie ins Kinderzimmer der Zwillinge. Sie sind heute Nacht bei einer Übernachtungsparty, was ich gerade etwas bedaure. Mit Sicherheit hätten sie vor dem Schlafengehen noch irgendeine Schweinerei angestellt und damit ihre Stiefmutter in spe sofort in die Flucht geschlagen. Ich habe die Spielsachen strategisch so platziert, dass der Raum belebt wirkt, aber gleichzeitig auch in *Schöner Wohnen* abgedruckt sein könnte. An einer der Wände habe ich ein großes Bild aufgehängt, das Alfie gemalt hat. Darauf mache ich sie jetzt aufmerksam.

»Wie hübsch«, sagt sie abwesend.

»Wohl kaum«, spöttle ich. »Wie ganz deutlich zu erkennen ist, zeigt das Bild seinen Vater, der gerade von einem Dinosaurier verspeist wird«, sage ich, während ich auf das Bild deute wie eine Lehrerin an ihre Tafel. »Die Kinderpsychologin war begeistert!«, lache ich.

Genau genommen stimmt das nicht, denn Simon würde niemals zulassen, dass eines seiner Kinder mit einem Kinderpsychologen spricht. »Mit dem Jungen ist alles in Ordnung«, sagte er, als er das Bild sah. Und als Charlie Alfie einmal mit den Worten ›du eifersüchtiger Psycho‹ zu erwürgen versuchte, war Simon der Überzeugung, dass Charlie nicht wusste, was er da eigentlich sagte. Dabei wussten wir beide ganz genau, wo er das aufgeschnappt hatte. Von da an entschloss ich mich, unsere Schlafzimmertür immer geschlossen zu halten. #PillowTalk.

Caroline weiß nicht, was sie sagen soll. Sie steht zögerlich im Flur und ich warte nur darauf, dass sie fragt: ›Wieso zeigst du mir die Zimmer deiner Kinder und ihre seltsamen Bilder, du durchgeknallte Schlampe?‹ Doch die Neugierde scheint die Oberhand zu gewinnen.

Dann klopfe ich an Sophies Tür. »Sie lernt gerade«, sage ich. »Unsere Sophie kommt ganz nach ihrem Papa – sie möchte Ärztin werden, Gerichtsmedizinerin, um genau zu sein. Sie ist verrückt nach CSI und Co.«

»Aha ...«, sagt Caroline. »Du brauchst sie nicht stören ... schon okay, ich muss nicht ...«

»Ach, das stört sie nicht«, sage ich und öffne die Tür. Sophie sitzt umgeben von Büchern auf ihrem Bett und sieht bezaubernd aus mit ihrem langen Haar, das ihr in einem Zopf über der Schulter hängt und der Brille auf der Nasenspitze. Sie ist so hübsch, ganz filigran und ähnelt Nicole, aber Leute, die nicht wissen, dass wir nicht verwandt sind, finden auch, dass sie aussieht wie ich. Das schmeichelt uns beiden – es bestärkt unser Zusammengehörigkeitsgefühl.

Sie schaut auf. »Hi Mama.«

»Schatz, das hier ist Caroline. Sie ist eine Freundin von Papa und wegen seiner Party hier.« Caroline verharrt im Türrahmen und hat spürbar keinerlei Interesse, der Tochter des Hauses vorgeführt zu werden.

»Ah ...« Sophie widmet sich wieder ihren Büchern. Sie kann manchmal einsilbig sein, wie so viele Teenager, aber unhöflich ist sie nie.

Ich will dieser Schlange zeigen, wie eng ich mit meiner Stieftochter bin. Meine liebste Sophie wird ein weiteres unüberwindliches Hindernis für Caroline darstellen. Ich hoffe nur, dass sie Sophies Schweigsamkeit nicht als kleinen Hoffnungsschimmer fehldeutet, als Beleg dafür, dass sie mich hasst, weil ich so schwierig bin, und auf der Suche nach einer neuen Mama ist.

»Sophie, Schatz, wenn man jemanden Neues kennenlernt, dann sagt man eigentlich ›Hallo‹.« Ich schaue mit halb verdrehten Augen zu Caroline. *Teenager.*

»Wir haben uns schon mal gesehen«, murmelt Sophie, während Caroline betreten auf den Fußboden schaut.

»Ach, na klar, bei Waitrose, beim Zitronenkauf«, lache ich.

»Nein, davor schon.« Sophie widmet sich desinteressiert ihrem Laptop. Mir dreht sich der Magen um.

Wer, was, wann, wo, warum?

»Ach, das wusste ich gar nicht.« Ich lächle immer noch, obwohl mein Gesicht weh davon tut.

»Ja ... wir haben uns im Tennisclub gesehen. Hallo noch mal, Sophie«, bemüht sich Caroline um die Gunst meiner Tochter, die aber lediglich »Hi« murmelt und so tut, als würde sie lernen.

»Okay, dann lassen wir beiden dich mal weiterarbeiten, Schatz«, sage ich und fühle mich, als hätte ich den Boden unter den Füßen verloren. »Aber schau mal unten vorbei, falls du Hunger hast, und sag Hallo zu Jen.«

»Jen?«, fragt sie. Sie kennt Jen kaum, aber das lässt sich nicht so gut mit meiner Geschichte der unzertrennlichen, befreundeten Familien vereinbaren, die ich Caroline aufbinden möchte, deshalb schließe ich schnell die Tür.

Tennis. Scheißtennis. Es ist ja schon schlimm genug, dass er mit ihr Tennisspielen geht. Aber dass er die Frau, die er vögelt, dort unserer Tochter vorstellt, ist unverzeihlich – und ein absoluter Affront mir gegenüber. Was er treibt, ist mir langsam scheißegal, aber dass er die Kinder da mit reinzieht, geht gar nicht.

Die Wut über seine Dreistigkeit, Sophie ihrer künftigen Stiefmutter vorzustellen, verschlägt mir die Sprache, während ich Caroline ins Badezimmer leite. Ich versuche, mir irgendeine interessante Anekdote zu den Fliesen auszudenken, um mich in der Zwischenzeit zu sammeln und die ausgedehnte Besichtigungstour zu rechtfertigen. Am liebsten würde ich ihren Kopf gegen die matt-metallischen Fliesen rammen und ihn im Anschluss unter die Wasserfallbadewannenarmatur halten. »Ich meine, wer benutzt heutzutage noch Wasserhähne?«, lache ich, während ich mit einer Handbewegung den Sensor meiner Mini-Niagara-Fälle auslöse.

»Du bist also auch Mitglied im Tennisclub?«, frage ich betont beiläufig.

Ich darf nicht zu genau nachbohren, sonst scheint es, als hätte ich keine Ahnung, was Simon so treibt. Was ehrlicherweise ja stimmt, aber das braucht sie nicht zu wissen.

»Ja, ich bin vor ein paar Monaten beigetreten. Dich habe ich dort aber noch nie gesehen.«

»Ach, ich spiele auch hin und wieder. Simon drängt mich immer dazu, mit ihm spielen zu gehen«, sage ich und selbst ich finde, dass das verzweifelt klingt. Ich habe keine Lust, mehr über das Badezimmer zu erzählen, deshalb reiße ich die Tür zu unserem Schlafzimmer auf, um vorankommen. »So, und this is where the magic happens«, verkünde ich verheißungsvoll. Am liebsten würde ich ihr erzählen, dass wir hier gestern Abend Sex hatten, und dass es wunderbarer, liebevoller Sex zwischen zwei Menschen war, die schon lange zusammen sind und die einander gut kennen. Schmerzfreier, sanfter und gefühlvoller Sex. Doch ich reiße mich zusammen. Das wäre wirklich nicht angebracht. Und gelogen.

Sie schaut sich aufmerksam um und lässt den Raum auf sich wirken. Fehlt nur noch, dass sie schnüffelt. Frische Blumen, strategisch platzierte Teppiche, Kissen und Bücher auf den Nachttischchen. Auf meinem habe ich ein paar moderne Klassiker arrangiert. Jane Austen wäre zu viel des Guten und ließe auf eine spießige Leserin mit spießigem Leben schließen. Deshalb finden sich Jack Kerouac, Tom Wolfe und *Fifty Shades of Grey* auf meinem Bücherstapel wieder. Sie soll mich für wild, künstlerisch und sexy halten. Es gab mal eine Zeit, da war ich wirklich so – aber das war vor Simon. Dafür habe ich ihm einen kleinen Streich gespielt und seine Bettseite mit dem *Kamasutra* und *Harry Potter* dekoriert, was ich mit den Worten »Das sagt ja wohl alles über Männer, oder? Kleine Jungs, die auf Sex stehen!« kommentiere. Ich lasse meine Worte ihre Wirkung entfalten. Was ich sagen will, ist offensichtlich: Wir treiben es wie die Karnickel, aber er ist so unersättlich, dass er danach noch in anderen Betten weitermachen muss.

Na, wie schmeckt dir das, Caroline?

»Schön ... schön, die Wandfarbe, meine ich«, sagt sie. Ich sehe ihr Zögern, trotzdem scannt sie jede Kleinigkeit, etwa das Höschen meiner rotseidenen Unterwäsche auf dem Boden, das da natürlich nicht zufällig herumliegt. Nicht schlecht, oder? Ich bin kreativer, als ich dachte.

Genieß deine Inventur, Caroline – das ist das erste und letzte Mal, dass ich dich in mein Haus lasse.

Ich mache ein verlegenes Gesicht und bücke mich, um das Höschen aufzuheben und es diskret unter einem Kissen verschwinden zu lassen.

»Ja, passt ganz gut, nicht? Uns gefällt es. ›Borrowed Light‹ von Farrow & Ball. Dieselbe Farbe wie in der Küche. Auf der Website heißt es, der Ton ›erinnert an die Farbe des Sommerhimmels‹. Das hat uns überzeugt. Simon erinnert sie an unsere Griechenlandurlaube. Dieses Jahr waren wir auf Kreta, das war so wunderschön«, sage ich und widerlege damit alle seine weinerlichen E-Mails auf einen Streich. Sie soll glauben, dass er sie angelogen hat, als er sich beschwerte, wie schrecklich der Urlaub mit seiner Familie doch sei. Darum erzähle ich ihr, wie viel Spaß wir alle miteinander hatten, und dass wir nächstes Jahr erneut dort hinfahren wollen, »nur wir zwei, zu unserem nächsten Hochzeitstag. Mein Mann ist einfach so hoffnungslos romantisch«, seufze ich.

Ich greife nach dem Nachthemd aus Seide, das ich vorhin absichtlich aufs Bett gelegt habe – ein Geschenk an mich selbst, das ich mir gegönnt habe, nachdem ich auf eine weitere Dessousbestellung in Simons Postfach gestoßen bin. Daraufhin habe ich mir exakt das gleiche Teil bestellt. Ich tue so, als wollte ich es falten, und lasse die Seide sanft durch meine Finger gleiten. Dabei achte ich genau darauf, dass sie das Etikett sehen kann. Ich darf nichts vergessen, ich habe nur ein kleines Zeitfenster mit ihr. Der Plan muss aufgehen.

Ja, Caroline, genau das gleiche hat er dir auch gekauft, als Belohnung dafür, dass du ein ›braves Mädchen‹ warst. Gar nicht mal so brav, was?

»Hochzeitstag ... Wann ...?«, stammelt sie sichtlich beeindruckt von dem opulenten ehelichen Liebesleben, das ich hier vor ihr ausbreite.

»Nächsten Sommer erst«, lächle ich. »Wir wollen unser Ehegelübde erneuern ... Simon hat schon ein Hotel für uns rausgesucht, das Menü festgelegt und recherchiert, wann die Sonne an dem Abend im Meer versinken soll, fast auf die Minute genau. Er ist einfach so detailversessen. Er hat wieder die Villa ausgesucht, in der wir mit den Kindern waren ... in der

das Schlafzimmer am anderen Ende des Hauses lag – aus naheliegenden Gründen.« Ich verdrehe die Augen in gespielter
Entrüstung und versuche Liebe und (hoffentlich) Sinnlichkeit
in meiner Stimme mitschwingen zu lassen. »Wir lieben die griechischen Inseln«, seufze ich. Sie soll das Gefühl bekommen,
dass sie mit ihren E-Mails keinerlei Einfluss auf unseren Familienurlaub oder unsere Ehe hatte, weil er sie die ganze Zeit angelogen hat. »Du auch?«, frage ich und halte das Nachthemd als
kalkulierte Provokation noch immer in den Händen.

»Was?«, fährt sie mich verwirrt an. Sie ist unfähig, ihre
Augen von meinem Nachthemd zu nehmen. Bestimmt glaubt
sie, den Verstand zu verlieren. Das kenne ich, ich habe
Tabletten dafür.

Willkommen in meiner Welt, Caroline.

»Die griechischen Inseln? Ob du dort auch gern bist?«,
frage ich unschuldig.

»Oh ... ja ...«

»Oh, wir lieben Griechenland ... und Südfrankreich. Da
lassen wir es uns immer richtig gut gehen.« Ich mache eine
Kunstpause, als würde ich mich an einen schönen Moment
erinnern – einen sonnigen Strand, die Hand meines Ehemanns
in meiner, zerwühlte Laken und warme Körper. »Aber das
Urlaubsziel ist nicht alles! Beim Familienurlaub ist uns die
gemeinsame Zeit am wichtigsten. Das ist einfach einzigartig –
niemand, der uns stört, nur wir in unserer kleinen Blase. Die
Kinder sind jeden Morgen zu ins Bett gekrochen und Simon
hat immer Pfannkuchen für uns gemacht. Ich habe ihn lange
nicht mehr so glücklich gesehen. Es graute ihm regelrecht
davor, zurück nach Hause zu kommen«, füge ich an, um
etwaige Restzweifel auszuräumen. Natürlich war das alles von
vorne bis hinten gelogen, aber die Geschichten, die er über
mich erzählt, sind es ja auch. Wir sind beide ausgezeichnete
Lügner. »Ich hoffe, die Frage stört dich nicht«, sage ich plötzlich, als wäre sie mir soeben erst gekommen, »aber es ist gar

nicht seine Art, nicht aus dem Urlaub zurückkommen zu wollen, und ich habe das Gefühl, dass er vielleicht Schwierigkeiten ... bei der Arbeit hat. Also dachte ich ...«

»Ach ja?« Sie steht da wie das Kaninchen vor der Schlange. Ich könnte einfach zubeißen.

»Hast du vielleicht irgendwas mitgekriegt ...?«, frage ich, schaue ihr ins Gesicht und bin gespannt, was sie darauf zu antworten hat. Sie ist offensichtlich beunruhigt, dass er lieber weiter mit seiner Familie Urlaub gemacht hätte, als zurück zu ihr zu kommen.

»Nein, ich weiß von nichts ... Ich ... ich mische mich nicht in fremde Angelegenheiten ein.«

Nein, nur in fremde Ehen.

»Ach, es hat wahrscheinlich nichts zu bedeuten, er wirkt in letzter Zeit einfach etwas niedergeschlagen und meint, dass ihm die Arbeit nicht mehr so viel Spaß machen würde wie früher«, seufze ich und lege das fein säuberlich gefaltete Nachthemd zurück aufs Bett. Ein letztes Mal lasse ich die Hände über die Seide gleiten. »Vermutlich ist es einfach jemand aus dem Team, der ihm auf die Nerven geht ... so was kommt vor.« Erschrocken halte ich mir die Hand vor den Mund, als hätte ich etwas gesagt, was ich wirklich nicht hätte sagen sollen. An mir ist wirklich eine große Schauspielerin verloren gegangen. »Wie taktlos von mir, Caroline«, stoße ich hervor. »Mit *jemand aus dem Team* habe ich selbstverständlich nicht dich gemeint. Ganz und gar nicht. Du denkst hoffentlich nicht, dass Simon ein Problem mit dir hat ... ehrlich gesagt, hat er dich noch nie erwähnt, nicht einmal beiläufig, kein Grund zur Sorge also. Ach so, abgesehen von dem einen Mal natürlich, als wir dich bei Waitrose getroffen haben. Da hat er erzählt, dass du ganz neu dabei wärst, und meinte ganz väterlich, dass du dich etwas schwertun würdest. Er nimmt Leute gerne unter seine Fittiche.«

»Tut er das?« Sie ist sichtbar erschüttert. Vielleicht ist der

Groschen endlich gefallen. Wenn er all diese schrecklichen Dinge über seine recht gesund wirkende Ehefrau, die Mutter seiner Kinder, und seine Ehe verbreitet, welche Lügen erzählt er dann wohl über sie?

Simons Wahrheit Nummer 59.983.

Ich stehe auf der einen Seite unseres Ehebetts, sie auf der anderen. Wir sind getrennt durch das Schlachtfeld in unserer Mitte.

»Sorry«, sage ich und halte meinen Mund zu, als hätte ich schon wieder etwas Unpassendes gesagt. »Hier stehe ich in unserem Schlafzimmer mit einer von Simons Kolleginnen und verhalte mich indiskret. Du musst mich entschuldigen, wir sind uns sehr nahe, und ich weiß einfach, dass mein Ehemann auf der Arbeit unglücklich ist. Als Ehefrau hat man einen sechsten Sinn für so etwas.«

»Hübsches Nachthemd.« Sie wechselt das Thema. »Woher ist es?«

»Weiß ich nicht genau – es war ein besonderes Geschenk für ein braves Mädchen«, zwinkere ich ihr zu. Ich sehe, wie ihr die Gesichtszüge entgleisen. Ich lasse das einen Moment auf sie einwirken, dann schenke ich ihr ein breites Grinsen. Sie antwortet nicht. Offensichtlich ist sie dabei, alles zu verarbeiten, was sie gerade zu Augen und Ohren bekommen hat. Das muss ein ganz schönes Chaos in ihrem Köpfchen sein, gerade in Kombination mit ihrer Schwangerschaft. »Ach, Caroline, weißt du, wenn ich etwas getrunken habe, bin ich manchmal ziemlich frech – obwohl ich selbst dafür belohnt werde.« Ich kichere laut und halte mir erneut die Hand vor den Mund. Das war wirklich lustig, aber nicht so lustig wie der Ausdruck des blanken Entsetzens auf Carolines Gesicht.

Na, wie fühlt sich das an, Caroline? Ach warte ... ich weiß haargenau, wie sich das anfühlt.

Ich präsentiere ihr das hübsch dekorierte Gästezimmer, ganz klar nicht das Werk einer Gestörten. Einen Moment lang stehe ich da wie eine Museumsaufseherin, lasse Caroline alles auf sich wirken, bevor es weiter geht.

Na, gefällt dir etwas von den Sachen? Genieß es, solange du kannst, noch mal wirst du es nicht zu Gesicht bekommen.

»Hmmm ... frischer Lavendel«, ist alles, was sie hervorbringt, als ich die Tür öffne. ›Dayroom Yellow‹, ebenfalls aus der Farbpalette von Farrow & Ball, lässt die Wände in Sonnenlicht erstrahlen, das nur von der grauen Bettwäsche und den Kissen in fünfzig Grautönen gebrochen wird. Ergänzt wird das Ganze durch eine Vase voller Lavendel und einen Lavendelzerstäuber, der den Duft verstärkt. »Ich mag es, wenn ein Raum gut riecht«, sage ich mit einem unschuldigen Lächeln. »Das übertüncht alles Unangenehme«, füge ich hinzu.

Jetzt hat sie wirklich genug. Das sehe ich in ihrem Gesicht – sie sieht aus, als müsste sie sich übergeben.

Ach Caroline, dabei amüsieren wir zwei uns doch gerade so gut, oder?

»Simon liebt dieses Zimmer«, sage ich. »Manchmal kuscheln wir uns in dieses kleine Bett und verbringen die ganze Nacht hier. Er steht auf Abwechslung – ist schnell gelangweilt.« Ich verdrehe die Augen, als wäre er ein verzogenes Kind, und während ich hinter ihr die Treppe hinuntergehe, muss ich mich beherrschen, sie nicht zu stoßen.

23

Mit einer Hand am Geländer hastet Caroline die Stufen hinab. Sie kann es kaum erwarten, ihn unter vier Augen anzutreffen, um ihn zu fragen, was zum Teufel hier los ist.

Aber er ist natürlich noch nicht da. In der Küche werden wir von Jen fürstlich empfangen. Die Canapés sind angerichtet, im Eiskübel wartet kühler Champagner.

Jen setzt an, von einer weiteren OP-Heldentat Simons zu berichten, was Caroline sichtbar langweilt. Ich meine, ich habe Jen ja wirklich gern, aber sie scheint es nicht so richtig zu kapieren.

Verdammt, sie ist doch auch im OP-Saal, wenn er operiert, du Dummerchen – du weißt doch, dass sie Chirurgin ist. Sie steht neben ihm, sie gibt ihm das beschissene Skalpell, und wenn sie fertig sind, gibt sie ihm noch ganz andere Sachen, die ich mir jetzt wirklich nicht vorstellen will, weil sie gerade in diesem Moment in meiner Küche steht.

Ich fülle unsere Gläser nach und leere meines in einem Zug. Der eiskalte Champagner prickelt in meinem Hals, und ich fühle mich schon ganz schön angetrunken. Caroline sieht aus, als hätte sie ein Gespenst gesehen – und das hat sie ja irgendwie auch. Ich bin gerade dabei, die ›unglaublich‹ leckeren Pitachips mit Garnelen, Mango, Gurken und ›einem Hauch‹ Roter Bete anzupreisen, als ich – und alle anderen – plötzlich höre, wie die Eingangstür aufgeht.

Auf meinen Befehl hin eilen die Gäste in alle Winkel des Raums, das beliebteste Versteck stellen die Vorhänge der großen Terrassentüren dar. Die Schulmamis erinnern mich an ungeduldige Erdmännchen, die aufgeregt auf ihren Hinterbeinchen stehen und die Ankunft meines Mannes kaum erwarten können. Ich stehe ganz nah neben Caroline und würde sie nur allzu gerne in meine schönen Vorhänge einwickeln, bis sie nicht mehr atmen kann. Der schiefergraue Leinenstoff ist auch wirklich zum Sterben schön. Aber Schluss mit den Fantasien über ihren perfekten, leblosen Körper, ich sollte mich lieber konzentrieren. Endlich betritt Simon mit seiner üblichen schlecht gelaunten Miene die schwach beleuchtete Küche. Als wir »ÜBERRASCHUNG!« schreien, macht er vor Schreck einen Sprung in die Luft. Ich will schreien vor Lachen. Er ist völlig überrumpelt. Man könnte meinen, die Überraschung mache ihm nichts aus, denn er berappelt sich schnell. Doch die Heiterkeit, die auf den ersten Schrecken folgt, als seine Arbeitskollegen und die betrunkenen Schulmamis hinter den Vorhängen hervorspringen, ist aufgesetzt.

»Ach, was für eine ... Überraschung!«, japst er und wird schnell von einer kleinen Traube Arbeitskollegen umringt, die ihm zu seiner neuen Position gratulieren.

Ich grinse in mich hinein – meine Mühen haben sich gelohnt. Allein schon, um sein Unbehagen zu sehen. Ich rausche zu ihm hinüber, schiebe mich sanft an allen Gästen vorbei und drücke ihm einen Kuss mitten auf die Lippen. Ich weiß, dass sie mich beobachtet, denn ich spüre den bohrenden Blick ihrer eiskalten blauen Augen. Statt seine Reaktion auf meinen Kuss abzuwarten, drehe ich mich um und köpfe eine frische Champagnerflasche, mit der ich die Gläser der Gäste nachfülle. Dabei weise ich die Caterinnen mit einem Nicken an, noch einmal die Runde mit ihren vorzüglichen Canapés zu machen. Als ich fertig bin, lehne ich mich zurück und beobachte das Treiben.

Doch dann fallen mir Simons Ticks auf, die kleinen Anzeichen, die verraten, dass er innerlich schäumt vor Wut – und ich bekomme ein bisschen Angst. Ich werde wohl immer ein wenig Angst vor ihm haben, vor seinen Manipulationen, vor seiner Macht über mich. Aber ich habe endlich keine Angst mehr, ihn zu verlieren, und das macht mich weniger angreifbar. Zum ersten Mal kann ich mir ein Leben ohne ihn vorstellen. Und nach heute Abend wird er mich ganz bestimmt verlassen.

Simon ist schon wieder dabei, den Professor und seine griesgrämige Gemahlin zu hofieren, die Rote Bete offenbar genauso leidenschaftlich hasst wie er. #Bingo #ZweiAufEinen-Streich.

Ich stoße noch einmal mit Jen und Francesca an, deren Ehemann gerade eingetroffen ist. Zum Glück, es wäre ja auch irgendwie seltsam, wenn die Schulmamis alle solo hier wären. Francescas Ehemann ist ein echter Hingucker, der den Mamis ihrem Getuschel nach zu urteilen gut gefällt. Jen fängt sofort an, wie wild mit ihm zu flirten.

Es freut mich zu sehen, dass Caroline sich nicht im Kreise ihrer Kollegen befindet. Klar, die Leute, die sie mag, sind ja auch nicht hier. Nur den Professor und ein paar andere wichtige, aber verstaubte alte Chirurgen samt Begleitung habe ich eingeladen, weil sie meine Rede hören sollen. Die alten Säcke interessieren sich nicht für Simons OP-Mäuschen. Sie nehmen sie gar nicht wahr. Deshalb wird sie nun zum Spielball für Jen, die sich den Muttis entrissen hat, um das Katz-und-Maus-Spiel in meinem Namen fortzuführen. #GoJen.

Amüsanterweise foltert sie Caroline gerade mit Details aus

ihrem Familienleben, garniert mit einem ausführlichen Bericht über die mangelnden Fähigkeiten ihres Ehemanns als Liebhaber. Carolines Gesicht ist wie versteinert. Wenn ich nicht so viel zu tun hätte, würde ich ein Foto von ihr machen und es online stellen – #PartyPeople. Leider kann ich diesen Anblick nicht lange genießen. Ich muss weiter die perfekte Gastgeberin spielen und verstricke mich in Weihnachts-Small-Talk mit einem von Simons Kollegen.

Als es mir schließlich gelingt, mich loszueisen, spähe ich hinüber zu Jen, die mittlerweile Suzie vollquatscht. Aber wo steckt Caroline?

Sie ist nirgends zu sehen – vielleicht ist sie in meinem Badezimmer im Erdgeschoss, um meine Handtücher zu beschnüffeln und ihr Revier zu markieren. Vielleicht haben sie sich aber auch wortlos darauf verständigt, dass sie ihm alleine in meinen Garten folgen soll, wo er sie mit seinen winterblühenden Japanischen Zierquitten verzücken kann. Es schien ihm zu gefallen, unserer hübschen Nachbarin Renee seine Rosen bei Mitternacht zu präsentieren, und wenn man ihren E-Mails Glauben schenken darf, lässt Caroline ihren Tanga auch gerne mal im hohen Gras fallen.

Ich werde nicht zulassen, dass die beiden sich hier in meinem schönen Haus vergnügen und meine Möbel mit ihren Sauereien beflecken. Außerdem sollen sie ja den besten Teil des Abends nicht verpassen. Erleichtert stelle ich fest, dass Simon noch immer mit dem alten Cookson spricht.

Ich stoße zu meinem Göttergatten und hake mich bei ihm ein. »Glückwunsch zur Beförderung, mein Schatz.«

Mit einem künstlichen Lächeln erhebt er sein Glas, sieht sich um und murmelt mir zu: »Was soll das?« Just als Caroline die Küche betritt, kichere ich hinter vorgehaltener Hand, als hätte er mir soeben etwa Anzügliches zugeflüstert. Mein Versuch, ihr ein freundliches Lächeln zu schenken, verkommt zu einem spöttischen Grinsen.

Es fällt mir heute Abend schwer, meine Gefühle zu verbergen, was auch daran liegen könnte, dass ich keine Tabletten genommen habe. Oder sind es die drei, vier, fünf Gläser Champagner, die ich getrunken habe? Jetzt ist Schluss damit, so lange muss ich ja nicht mehr durchhalten.

»Simon«, sage ich plötzlich laut. »Das ist eine Party. Da spricht man doch nicht den ganzen Abend lang nur über die Arbeit – unterhalte dich lieber mal mit den Damen hier.« Ich zerre ihn vom verwirrt dreinblickenden Professor Cookson durch den gesamten Raum bis zu der Ecke, in der sich Caroline soeben wieder neben Jen niedergelassen hat.

In der Not frisst die Teufelin Fliegen, was, Herzchen?

Simon ist fuchsteufelswild. Wenn dieser Albtraum heute Abend irgendeinen Vorteil für ihn hatte, dann die Gelegenheit, Cookson in den Arsch zu kriechen. Doch selbst diese Chance habe ich jetzt zunichte gemacht.

»Schatz, diese *beiden* Damen kennst du ja, oder?«, sage ich und deute auf Caroline und Jen, die unbeholfen nebeneinander sitzen.

Er sieht beklommen aus. »Ja, schön dich wiederzusehen, Jen.« Als der alte Charmeur, der er ist, macht er einen Schritt auf sie zu, küsst sie auf beide Wangen und umarmt sie mit vorgetäuschter Herzlichkeit. Ich weiß, dass er sie nicht ausstehen kann, doch sie lächelt verschämt. »... und Caroline«, sagt er verlegen und drückt sie mit einem Arm. Während er die Umarmung sanft auflöst, achte ich auf den Blick, den die beiden austauschen: Er ist derart elektrisch aufgeladen, dass ich ihn am liebsten in einen der Eiskübel stopfen würde, um ihrer Liaison einen Kurzschluss zu verpassen. »Vor wenigen Stunden haben wir uns noch über einen geöffneten Brustkorb gebeugt ...«, lacht er, während sie auf ihrem Stuhl herumrutscht. Ich bin selbst überrascht davon, wie viel Eifersucht noch in meiner Brust steckt. Ein großer Fettklumpen aus Schmerz, der für immer in meinem Brustkorb verbleiben wird.

Ich habe dich geliebt, Simon, und ich glaube, ein Teil von mir wird dich immer lieben, trotz allem.

»Und, was sagst du zu deiner Überraschungsparty?«, sage ich und küsse ihn direkt auf den Mund.

Ein Abschiedskuss?

Gott sei Dank scheint niemand zu bemerken, wie er sich angewidert von meiner Liebesbekundung unauffällig abwendet. Jen ist betrunken, Francesca streitet mit ihrem Ehemann und Caroline tut so, als würde sie die Bläschen in ihrem Glas zählen. Es ist mir egal, was seine ollen Kollegen denken – na ja, irgendwie auch nicht, denn gleich sollen sie ja alle erfahren, was hier wirklich gespielt wird.

Simon, wie immer auf sein Image bedacht, lässt den charmanten Gastgeber raushängen und nimmt eine Flasche aus dem Sektkühler. Wenn die Gäste weg sind, kann ich mich auf etwas gefasst machen, aber bis dahin wird er den perfekten Ehemann spielen. Er füllt alle unsere Gläser auf, mit Ausnahme von Carolines – sie hat noch keinen Tropfen getrunken. Offensichtlich denkt sie schon an ihr Baby. Als er mit der Flasche kommt, legt sie die Hand über ihr Glas, und ich habe das Gefühl, dass sie nicht nur ihr Glas vor ihm verbirgt. Sie wirkt irgendwie steif, unangenehm berührt, und ich sehe den Schmerz in ihren Augen. Dank meines heutigen Einsatzes wird es Simon nicht leicht haben, sie davon zu überzeugen, dass unsere Ehe wirklich so schlimm ist, wie er immer behauptet. Gut so.

So einfach ist es dann doch nicht, Caroline, oder?

»Nun sag schon, wie gefällt dir unsere kleine Überraschungsparty?«, frage ich ihn inmitten einer Gruppe von Gästen, die hauptsächlich aus Schulmuttis besteht.

»Du weißt doch, wie sehr ich Überraschungen hasse«, antwortet er und verzieht das Gesicht.

»Ja klar, aber du *liebst* doch Caroline ... und Jen natürlich.« Ich lächle, während Jen um Fassung ringt. War das etwas zu direkt? Was soll's – das ist noch gar nichts im Vergleich zu dem, was ich heute Abend vorhabe. »Du kannst ein richtiger Eigenbrötler sein«, sage ich und wende mich dann an ›die Mädels‹. »Er war noch nie ein Fan von Partys … oder irgendwelchen sozialen Aktivitäten.«

»Na ja, dass ich Partys nicht *mag*, stimmt jetzt auch wieder nicht …«, bemerkt er schmallippig mit angespanntem Kiefer. Er will wohl vor Caroline sein vermeintliches Image als ›Partylöwe‹ retten.

»Aber Liebling, Caroline und ich haben das Ganze wochenlang geplant«, sage ich, als würden wir beiden unter einer Decke stecken.

Caroline hat wohl auch Geheimnisse vor dir, Simon.

Den Blick, den er ihr zuwirft, erwidert sie nicht.

»Geplant würde ich so nicht sagen, na ja, ich habe … ihr … also, deiner Frau, nur eine Gästeliste geschickt«, stammelt sie.

»Was haltet ihr von diesen Canapés – sind die nicht einfach nur fantastisch, Mädels?«, übertöne ich Carolines dünnes Stimmchen und sehe, wie sie darüber erschaudert, dass ich mit ›Mädels‹ auch sie meine. Zum ersten Mal am heutigen Abend stelle ich fest, dass ich mich bestens amüsiere, trotz der Spannung und der Gefahr, in der ich mich befinde. Ja, es macht mir Spaß … denn zur Abwechslung habe ich mal das Sagen. Das ist ein Gefühl, das mir richtig gut gefällt. Neben dieser leicht berauschenden Autonomie habe ich das Gefühl, dass sich Simons Fokus verschoben hat. Er interessiert sich nicht mehr für das, was ich mache, sondern für das, was Caroline macht. »Haben wir dir also eine Freude gemacht, Schatz?«, sage ich und deute in den Raum. »Wir mussten alles geheim halten … die Gäste, das Catering … selbst der Champagner konnte erst angeliefert werden, nachdem du heute Morgen zur Arbeit gegangen bist, stimmt's, Caroline?«

»Keine Ahnung. Ich habe dir nur die Liste mit den Namen gegeben.«

Der kurze Blick, der zwischen den beiden aufblitzt, verrät seine Verärgerung über ihre Komplizenschaft, egal wie unbedeutend ihr Anteil war – und egal, wie sehr sie diesen abstreitet. Sein eiskalter Blick geht mir durch Mark und Bein. Es ist ein Blick, den ich nur allzu gut kenne, und der normalerweise mir gilt, doch heute Abend ist er an sie gerichtet.

Das hast du jetzt davon, Caroline.

Ob das wohl der echte Simon ist? Und nicht der, der all diese liebevollen E-Mails schreibt? Ich dachte, den Verfasser dieser Nachrichten durch mein irrationales Verhalten verloren zu haben. Aber jetzt existiert er auch für Caroline nicht. Wer ist der echte Simon? Der zärtliche, warmherzige Mensch, der mir alle zwei Wochen Blumen schickt, oder der Haustyrann, der mich mit den Händen um meinen Hals gegen die Wand drückt? Habe ich die ganze Zeit um einen Mann gekämpft, den es in Wirklichkeit gar nicht gibt?

»Oooh, Räucherforelle mit Roter Bete«, schwärme ich und versuche, die Stimmung aufzuheitern, während ich mir ein Canapé von einem vorbeiwandernden Tablett schnappe. »Es wurde angepriesen als Häppchen mit ›einem Hauch von Dill, knackigem Rettich und dem Kick von eingelegter Roter Bete‹ – aber man könnte auch einfach nur sagen: superlecker.«

Jen schmunzelt mich an. Obwohl sie nicht weiß, was ich da labere, scheint sie bestens unterhalten zu sein. Caroline wirkt nervös. Sie will einfach nur nach Hause.

Noch nicht Caroline. Die Nacht ist noch jung, und die Vorstellung hat gerade erst begonnen.

Simon erkundigt sich gerade, ob es denn irgendwelche Canapés ohne Rote Bete gäbe, als die Feigenschnittchen serviert werden.

»Hach, Feige und Blauschimmelkäse ... da kann man schon mal schwach werden!«, sage ich zu laut.

Ich beiße in eines der Schnittchen und summe »Hmmm«.

Ich weiß gar nicht, was mir besser schmeckt, das Schnittchen oder Carolines und Simons tiefes, tiefes Unbehagen.

Ich kann es kaum erwarten, ihn am Boden zu sehen. Und sie, wie sie mit eingekniffenem Schwanz und ihrem kleinen Bastardbaby das Weite sucht.

»Das hier ...«, verkünde ich und halte es empor, »schmeckt ausgezeichnet. Du magst doch Flittchen, oder, Simon? Ups, ich meine natürlich Schnittchen!« Dann lache ich laut auf und starre ihn an. Ich weiß, ich weiß, das war billig ... und kindisch, und ich müsste es – um ihn zu zitieren – besser wissen. Nun, anscheinend tue ich das nicht, und das ist mir so was von egal. Ich beiße noch mal ab. »Hmmm, wie eine Ehe, die im Himmel geschlossen wurde«, seufze ich zu Simons blankem Entsetzen. Caroline sieht blass und ausgelaugt aus, aber ich kann ihr all das, was sie über mich gesagt hat, nicht verzeihen – und ihre Unterstützung von Simons üblen Plänen schon gar nicht. »Apropos Hochzeit, willst du eigentlich mal heiraten, Caroline? Das heißt, willst du dir einen eigenen Ehemann suchen oder lieber einen Mann heiraten, der bereits vergeben ist?«, sage ich laut genug, um mir die Aufmerksamkeit der anderen Gäste zu sichern, die sich auch prompt zu uns umdrehen. Sie gehen wohl von einem kleinen Scherz zu Beginn einer Rede aus, denn sie lächeln verunsichert. Aber das ist kein Scherz. Caroline weiß nicht, wohin mit sich selbst, und Jen kichert in das eisige Schweigen hinein.

Simon blickt mich über sein Glas hinweg an. Er trinkt nicht, sondern hält es nur an seinen Mund und wartet darauf, was als Nächstes passiert.

Ich sehe, wie Caroline Simon einen kurzen Blick zuwirft – sie fühlt sich bedroht und hofft, dass er sie rettet.

Er wird dich nicht retten, Süße, er wird nur sich selbst retten.

»Caroline?« Ich drehe mich zu ihr um. Jetzt ist der Moment gekommen, das Feuerwerk zu entzünden und die Funken sprühen zu lassen. Ich habe so lange auf diesen Moment hingearbeitet, dass ich ihn voll auskosten werde.

»Reizende, wohlduftende Caroline ... Darf ich dir einen klugen Ratschlag geben?«

Die Angst in ihren Augen schlägt bei meinem nächsten Satz in blankes Entsetzen um.

»Wenn du einen Ehemann willst, dann such dir bitte einen, der nicht schon verheiratet *ist*. Verstehen wir uns?«, frage ich und lege meinen Kopf schief, als würde ich wert auf ihre Antwort legen.

»Ich weiß nicht, was du damit meinst«, stottert sie mit scharlachrotem Gesicht.

»Ach du, ich glaube, das weißt du ganz genau. Weißt du, Caroline, mein Leben ist der Wahnsinn. Es nicht immer leicht, nicht immer schön und weit davon entfernt, perfekt zu sein. Aber ich habe so lange durchgehalten, ich habe seine Launen, seine Selbstsüchtigkeit, seine Frauengeschichten, seine Grausamkeit so verdammt lange ertragen, dass man mir eigentlich einen *Orden* dafür verleihen müsste. Und wenn du ernsthaft glaubst, dass du hier einfach reinspazieren kannst und all das ...«

Simon kommt auf mich zu – auch sein Gesicht ist rot, aber eher lilarot, und die Ader auf seiner Stirn pulsiert.

»Tu mir nicht weh, Simon«, sage ich und halte mir theatralisch schützend die Hände vors Gesicht. Simon ist ein Tyrann, doch er würde mich niemals in einem Raum voller Menschen schlagen, seine Gewalt ist Privatsache. Sofort weicht er zurück, damit ja niemand auf die Idee kommt, dieser perfekte Mann könnte seiner Frau auch nur ein Haar krümmen. Ich lasse mein Glas mit einem Löffel erklingen. »Alle mal herhören, bitte«, rufe ich. Alle sollen es mitbekommen.

In meiner schönen Küche wird es mucksmäuschenstill. »Ich danke euch allen dafür, dass ihr heute Abend gekommen seid – es war nicht einfach, das Ganze vor Simon geheim zu halten, darum gilt sämtlichen Mitverschwörern mein Dank.« Hie und da ertönt zaghaftes Kichern. »Heute Abend also haben wir uns hier eingefunden, um Simons wunderbare Beförderung zu feiern, für die er so hart gearbeitet und gekämpft hat, und die ihn seiner ganzen Würde beraubt hat.« Ich lache – als Einzige im Raum. »Heute Abend feiern wir die erstaunlichen Fähigkeiten und Talente meines Mannes ... die sich nicht auf den OP-Saal beschränken. Nein, Simon ist ein Mann mit vielen Talenten ... und vielen Geheimnissen. Und das hier wäre keine angemessene Feier, wenn ich nicht einige davon mit euch teilen würde. Denn wie es scheint, hatte Simon auch abseits des OP-Saals alle Hände voll zu tun. Klar, er musste sich ganz schön beim alten Cookson einschleimen, um zum Leitenden Oberarzt befördert zu werden. Den Großteil seiner Zeit hat er aber damit verbracht, die Nachwuchschirurgin Caroline Harker quer durch leere OP-Säle, in Kliniktoiletten und auf seinem Büroschreibtisch zu vögeln.« Ich zeige mit dem Finger auf die schamerrötete Caroline, damit alle wichtigen Entscheider der Chirurgie wissen, um wen sie bei der nächsten Beförderung besser einen Bogen machen sollten. Die Gesichter von Cookson und seiner Frau werde ich in meinem ganzen Leben nicht vergessen ... #GlücklicheZeiten #ReinenTischGemacht.

»Genug jetzt«, zischt Simon und stürmt auf mich zu. Einen Moment lang sieht es so aus, als würde er mich doch schlagen, und ich schrecke dramatisch zurück, damit es jeder mitbekommt. Als Francescas Ehemann einen Schritt nach vorn macht und sich als potenzieller Bodyguard anbietet, bewege ich mich auf ihn zu und mache weiter, da ich weiß, dass Simon in seiner Gegenwart nicht handgreiflich werden kann.

»Doch auch Caroline, Femme fatale des OPs, Königin der Dreifachbypässe und Enfant terrible der Abteilung für Kardiomyoplastie, hat eine kleine Überraschung für uns alle«, nicke ich und leite die großen Neuigkeiten großspurig ein – meine Zuhörerschaft blickt zutiefst verlegen drein, scheint sich aber nicht losreißen zu können. »Sie ist nämlich *schwanger* – mit einem Baby, das nur von meinem Ehemann stammen kann!«

Inmitten des geschockten und missbilligenden Gemurmels fange ich an zu klatschen. Jen bricht fast zusammen, sie legt sich richtig ins Zeug, und dafür liebe ich sie. Cookson steht die Kinnlade offen. Ich vermute mal, ihm wird gerade klar, was für ein Riesenfehler es war, einen unsittlichen Betrüger zu befördern, der leere OP-Säle zweckentfremdet.

»Bereuen Sie was, Herr Professor?«, frage ich den alten Mann, der seine Frau anschnauzt, die versucht ihn zu besänftigen, und sie an der Hand durch die Tür zieht. »Ach ja, nur eine Sache noch, bevor ihr alle geht«, rufe ich ihm hinterher. »Simon hat euch sicher von meinen ›Kopfschmerzen‹ erzählt? Auch wenn es Indizien geben mag, die gegen mich sprechen, bin ich nicht geisteskrank. Ganz und gar nicht. Mir wird immer mehr bewusst, dass mein Verhalten eine völlig normale Reaktion auf mein Leben mit diesem brutalen, grausamen Betrüger ist und immer war. Vielen Dank und gute Nacht.«

Caroline greift nach ihrer Tasche und eilt zur Tür, dicht gefolgt von Simon. Daraufhin findet im Flur eine gedämpfte Unterhaltung statt, die alle vorgeben, nicht zu belauschen. Als die Haustür zugeschlagen wird, fällt den Gästen aus dem Krankenhaus und ihren Frauen plötzlich auf, wie spät es geworden ist.

Begleitet von Floskeln wie »Ist es wirklich schon so spät? Schönen Abend« oder »Die Babysitterin hat nur bis neun Uhr Zeit« begeben sie sich zur Tür. Alle sind peinlich berührt, aber niemand so sehr wie Simon, dessen schlimmster Albtraum wahr geworden ist: eine öffentliche Demütigung, eine Bloßstellung und – hoffentlich – ein Karriereabsturz. Er kann nicht glauben, dass ich es weiß, er versteht nicht, wie ich von dem Baby erfahren konnte, von dem er – ausgehend von seinem Gesichtsausdruck – selbst nichts wusste. Seine neue Stelle im Krankenhaus ist zweifelsohne in Gefahr, und er wurde vorgeführt, vor all seinen Arbeitskollegen und vor den Schulmuttis, die auf dem Spielplatz seinem Ego schmeicheln.

Gute Arbeit, Marianne.

»Was stimmt nicht mit dir, Marianne?«, faucht er mir ins Gesicht, nachdem er dem Professor vergeblich nachgelaufen ist und zurück in die fast leere Küche gestürzt kommt. »Warum tust du mir das *immer* wieder an?«

Jen ist als einziger Gast noch da und starrt mich mit weit geöffnetem Mund an. Simon schüttelt langsam den Kopf, als wäre ich für alles Leid in seinem Leben verantwortlich.

Ich sehe mich im Raum um. Auch die armen Mädels vom Catering stehen noch immer da und können es nicht fassen.

»Lasst ihr mir die Rechnung zukommen?«, frage ich mit einem Lächeln. Sie nicken, verfrachten die restlichen Teller wortlos in eine Kiste und eilen hinaus, während Jen sich noch einen Drink genehmigt. Dabei ist sie schon ziemlich betrunken.

»Soll ich bleiben? Ich kann auch Schiedsrichterin spielen«, schlägt sie vor und schaut dabei auch Simon an. Wahrscheinlich dachte sie, dass er auf ihr kleines Späßchen eingehen und lachen würde, aber Simon ist niemand, der über kleine Späßchen lacht. Er schreitet auf die riesigen Terrassentüren zu und starrt auf unseren makellosen Rasen. »Ich bleib hier, wenn du das willst«, sagt sie, nickt mir zu und straft Simon mit einem bösen Blick.

Er dreht sich schnell um. »Nein, Jen, aber danke, dass du dich um Marianne gekümmert hast«, sagt er, als wäre ich gar nicht da, sondern bereits eingewiesen worden.

»Ach so ... okay ... dann ruf ich mir also ein Taxi. Soll ich?«, fragt Jen dann, fast erwartungsvoll. Ich weiß, dass sie auf mich aufpassen will, und ich habe Angst davor, alleine mit ihm zu sein. Doch nach allem, was ich über ihn erzählt habe, würde er es doch nicht wagen, mich anzurühren? »Ich warte dann draußen ... auf das Taxi«, sagt Jen, ohne sich zu rühren.

»Ja, bitte«, blafft er sie an, woraufhin sie vom Stuhl

aufspringt. Es scheint, als würde die Luft um ihn herum flimmern. Selbst sein Champagnerglas sprudelt, als hätte man es geschüttelt, während er weiter aus dem Fenster starrt.

Jen schnappt sich ihre Tasche. »Ähm, also tschüss dann, Simon ...«, sagt sie, als sie die Küchentür erreicht. Obwohl sie ihn gar nicht wirklich kennt, scheint sie seine Zustimmung, seine Erlaubnis zu brauchen – er hat diese Wirkung wohl auf alle Menschen.

Er dreht den Kopf in ihre Richtung, ohne sie anzublicken. »Tschüss, Jen«, sagt er, als wäre es ein Befehl: *Hau ab, Jen.*

»Ich ruf dich ... morgen an«, sage ich und hoffe, dass er meine Andeutung versteht. Da ist jemand, der morgen meinen Anruf erwartet. Wenn er mir wehtut, wird Jen davon erfahren und mir zur Hilfe eilen. Sie steht hinter mir.

Doch sie ist ziemlich aufgelöst und guckt mich gar nicht an, sondern stöckelt einfach nur in ihren Schlafzimmerschuhen hinaus. Sexy oder frivol sieht sie nicht mehr aus, eher etwas albern und traurig. Ohne ein Wort des Abschieds an mich, ihre Freundin, zu richten, höre ich die Tür zum zweiten Mal zuschlagen.

Ich betrachte den Mann, mit dem ich seit über zehn Jahren verheiratet bin. Was wird jetzt passieren? Er wird es mir nicht leicht machen, obwohl er im Unrecht ist. Er wird mich büßen lassen.

Aber ich will es ihm erklären. »Wenn du gehen willst, wenn du bei ihr und dem Baby sein willst, dann geh, denn uns beide verbindet nichts mehr.«

»Und wessen Schuld ist das?«

Ich zögere, doch es ist Zeit, die Wahrheit zu sagen. Aus dem, was in den letzten paar Wochen passiert ist, schöpfe ich die Kraft dazu, endlich ehrlich zu sein und ihm die Stirn zu bieten.

»Wir tragen beide Schuld daran. Du hast mir in unserer Ehe auf so viele Weisen wehgetan, und ich habe das zugelassen.

Aufgrund meiner Schuldgefühle wegen Emily und meiner Schwäche habe ich mir von dir einreden lassen, eine schlechte Ehefrau, eine schlechte Mutter, ein schlechter Mensch zu sein.«

Er starrt mich stumm und wütend an, doch obwohl er mir Angst macht, spreche ich weiter.

»Du fühlst dich nicht verantwortlich für das Leid, das du anrichtest ... am Ende bin immer ich diejenige, die sich entschuldigt«, höre ich mich sagen.

»Verantwortlich?« Er dreht sich schnell um und hechtet auf mich zu. Instinktiv halte ich mir meine Arme vors Gesicht. Er kann meine Nähe nicht ausstehen, jetzt aber sind sich unsere Gesichter ganz nah, und seine Augen sind wutentbrannt. »Du wagst es, mich zum Thema *Verantwortung* zu belehren?« Er spuckt jede Silbe ganz deutlich aus, seine Augen triefen vor Hass.

»Nein ... einfach nein«, rufe ich. »Du kannst nicht immer alles darauf runterbrechen. Es ist *passiert*. Meinst du etwa, ich spüre das nicht, die Schuld, den Schmerz? Jeden Morgen, wenn ich aufwache, ist sie das Erste, was mir in den Sinn kommt. Sie begleitet mich durch den Tag, bis ich abends einschlafe. Ich wünschte, ich könnte die Zeit zurückdrehen. Ich sehe ihr kleines Gesicht in meinen Träumen, ich sehe ihre Augen, weit geöffnet wie die meiner Mutter, als ich sie fand. Ich verstehe, warum du mich hasst – ich hasse mich selbst –, aber du kannst mich nicht bis an mein Lebensende dafür quälen. Ich habe deine Bestrafungen auf mich genommen, mich selbst verletzbar gemacht, damit du mir wehtun kannst, weil ich es verdient habe. Aber Simon, ich bestrafe mich schon selbst härter dafür als jeder andere. Mein Leben basiert darauf, ich lebe mit diesem Schmerz und werde ewig damit leben ... Das Leben selbst ist meine Strafe.«

Ich weine, mein Herz zerspringt. In sämtlichen Konfrontationen mit Simon im Laufe der Jahre habe ich mich immer selbst an den Pranger gestellt, mich entschuldigt und mich von Simon wie von einem Viehtreiber in die Ecke drängen lassen, in der er mich haben wollte. Jetzt flehe ich ihn an, die Waffen niederzulegen, eine Waffenruhe zu schließen. Doch er schaut mich nur an und schüttelt in seiner Verzweiflung den Kopf. Und dann geht er. Ich bin erstaunt. Das war ja einfach. Ich kann es nicht glauben. Ich habe es geschafft – der Krieg ist endlich vorüber.

»Simon, ziehst du jetzt aus?«

»Nein.« Er schaut mich ungläubig an. »Weder gebe ich das Haus auf, für das ich so hart gearbeitet habe, noch habe ich die Absicht, dir meine Kinder zu überlassen.«

Mein Herz kracht auf den Boden. Ich hätte wissen müssen, dass er es auf einen letzten Kampf anlegen würde, ein letztes Mal versuchen würde, mich zu kontrollieren. Aber ich bin kein schwacher, leerer Schatten mehr.

»Eine klassische Pattsituation also«, seufze ich.

»Ganz und gar nicht. Nach heute Abend halte ich alle Trümpfe in der Hand. Mit dieser Nummer hast du allen Beteiligten bewiesen, wie krank, verwirrt und paranoid du bist, Marianne. Nicht ich werde dieses Haus und diese Familie verlassen, sondern du.«

Ich bin so sauer und bereit zu kämpfen wie ein wildes Tier. Inzwischen habe ich keine Angst mehr vor ihm. Ich bin einfach nur rasend. »Klar, du kannst den heutigen Abend gerne mit meiner Verrücktheit erklären, aber dieses Mal war ich nicht so blöd. Diese Beziehung ist kein Hirngespinst – ich habe die E-Mails gelesen, außerdem ist die Frau schwanger.«

»Marianne, es gibt keine E-Mails. Es läuft nichts zwischen Caroline und mir. Sie ist – meines Wissens – nicht schwanger, und falls sie es doch sein sollte, dann sicherlich nicht von mir. Ich habe mit niemandem eine Affäre. Du musst diesen Gedanken loslassen, du bist einfach nicht gesund«, sagt er in seiner ruhigen, klinischen Stimme. Sie weckt Erinnerungen an das letzte Mal, als er mich in eine Klinik verfrachtet hat, und lässt mir das Blut in den Adern gefrieren.

»Nein, nein ... ich habe die E-Mails *gesehen*, Simon.« Ich bin nicht verrückt, wirklich nicht. Dieses Mal bin ich mir ganz sicher.

»Würdest du dich vielleicht mal *beruhigen* und deine Medikamente nehmen?«

Ich stürme ins Wohnzimmer, schnappe mir das iPad, gebe das Passwort ein und versuche, mich in seine E-Mails einzuloggen. Doch es öffnet sich nur eine Meldung: »Dieser Account existiert nicht.« Nein ... nein ... ich habe sie doch gelesen. Das kann doch nicht wahr sein.

Er schenkt zwei Gläser Champagner ein und reicht mir in aller Ruhe eines davon. »Schau mal, Marianne, wir haben das Ganze jetzt schon so oft durchgemacht. Du gerätst in Rage und bezichtigst mich der unmöglichsten Dinge, doch dieses Mal ist es ernst. Caroline ist eine Kollegin, eine jüngere Chirurgin, die zu mir aufblickt. Ja, wir sind befreundet, haben großen Respekt voreinander. Sie bewundert mich für meine Erfahrung, meine Fähigkeiten, und ich bewundere sie dafür, dass sie so jung und smart ist. Aber das ist auch alles. Und was du heute Abend getan hast ...«

»ABER IHR HATTET WAS MITEINANDER!«, schreie ich ihm ins Gesicht. »Das weiß ich ... Ich habe es doch alles gelesen ...« Erneut greife ich zum iPad und versuche es mit zitternden Händen verzweifelt aufs Neue. Ich tippe die mir nur allzu vertraute Zahlenkombination ein, aber ... nichts passiert. »Sie waren doch hier ... Ich habe sie monatelang mitgelesen.« Verzweifelt lasse ich mich in einen Sessel fallen und presse mir die Hände aufs Gesicht. Egal. Ich brauche die E-Mails nicht, um ihm zu beweisen, dass ich nicht krank bin. Als ich aufschaue, sehe ich, dass er vor mir steht. Ist das ein Grinsen auf seinem Gesicht oder bilde ich mir das nur ein? Dann dämmert mir etwas. »Simon, wo sind sie?«, frage ich und bin jetzt so unterkühlt und ruhig wie er.

»Du hast den Account gelöscht, stimmt's?«, frage ich und blicke ihm in die Augen. Doch er antwortet nicht. Er streckt mir nur seine Hand entgegen, in der er zwei Tabletten hält, die ich ihm langsam aus der Hand nehme und mit einem kräftigen Schluck Champagner herunterspüle.

24

Ich stütze mich auf die Küchenarbeitsplatte und heule. Habe ich mir die E-Mails etwa nur eingebildet? Gibt es irgendeinen Beweis dafür, dass ich nicht verrückt werde?

»Frag dich doch mal, wieso du dir das alles ausdenkst. In ein paar Wochen ist Emilys Geburtstag. Ich denke mal, dass du dich da reingesteigert hast.«

»Nein ... ich ...« Ich tröste mich mit mehr Champagner. »Simon, ich habe sie doch gesehen.«

»Und warum sind sie dann weg?«

»Weil du deinen E-Mail-Account gelöscht hast ...«

»Wenn ... und die Betonung liegt auf ›wenn‹ ... ich mich plötzlich dazu entscheiden sollte, irgendetwas zu löschen, warum dann ausgerechnet jetzt? Ich wusste ja noch nicht einmal, dass du dir eingebildet hast, irgendwelche fiktiven E-Mails zu lesen. Wenn das also mein Konto zum Arrangieren von Treffen mit jüngeren Kolleginnen gewesen sein soll, warum sollte ich es dann jetzt löschen?«

Darauf finde ich keine Antwort.

»Du kontrollierst mein Smartphone ... «, schiebe ich als letzten verzweifelten Versuch nach, um meine geistige Gesundheit zu beweisen. Aber ich habe Angst, dass er vielleicht doch recht hat. »Vielleicht hast du meinen Verlauf nachverfolgt?« Dabei weiß ich, dass ich den gelöscht habe.

Die E-Mails gibt es gar nicht. Es gab sie auch nie.

Ungläubig starre ich ihn an. Ich weiß, wie das alles aussieht – vor einem knappen Jahr habe ich die Kellnerin beschuldigt, ein Jahr davor meine Freundin und Nachbarin. Dazwischen gab es zwar noch andere Anschuldigungen und paranoide Anwandlungen, aber den Höhepunkt scheint das Ganze traditionell zu dieser Jahreszeit zu erreichen. Stimmt das? Ist Emilys Geburtstag der Grund für meine Verzweiflung und die Paranoia?

Er setzt sich und schlägt nun einen sanfteren Tonfall an. »Ich bin mit meinem Latein am Ende, Marianne. Du hast mich heute Abend nicht zum ersten Mal vor all meinen Freunden und Kollegen blamiert. Du betrinkst dich, sagst unangemessene Sachen – du machst mir das Leben zur Hölle. Aber ich bin geblieben – ich bin immer geblieben, weil es meine Pflicht ist und weil ich dich liebe. Aber manchmal frage ich mich, ob die Kinder und ich ohne dich vielleicht besser dran sind.«

»Nein, nein, sag so was nicht ... Ich kann nicht ohne die Kinder.«

»Wenn du so weitermachst, bleibt dir womöglich keine andere Wahl. Du hast dich heute Abend komplett zum Affen gemacht, und ich möchte dich nicht mehr in der Nähe meiner Kinder wissen.«

»Nein, bitte, nein. Ich liebe meine Kinder, das kannst selbst du nicht ändern. Ich mag verrückt sein, ich mag ab und an meinen Verstand verlieren, Fehler machen, gelegentlich trinken, aber für meine Kinder tue ich alles. Ich kann sie lieben und mich um sie kümmern. Ich bin da, wenn du nicht da bist, und ich weiß, wer ihre Lehrer sind, ihre Freunde ... Ich kenne sie, Simon. Ich weiß, dass Alfie Rugby hasst und weint, wenn du ihn zum Spielen zwingst, und dann tauchst du noch nicht einmal auf, um ihn spielen zu sehen. Ich weiß, dass deine Lust am Wettkampf Charlie noch aggressiver macht – genau wie dich. Und ich *weiß*, dass du sie alle liebst, ihre Schwächen aber nicht annehmen kannst. Sophie entwickelt gerade ein ungesundes Essverhalten, das vermutlich zu ungesunden Beziehungen mit Männern führen wird, wenn das so weitergeht. Du willst, dass sie perfekt sind, aber das sind sie nicht, und das ist auch völlig okay so, Simon. Auch ich bin nicht perfekt. Ich habe Fehler gemacht, aber ich *kenne* unsere Kinder. Ich habe keinen tollen Beruf, ich kann niemanden operieren, und ja, ich kann nicht einmal ein beschissenes Bier zapfen«, sage ich und stichle damit leicht gegen das Vorjahresmodell. »Ich verdiene kein riesiges Gehalt. Aber ich liebe meine Kinder, und ich würde *alles* für sie tun. Sie brauchen mich.«

»Die Details über das Alltagsleben unserer Kinder zu kennen ist ein Luxus, den ich mir nicht leisten kann. Ich muss nämlich hart arbeiten, um deinen Champagner und das Dach über eurem Kopf zu bezahlen. Aber nach dem heutigen Debakel hast du mir wahrscheinlich auch meine Beförderung versaut.«

»Du liebst deine Kinder und bist ein guter Vater, aber du verbringst nicht genug Zeit mit ihnen. Du schiebst alles auf die Arbeit, aber eines Tages werden sie herausfinden, wie du deine freie Zeit lieber verbringst«, seufze ich. »Ich habe immer mal wieder im Krankenhaus angerufen, wenn du meintest, dass du länger arbeitest, und du warst nicht einmal dort.«

»Dir geht es wirklich nicht gut, du brauchst eine Auszeit.« Er schüttelt den Kopf und schaut mir derart mitleidvoll in die Augen, dass ich anfange, an mir selbst zu zweifeln. Ja, es ist *möglich*, dass ich mir die ganze Sache mit Caroline nur ausgedacht habe, aber überzeugt bin ich nicht.

Ich trinke noch einen Schluck Champagner, während er mich ins Wohnzimmer leitet, wo wir uns gemeinsam aufs Sofa setzen.

»Ich verstehe, dass ich nicht immer besonders feinfühlig war, was Emily angeht«, sagt er. »Aber sie war auch mein Kind – und ich leide jeden Tag, genau wie du.«

Ich war schon vorher ziemlich angetrunken, aber dieses Glas und die Tabletten geben mir gerade den Rest.

»Ich liebe dich, Marianne, trotz allem, was du mir angetan hast. Ich liebe dich noch immer.«

Meint er das ernst? Interessiert mich das?

Ich versuche ihn anzuschauen, sehe ihn aber nur schemenhaft und kann sein Gesicht kaum noch erkennen.

»Ich will nur, dass es dir besser geht.«

Will er Caroline etwa verlassen? Oder ist das nur seine Masche, um mich in die Psychiatrie zu locken, damit das Haus frei für seine neue Frau und ihr Baby ist?

Oder habe ich mir das Ganze wirklich nur ausgedacht?

»Was, wenn die Kinder das heute Abend miterlebt hätten? Glaubst du, sie wären stolz auf dich? Ich glaube nicht«, blafft er. Er bohrt mir das wie ein Messer in die Brust und reißt mit seinen Worten eine frische Wunde auf.

Ich habe ein schlechtes Gewissen. Was auch immer die Wahrheit ist: Ich bin tatsächlich besessen und habe aus der Sache einen ganz schön verrückten Feldzug gemacht.

»Ich kann dich nicht ständig dazu zwingen, deine Medikamente zu nehmen, Marianne. Du musst unbedingt wieder die höhere Dosis einnehmen. Erinnerst du dich noch an unseren letzten Besuch bei deiner Hausärztin? Sie hat dir empfohlen, täglich fünfundvierzig Milligramm Mirtazapin einzunehmen.«

»Ja, weil du ihr erzählt hast, dass du mich nachts barfuß im Garten angetroffen hättest. Du meintest, ich hätte Bücher in die Tiefkühltruhe einsortiert, würde grundlos ausrasten und die Kinder anschreien.«

»Weil es so war. Deshalb bin ich ja mit dir zur Hausärztin gefahren. Das willst du nicht begreifen, weil du den Tatsachen nicht ins Auge blicken kannst. Marianne, deine Krankheit zerstört nicht nur dich, sondern jeden Menschen in deiner Umgebung ... inklusive unserer Kinder. Du kannst mich gern für Sophies Essstörung, Charlies Aggressionsprobleme und Alfies mangelnde Sportbegeisterung verantwortlich machen, aber du bist diejenige, die für Sophie kocht, Charlie erzieht und Alfie zum Training fährt. Du bist diejenige, gegen die sie sich auflehnen. Wenn du das nicht begreifst, sehe ich schwarz für eine Verbesserung deines Zustands.«

Ich weiß nicht, was ich sagen soll.

Was, wenn er recht hat?

Bin ich für das Verhalten der Kinder verantwortlich? Bin ich tatsächlich eine schlechte Mutter? Wären sie ohne mich besser dran?

»Ich habe mit Caroline gesprochen, bevor sie – unter Tränen, übrigens – gegangen ist. Sie hat mir von deinem Instagram-Stalking erzählt, der seltsamen Einladung zu einem geheimen Mittagessen beim Italiener und dass du sie gezwungen hast, ihr eine Gästeliste zuzuschicken, die du dann noch nicht einmal benutzt hast. Sie meint auch, dass du sie mitten in der Nacht anrufen würdest. Schwer atmend. Du bist krank, Marianne.«

»Ich habe niemanden mitten in der Nacht angerufen«, sage ich, da ich die anderen Anschuldigungen nicht abstreiten kann. Ich kann mich nicht erinnern, sie angerufen zu haben, aber immerhin habe ich ja ihre Telefonnummer. »Hat sie gesagt, dass ich es war? Wenn es anonyme Anrufe waren, könnte es auch ein Exfreund gewesen sein. Davon hatte sie nämliche jede Menge ...«

»Marianne, bitte, das ist Haarspalterei. Wer soll es denn sonst gewesen sein? Caroline meint, dass die Person widerliches Zeug flüstert und dass es definitiv eine weibliche Stimme ist – wer sonst sollte bitte so krank sein, eine meiner Kolleginnen mitten in der Nacht mit obszönen Anrufen zu belästigen? Du bist der einzige Mensch mit einem ungesunden Verhältnis zu

Caroline Harker, den ich kenne ... hach ja, wie glücklich ich mich doch schätzen kann, mit dir verheiratet zu sein, stimmt's?« Sein Gesicht ist voller Abscheu. Er bringt es nicht über sich, mich anzusehen.

Ich lasse sämtliche meiner Aktionen Revue passieren, inklusive des heutigen Abends, an dem ich mich ›zum Affen gemacht‹ habe. Habe ich mir das alles wirklich schon wieder nur ausgedacht?

Verdammt, es waren ihre Fotos bei Instagram, die mich so verrückt gemacht haben. Dann wiederum beweist ein gestelltes Foto von zwei Weingläsern vor zerwühlten Laken noch keine Affäre. Klar, es war sein Lieblingswein, aber das kann ja auch Zufall gewesen sein? Habe ich mal wieder voreilige Schlüsse gezogen? Es wäre ja nicht das erste Mal.

Jetzt schreitet er in der Küche auf und ab. Er sieht furchtbar aus, und ich beobachte, wie er hin und her läuft wie ein Tier im Käfig. Hinter ihm an der Wand hängt ein vergrößertes Schwarzweißfoto von unserem Hochzeitstag. Es ist der blanke Hohn, denn der Unterschied zu heute ist wirklich gruselig. Natürlich sind wir älter geworden, aber mein Gesicht war mal ganz rund und weich. Heute sehe ich ausgezehrt aus. Kein Lächeln, keine Hoffnungen mehr. Simon sieht immer noch gut aus, wirkt aber um einiges älter als zweiundvierzig. Er ist ein Schatten seiner selbst und des Mannes, den ich geheiratet habe, und das ist auch meine Schuld. Mein Verhalten hat uns gezwungen umzuziehen, wir haben Freunde verloren, die Kinder mussten die Schulen wechseln. Heute Abend habe ich ihm nun endgültig seine Privatsphäre und seine Würde genommen, indem ich seinen Chef und seine Kollegen zu uns nach Hause eingeladen und ihn hier vor allen gedemütigt habe. Wenn ich ihn mir jetzt anschaue, wie er auf und ab rennt, mit unrasiertem Gesicht und müden Augen, dann sehe ich, was ich getan habe. Ja, er hat mich grausam behandelt, aber auch ich war ihm gegenüber grausam.

»Was auch immer mit uns passiert ist, es tut mir leid – ich entschuldige mich«, sage ich und mache ihm damit ein Friedensangebot. »Ich bin nicht auf Versöhnung aus, und ich glaube, das gilt auch für dich – aber wir müssen miteinander kommunizieren, um voranzukommen. Auch wenn wir in entgegengesetzte Richtungen gehen.« Selbst wenn ich mir alles nur ausgedacht habe und es noch eine Chance für uns gäbe, könnte ich nicht bei ihm bleiben, nicht nach all dem, was wir uns gegenseitig angetan haben.

Er lehnt sich gegen die Wand und sackt dort mit abgewandtem Gesicht in sich zusammen.

»Ich bin es gewohnt, dass man über mich spricht, das Getuschel auf den Fluren, wenn ich vorbeigehe«, beginnt er. »Aber heute Abend ... heute Abend hast du dich selbst übertroffen. Ich werde schon wieder die Klinik wechseln müssen – und ich nehme die Kinder mit.«

Er schaut mich noch immer nicht an. Deshalb gehe ich zu ihm und versuche irgendwie Kontakt zu ihm aufzubauen, wenigstens sein Gesicht zu sehen.

»Nein ... nein. Simon, bitte ... lass uns bitte darüber reden, du kannst sie nicht einfach ...« Tränen laufen mir übers Gesicht. Ich flehe ihn an, aber er steht noch immer mit gesenktem Kopf an der Wand. Er droht mir, die Kinder mitzunehmen. Aber das kann er nur, wenn ich eingewiesen bin und sie ihn begleitet. Ohne Caroline, meine Nachfolgerin, kann er mit den Kindern nicht umziehen und keinen neuen Job anfangen – er braucht mich.

»Simon, lass uns jetzt nichts Unüberlegtes tun ... Die Kinder können nicht schon wieder umziehen, sie haben sich doch gerade erst eingelebt!« Ich bemühe mich, vernünftig, gar pragmatisch zu klingen. Meinen nächsten Schritt muss ich mir gut überlegen, doch erst muss ich wissen, welchen Schritt er als Nächstes geplant hat.

Er schüttelt den Kopf. »Marianne, du hast es schon wieder

geschafft. Nach heute Abend kann ich niemandem im Krankenhaus mehr in die Augen schauen. Ich gehe jetzt ins Bett. Ich muss den Kopf freikriegen.« Mit diesen Worten geht er aus der Küche und lässt mich mit dem Nachhall seiner fürchterlichen Worte alleine. Meiner größten Angst. Dem Ende von allem.

Ich nehme die Kinder mit.

Ich sitze allein auf dem Sofa und wiege mich vor und zurück, umklammere ein Kissen. Trotz aller Zweifel sagt mir irgendetwas, dass ich richtig liege. Ich weiß, dass ich diese E-Mails gelesen habe, unseren Picknickteppich auf ihrem Instagram gesehen habe, sie seinen Lieblingswein mit einem anonymen Liebhaber trinkt und die Zeiten ihrer Uploads immer genau mit den Zeiten übereinstimmten, in denen er länger ›arbeiten‹ musste. Ich habe sie heute Abend zusammen gesehen. Es waren nicht die flüchtigen oder glühenden Blicke, die sie ausgetauscht haben, es war Carolines Art. Ich kann nicht genau sagen, was es war, aber sie war anders – nicht mehr die flotte, smarte Karrierefrau mit dem feucht-fröhlichen Einkaufskorb von Waitrose. Nicht die starke, unabhängige Ärztin, die sich eine Stunde ihrer wertvollen Arbeitszeit abzwackt, um mit mir mittagessen zu gehen und gutmütig zu lächeln, während ich vor mich hinquatsche. Nein, das heute war eine andere Caroline, die in Simons Gegenwart plötzlich leiser, langweiliger, weniger selbstbewusst, ja fast unterwürfig wirkte – er will wirklich eine Marianne 2.0 aus ihr machen. Seine Kritik, seine Ablehnung und seine Schläge sind den Menschen vorbehalten, die er liebt – und jetzt ist Caroline dran. Und darum weiß ich, dass ich nicht verrückt bin.

Alles, was ich heute Abend gesagt habe, basiert auf Tatsachen. Die E-Mails, die Social-Media-Posts und sämtliche Indizien beweisen eines ganz klar: dass ich nicht paranoid bin. Doch es gibt nur eine Möglichkeit, um das zu beweisen. Nur ein Mensch kann verhindern, dass Simon mich für verrückt erklärt und mir meine Kinder wegnimmt. *Ich hätte nie gedacht, dass du mich mal retten musst, Caroline.*

Nach dem Aufstehen am nächsten Morgen mache ich Frühstück und als Simon weg ist, bitte ich Sophie ein Auge auf die Jungs zu werfen, die von der Mutter des Geburtstagskinds nach der Übernachtungsparty im Morgengrauen bei uns abgesetzt worden sind. Sophies Haare sind mit dem Haargummi zusammengebunden, das ich für sie gemacht habe. Das erinnert mich daran, dass die Tasche, die ich für Suzie gebastelt habe, noch immer bei mir rumliegt. Entmutigt von Simons Worten habe ich sie Jen nie gegeben, aber jetzt bringt sie mich auf eine Idee. Nach dem gestrigen Abend wird Caroline wohl nicht so gut auf mich zu sprechen sein und verständlicherweise glauben, dass ich nur komme, um noch mehr Stress zu machen. Doch darauf bin ich gar nicht aus. Ich bin auf Bestätigung, Zuspruch und Klarheit aus. Und das alles kann nur Caroline mir geben. Ein Geschenk lässt meinen Besuch aufrichtiger erscheinen, und die meergrüne Tasche eignet sich perfekt dafür, weil ich sie mit meinen eigenen Händen genäht habe. Ein Beweis, dass ich in Frieden komme quasi. Also schnappe ich mir die Tasche und einen Strauß Blumen aus einer der Vasen und mache mich auf den Weg zu Caroline.

Ich bin bereit. Wir müssen unbedingt direkt miteinander sprechen, ohne dass Simon meine Worte mit seinen Lügen verdrehen kann. Doch als ich bei Caroline vorfahre, ist mein Mund ganz trocken. Ich bin unglaublich nervös, muss mich regelrecht zwingen, aus dem Auto zu steigen und an der großen Holztür zu klopfen. Es ist kalt, und beißender Dezemberwind pfeift mir um die Ohren. Frierend verkrieche ich mich tiefer in meinem Mantel und klopfe erneut, etwas lauter diesmal. Ich öffne die Briefklappe und spähe hinein, rufe ihre Namen, doch nichts tut sich.

Als ich mich wieder aufrichte, sehe ich, wie sich die Vorhänge am Nachbarfenster bewegen und den Blick auf eine alte Frau freigeben. Freundlich winke ich ihr zu. Ich will sie fragen, ob Caroline zu Hause ist, doch genau in diesem Moment öffnet sich die Haustür des Cottage. Aus dem Innern dringt wohlige Wärme, Caroline aber sieht so ernst und kalt aus, dass ich kurz davor bin, zurück zum Auto zu rennen. Warum tue ich mir das an?

»Es tut mir so leid, was gestern passiert ist«, platzt es aus mir heraus, während ich fröstelnd auf der Schwelle stehe. »Das war unangebracht, und ich hoffe, dass ich dir im Hinblick auf deine Umstände nicht zu viel Kummer bereitet habe.«

Sie steht einfach nur da, ungeschminkt, trägt Leggings und einen grauen oversized Cardigan. Die Designerklamotten, der makellose Lippenstift und das bezaubernde Lächeln waren gestern. Heute sieht sie bleich und antriebslos aus.

»Ich glaube, wir müssen reden«, sage ich.

Sie rührt sich nicht, starrt mich mit gläsernen Augen an.

»Ich bin nicht gekommen, um dir auf die Nerven zu gehen, ich will einfach nur die Wahrheit wissen. Von Simon kann ich sie nicht erwarten, und ich glaube, dass er auch dir gegenüber nicht aufrichtig war.« Ihr Blick verrät mir, dass es nicht leicht werden wird. Zwischen uns liegt ein ganzer Ozean.

»Bitte?«, flehe ich sanft.

Sie zögert. »Komm rein«, erwidert sie schließlich resigniert.

Sie tritt einen Schritt zurück, um mich reinzulassen, und führt mich – immer noch mit todernster Miene – durch einen winzigen Flur in eine kleine Küche mit Holzbalken, einem alten AGA-Herd, Arbeitsplatten aus Eiche und einem kleinen Becherbaum voller hübscher Keramiktassen mit Herzchen. Ich habe Caroline wohl falsch eingeschätzt. Ihr Zuhause ist gar nicht so kalt und minimalistisch eingerichtet, wie ich gedacht habe, sondern warm, gemütlich, ja romantisch. Caroline ist nicht die wilde und umtriebige Frau, für die ich sie gehalten habe, sondern nur eine von vielen, die Simon mit seinem verheerenden Charme um den Finger gewickelt hat.

»Tee?«, murmelt Caroline und setzt auf mein Nicken hin einen Kessel Wasser auf. Ich lege die Blumen und die Tasche auf die Arbeitsplatte. Als sie sich umdreht, um zwei Tassen auszusuchen, fallen ihr meine ›Geschenke‹ auf. »Für mich?«

»Ja … ein kleiner Wiedergutmachungsversuch«, höre ich mich sagen. Hier stehe ich also in der Küche der Geliebten meines Ehemanns und hoffe auf ihre Hilfe, während sie mir Tee kocht. Das hätte ich mir niemals träumen lassen.

»Die ist wirklich schön«, sagt sie traurig seufzend und stellt einen Moment lang die Tassen ab, um ihre Finger über die samtene Tasche gleiten zu lassen.

»Ich habe sie selbst gemacht …«, erkläre ich und befürchte einen kurzen Moment lang, dass ihr die Tasche genauso wenig gefällt wie Jen ihr Geburtstagsgeschenk laut Simon damals.

»Vielen Dank, aber das wäre nicht nötig gewesen«, sagt sie und gießt kochendes Wasser in die zwei Tassen.

»Ich habe deine Nachbarin gesehen.« Ich lächle und bemühe mich verzweifelt, die Unterhaltung irgendwie am Laufen zu halten, habe aber keine Ahnung, was ich sagen soll.

»Ach ja?« Sie stellt eine dampfende Tasse vor mich auf die Küchentheke.

»Ja, die alte Dame von nebenan, die scheint ja ziemlich neugierig zu sein. Ich wette, sie beobachtet dich bei allem, was du so machst«, plappere ich. Oje, das klingt wie ein Seitenhieb auf ihre Affäre mit meinem Ehemann.

Doch bevor ich irgendetwas nachschieben kann, zuckt sie mit den Schultern. »Ich kenne sie nicht. Ich bin sowieso die meiste Zeit über am Arbeiten.«

Wir stehen uns gegenüber, genau wie gestern Abend an unserem Ehebett. Aber es fühlt sich anders an. Sie ist anders. Sie ist kein Instagram-Girl mehr, das seine Freizeit mit Reisen oder im Bett mit gut aussehenden Männern verbringt. Bei genauerem Hinsehen verrät ihr Gesicht, dass sie geweint hat.

»Habe ich dich gekränkt? Ich meine abgesehen von gestern Abend?«

»Hm. Nein ... aber gestern Abend war ziemlich heftig.« Ihr Blick gibt mir ein unbehagliches Gefühl.

»Tut mir leid ... es ist nur so ...«

»O Gott, das weiß ich doch. Du brauchst dich nicht zu entschuldigen.« Als sie nach ihrer Tasse greift, entdecke ich einen dunkelblauen Fleck an der Innenseite ihres Handgelenks. Vermutlich Begleiterscheinungen ihrer SM-Praktiken. Sie ist erwachsen, und ich vermute mal, dass sie selbst entscheiden kann, worauf sie steht, aber ich frage mich, ob er gestern Abend noch hier war. Er ist zwar vor mir ins Bett gegangen, aber es ist gut möglich, dass er hierhergefahren ist, nachdem ich im Gästezimmer eingeschlafen bin. Ich hätte jedenfalls durch die Tabletten, den vielen Champagner und meinen entsprechend tiefen Schlaf nichts davon mitbekommen.

»Geht es dir gut?«, frage ich. Sie nickt und lässt ihre langen Finger erneut über den Samtstoff der Tasche gleiten, als wollte sie sich an ihr trösten.

»Du bist ziemlich talentiert«, sagt sie.

»Nicht wirklich, Taschen zu nähen ist mehr so ein Zeitvertreib für mich ...«

»Aber du bist gut darin. Das habe ich auch bei dir zu Hause gesehen, es ist so schön. Die Küche ist stilvoll, aber gemütlich, die Zimmer der Kinder sind ganz nach deren Geschmack eingerichtet, und wie du von ihnen sprichst ...«

»Ich bin in erster Linie Mutter, Caroline. Du wirst ja bald selbst herausfinden, wie sich das anfühlt. Für seine Kinder tut man alles. Selbst bei einem Mann bleiben, der einen kaputtgemacht ... Stück für Stück.«

Für die Kinder.

Als sie aufschaut, meine ich so etwas wie Bestätigung in

ihren Augen zu sehen. Ich habe das Gefühl, sie will mir etwas sagen, so ähnlich wie Alfie, wenn er etwas angestellt hat und von seinem schlechtem Gewissen geplagt wird.

»Es ist Simons Baby, oder?«, frage ich.

Sie atmet scharf ein, die Art von Atemzug nach einem langen Weinkrampf, schaut hoch und wendet sich von mir ab. Dann, nach einer gefühlten Ewigkeit, nickt sie, und schaut mich mit tränenerfüllten Augen an.

Das also ist mein Beweis, und in diesem Moment scheinen wir uns plötzlich ganz nah zu sein. Zwei Mütter, die ihre Kinder und sich selbst beschützen wollen. Sie hätte lügen und mich wie Simon für verrückt erklären können, und die Leute hätten ihr geglaubt ... und ihm. Doch aus irgendeinem Grund hat sie das nicht getan. Sie hat sich entschieden, die Wahrheit zu sagen. Die war ja auch lange überfällig. »Schon okay. Ich weiß es schon länger. Wie du dir nach gestern Abend wahrscheinlich denken kannst, weiß ich schon eine ganze Weile lang von euch beiden.«

»Ich hasse mich selbst«, sagt sie plötzlich und bricht in Tränen aus. »Da lerne ich dich kennen und stelle fest, wie nett du bist, und ...«

»Gar nicht so böse und durchgeknallt?«

»Ja ... ich habe mir selbst vorgemacht, das Ganze wäre nur eine harmlose Affäre.«

»Ist es aber nicht.«

»Das ist mir jetzt auch klar. Doch je stärker meine Gefühle für ihn wurden, desto mehr wuchs in mir die Überzeugung, dass du ihn gar nicht verdient hast, dass du irgendwie ... im Weg bist.«

»Was dir Simon eingeredet haben dürfte.«

»Nein, für mein Handeln trage ich selbst die Verantwortung, Marianne. Ich ... wurde zum Teufel im Leben eines anderen Menschen. Ich wollte das, was dir gehört, weil ich dachte, dass es dich nicht interessiert, dass du unglücklich bist, ein bisschen verrückt, permanent verbittert. Die Schwangerschaft war beabsichtigt. Ich wollte, dass Simon mich heiratet. Was aus dir wird, war mir völlig egal.«

»Ich verstehe ... Er hat dir Lügen über mich erzählt, und du hast ihm geglaubt.«

»Das hat er, und vielleicht war es dumm von mir, ihm zu glauben. Ich kann darüber hinwegkommen, Verantwortung übernehmen, mich bei dir entschuldigen und mich von ihm fernhalten, aber diese Art von Erfahrung lässt einen nicht los, Marianne. Sie nistet sich in der Seele ein.«

Er hat also auch sie tief verletzt und manipuliert. Vielleicht ist sie ja doch nicht die OP-Schlampe, der männermordende Vamp, für den ich sie gehalten habe.

Sie sieht mich mit verheulten Augen an. »Am Anfang war alles wunderbar. Ich kannte dich nicht, wusste nichts über dein Leben, dein Haus, deine Kinder ... deine Urlaube. Als ich dann festgestellt habe, dass ich schwanger bin, habe ich mich so gefreut.«

»Wusste Simon vor gestern Abend von dem Baby?«

»Nein ... er war schockiert ... Er war zwar nicht glücklich darüber, meinte aber, dass wir eine Lösung finden, dass du bald ... weg wärst, sodass ich bei ihm einziehen kann.«

»Schon klar. Er wollte mich einweisen lassen ... mal wieder«, seufze ich.

»Tut mir leid. Ich weiß, dass du deine ... Probleme hattest, und ehrlich gesagt habe ich ihm geglaubt, als er meinte, dass du krank und überfordert bist und Hilfe brauchst. Doch unser Mittagessen hat alles verändert. Du entsprichst ganz und gar nicht dem Bild, das Simon von dir gezeichnet hat. Ich habe eine glückliche, stolze Mutter gesehen, die das Leben liebt. Und ich habe deine Instagram-Bilder gesehen, die Kinder, wie sie unschuldig lächeln, die Familienausflüge im Park, euer letzter Sommerurlaub – und habe mich einfach nur schuldig gefühlt. Mir wurde klar, dass ich Simon keinen Gefallen damit tue, mit ihm zusammen zu sein. Ich wollte das Leben dieser Kinder und auch deines nicht kaputtmachen. Ich habe mich selbst gehasst, und dann auch ihn, weil er Teil davon war und weil er schlimmer war als ich ... denn er tat damit seiner *eigenen* Familie weh. Als er dann gestern Abend ... nach der Party zu mir rüberkam, habe ich den Mut gefunden, ihm zu sagen, dass es aus ist zwischen uns.«

»Hat er dir wehgetan?«

Instinktiv zieht sie den Ärmel ihres Pullovers runter, um den Bluterguss zu kaschieren. »Er war wütend ... verständlicherweise. Er meinte, ich hätte ihn verführt. Ich hätte gewusst, worauf ich mich einlasse. Und dass ich ihn nicht einfach abschießen kann ... gerade als er dich verlassen wollte. Er meinte, dass er alles verlieren könnte: das Haus, die Kinder ... und dich.«

»Er hat bereits alles verloren.«

»Dieses ganze Chaos, das ist alles meine Schuld. Wahrscheinlich wart ihr glücklich, bis ich kam.« Ich muss schmunzeln. Sie ist verwundert. »Das ist Simons Spezialität«, erkläre ich ihr. »Er schafft es immer, einem den Schwarzen Peter zuzuschieben und sich selbst als die Unschuld vom Lande zu präsentieren«, sage ich. »Aber du weißt ja, dass er das nicht ist. Ich will nicht, dass dein Selbsthass dich durch die Schwangerschaft begleitet. Das nimmt kein gutes Ende, das kannst du mir glauben. Ich weiß aus Erfahrung, dass eine unglückliche Mutter ein unglückliches Baby bedeutet, und der Schmerz ...«

Sie berührt meinen Arm. »Ich weiß.«

»Da bin ich mir sicher. Eines Tages, wenn das Ganze hier vorbei ist, kann ich dir vielleicht erzählen, wie die Geschichte aus meiner Perspektive abgelaufen ist.«

Auf ihr Lächeln hin erzähle ich ihr, dass unsere Ehe schon lange kaputt war. Ich sage ihr, dass sie aufhören solle, sich zu quälen. Mit Simon werde ich schon fertig.

»Es ist nicht deine Schuld, aber diese Affäre hat einer sterbenden Ehe den Todesstoß versetzt. Ich muss das Ganze jetzt nur so regeln, dass ich die Kinder behalten kann.«

»Marianne, ich weiß, wie hart das für dich war. Simon hat mir erzählt, dass du die E-Mails gelesen hast. Deshalb hat er seinen Account gelöscht. Er wollte dich nicht noch mehr verletzen.«

»Danke, dass du mir das erzählst. Du ahnst nicht, wie dankbar ich dafür bin. Das ist die Bestätigung dafür, dass ich nicht verrückt bin«, sage ich und seufze erleichtert. »Ich frage mich nur, woher er davon wusste. Er hat sie gelöscht, bevor ich ihm sagen konnte, dass ich sie gelesen hatte.«

Sie zuckt mit den Schultern.

»Na ja, vielleicht werden wir das nie erfahren. Ich hätte ihn gleich damit konfrontieren sollen. Es war nicht fair von mir, dieses Spielchen zu spielen. Dasselbe gilt auch für deine Social-Media-Accounts. Ich habe sie durchforstet, um herauszufinden, wer du bist und wann du dich mit ihm triffst ... so bin ich auch auf das Ultraschallbild gestoßen.«

»Ich habe es für meine Freunde hochgeladen. Nie hätte ich damit gerechnet, dass du es sehen und daraus schließen würdest, dass es Simons Baby ist ...«

»Ich weiß, ich weiß. Und ich guck auch nicht mehr rein.« Ich komme mir ziemlich dämlich vor. Wir stehen nebeneinander und sagen eine Weile lang gar nichts. Das Prasseln des Regens draußen ist das einzige Geräusch. In der Stille des Augenblicks wird mir bewusst, dass diese Frau nie eine Bedrohung dargestellt hat, vielmehr ist sie eine Leidensgefährtin – und nun hoffentlich auch eine Überlebensgefährtin.

»Um ehrlich zu sein, Marianne, kann ich dein Online-Stalking nachvollziehen. Das tun wir doch alle. Ich habe dein Instagram-Profil mehr als einmal angeguckt. Viel unheimlicher waren deine nächtlichen Anrufe ... die haben mich richtig fertiggemacht. Das war echt fies, vor allem das schwere Geatme.«

»Simon hat mir davon erzählt, aber ich habe dich nicht nachts angerufen ... zumindest kann ich mich nicht daran erinnern«, füge ich an. »O Gott, ich hoffe ...« Ich weiß nicht, was ich sagen soll, ein einfaches »Sorry« würde nicht genügen, denn diese Anrufe klingen wirklich ekelhaft.

Erneut zuckt sie mit den Achseln. Wer kann ihr verdenken, dass sie mir nicht glaubt? Ich weiß ja selbst nicht, was ich getan habe. Das ganze Online-Stalking, die zwanghafte Eifersucht, die Einladung zum Mittagessen, die Unterwäschebestellung – vielleicht war ich eine Zeit lang wirklich leicht verrückt? Im Moment bin ich einfach nur verwirrt und zerrissen. Jetzt sind hier nur noch Caroline und ich, der Tee in den Herzchentassen und unser Versuch zu verstehen, was mit uns passiert ist.

Ich weiß nicht mehr, wie ich von Carolines Cottage wieder nach Hause gekommen bin. Heute früh habe ich meine Tabletten genommen, weil ich so aufgeregt war, und als ich nach Hause kam, wirkten sie bereits. Sophie ist da, aber Simon ist nirgends zu sehen, als ich hereinkomme. Ich denke noch: »So viel zum Thema Familientag!« und muss daraufhin so laut lachen, dass die Jungs ins Wohnzimmer gestürmt kommen, um zu erfahren, was denn so lustig ist. Den Rest des Tages funktioniere ich auf Autopilot. Ich kümmere mich darum, dass die Jungs satt und zufrieden sind, und als ich irgendwann im Gästezimmer aufwache, frage ich mich, was nur mit diesem Samstag passiert ist. Draußen ist es stockfinster, doch Simon, der gerade das Haus verlässt, hat mich geweckt. Es ist zwei Uhr morgens. Ich vermute mal, dass er zu Caroline fährt. Hoffentlich hat sie mir die Wahrheit gesagt und es bleibt wirklich Schluss ist zwischen den beiden – und hoffentlich bleibt sie stark, wenn er bei ihr auf der Matte steht, denn wenn sie ihn jetzt hereinlässt ... wird er sie nicht mehr gehen lassen.

25

Als ich am Sonntagmorgen im Gästezimmer aufwache, bin ich vollkommen orientierungslos. Ich erinnere mich an mein Treffen mit Caroline und habe irgendwie kein gutes Gefühl im Bauch. Sie wirkte ein bisschen erleichtert, nachdem sie sich alles von der Seele geredet hatte, und ich war ihr für ihre Ehrlichkeit dankbar. Ich habe diese Affäre nicht herbeifantasiert. Ich habe von Anfang an recht gehabt. Vor dem Hintergrund der Geschehnisse kann ich mir nun eine neue Zukunft mit meinen Kindern aufbauen, eine Zukunft ohne Simon.

Als wenig später die Jungs die Treppe hinunterrasen, gehe ich in die Gästetoilette im Erdgeschoss, um mir das Gesicht zu waschen und diskret meine Tabletten einzunehmen.

»Mama, machst du uns Pfannkuchen?«, fragt Alfie. Weil Charlie mit begeistertem Gebrüll auf diese Anfrage reagiert, verwandle ich mich schnell in die Pfannkuchenfee, während die beiden ihre Hocker als Turngeräte missbrauchen. Von Sophie ist keine Spur. Während die Jungs ihre Pfannkuchen mampfen, schaue ich oben bei ihr vorbei, um ihr zu sagen, dass unten Pfannkuchen warten – was sie nicht groß begeistert. Sie sieht müde aus. Klar, sie isst einfach zu wenig. Ich versuche, sie mit allen möglichen Dingen zu locken, doch nichts hilft. Ich mag mir gar nicht ausmalen, wie Sophie reagieren wird, wenn Simon und ich uns trennen, doch jetzt will ich einfach nur, dass sie irgendetwas isst.

Nach dem Frühstück schleiche ich mich nach oben in unser Schlafzimmer. Simon ist noch immer wie vom Erdboden verschluckt, und das Bett sieht nicht so aus, als hätte jemand darin geschlafen. Hat er die Nacht bei ihr verbracht? Ich komme mir vor wie eine Schnüfflerin.

Hast du mich angelogen, Caroline? Hast du mir nur das erzählt, was ich hören wollte?

Es mag sich verrückt anhören – wie typisch für mich! –, aber ich kann die Tatsache nicht ertragen, dass er wahrscheinlich lieber Zeit mit ihr als mit den Kindern verbringt. Es ist Sonntag, und Anfang der Woche hat er den Zwillingen versprochen, heute im Park mit ihnen Fußball zu spielen. Das hätte mir ermöglicht, mit Sophie shoppen zu gehen. Sie braucht dringend etwas Zuwendung, und die Kinder sollen nicht unter der unsicheren Situation zwischen Simon und mir leiden. Bestimmt haben wir sämtliche Erziehungsregeln sowieso schon gebrochen, und ich frage mich, wie es nach all den Verletzungen und all dem Hass in dieser Familie um ihre seelische Verfassung bestellt ist. Jetzt aber kümmern wir uns erst einmal um die Heilung dieser Verletzung. Wo also steckt er?

Ich versuche, mir nicht unnötig einen Kopf zu machen, das tut nur wieder weh. Stattdessen gehe ich in den Mamamodus über, kehre zurück in die Küche und versuche die Jungs mit Nachschlag und Schokostreuseln für die zweite Runde zufriedenzustellen. Niemand fragt, wo Papa steckt, und da ich sie nicht mit meinen Sorgen anstecken will, essen wir zusammen und erzählen uns Witze. Die Jungs verzücken mich mit Anekdoten von Alex aus ihrer Klasse, der am lautesten und »geilsten« rülpsen kann – seine Mutter ist sicherlich stolz auf ihn. Die Rülpsgeschichten sind unterhaltsam und abstoßend zugleich, halten mich aber leider trotzdem nicht davon ab, mich andauernd zu fragen, wo Simon nur steckt.

Gegen Vormittag sind die Pfannkuchen vernichtet, Sophie ist aufgetaucht und wir spielen alle zusammen eine Runde Monopoly. Ich bin gern dabei, muss mich dann aber doch ganz schön zu Begeisterung zwingen, als ich Parkstraße und Schlossallee ergattere und mit Hotels ausbaue. Ich kann nicht anders: Die ganze Zeit frage ich mich, wo Simon sich rumtreibt, was er vorhat, ob er Caroline wieder in seinen Fängen hat oder ob er mit David gerade Scheidungsdetails bespricht. Der Arzt und der Anwalt, die ihre Köpfe zusammenstecken, um der Frau, die nicht gehen will, ein betäubtes Leben in Zwangsjacke zu bescheren.

Ich *werde* gehen, aber unter *meinen* Bedingungen und mit *meinen* Kindern – und damit meine ich auch Sophie, denn ich bin mir sicher, dass sie sich für uns entscheiden wird, wenn sie die Wahl hat.

Ich würfle und lande im Gefängnis, was mir entgegenkommt, da ich so aussetzen muss und Gelegenheit zum Nachdenken habe.

Manchmal versuchen wir unseren Partner so zu erziehen, wie wir ihn gerne hätten. Es war eine Offenbarung für mich zu sehen, wie stark Caroline sich innerhalb weniger Monate verändert hat. Genau wie ich damals. Simon hat eine unabhängige, verletzliche junge Frau geheiratet, die klug und lustig war und ihn faszinierte – so wie ein Kind von einem exotischen Fisch im Gartenteich fasziniert ist. Er wollte mich fangen und behalten. Doch dadurch hat er mich zu einer anderen Person gemacht. Ich habe immer geglaubt, dass ich selbst für meine Verwandlung verantwortlich bin: für meine Makel, meine Fehltritte, meinen Wahn – für den furchtbaren Tod unseres Babys. Doch als ich Caroline sah, die starke, unabhängige Karrierefrau, wie sie mit verheulten Augen und einem blauen Fleck am Handgelenk zitternd in ihrer Küche stand, wurde mir klar, dass ich gar keine Schuld daran trug. Ich hätte nicht die ganze Zeit bestraft werden müssen, weil ich überhaupt nichts falsch gemacht hatte – ich war nur das perfekte Opfer, um Simons verzerrter Vorstellung von Liebe zu verfallen.

Klar ist, dass Simon mich nicht mehr um sich haben will. Wir beide wollen ein sofortiges Ende dieser Ehe, doch er will das Haus und die Kinder genauso wenig aufgeben wie ich. Und da er auch ein emotionaler Sadist ist, weiß er, dass es mein schlimmster Albtraum wäre, wenn er mir die Kinder wegnimmt. Darum wird er alles daran setzen, genau das zu tun.

Vielleicht ist er gerade im Moment in der Klinik und erklärt, wie unberechenbar mein Verhalten ist, dass er sich um das Wohlergehen der Kinder sorgt, und unterschreibt die Papiere für meine Einweisung, wie letztes Mal, als er mir erzählte, er würde mich zu einem Date entführen – und mich stattdessen in die Klinik verfrachtete.

Nach allem, was in den letzten achtundvierzig Stunden passiert ist, habe ich so große Angst davor, erneut eingewiesen zu werden, dass mir gar nicht auffällt, dass Charlie gerade auf meinem Grundstück gelandet ist und mir angeblich »Millionen« schuldig ist.

»Mami, Mami ... ich bin auf deiner Straße – aber ich zahl nicht«, ruft er. Ich wende mich wieder meiner wunderbaren Familie zu und fordere meine komplette Miete ein, indem ich ihm androhe, ihn von Kopf bis Fuß durchzukitzeln, und weise Alfie und Sophie an, ihn festhalten. Alfie genießt es sichtlich, die Oberhand über Charlie zu haben, und ich beginne meine Kitzelattacke. Dabei muss ich an den Machtkampf zwischen Simon und mir denken.

Ich gewinne immer, Marianne. Diesmal nicht, Simon, meine Kinder gebe ich um nichts in der Welt auf.

Charlie kreischt vor Lachen und steckt uns alle damit an. Dann versucht er, uns zu entwischen, während wir alle wie die Rugbyspieler auf ihm liegen und laut lachend über den

Fußboden kugeln. Dann hören wir die Haustür. Die Kinder verstummen und Simon betritt die Küche.

Er sieht furchtbar aus, als hätte er nicht geschlafen, und einen kurzen Moment lang empfinde ich tatsächlich so etwas wie Mitleid für ihn. Das Gewicht der Welt muss auf seinen Schultern lasten.

Sophie schaut entsetzt, und Charlie fragt ihn schüchtern, ob er eine Runde Monopoly mit uns spielen will, aber er schüttelt nur den Kopf. Allen ist klar, dass unsere Monopoly-Partie hiermit beendet ist, und Sophie verschwindet sofort auf ihrem Zimmer. Die Jungs sind weniger feinfühlig. Alfie nutzt die Gelegenheit, um Charlie in den Schwitzkasten zu nehmen und brutal zu Boden zu schmettern. Ob diese Aktion wohl etwas mit Simons Gegenwart zu tun hat? In Anwesenheit seines Vaters will er ständig angeben und wird leicht aggressiv. Ich glaube einfach, dass er ohne Simon in seinem Leben ein ruhigeres Kind wäre.

»Hey, Jungs ... Charlie, jetzt reicht's aber! Beruhigt euch«, sage ich und schlage den beiden vor, im Wohnzimmer etwas fernzusehen. Erwartungsvoll schauen die beiden zu Simon, um seine Erlaubnis einzuholen, denn er ist das einzige Mitglied dieses Haushalts mit Entscheidungskompetenz. *Wichtigtuerischer Kontrollfreak.* Einen kurzen Augenblick lang befürchte ich, dass er es ihnen verbietet, nur um mich wütend zu machen. Als er sich dann schließlich doch zu einem Nicken durchringen kann, sausen die beiden unter lautstarken Freudenschreien davon.

»Wo bist du gewesen?«, frage ich nach einigen Minuten des Schweigens. Er wird es mir sicherlich nicht freiwillig verraten.

»Nirgendwo.«

»Die ganze Nacht?«

»Marianne, wann hört das endlich auf, diese permanente Fragerei?«

»Tut mir leid«, sage ich und hasse mich dafür, dass ich mich schon wieder bei ihm entschuldige. »Es ist mir egal, wo du gewesen bist, ich will einfach nur wissen, was los ist.«

»Ich habe eine Runde mit dem Auto gedreht. Jemanden besucht. Wir haben zu viel getrunken, deshalb habe ich dort übernachtet.«

»Bei Caroline?«, frage ich und habe das seltsame Bedürfnis, sie zu beschützen, wenn ich an ihre traurigen, niedergeschlagenen Augen zurückdenke.

»Nein, Caroline war es nicht.«

»Wer dann?«

»Ich glaube kaum, dass dich das irgendetwas angeht, nach allem, was passiert ist. Ich kann übernachten, wo und bei wem ich will.«

Warum hörst du nicht auf zu lügen, Simon, selbst jetzt, da es doch völlig sinnlos ist?

Es ist mir wirklich egal, wo er war, und ich habe keine Kraft mehr, mich zu streiten. »Ich war gestern bei ihr«, sage ich und schaue ihn an, um seine Reaktion zu sehen. »Wir haben geredet. Sie hat mir bestätigt, dass du den E-Mail-Account gelöscht hast und dass es dein Baby ist.«

»Okay, du hast gewonnen.« Er sagt das, als hätte er aufgegeben, als wollte er nicht mehr weiter lügen.

»Scheiße, Simon, hier geht es doch nicht ums Gewinnen, sondern darum, dass du mich anlügst, dass du versuchst, mich zu zerstören.«

»Es ist durchaus nicht ungewöhnlich, seine Ehefrau zu belügen, wenn es um eine Affäre geht«, behauptet er großspurig.

»Nein, aber es abzustreiten und ihr zu unterstellen, dass sie verrückt ist, finde ich gelinde gesagt ungewöhnlich.«

»Ich bin daran schuld? An deinen Zwangsvorstellungen, deinem irrationalen Verhalten, deinen Stimmungsschwankungen – wenn ich dir von Caroline erzählt hätte, hättest du dir doch die Pulsadern aufgeschnitten.«

»Wie kannst du ...« Er wusste schon immer, wie er mich treffen kann. Ich habe ihm einmal erzählt, dass mich der Anblick der Leiche meiner Mutter nicht loslässt, das blutdurchtränkte Handtuch, die Längsschnitte in ihren Pulsadern. Weiße Tücher, helles Fleisch, rotes Blut. Er beschwört dieses Bild immer wieder für mich herauf.

»Ich habe genug davon, genug von dir. Mit dir kann man einfach nicht reden«, faucht er und geht durch die Küche weg von mir. »Ich lege mich jetzt etwas hin.«

Leider wird sich sein nächster Schachzug auf uns alle auswirken, und ich habe keine Ahnung, wie er aussehen wird. Am liebsten würde ich die Kinder einpacken und abhauen, aber wo soll ich denn hin, ganz ohne Geld? Und falls ich tatsächlich versuchen würde, mit den Kindern wegzulaufen, würde das Simon nur in die Karten spielen. Er hofft darauf, dass ich reagiere (denn das tue ich ja eigentlich immer), damit er eine Rechtfertigung hat, mich einweisen zu lassen, und er die Kinder behalten kann. Mir bleibt also nichts anderes übrig, als geduldig zu warten – obwohl ich keine Ahnung habe, worauf.

Im Gegensatz zu Simon kann ich mir den Luxus eines Schönheitsschlafs nicht gönnen. Während er Schlaf nachholt, bleibt mir als Mutter zweier sechsjähriger Söhne keine Zeit, um mein eigenes Leben zu reflektieren. Ich bekomme mit, wie die beiden schon wieder miteinander raufen, und entschließe mich, mit ihnen ins Hallenbad zu fahren. Ich muss dringend raus hier, und dasselbe gilt auch für die Zwillinge.

In der feuchtwarmen Halle sitzend beobachte ich mit Adleraugen, wie sich die beiden gegenseitig sowie alle Menschen im näheren Umkreis nass spritzen. Fast döse ich ein, weil ich durch die Wärme und die Restwirkung der Tabletten so schläfrig werde, doch irgendwie schaffe ich es, wachzubleiben und uns alle wieder zurück nach Hause zu bugsieren.

Am Nachmittag schaffe ich es dann aber kaum noch, die Augen offenzuhalten. Nach einem kleinen Snack erlaube ich den Jungs, eine Stunde lang mit ihren iPads zu verbringen, während ich mir ein dringend notwendiges Nickerchen auf dem Sofa gönne und dankbar bin, dass von Simon und seiner toxischen Ausstrahlung keine Spur ist.

Beim Aufwachen nehme ich erschrocken zur Kenntnis, dass es bereits nach sechs ist und ich mehr als drei Stunden geschlafen habe. Ich stehe komplett neben mir, versuche irgendwie wieder klarzukommen und rufe dabei nach den Jungs, die nicht mehr im Wohnzimmer sind, wo ich sie zuletzt gesehen habe. Ich öffne die Terrassentüren und rufe immer wieder ihre Namen. Erst als ich zurück in die Küche renne, um mein Smartphone zu entriegeln und die Polizei zu rufen, entdecke ich einen kleinen Notizzettel auf der Arbeitsplatte. Er stammt von Simon und informiert mich darüber, dass er mit den Kindern ins Kino gegangen ist. Er war in seinem ganzen Leben noch nie mit den Kindern im Kino. Das ist einfach nicht sein Ding – will er sich an mir rächen? Hat er sich entschieden abzuhauen und die Kinder mitzunehmen?

Mit den wildesten Szenarien im Kopf schreibe ich ihm eine Nachricht, auf die er sofort reagiert, was untypisch für ihn ist. Er schreibt, dass sie in einer halben Stunde zurück sind. Das erleichtert mich zwar ein bisschen, aber ich komme erst etwas runter, als ich den Teekessel aufgesetzt und den Fernseher eingeschaltet habe. Nervös schlürfe ich meinen Tee und frage mich, ob seine schnelle Antwort nicht einfach nur ein Ablenkungsmanöver war, um mich zu beruhigen, während er die Kinder außer Landes schafft. Ich nehme eine Tablette, um meine irrationalen Ängste zu bekämpfen, setze mich aufs Sofa und versuche, mich auf die Nachrichten zu konzentrieren. Manchmal hilft es mir, mich mit irgendwas abzulenken, das außerhalb meiner kleinen Welt passiert.

Ich starre auf den Bildschirm, auf dem es um *echte* Unruhen, Kriege, Terrorismus und Mord geht, doch meine persönlichen Probleme schaffen es trotzdem, sich in mein Bewusstsein zurückzudrängen. Selbst wenn ich das Sorgerecht für die Kinder bekomme (was im Hinblick auf Emily und meine Krankenakte alles andere als sicher ist – von meinem Vorstrafenregister ganz zu schweigen), wird Simon mir das Leben zur Hölle machen. Vermutlich würde er das Haus verkaufen, die Kinder müssten schon wieder die Schule wechseln, es wäre kein Geld mehr da für ihre Hobbys, und die wunderbaren Urlaube wären auch Geschichte. Auch wenn ich diese Urlaube ehrlich gesagt gar nicht mal so wunderbar fand. Simon hatte immer irgendetwas auszusetzen, mal war es die Auswahl der Kinderklamotten, die ich eingepackt habe, mal die Sonnencreme, die ich gekauft habe, oder die Figur, die ich im Bikini mache. Doch ich konnte immer dafür sorgen, dass die Kinder auf ihre Kosten kommen. Und trotz aller Hochs und Tiefs gab es auch immer wieder unvergessliche Familienmomente.

Etwa als wir in Griechenland ein Boot gemietet haben. Simon erklärte sich natürlich zum Kapitän. Die Jungs, damals erst drei, waren außer sich vor Freude, und Sophie quietschte abwechselnd vor Schreck und Verzückung, während Simon aufs Gaspedal trat. »Schneller, Papi, schneller«, schrie sie. Danach stießen wir auf ein entzückendes kleines Restaurant am Strand, wo wir fangfrischen Fisch mit Zitrone aßen und den Sonnenuntergang über dem Meer beobachteten. Alfie schlief auf meinem und Charlie auf Simons Schoß, und ich weiß noch, wie ich damals beim Anblick meines Ehemanns mit meinem kleinen Sohn einfach nur innige Liebe empfand.

Unser häusliches Leben hinter verschlossenen Türen war nicht immer so perfekt, doch im Unterschied zu heute hatte ich damals noch Hoffnung. Ich dachte wirklich, dass Simon mich mehr lieben und besser behandeln würde, wenn ich gesund wäre. Doch das war naiv von mir. Ich dachte, wenn ich nur die heiteren Stunden zählen würde, könnte ich auch den Rest ertragen – die Grausamkeiten, die Art und Weise, wie er mich quälte und kontrollierte. Ich hielt es für Liebe, dabei hat er mir nur eine Gehirnwäsche verpasst, genau wie er es bei Caroline getan hat. Er hat uns zu Schatten unserer selbst gemacht.

Ich muss an ihr Foto bei Instagram denken – ihr Lachen, ihre glänzenden Lippen, ihr kurzes, blondes Wuschelhaar, ihre makellosen Hände am Weinglas –, doch das Bild ist gar nicht in meinem Kopf, es flimmert über den Fernseher in meiner Küche. Das muss an den Tabletten liegen. Ich dachte, das hört irgendwann auf. Ich dachte, ich hätte meine Caroline-Obsession überwunden. Aber das ist sie – auf demselben Foto, das ich mir zigtausendmal im Internet angeguckt habe. Die Tapete, die riesigen, grünen Blätter auf dunkelblauem Grund, die Armreifen um ihr Handgelenk, der Gin Tonic ...

Ich drehe die Lautstärke auf und gehe auf den Fernseher zu, kann meine Augen nicht von ihr abwenden, während sie immer näher kommt. Es wirkt so echt. Vielleicht bilde ich mir das gar nicht ein und sie ist über Nacht berühmt geworden. Hat sie mit einer neuartigen Operationsmethode ein Kinderleben gerettet? Dann verschwindet der Nebel aus meinem Kopf und ich höre ganz deutlich, was passiert ist.

»... die Polizei geht bei ihrem Tod von einem Verbrechen aus und bittet mögliche Zeugen um Mithilfe.«

26

Das muss eine Halluzination sein. Das strahlende blonde Glamourgirl, der Instagram-Star. Die Frau, auf die ich mich wochenlang fixiert habe. Die Frau, die ich so gut kenne, dass wir Freundinnen sein könnten. Nur, dass wir das nicht sind. Auf dem Foto sieht sie hübsch, glücklich und lebendig aus.

Aber jetzt ist sie tot.

Ich halte den Atem an und versuche zu schlucken, doch mir bleibt die Spucke weg. Ein Reporter steht vor ihrem Cottage.

Gestern erst war ich bei ihr.

Es ist kaum auszuhalten – jetzt wird eine Nachbarin interviewt. Es ist die alte Frau, die mich vom Fenster aus gesehen hat. Sie erzählt, was für eine reizende junge Frau sie gewesen sei – dabei kannte sie Caroline noch nicht einmal.

Aasgeier.

Die Berichterstattung ist vorbei, doch ich starre noch immer auf den Bildschirm. Ein Paar tanzt argentinischen Tango, und jetzt »liegen die Ergebnisse vor«. Kein Wunder, dass ich durchdrehe. Eigentlich seltsam, dass nicht noch viel mehr Leute durchdrehen bei diesen abrupten Wechseln von Mordberichterstattungen zu Tanzwettkämpfen. Inmitten der hingebungsvollen, leidenschaftlichen Bewegungen des Tanzpaars fange ich an, mich selbst ernsthaft zu hinterfragen. Die Zeit verrinnt und plötzlich ist Simon mit den Kindern zurück.

War ich die letzte Person, die Caroline lebend gesehen hat?

Ich wage nicht auszusprechen, was ich weiß. Das würde es zu real machen. Erst muss ich darüber nachdenken, selbst erst einmal damit fertig werden, bevor ich es laut ausspreche. *Caroline wurde ermordet.* Ich flüchte mich in den Mamamodus, in dem ich mich sicher fühle, mache etwas zu essen und frage die Jungs, wie der Film war. Anscheinend war er »geil« und voller »megacooler« Schlümpfe, die laut Alfie »das größte Geheimnis der Schlumpfgeschichte« gelüftet haben.

»Toll«, bekräftige ich immer wieder und frage wiederholt »Und was ist dann passiert?«, obwohl ich gar nicht zuhöre. Simon ist sofort im Wohnzimmer verschwunden. Der Film scheint ihn nicht ganz so umgehauen zu haben. Weiß er es schon?

Nachdem ich die Jungs satt gekriegt und gebadet und ihnen mehrere Geschichten auf Autopilot vorgelesen habe, gehe ich die Treppe runter und in die Küche, wo ich auf Sophie treffe. Ich schnappe mir eines der iPads der Jungs und hoffe inständig, dass diesmal wirklich alles nur ein Produkt meiner Fantasie ist. Ich weiß gar nicht, was mir mehr Angst macht: die Nachricht zu finden oder sie nicht zu finden. Wenn ich sie finde, ist Caroline tot, wenn ich sie nicht finde, bin ich verrückt.

Ich logge mich ein und frage Google. Wenige Sekunden später erscheint sie im Newsfeed: die funkelnde, lächelnde Caroline, die Vor-Simon-Caroline, die ihr Weinglas festhält und mich angrinst.

»Sophie.« Ich überlege. Ich muss ihr die schreckliche Nachricht unterbreiten, ohne sie zu erschrecken. »Ich muss dich etwas fragen: Ist das die Frau, die neulich abends hier war?«

Sophie schaut auf und kommt zu mir rüber. Sie wirft einen

Blick auf den Artikel. Als sie ihre Hand vor den Mund legt, weiß ich, dass ich mir das alles nicht bloß einbilde.

»Caroline Harker«, sagt sie mit angsterfüllten Augen. »Scheiße, Mama, was ist passiert?«

Ich drücke ›Play‹. Entsetzt, aber wie gebannt sehen wir uns die Berichterstattung an. So als ob wir die Leiche, die dort gerade in den Krankenwagen geschoben wird, nicht kennen würden. Aber wir kennen sie … und zwar ziemlich gut. »Ich glaube, sie wurde erstochen«, sage ich und spüre, wie es mir eiskalt den Rücken runterläuft. Wie oft habe ich mir den Tod dieser Frau ausgemalt? Ich habe mir vorgestellt, wie ihr Körper bei spektakulären Autounfällen zerrissen wird und wie ihr hübscher Kopf beim Sturz von einem Parkhausdach zerplatzt wie eine Melone. Aber so habe ich mich damals eben gefühlt. Ich war wütend, etwas überreizt, und das Ganze war eine abgründige und fürchterliche Fantasie. Ich würde so etwas nie tun. Oder etwa doch?

Als Sophies Smartphone vibriert, versinkt sie schnell wieder in ihrer eigenen Welt voller Textnachrichten und Teenagersorgen. Während sie sich die Treppe hoch in ihr Zimmer schleppt, ihr Smartphone dicht an ihr Gesicht gepresst, scheint es fast, als hätte sie Caroline bereits vergessen.

Jetzt, da ich weiß, dass ich es mir nicht eingebildet oder es falsch verstanden habe, renne ich zu Simon, der noch nicht einmal aufschaut.

»Du musst dir das angucken.« Ich strecke ihm das iPad entgegen und gebe ihm mit meinem Blick zu verstehen, dass er nicht darum herumkommt.

»O mein Gott«, sagt er mit kreidebleichem Gesicht, nachdem er das iPad entgegengenommen hat. Dann schaltet er den Nachrichtensender ein und tippt nebenher fieberhaft auf seinem Smartphone. »O Gott, was ist passiert? Das ist ja schrecklich … schrecklich.« Ich glaube, er ist den Tränen nahe. Mir jedenfalls ist nur noch nach Heulen zumute.

»Wir müssen die Polizei verständigen. Wir müssen es ihnen erzählen«, sage ich.

»Ihnen was erzählen?«, erwidert er überrascht.

»Dass wir sie *kennen* – sie suchen nach Zeugen. Das war kein Selbstmord, Simon, jemand hat sie umgebracht, sie wurde erstochen ... Sie war vorgestern bei uns. Und ich war gestern bei ihr.«

Er setzt sich auf, scheint sich gesammelt zu haben. »Und genau deshalb sollten wir *nicht* die Polizei verständigen«, sagt er ganz ruhig.

»Was?«

»Du hast sie vor Zeugen in unserer Küche fertiggemacht. Und dann warst du gestern auch noch bei ihr ... und jetzt ist sie ... Kann natürlich Zufall sein, sieht aber ziemlich verdächtig aus. Womöglich warst du sogar die Letzte, die sie gesehen hat?«

»Ja, und deshalb rufe ich jetzt die Polizei.«

»Du hörst mir nicht zu. Du hast sie beschuldigt, schwanger mit dem Kind deines Ehemanns zu sein.«

»Ich weiß, aber das macht mich noch lange nicht zur Mörderin. Ich war gestern bei ihr und wir haben miteinander geredet, das war alles ... Ich habe ihr sogar ein Geschenk mitgebracht. Wir haben Frieden geschlossen. Simon, wer auch immer sie umgebracht hat, muss nach mir gekommen sein.«

»Aber wer ...«

Ich warte einen Moment und platze dann heraus mit dem, was ich denke. Warum sollte ich mich jetzt auch noch zurückhalten?

»Du?«

»Mach dich nicht lächerlich – warum sollte ich ihr wehtun wollen? Sie ist ...«

»... die Mutter deines Babys? Wir müssen uns jetzt wirklich nichts mehr vormachen. Deshalb bist du gestern Abend auch zu ihr gefahren. Du warst doch bei ihr, oder?«

»Nein, war ich nicht ... o mein Gott ...« Er lässt das iPad zu

Boden fallen. Ich stehe vor ihm, während er von seinem Sessel aus zu mir aufblickt. Seine Augen sehen dunkel und fremdartig aus, so habe ich ihn noch nie gesehen. »Marianne. Als sie dir ... von dem Baby erzählt hat, dass es von mir ist ... hast du ihr daraufhin ... etwas getan?«

»NEIN. NEIN. Simon, was zur Hölle?« Mir ist klar, wie das Ganze aussieht, aber er kann das nicht gegen mich verwenden. Er könnte es genauso gut getan haben.

»Aber du warst wie im Wahn. Kannst du dich daran erinnern, ihr Cottage verlassen zu haben?«

»Natürlich kann ich das«, blaffe ich zurück. Doch das kann ich nicht. Ich kann es nicht.

Ich greife zu meinem Smartphone. »Ich muss die Polizei verständigen.«

Jetzt steht er auf, ergreift meinen Arm und drückt ihn fest. »Du warst gestern dort ... Bist du lange geblieben, hat dich jemand gesehen, hast du irgendetwas angefasst?«

»Ja, vermutlich ... aber ...«

»Du hast also überall deine Fingerabdrücke hinterlassen ... und dich in der Nacht davor mit ihr gestritten ... Du warst von ihr besessen ... Dann bist du zu ihrem Cottage gefahren, wo sie dir von dem Baby erzählt hat ... *meinem* Baby ...«

Stirnrunzelnd stehe ich vor ihm. Ich versuche, meinen Unmut darüber zu äußern, in welche Richtung dieses Gespräch gerade geht, und mich gleichzeitig daran zu erinnern, was sich gestern im Cottage abgespielt hat. Ich bin zu ihr gefahren, habe ihr die Tasche und die Blumen überreicht. Sie hatte einen blauen Fleck am Handgelenk, den sie vor mir verstecken wollte. Wir haben Tee aus ihren Herzchentassen getrunken. Dann hat sie mir die Wahrheit erzählt und ich bin gegangen. Oder?

»Ach ja, und dann sind da noch dein geistiger Zustand und dein Vorstrafenregister – Körperverletzung einer Person, der du fälschlicherweise eine Affäre mit mir angehängt hast.«

»Das war keine Körperverletzung und das weißt du auch. Ich habe einfach nur Bier ...«

»Du wurdest wegen Körperverletzung angezeigt und bist vorbestraft. Außerdem hast du Caroline gestalkt und ihre Instagram-Beiträge gelikt, nur um sie wissen zu lassen, dass du sie im Visier hast. Und was ist mit den nächtlichen Anrufen, dem seltsamen Mittagessen und der noch seltsameren Überraschungsparty, bei der alle deinen Zusammenbruch miterleben durften? Und dann, am nächsten Tag, fährt du einfach mal so bei Carolines Cottage vorbei, um ihr einen geheimen Besuch abzustatten? Habe ich irgendwas vergessen?«

Ich antworte nicht, was soll ich dazu auch sagen? Zur Abwechslung hat Simon recht, mit allem, was er sagt. Er erinnert mich an einen Staatsanwalt bei seinem vernichtenden Schlussplädoyer, das anscheinend noch nicht beendet ist.

»Ach ja ... und dann ist da schließlich noch der Tod eines Babys, deines Babys – in deiner Obhut.«

Ich beginne an mir zu zweifeln, doch ich weiß, dass genau das Simons Ziel ist. Immer wieder schiebt er mir die Schuld zu, und immer wieder nehme ich sie bereitwillig auf mich. Doch das ist vorbei. Ich wünschte nur, ich könnte mich daran erinnern, was passiert ist. Ich dachte, dass wir Freundinnen geworden wären, dass wir einander verstehen würden. Und doch ... erinnere ich mich auch an meine Zweifel daran, ob sie stark genug ist, Nein zu Simon zu sagen. An meine Angst, er könnte sie davon überzeugen, bei ihm zu bleiben und mich wegzuschicken. Wie weit würde ich gehen, um meine Kinder zu behalten? Bin ich wirklich zu etwas derart Schrecklichem imstande? Bin ich? Könnte ich das tun? Ich glaube nicht, aber ich weiß es nicht, weil mich die Tabletten zittrig machen und ich unter derart viel Stress stehe. Immerhin habe ich mal ein Glas Bier über eine Kellnerin gekippt und obszönes Zeug auf die Facebook-Seite einer Frau geschrieben, weil ich dachte, sie hätte etwas mit Simon. Wer weiß, was zur Hölle ich noch alles tun würde? Ich kenne mich selbst nicht.

Bin ich verrückt ... gefährlich ... eine Mörderin?

Ich versuche mich zu konzentrieren. Ich darf mir nicht von ihm einreden lassen, dass ich es war, aber je mehr ich darüber nachdenke, desto weniger weiß ich ...

»Wo warst *du* eigentlich gestern Abend, Simon?«, höre ich mich plötzlich fragen.

»Ich war bei David.«

»Ich hoffe, David kann das bezeugen, falls es hart auf hart kommt.«

»Warum um Himmels willen sollte ich der Frau, mit der ich ... ein Verhältnis habe, so etwas antun?«

»Caroline hat mir erzählt, dass sie Schluss mit dir gemacht hat, dass sie wütend war. Sie hasste sich selbst für das, was sie mir und den Kindern angetan hat. Ich glaube kaum, dass du es einfach so hingenommen hast, dass sie den Schlussstrich gezogen hat.«

»*Habe* ich aber. Wir waren uns einig darüber, dass wir uns trennen sollten. Ich habe ihr gesagt, dass ich für das Kind bis zu seinem achtzehnten Lebensjahr aufkommen werde, wenn sie mir beweisen kann, dass es von mir ist.«

»Du alter Romantiker.«

»Ich bin doch nicht blöd.«

»Nein, und sie auch nicht, denn ihr ist klar geworden, wie bösartig du bist, und dass du nicht der Richtige für sie bist, wenn du deiner Ehefrau und deinen Kindern so wehtust.«

»Schwachsinn. Eines deiner üblichen Hirngespinste.«

»Wie das Hirngespinst mit deiner Affäre und dem Baby, meinst du? Ich weiß ganz genau, was abging, und zwar nicht in meinem Kopf – das war in euren E-Mails nachzulesen. Du wolltest mich loswerden. Sie sollte einziehen, das Haus und die Kinder übernehmen, während du dich schön weiter deiner Karriere widmest, um dir dann irgendwann eine andere zu suchen, wenn sie dir zu langweilig wird. Caroline war dein nagelneuer Sportwagen. Der alte, kaputte musste weg, damit er nicht noch mehr Probleme macht wie Kellnerinnen mit Getränken zu überschütten etwa oder jede Frau in einem Umkreis von zehn Kilometern zu beschuldigen, mit dir ins Bett zu gehen. Aber Caroline hatte tatsächlich so etwas wie ein Rückgrat. Als sie mich kennengelernt hat, sah sie, dass ich nicht die armselige Hausfrau bin, als die du mich ihr präsentiert hast. Sie konnte es nicht über sich bringen, mich kaputtzumachen, und hat dir deshalb den Laufpass gegeben. Mit Zurückweisung kannst du nicht so gut umgehen, Simon, stimmt's?«

»Oh, Marianne, du schweifst wieder ab ...«

»Die Polizei wird deine E-Mails finden. Ich weiß, dass es sie gab.«

Er lacht – ja wirklich, er lacht. »Ja, vermutlich können sie die tatsächlich noch finden, aber ich bestreite gar nicht, dass ich eine Affäre hatte. Die E-Mails lenken den Verdacht noch stärker auf dich. Caroline wurde von einer eifersüchtigen Ehefrau umgebracht. Die Polizei wird sehr schnell herausfinden, dass es sich um die Tat einer betrogenen Frau handelt.«

O Gott, hat er etwa recht? Ich weiß nicht mehr, was ich glauben soll, wem ich glauben soll – mich selbst mit eingeschlossen. Simon jedenfalls scheint das Ganze noch näherzugehen als mir, er ist kreidebleich und hat sich soeben auf das Klo im Erdgeschoss verzogen. Ich höre Würgegeräusche und frage mich, ob er so reagiert, weil er so mitgenommen ist oder weil er es getan hat ... oder weil er glaubt, dass ich es getan habe.

Ich hätte die Scheißtabletten nicht nehmen sollen, ich bin völlig neben der Spur. Meine Erinnerungen sind so verschwommen, aber eines weiß ich ganz deutlich: Ich habe Caroline gehasst und mir gewünscht, sie wäre tot.

27

Ich habe Angst. Ich weiß noch, wie nach Emilys Tod die Polizei aufkreuzte. Ich schrie immer noch, als sie eintrafen, und versuchte, Emily aufzuwecken. Ich wollte nicht wahrhaben, dass sie tot war, sie war doch mein Ein und Alles. Die Polizisten waren zurückhaltend, aber nicht besonders mitfühlend. Vermutlich mussten sie in Erwägung ziehen, dass mehr hinter der Sache stecken könnte als vermutet, bis der Gerichtsmediziner den ›plötzlichen Kindstod‹ als Todesursache diagnostizierte. Jetzt kommen alle diese Gefühle wieder hoch, und ich fühle mich schuldig für etwas, das ich nicht getan habe – glaube ich zumindest.

Ständig schaue ich auf dem iPad nach, ob es neue Informationen gibt. *Wo war Simon gestern Abend?* Ich gehe alle Artikel durch, doch ich lese nur immer wieder dasselbe, nämlich, dass es mehrere Stichwunden gab. *Wo war Simon gestern Abend?* Da ist es wieder, ihr lächelndes, schönes Gesicht. Zum Sterben schön? Da ist das Cottage, ihr Scheiß-Cottage mit der dicken Holztür und der neugierigen Nachbarin, die ganz schnell hinter ihrer Spitzengardine hervorgekommen ist, um sich ihre fünfzehn Minuten medialer Aufmerksamkeit zu sichern. Vielleicht hat sie Caroline als Letzte gesehen? *ABER WO VERDAMMT NOCH MAL WAR SIMON GESTERN ABEND?*

Wenn er bei David war, wieso hat er das dann nicht gleich gesagt, anstatt zu behaupten, dass er bei ›jemandem‹ gewesen ist? Vielleicht ist er auch erst zu David gefahren, nachdem er seine Geliebte und sein ungeborenes Kind erstochen hat.

Und jetzt hängt er über der Kloschüssel und übergibt sich.

Mir ist nach Schreien zumute. Ich verbrenne innerlich. Der Schock und die Ungewissheit sind für mich die reinste Folter.

Ein neuer Eintrag im Newsfeed. Eine ältere Frau mit einem Mann an ihrer Seite. Oje, das müssen Carolines Eltern sein. Der Name ihrer Mutter lautet Alice. Mein Herz schmerzt vor Mitleid.

Ich weiß, wie es ist, seine Tochter zu verlieren, Alice.

»Wer irgendwelche Hinweise hat ...«, sagt sie, während ihr Ehemann sie stützt.

Am liebsten würde ich sie in den Arm nehmen und ihr sagen, dass alles wieder gut wird. Aber das kann ich nicht. Weil es nicht stimmt.

Der Tod deines Kindes wird dein Leben beherrschen, Alice. Wenn du morgens aufwachst, wirst du für einen kurzen, wunderbaren Moment vergessen haben, dass sie nicht mehr da ist. Aber dann überkommt dich die Dunkelheit wie ein schwarzer Schleier, sodass du dir nichts sehnlicher wünschst, als selbst zu sterben, um bei ihr zu sein. Bis zu deinem Lebensende wird jeder einzelne Tag so ablaufen.

Wenn ich mit Carolines Tod irgendetwas zu tun haben sollte, dann habe ich es nicht verdient, hier in diesem schönen Haus mit meinen drei perfekten, schlafenden Kindern zu sein. Wenn ich Alice auch nur eine Sekunde, einen Funken der Seelenqualen beschert habe, die ich ertragen musste, dann muss ich dafür bezahlen.

Ich greife zum Telefon, und im selben Moment kommt Simon rein. Er sieht elender aus als je zuvor. Ich habe keine

Ahnung, was er gerade denkt oder fühlt. Ich weiß auch gar nicht, ob ich es wissen möchte.

»Marianne, nein«, sagt er bestimmt, als er sieht, dass ich den Hörer in der Hand halte. »Du darfst nicht die Polizei holen. Wie oft soll ich es dir noch sagen? Sag ihnen nichts – sie nehmen dich sonst fest.«

»Sollen sie doch. Die Polizei kann die Sache gern gründlich untersuchen. Ich lasse mich lieber verhaften, als mit einer Lüge leben zu müssen, Simon. Das habe ich schon viel zu lange getan.«

»Wovon sprichst du?«, erwidert er erbost.

»Ich habe mich so tief in dieser Ehe verloren, dass ich vergessen habe, wer ich bin. Im Laufe der Jahre hast du mit deinen Spielchen und deinen Schuldzuweisungen dafür gesorgt, dass ich mich so verdammt paranoid, hilflos und schuldig fühle. Ich weiß nicht, was gestern Abend passiert ist, aber wir sind beide dafür verantwortlich, denn ich glaube, dass einer von uns diese junge Frau auf dem Gewissen hat.«

Aber wer von uns beiden?

»Einer von uns beiden? Marianne, du bist die Einzige von uns beiden, die es getan haben könnte, die überhaupt dazu in der Lage wäre. Sobald irgendjemand deine Existenz bedroht, versuchst du, diese Person loszuwerden. Dieses Mal ist es dir anscheinend gelungen.«

»Ich höre dir schon gar nicht mehr zu. Das ertrage ich nicht länger, ich habe dir all die Jahre zugehört und schau dir nur an, was aus mir geworden ist. SCHAU MICH AN, SIMON!«

Da stehen wir nun beide in unserer wunderschönen Gruft, lebendig begraben unter einem Trümmerberg aus Schuld und Betrug, und er schafft es nicht, mich anzuschauen. Er schafft es tatsächlich nicht einmal, mir in die Augen zu blicken.

Als ich das Telefon erneut in die Hand nehme, hält Simon mich nicht mehr ab. Er weiß, dass ich recht habe, aber ich bin mir nicht sicher, ob das daran liegt, dass er es getan hat, oder dass er weiß, dass ich es getan habe. Es gibt nur einen Weg, um das herauszufinden. Ich suche mir aus einem der Artikel die Hotline für ›jegliche Hinweise‹ heraus. Ich glaube nicht, dass es etwas Schlimmeres gibt, als sein eigenes Kind zu verlieren. Ich habe mich mit dieser Sache so lange gequält, dass ich es Alice schuldig bin, herauszufinden, wer ihre Tochter getötet hat. Selbst, wenn ich es war.

28

Während der Stunde, die Simon und ich auf die Polizei warten, wechseln wir kein Wort miteinander. Wir sitzen nur beide stumm in der Küche.

Als warteten wir auf unsere Hinrichtung.

Er sitzt auf einem Hocker an der Kücheninsel. Ich lehne mich mit verschränkten Armen gegen die Anrichte und starre ins Leere. Da stehe ich nun, in meiner glänzend weißen Küche mit den schönen, hellen Wänden und den beschissenen Calacatta-Oro-Arbeitsplatten. Fast muss ich über mich selbst lachen. Das ist also die Küche, von der ich dachte, sie könnte mein Leben verändern, uns wieder zusammenschweißen. Ein neues Haus, ein neuer Anfang – eine hochmoderne Küche mit den schnittigen Linien nachhaltiger europäischer Eichenschränke. Was für ein Witz. Wie oberflächlich war ich eigentlich? Inzwischen ist mir klar, dass es mehr braucht als eine Designerküche, um unsere Art von Problemen zu lösen, und dass kein antibakterielles Spray dieser Welt die Spuren beseitigen kann, die unsere jahrelangen Grabenkämpfe hinterlassen haben.

Wir warten in beklemmender Stille, während die Kinder oben in glückseliger Ahnungslosigkeit friedlich schlummern.

Wenn sie morgen aufwachen, wird nichts mehr so sein wie zuvor. Eine kalte Träne rinnt mir über die Wange. Ich sehe rüber zu Simon, der seinen Kopf mit den Händen stützt.

Das ist also von uns übrig geblieben.

Einer von uns beiden weiß, wer es war, doch keiner wird es zugeben oder – in meinem Fall – tiefer graben, um es herauszufinden. Ich war noch nie gut darin, unter die Oberfläche zu schauen, um herauszufinden, was sich dort befindet. Meiner Erfahrung nach findet man dort selten etwas, das man sehen will.

»Du brauchst nicht zu glauben, dass ich noch einmal für dich lüge«, durchschneidet Simons Stimme plötzlich die Stille. Seine Worte hängen in der Luft wie ein fauliger Geruch – sein Hass durchdringt die Atmosphäre um uns herum wie ein eisiger Nebel.

Ich habe weitere dreißig Milligramm Mirtazapin eingenommen, eine etwas geringere Dosis, die aber trotzdem ganz schön reinhaut. Ich hatte keine Wahl. Irgendetwas musste ich tun gegen die anschwellende Angst in meiner Brust, die Hitze in meinem Gesicht und mein Herzrasen. Aber irgendetwas zieht mich durch den Schleier der Medikamente an die Oberfläche. Wie eine ertrinkende Frau kämpfe ich um mein Überleben – und für die Wahrheit. Ich muss an mich selbst und meine eigene Wahrheit glauben, nur so kann ich diese Sache überstehen, sie überleben, egal wie schmerzhaft es auch sein mag. Das weiß ich, weil ich vor zehn Jahren etwas Vergleichbares durchgemacht habe. Das Gesicht meines Babys war wie Porzellan, der Körper kalt und mein Verstand von den Schreien und Tränen wie betäubt. Und als wir in der Notaufnahme ankamen, wurde ich mit Vorsicht behandelt, schließlich wussten sie nicht, ob sie es mit einer trauernden Mutter oder einer Babymörderin zu tun hatten. Mir war es völlig egal, was sie von mir dachten, welche Anmerkungen sie sich zu mir machen würden. Ich wusste nur, dass mein Baby tot war und dass ich es auch sein wollte. Ich wäre gerne für Emily gestorben, und wenn sie geglaubt hätten, dass ich sie umgebracht hatte, wäre das Gefängnis fast so gut für mich gewesen wie der Tod.

»Wer Kindern wehtut, kriegt von den Häftlingen im Knast eine Sonderbehandlung«, hatte Simon damals geraunt, und ich freute mich darauf, Buße zu tun. Je blutiger und schmerzhafter, desto besser. Die Wochen schleppten sich dahin und waren geprägt von seinem Hass, an den ich mich trotz meines Medikamentenrauschs nur allzu gut erinnern kann. Er fasste mich nur an, um Sex mit mir zu haben, harten, schmerzhaften Sex, den ich verdient hatte, und wenn er seinen Hass in mich gestoßen hatte, war ich dankbar. Alle anderen bezeugten ihre Anteilnahme, von meiner Hausärztin bis hin zu meiner Gesundheitsschwester –, wie furchtbar das alles doch für mich sein müsse. Aber ich hatte ihr Mitleid nicht verdient. Ich hatte zugelassen, dass mein Baby neben mir stirbt. Simon riss mir mein ohnehin schon zerfetztes Herz heraus, trampelte darauf herum, drehte es durch den Fleischwolf und gab es mir dann zurück. Nicht genug, dass ich mich selbst quälte, Simon rieb mir jeden Tag aufs Neue unter die Nase, dass ich nicht einmal fähig war, mein Kind am Leben zu halten, obwohl das doch mein einziger Job gewesen war. Anstatt mich zu trösten und mir zu sagen, dass ›irgendwann‹ alles wieder gut werden würde, trieb er mich immer tiefer in mein schwarzes Loch hinein, bis ich schließlich kein Licht mehr sehen konnte. Und das war auch gut so. Ich scheute das Licht sowieso und fühlte mich in der Dunkelheit sicherer.

»Du kommst also doch ganz nach deiner Mutter«, sagte er dann. »Schlechte Gene, da kann man nichts machen.« Damit erklärte er Emilys Tod in meiner Obhut zu einer unausweichlichen Katastrophe. Doch selbst das reichte mir noch nicht. Ich wollte eine noch härtere Strafe. Ich verdiente sie. Selbst Simon schaffte es nicht, mir genug wehzutun.

Härter, härter, erst aufhören, wenn ich tot bin.

Ich weiß noch, wie ich damals im Badezimmer unseres neuen Hauses stand, einem modernen Neubau mit Erker und kleinem Garten, bereit für den Einzug einer jungen Familie. Emilys Tod lag fast zwei Jahre zurück. Ich blickte hinaus auf die kleine getrimmte Grünfläche und dachte an all die Dinge, die dort nie passieren würden. Ich stellte mir vor, wie Emily im Planschbecken spielt, auf einem Fahrrad mit Stützrädern fährt, ihren Geburtstag mit bunten Luftballons im Garten bei strahlend blauem Himmel feiert. In der einen Hand hielt ich mehrere Päckchen Schlaftabletten, in der anderen einen Schwangerschaftstest. Damals wartete ich, genau wie jetzt, die Uhr tickte und mein Schicksal hing in der Schwebe – erst als ein deutlicher Strich zu erkennen war, wusste ich, dass es überhaupt weitergeht. Ein neues Baby brauchte mich. Und trotz all meiner Ängste – auch davor, das Gleiche noch mal zu durchleben –, entschied ich mich zu bleiben, für mein Baby (beziehungsweise meine Babys, wie sich bald zeigen sollte), und spülte die Tabletten in der Toilette runter.

Bei meiner Aussage zu Emilys Tod plagten mich Schuldgefühle. Simon und ich selbst hatten mich davon überzeugt, für ihren Tod verantwortlich zu sein und dass sie noch bei uns wäre, wenn ich nur etwas anders gemacht hätte. Hatte ich sie zu oft gefüttert, zu wenig, zu spät, zu früh? Ist sie gestorben, weil ich neben ihr lag? Bin ich auf sie gerollt und habe sie so erstickt? Hätte ich lieber die ganze Nacht an ihrem Bettchen sitzen sollen, statt sie zu mir ins Bett zu legen? Hätten andere, ›erfolgreiche‹ Mütter das getan? Der Juristenjargon, die Aussagen der Sanitäter, die Beteuerungen unserer Gesundheitsschwester, dass bei uns zu Hause alles in Ordnung sei (darauf bezieht sich Simon seither, wenn er behauptet, er habe ›für mich gelogen‹) – all das ging komplett an mir vorüber. Ich weiß noch, wie ich nach dem Urteil schluchzend vor dem Gerichtsmediziner stand und ihn fragte: »Habe ich mein Baby getötet?« Er schaute mich sanft an und versicherte mir, dass

Emily an einem plötzlichen Kindstod verstorben sei und ich keinerlei Schuld daran trage.

Doch das hielt mich nicht davon ab, mir weiter Vorwürfe zu machen, und Simon natürlich auch nicht. Und während wir hier zusammensitzen und auf die Polizei warten, beschleicht mich das Gefühl, dass wir wieder an dem gleichen Punkt angekommen sind. Die Schuldige bin und bleibe am Ende ich.

Obwohl wir beide darauf vorbereitet sind und genau wissen, was es zu bedeuten hat, schrecken wir auf, als es plötzlich an der Tür pocht. Mir kribbeln die Fingerspitzen und ich mache mich zögerlich auf in Richtung Hausflur. Doch Simon ist bereits von seinem Küchenhocker aufgesprungen, überholt mich und versperrt mir mit dem Arm den Weg zur Tür.

»Darum kümmere ich mich«, zischt er. »Du könntest im Knast landen ... Ist dir das bewusst? Du wirst deine Kinder nicht mehr zu Gesicht bekommen, Marianne. *Meine* Kinder werden nämlich kein Gefängnis von innen sehen.«

Er hat recht – sie werden mich mit Beschuldigungen überhäufen, und ich kann noch nicht einmal behaupten, dass ich unschuldig bin, da ich es ja vielleicht wirklich getan habe. Kann ich mich vor Gericht erheben und behaupten, dass ich es nicht getan habe? Ich weiß es nicht. Und wenn sie mich verhören? Werde ich sie davon überzeugen können, sich auf andere Menschen mit möglichem Motiv zu konzentrieren, bevor sie mich verurteilen? Wie meinen Ehemann zum Beispiel?

Ich stehe im Hausflur, wenige Meter von Simon entfernt. Zwei schemenhafte Gestalten sind auf der Türschwelle zu erkennen, als er das Außenlicht anknipst und mir einen letzten warnenden Blick zuwirft. Ich traue ihm nicht. Er will seinen eigenen Kopf aus der Schlinge ziehen und würde mich dafür, falls nötig, den Wölfen zum Fraß vorwerfen, ohne mit der Wimper zu zucken. Mit geht es nicht darum, Simon die Schuld in die Schuhe zu schieben, ich will einfach nur die Wahrheit wissen. *Sollte* ich Caroline umgebracht haben, dann nehme ich meine Strafe auf mich – aber für Simon ist das Ganze ein Wettkampf zwischen uns beiden. Und er ist es gewohnt zu gewinnen.

Als er die Tür öffnet, bleibe ich wie versteinert stehen. Für mich steht verdammt viel auf dem Spiel.

»Meine Frau ist ziemlich verzweifelt«, bemerkt er zur Begrüßung, was mich vor den beiden ernst dreinblickenden Frauen im Flur in ein denkbar schlechtes Licht rückt.

Die etwas ältere der beiden stellt sich als Detective Inspector Cornell vor, bei der anderen handelt es sich um Detective Sergeant Faith.

»Ihre Frau hat uns angerufen ...«, beginnt Cornell.

»Ja«, sagt Simon, »aber Sie müssen wissen, dass es meiner Frau nicht so gut geht.« Er steht vor mir, als wollte er mich vor der Polizei abschirmen. Doch ich durchschaue seine Masche – er versucht mich davon abzuhalten, meine Version der Geschichte zu erzählen. »Aber sprechen Sie doch bitte selbst mit ihr. Sie stand ziemlich neben sich, nachdem sie gestern bei Caroline war, aber ich bin mir sicher, dass meine Frau nichts zu verbergen hat«, sagt er.

Ich möchte widersprechen. Seine geheuchelte Besorgnis führt mich als Täterin vor, bevor sie mich überhaupt kennengelernt haben. Sie könnten mir genauso gut jetzt schon Handschellen anlegen.

Auch wenn ich sein Gesicht nicht sehen kann, weiß ich ganz genau, wie es aussieht: bedauernd. Er will sie glauben lassen, dass er versucht mich zu decken, für etwas, das ich getan haben könnte. Ich bin so wütend, so unfassbar wütend, dass ich ihn schlagen und treten möchte. Doch ich muss ruhig bleiben. Ich muss ihnen gegenüber, aber auch mir selbst gegenüber ehrlich sein – keine aufgesetzte Freundlichkeit, keine gespielte Perfektion. Jetzt nicht mehr. Es wird Zeit für die Wahrheit.

29

Simon führt Detective Cornell und ihre Kollegin ins Vorzimmer, wo ich mich vorstelle. Wir schütteln uns die Hände und Simon schlägt vor, ins Wohnzimmer zu gehen.

»Können wir Ihnen etwas zu trinken anbieten, einen Kaffee oder einen Tee vielleicht?«, fragt er. Ich bin erleichtert, als Cornell den Kopf schüttelt. Da ihre Chefin das Angebot abgelehnt hat, kann Faith wohl schlecht Ja sagen. Ich weiß schon, wer für die Getränkezubereitung zuständig gewesen wäre, und ich habe nicht die Absicht, ihn allein mit den beiden reden zu lassen. Wer weiß, was er ihnen in meiner Abwesenheit über mich erzählen würde.

Ich habe einen Platz direkt gegenüber der beiden Polizistinnen eingenommen, doch da Simon mitten im Raum steht, versperrt er mir ganz unhöflich den Blick.

»Sie haben uns angerufen, Mrs. Wilson, weil Sie glauben, dass Sie die letzte Person sind, die sie gesehen hat.« Cornell muss sich zur Seite lehnen, um mich ansprechen zu können.

»Simon, wärst du so freundlich?«, sage ich und bedeute ihm mit einer Handbewegung, zur Seite zu gehen.

Als er herumwirbelt, sieht er für einen Moment aus, als

wollte er mich umbringen. Er ist so überdreht, dass er unsere ›Gäste‹ fast vergessen zu haben scheint. Dann wird ihm klar, dass wir nicht allein sind und er wohl oder übel tun muss, was ich sage – ausnahmsweise.

»Ja ... es ist möglich, dass ich sie als Letzte gesehen habe.« Ich warte, ob Simon womöglich einwirft, dass auch er es gewesen sein könnte, dass er nach mir bei ihr war. Weil er aber nichts sagt, weise ich selbst darauf hin. »Allerdings glaube ich, dass mein Ehemann auch noch bei ihr vorbeigefahren ist ... später, meine ich. Stimmt's, Simon?« Plötzlich sind alle Blicke auf Simon gerichtet. Cornell wendet sich ihm komplett zu. Das scheint ihr Interesse geweckt zu haben.

Er läuft im Wohnzimmer auf und ab und reibt dabei die Hände aneinander, als wartete er auf irgendetwas. So habe ich ihn noch nie gesehen – er sieht furchtbar aus und ich frage mich, ob er sie umgebracht hat und versucht, mir trotzdem die Schuld daran zu geben. Ich habe keinerlei Zweifel daran.

Was hast du zu verbergen, Simon?

»In was für einer ... Beziehung standen Sie zum Opfer, Mr. Wilson?«, fragt Cornell und spielt dabei mit ihren Stummelfingern an ihrem Kuli herum. Simons Umherschreiten scheint sie abzulenken und sie wirkt erleichtert, als er sich endlich setzt. Er reibt immer noch seine Hände aneinander und ist offensichtlich nervös.

»Eine Kollegin ...«, ist alles, was er hervorbringt, und ich weiß genau, dass er alles andere abstreiten wird.

Deshalb erzähle ich den Polizistinnen, zu seinem Entsetzen und seiner zunehmenden Verlegenheit, die komplette Geschichte. Ich beginne von ganz vorne, und als ich sage »Ich ging davon aus, dass mein Ehemann eine Affäre hat – wir hatten schon früher Probleme ähnlicher Art«, unterbricht er mich, um klarzustellen, dass ich mich damals auch häufiger getäuscht hätte.

»Meine Frau hat eine lebhafte Fantasie ... da kann sie nichts für, sie ist psychisch krank ...«, beginnt er, doch Cornell ist jetzt an meiner Geschichte interessiert, die sowohl sie als auch Faith schriftlich dokumentieren.

Cornell ist eindeutig eine Kommissarin alter Schule, wie man sie aus Fernsehkrimis kennt, das Haar streng nach hinten gebunden, kein Make-up, keinen Ehering. Ich kann mir kaum vorstellen, dass ihre abgebissenen Fingernägel je in Ekstase einen Männerrücken zerkratzt haben. Seltsam, was einem so durch den Kopf geht, wenn man womöglich kurz davor steht, wegen Mordes festgenommen zu werden.

»Mr. Wilson, ich nehme gerade die Aussage ihrer Frau auf – wenn Sie mir bitte gestatten würden weiterzumachen. Im Anschluss nehme ich Ihre Aussage auf.«

Simon ist nicht erfreut, er lässt sich nicht gern vorschreiben, was er zu tun hat – schon gar nicht von einer Frau. Mit verschränkten Armen sitzt er da wie ein schmollendes Kind, während ich unterbrochen von Zwischenfragen der Kommissarin weiterspreche. Als es um mein Treffen mit Caroline geht, wird sie sichtbar hellhörig und lehnt sich nach vorne.

Als ich fertig bin, fühle ich mich befreit. Ich habe ihnen alles ruhig und sachlich erzählt, keine Halbwahrheiten, keine Lügen. Ich habe alles vor ihnen ausgebreitet, und ich verlasse mich darauf, dass sie herausfinden, was passiert ist – und wer es getan hat.

Als Simon den Kommissarinnen von seiner ›Freundschaft‹ zu Caroline erzählt, erwähnt er, dass sie sich ›nahe‹ gestanden hätten und er ›befürchte‹, dass seine Frau die Geschichte etwas ›überdramatisiert‹ habe. Offensichtlich hält er die beiden Frauen für dumm, ein typisches Problem hochintelligenter, aber arroganter Männer – sie glauben, nur sie selbst könnten eins und eins zusammenzählen. Weil es Frauen sind, glaubt er, sie manipulieren zu können, genauso wie er Caroline und Gott weiß wen noch manipuliert hat. Aber mir glaubt ja keiner. Ich würde ihnen am liebsten zuschreien, dass er lügt und dass ich nichts getan habe, aber das weiß ich ja nicht. Und Simon redet und redet, so geschmeidig, so selbstbewusst, so sicher – all das, was ich nicht bin.

Meine schlimmsten Befürchtungen bewahrheiten sich. Cornell informiert mich, dass ich wegen Mordes an Dr. Caroline Harker vorläufig festgenommen bin. Als sie anfängt, mich über meine Rechte zu belehren, überkommt mich blinde Panik – wie soll ich die Polizei davon überzeugen, dass ich es nicht getan habe, wenn ich davon noch nicht einmal selbst überzeugt bin?

30

Ich bin verzweifelt. Nach einer Beratung mit meinem Anwalt sitze ich jetzt in einer Polizeizelle. Die Zellentür ist mit einer kleinen Klappe ausgestattet, durch die ich hin und wieder beäugt und kontrolliert werde. Ich fühle mich wie ein Tier im Zoo. Ich habe das Haus in den Kleidern verlassen, die ich seit dem Aufstehen trage, mein Smartphone und meine Schlüssel abgegeben und starre auf den Pappbecher mit Kaffee, der vor mir steht. Er ist lauwarm und wird mit jeder Minute kälter, aber ich fürchte davon kotzen zu müssen, darum rühre ich ihn lieber nicht an. Ich zittere vor Angst und fühle mich so nackt und entblößt wie das grob gestrichene Mauerwerk um mich herum.

Ich hatte geglaubt, dass es mir besser gehen würde, dass ich allen Ärger hinter mir gelassen hätte, aber ich scheine ihn magisch anzuziehen. Was habe ich nur getan?

Ich bin umgeben von Leere, habe weder eine Zeitung noch irgendetwas anderes zu lesen, und es gibt hier nichts, mit dem ich mich selbst verletzen könnte. Das erklärt auch den lauwarmen Kaffee in meinem Pappbecher. Ich weiß nicht, wie spät es ist, wie lange ich hier drin festsitzen werde und was dabei herauskommen wird. Meine einzige Sorge sind meine

Kinder. In wenigen Stunden werden sie ohne ihre Mutter aufwachen. Sophie wird das vielleicht verstehen, aber was sollen die Jungs nur denken?

Ist ihre Mutter eine Mörderin?

Nach gefühlten Stunden rasselt es an meiner Zellentür. Durch einen langen Flur werde ich in einen anderen Raum gebracht, in dem mich Cornell und Faith erwarten.

Sie sitzen nebeneinander an einem Tisch mit Blick auf die Tür. Als ich hereinkomme, nickt mir Cornell mit ernster Miene zu und bedeutet mir, mich ihnen gegenüberzusetzen. Faith sortiert Papiere und mein Anwalt nimmt neben mir Platz.

»Mrs. Wilson.«

»Marianne ... nennen Sie mich doch bitte Marianne«, flehe ich schon fast. Ich weiß, wie schnell so etwas aus dem Ruder laufen kann. Mein ›Verhör‹ nach Emilys Tod zog sich über mehrere Stunden und war eine der schlimmsten Erfahrungen meines Lebens. Sie haben versucht, mich zu brechen und mir ein Geständnis für etwas zu entlocken, das ich nicht getan hatte. Erst viel später, nach der Obduktion, fingen die Polizisten an, mich mit deutlich mehr Mitgefühl und Respekt zu behandeln. Aber das hier ist nicht dasselbe, hier geht es um einen brutalen Messermord, für den ich ein Motiv habe. Wenigstens hatte ich während meiner mehrstündigen Isolation in der Zelle genug Zeit, meinen Besuch bei Caroline noch einmal ausführlich Revue passieren zu lassen. Aber sosehr ich mich auch anstrenge, an meinen Abschied kann ich mich einfach nicht erinnern. Nur an den strömenden Regen, die Teetassen und das Gespräch über die nächtlichen Anrufe, von denen Simon und Caroline glaubten, dass ich sie getätigt hätte. Das war ich aber nicht ... oder doch? Wenn ich in der Absicht zu ihr gefahren wäre, sie zu verletzen oder gar zu töten, wäre ich doch sicherlich geistesgegenwärtig genug gewesen, meine Spuren zu verwischen oder mir ein Alibi zu verschaffen. Dabei habe ich meinen Besuch ja quasi bei der gesamten Nachbarschaft angekündigt, als ich der neugierigen Oma zugewinkt und laut an Carolines Tür geklopft habe. Ich habe ja sogar durch den Briefschlitz hindurch nach ihr gerufen wie eine Besessene, aber das hilft alles nichts, mein Verhalten lässt mich schuldig aussehen, und ich fühle mich auch so. Jetzt versuche ich mich aber auf Cornell zu konzentrieren, die mir gerade erzählt, dass einige der Gäste der Überraschungsparty bei ihrer Befragung bestätigt hätten, dass ich Caroline Harker Vorwürfe gemacht habe.

»Nun, gab es also eine Auseinandersetzung zwischen Ihnen und dem Opfer, Mrs. Wilson?«

»Ja, aber ich habe nichts getan. Ich habe es einfach ... etwas übertrieben auf der Party. Ich dachte, dass sie eine Affäre mit meinem Ehemann hatte. Und das stimmte ja auch.«

»Sie hatten also guten Grund dazu, sich zu wünschen, dass Dr. Harker von der Bildfläche verschwindet?«

»Ja, aber ihren *Tod* habe ich mir doch nicht gewünscht ... Ich meine, vielleicht habe ich ... Ich war einfach wütend. Ich hatte Angst, Simon und sie würden versuchen, mir die Kinder ....« Ich bremse mich selbst. Wenn ich so weitermache, kann Cornell mich noch innerhalb der nächsten Stunde anklagen und hinter Gitter werfen. »Ich war aufgebracht und auch verzweifelt, aber ich würde niemals jemandem wehtun ... Außerdem haben wir uns beim letzten Mal, als wir uns gesehen haben, quasi angefreundet.«

»Ach, tatsächlich? Während Sie hier zur Freude Ihrer Majestät den Komfort unserer Fünfsternesuite genossen haben, hat meine Kollegin Faith einige Nachforschungen angestellt.« Ist das Polizistenhumor? Jedenfalls ist mir nicht nach Lachen zumute. »Und unseren Akten zufolge ...« Ihre Kollegin reicht ihr die Unterlagen, aus denen sie vorliest. »... haben Sie vor achtzehn Monaten eine Kellnerin tätlich angegriffen.« Sie blickt auf und starrt mich an. »Sagten Sie nicht gerade, Sie würden niemals jemandem wehtun?«

»Ich habe sie nicht *angegriffen*, ich habe ihr ein Glas Bier über den Kopf geschüttet. Ich habe sie nicht *verletzt*.«

»Das ist Auslegungssache. Allzu glücklich war sie nicht darüber, sie war traumatisiert und konnte danach sechs Monate lang nicht arbeiten.«

»Ja, tut mir leid das zu hören, aber ich habe gehört, dass sie die sechs Monate *davor* auch schon nicht arbeiten konnte – vermutlich, hat sie sich ›Krankenzeit‹ genommen, um mehr Zeit für meinen Ehemann zu haben«, fauche ich und bereue meine Worte sofort – die fantastische Furie raushängen zu lassen, wird mir wohl kaum weiterhelfen.

Cornell spricht unbeeindruckt weiter, als wollte sie meine Stimme übertönen wie ein störendes Hintergrundgeräusch.

»Am Freitagabend haben Sie öffentlich eine Frau bezichtigt, mit Ihrem Ehemann zu schlafen – laut Ihrer eigenen Aussagen fürchteten Sie, sie wolle das Sorgerecht für Ihre Kinder erstreiten. Die Spurensicherung hat Dr. Harkers Cottage gründlich durchsucht. Wir warten nur noch auf die Ergebnisse der DNS-Untersuchung. Glauben Sie, wir werden Ihre dann finden?«

»Ja ... natürlich. Ich meine, ich war ja dort. Ich war in der Küche, habe Tee getrunken, die Tasse angefasst, an der Tür geklopft ... keine Ahnung.« Ich gerate in Panik, was selten ein gutes Ende nimmt.

Cornell reagiert nicht. »Am Tatort fand sich eine Tasche, die Ihnen gehört ... grüner Samtstoff mit so Meeresgedöns drauf. Ihr Ehemann hat sie als eine Tasche identifiziert, die Sie genäht haben ...«

»Ja, sie war als Geschenk für sie gedacht. Ich wollte Frieden schließen.«

»... und eine grüne Tasche voller Meeresgedöns ist ja bekanntlich die schönste Form der Entschuldigung.«

Faith grinst hämisch. Ich starre zu Boden und rolle meinen inzwischen leeren Pappbecher in meinen Händen hin und her.

Cornell prüft die vor ihr liegenden Papiere – vermutlich forensische Befunde und ein Best-of von Faiths Recherchebemühungen.

»Also, um die ganze Geschichte zusammenzufassen: Sie hatten einen Wutanfall, weil Sie dachten, Ihr Ehemann hätte was mit der heißen Blondine aus dem Büro ...«

»OP-Saal. Einer Kollegin aus dem OP. Er ist Chirurg.«

»Wie auch immer, heiße Blondinen sind überall auf der Welt gleich, da spreche ich aus Erfahrung. Sei's drum ... Kurz gesagt: Sie schmeißen diese Party, laden sie ein, beschuldigen sie, schwanger mit dem Kind Ihres Ehemanns zu sein, sie stürmt davon und am nächsten Tag fahren Sie bei ihr vorbei.« Sie hält abrupt inne und schaut mich über ihre Notizen und den Rand ihrer Brille hinweg an. »Ich nehme an, Sie wissen, worauf ich hinaus will?«

Ich antworte nicht, starre nur auf die Tischplatte und versuche nicht zu weinen.

»Und ...« Sie wendet sich wieder ihren Aufzeichnungen zu. »Es gibt Zeugen dieser ... wie nannten Sie es noch ... *Überraschungsparty?*«

Ich nicke und komme mir so dämlich vor. Ich muss eine lächerliche Figur abgeben – die betrogene Ehefrau, die als ultimative Rache eine beschissene Überraschungsparty veranstaltet. Was habe ich mir nur dabei gedacht?

»Und einen Tag später«, fährt Cornell fort, »wird Dr. Harker erstochen in ihrem eigenen Haus aufgefunden, in dem Haus, in dem Sie, wie Sie selbst zugeben, nur wenige Stunden zuvor gewesen sind. Sie sehen, in was für einer Zwickmühle ich hier stecke, Mrs. Wilson?« Sie beugt sich vor und trommelt mit ihrem Kuli auf die Tischplatte. »Ich behaupte nicht, dass Sie es gewesen sind, aber es sieht nicht besonders gut für Sie aus ...«

Ich bin hier doch in einem Sonntagabendkrimi gelandet, oder? Das kann alles nicht wahr sein. Ich könnte jetzt zu Hause sein, eine Tasse Kamillentee trinken und den Kindern ihre Brotdosen für morgen vorbereiten. Stattdessen sitze ich hier und lasse mich beschuldigen und bevormunden.

»Auweia«, seufzt Cornell beim Blick auf ein weiteres Blatt Papier vor ihr.

»Was ist denn?«, erwidere ich ängstlich.

»Und ich dachte schon, jetzt wird's langweilig. Hier haben wir eine Mrs. Jennifer Moreton, die aussagt, dass Sie gedroht haben, Dr. Harker umzubringen ...«

Jen? Was zur Hölle hat sie denn mit der ganzen Sache zu tun? »Nein ... also, das haben Sie falsch verstanden. Sie wusste, dass ich das nicht so meine. Das war nur so dahingesagt. Ich meinte nur, dass ich Dr. Harker dafür umbringen könnte, was sie mir angetan hat. Nicht, dass ich sie umzubringen würde.«

»Ah ja, Sie meinen also nicht, was Sie sagen?«

Nein. Oder etwa doch?

»Nein, ich meine ja ... Sie haben das wörtlich genommen, aber so war es nicht gemeint ... Jen wusste, dass ich das nicht so gemeint habe. Das wüssten Sie auch, wenn Sie dabei gewesen wären ...«

»Das war ich aber nicht, oder?«

»Ich will damit nur sagen, dass Jen aus allem gerne ein Drama macht. Vielleicht hat sie ein bisschen übertrieben und das Ganze aus dem Kontext gerissen ...« In diesem Moment bereue ich zutiefst, mit Jen darüber gesprochen zu haben, und hoffe einfach nur inständig, dass ich ihr sonst nichts Unbedachtes erzählt habe. Bestimmt hat sie das alles ganz ohne böse Absichten erzählt. Wahrscheinlich hat sie einfach nur drauflos geredet und ist sich der Tragweite ihrer Aussage gar nicht bewusst. So ist Jen eben. Zu sehr in der Dramatik des Augenblicks gefangen, um zu verstehen, welchen Schaden sie anrichtet. »Das hat sie offenbar in den falschen Hals bekommen. Wer mich kennt, weiß, dass ich nicht fähig bin ... so etwas zu tun, aber anscheinend kennt sie mich dann doch nicht so gut ...«

»Tatsächlich? Da sie in diesem Moment auf Ihre Kinder aufpasst, hoffe ich mal, dass dieser Fall nicht noch durch eine gefährliche Fremde weiter verkompliziert wird.«

Ich bin Teil eines ›Falls‹. Ich bin in einen Mordfall verwickelt, ob es mir gefällt oder nicht.

Habe ich es getan?

»Wieso passt sie auf meine Kinder auf?«

»Ihr Ehemann hat sie angerufen.«

»Dann hoffe ich mal, dass es ihnen gut geht.«

»Warum sagen Sie das?«

»Weil sie vermutlich ihr Kindermädchen damit beauftragt hat, sie zur Schule zu fahren, während sie sich selbst einen Beautytag im Spa gönnt!«

»Also«, fährt Cornell sichtbar gelangweilt von meinem Hausfrauengezicke fort, »um noch einmal auf Ihre Situation zurückzukommen ... Sie sind vorbestraft, haben ein Motiv und voraussichtlich Spuren am Tatort hinterlassen. Eine neugierige Nachbarin kann Ihre Ankunft an Dr. Harkers Cottage bezeugen und eine weitere Zeugin, eine gute Freundin noch dazu, hat uns erzählt, dass Sie das Opfer umbringen wollten. Was soll ich da nur denken?«

Ich weiß nicht, was ich sagen soll, aber ich weiß, dass ich nicht die einzige Verdächtige sein sollte.

»Was ist mit den E-Mails zwischen Caroline und meinem Ehemann? Er hat sie zwar gelöscht, aber die können sie doch sicherlich wiederherstellen?«

Cornell schaut nicht auf, sondern studiert weiterhin die vor ihr liegenden Papiere. »Sämtliche Smartphones, Tablets und Laptops werden überprüft«, erklärt sie geistesabwesend.

Das wird mir nicht gerade weiterhelfen – ich habe Caroline Harker mindestens tausend Mal auf meinem Smartphone gegoogelt, von meinem konstanten Social-Media-Stalking ganz zu schweigen.

»Simon hat mir mal erklärt, wie man jemanden ganz schnell

umbringen kann. Als Chirurg weiß er genau, wo die Halsschlagader liegt ...«, presse ich hervor.

Daraufhin flötet die Nachwuchskommissarin: »Also der Täter schien jedenfalls keine Ahnung davon zu haben.«

»Womöglich ein Täuschungsmanöver?«, biete ich an.

»Das Opfer starb durch langsames Verbluten. Das sah nicht nach einem vorsätzlichen Angriff aus. Wer auch immer Dr. Harker umgebracht hat, hat instinktiv gehandelt, nicht gezielt – sondern im Rausch.« Faith wartet einen Moment lang, um dann zu ergänzen: »Einem *Eifersuchtsrausch.*«

Ich wende mich ab. Das ist zu viel, das halte ich nicht aus. Aber bevor ich mich sammeln kann, wirft Cornell mir schon den nächsten Knüppel zwischen die Beine.

»Erkennen Sie das wieder, Mrs. Wilson?« Sie präsentiert mir ein Foto der Samttasche, die ich Caroline geschenkt habe. Ich verstehe nicht, warum sie sich so für diese Tasche interessieren. Sie war ein Geschenk, wieso begreifen sie das nicht einfach und machen weiter?

»Ja ... das ist die Tasche, die ich genäht und ihr geschenkt habe.« Ich schaue genauer hin. Der Gurt der Umhängetasche ist gerissen. Er bestand aus einer dicken, ziemlich robusten Seidenkordel, die ich für meine Handtaschen verwende, damit man darin auch schwerere Dinge wie Tablets, Smartphones, Schminkbeutel und Co. transportieren kann ... Ich bin überrascht, dass er gerissen ist. »Was ist damit passiert?«

»Sagen Sie es mir!«

»Ich habe keine Ahnung.«

»An Dr. Harkers Hals wurden Fasern dieser Umhängetasche gefunden. Wir warten noch auf die Ergebnisse der Spurensicherung, aber wahrscheinlich hat sie die Tasche getragen, als sie von ihrem Angreifer attackiert wurde. Wahrscheinlich wurde ihr der Gurt um den Hals geschlungen. Sie haben gekämpft und der Gurt riss – bevor das Opfer mit dem Brotmesser erstochen wurde.«

»Dilettantisch«, spottet Faith und schüttelt angesichts der erbärmlichen Mörder von heute erschüttert den Kopf.

Was soll ich sagen? Ich habe keine Ahnung, was passiert ist. Ich glaube zwar nicht, dass ich mit dieser Sache etwas zu tun habe, aber ich wäre nicht der erste Mensch, der unschuldig hinter Gittern landet.

Mein Anwalt bittet um »ein Wort unter vier Augen« mit seiner Mandantin.

Nachdem die Kommissarinnen den Raum verlassen haben, versichere ich ihm, dass ich nicht wusste, dass jemand Caroline Harker mit dem Gurt meiner Tasche erdrosseln wollte.

»Wann komme ich hier raus?«, frage ich in Sorge um meine Kinder. Laut meinem Anwalt können sie mich für vierundzwanzig Stunden festhalten. Wenn sie dann noch keine Anklage erhoben haben, mich aber dennoch weiterhin für dringend tatverdächtig halten, können sie eine Verlängerung meines Arrests beantragen.

»Sie können Sie für maximal sechsundneunzig Stunden festhalten, bis dahin müssen sie entweder Anklage erheben oder Sie laufen lassen«, ergänzt er.

Während unserer Unterhaltung breche ich immer wieder in Tränen aus. Ich sorge mich so sehr um die Kinder und tröste mich mit dem Gedanken, dass wenigstens Jen da ist. Sie mag nicht die beste Mutter der Welt sein, aber wenigstens kennen die Kinder sie. Sie hat die Jungs schon häufiger von der Französischnachhilfe abgeholt und sie haben bei Olivers Kindergeburtstag bei ihm übernachtet. Die arme Sophie macht sich bestimmt riesige Sorgen. Simon wird wohl kaum versuchen sie zu beruhigen, sondern sie davon überzeugen, dass ich krank bin und den Mord begangen habe. Doch das ist erst der Anfang. Was, wenn ich schuldig bin? Wenn ich den Rest meines Lebens im Gefängnis verbringen muss? Ich würde meine Kinder nie wiedersehen. Simon würde ihnen verbieten, mich zu besuchen. Keine Geburtstagspartys, keine unvergesslichen Momente mehr. Ich werde ihre Schulabschlüsse verpassen, ihre Hochzeiten ... meine Enkel niemals kennenlernen ... Erneut fange ich an zu weinen.

Mein Anwalt Richard Black versucht vergeblich mich zu beruhigen. Ich bin müde und verwirrt, möglicherweise sind das hier gerade meine letzten Stunden als freier Mensch. Doch mir bleibt nicht viel Zeit, um mir darüber Gedanken zu machen: Cornell und Faith sind zurück und belehren mich erneut über meine Rechte. Die Vernehmung geht weiter.

»Über Ihren Ehemann haben wir ja bereits gesprochen«, sagt Cornell. »Gibt es sonst noch etwas, das Sie mir erzählen möchten?«

»Nein.«

»Können Sie zweifelsfrei ausschließen, dass Sie diese Tat begangen haben?« Diese Frage überrumpelt mich.

Du hast Ihnen erzählt, dass du mich für die Mörderin hältst, stimmt's, Simon?

Ich denke einen Moment lang nach. Es ist Zeit für Aufrichtigkeit. »Nicht zu hundert Prozent, nein, kann ich nicht.«

»Wirklich?«, fragt sie und setzt sich gespannt auf, als stünde mein Geständnis kurz bevor.

»Das ist nur die Wahrheit«, sage ich und versuche ihr zu erklären, dass die benebelnde Wirkung der Medikamente dafür verantwortlich ist, dass ich mich nicht mehr an meinen Abschied erinnern kann.

»Was ist das Letzte, woran Sie sich erinnern können?«, fragt sie skeptisch, als würde ich mein lückenhaftes Gedächtnis als Ausrede oder gar als Entschuldigung vor Gericht anbringen.

»Ich war durcheinander ... Es mag an der Krankheit oder an den Medikamenten gelegen haben ... Mir fehlen einfach Teile meiner Erinnerung. Ich traue mir selbst nicht.« Dann begreife ich, dass ich das Problem mit dieser Aussage nur weiter verschlimmere. Richard Black rutscht unruhig auf seinem Stuhl umher. Uns ist beiden klar, dass es um einiges klüger gewesen wäre, nichts zu sagen.

Ich bin mir zu neunundneunzig Prozent sicher, dass ich Caroline nicht umgebracht habe. Für das eine Prozent Restzweifel in meinem Kopf ist dieses beschissene Medikament verantwortlich, und all die Jahre mit meinem Ehemann haben mich beeinflussbarer gemacht, als gut für mich ist. Wenn Cornell mir beweisen kann, dass ich es getan habe, und mich dafür lebenslang in den Knast stecken will – ich glaube, das würde ich hinnehmen.

Jetzt bittet mich Cornell, das Ganze noch einmal durchzuspielen. Ich erzähle ihr von den E-Mails, von meinen Verdächtigungen und davon, dass Simon versucht hat, mich davon zu überzeugen, dass ich mir das Ganze nur ausgedacht hätte.

»Ich frage mich nur ... Wenn ich es nicht getan habe, wer dann? Mein Mann vielleicht?«

»Wirklich? Wieso?« Sie klingt gespannt.

»Na ja ... bei meinem Besuch hat Caroline mir erzählt, sie hätte Schluss gemacht mit ihm. Ich glaube kaum, dass er sich darüber gefreut hat. Ich glaube, er hat sie auf seine eigene, seltsame Art geliebt und war sehr verletzt, weil sie ihn verlassen hat, insbesondere jetzt, da sie doch schwanger war. Und dann war da ja, wie gesagt, noch dieser blaue Fleck an ihrem Handgelenk. Simon kann gewalttätig sein ... im Schlafzimmer, aber auch wenn er nicht das bekommt, was er will.«

»Hat sie Ihnen erzählt, dass Simon ihr wehgetan hat, dass der blaue Fleck von ihm stammt?«

»Das nicht, aber ich hatte das Gefühl, dass sie *versucht* hat mir zu sagen ...«

»Gefühle sind nicht gerichtsfest.«

»Ich sage Ihnen nur ganz ehrlich, was ich denke. Ich hoffe, dass sie oder die Leute von der Spurensicherung ... konkretere Hinweise finden. Ich weiß, dass es einer von uns beiden war – und ich glaube, dass es er war«, platzt es aus mir heraus.

»Die Spurensicherung arbeitet dran, aber das kann noch einige Tagen dauern«, sagt sie und geht über meinen letzten Kommentar hinweg. »Wir müssen auch anderen Hinweisen nachgehen. Ja, Dr. Wilson hatte ein Motiv, wenn sie mit ihm Schluss gemacht hat – vielleicht war er wütend darüber.«

Ich nicke mit energischer Zustimmung.

»Sagen Sie, Marianne, wie groß sind Sie?«, fragt sie plötzlich, was ich irgendwie komisch finde. Ich habe gehofft, sie würde mich weiter zu Simons Motiven befragen.

»Ich bin einen Meter sechzig groß.«

Nachdem sie sich diese Angabe notiert hat, schaut sie von ihrem Notizblock auf. »Rechts- oder Linkshänderin?«

»Rechtshänderin ...« Was soll das?

Sie nickt. Ich habe zwar keine Ahnung, was sie mit diesen Fragen bezweckt, aber mein Gefühl sagt mir, dass die Wahrheit ans Licht kommen wird, wenn ich sie ehrlich beantworte.

»Können Sie mir irgendwas sagen?«, frage ich. »Die Ungewissheit macht mich fertig ... und ich sorge mich um die Kinder.«

Cornells Kopfschütteln versetzt meinem Herzen einen Stich. »Dazu ist es noch zu früh – und ohne ausreichende Beweise wird die Staatsanwaltschaft keine Anklage erheben. Ich habe im Laufe der Jahre an Fällen gearbeitet, bei denen wir uns so sicher waren, dass wir sogar dachten, wir könnten uns den mühseligen Vernehmungsprozess schenken ... aber manchmal, ganz selten, täuschen wir uns auch.« Sie sieht von ihren Papieren auf und durchbohrt mich mit ihrem Blick.

Sie glaubt, dass ich es getan habe.

»Sie meinten, ihr Mann habe an dem Abend, als Dr. Harker ermordet wurde, das Haus verlassen?«

»Ja, er ist gegen drei Uhr morgens aufgebrochen, konnte mir aber nicht wirklich sagen, wo er war. Nur, dass er umhergefahren sei und dann bei jemandem übernachtet habe.«

»Hmm, ja, genau, und das hat diese Person auch bestätigt,

was ihm wiederum ein Alibi für die Tatnacht verschafft«, gesteht sie ein.

»Natürlich. Diese Person ist ja auch der Anwalt meines Mannes und weiß Bescheid – vermutlich stecken sie unter einer Decke.«

»Anwalt?« Verdutzt schaut sie zu Faith. »Mir war nicht bewusst, dass Mrs. Moreton Anwältin ist.«

»Nein, nicht *Jen*, David meine ich. Bei ihm war Simon doch.«

»Nein, wenn wir ihrem Ehemann glauben dürfen, war Mrs. Moreton so freundlich, ihm für diese Nacht ein Bett anzubieten.« Gespannt auf meine Reaktion blickt sie mich an.

»Jen?«

»So sieht es aus. Und sie hat das bestätigt.«

»Was wollte er denn bei ihr?«

»Wer weiß? Ist das denn so abwegig?«

»Ja. Er kennt sie kaum ...« Dann kommt mir ihr kindisches Gegacker in den Sinn. Wie sie nach der Party abgewartet hat, ob er sie nach Hause bringen würde. Ihr ausgeprägtes Interesse an meinen Eheproblemen.

Jen ... was zur Hölle?

»Glauben Sie, zwischen ihrem Mann und Mrs. Moreton ...«

»Ich weiß nicht mehr, was ich noch glauben soll, aber sagen wir mal so, ich *kann* mir vorstellen, dass er die Nacht mit Jennifer Moreton verbracht hat. Ihr Mann arbeitet woanders und Frauen können Simon nur schwer widerstehen.« Ich habe schon alle möglichen Frauen verdächtigt, etwas mit Simon zu haben, aber Jen hatte ich dabei nie auf dem Schirm.

Er hat nicht lange gebraucht, um jemand anderen zum Manipulieren zu finden. Die abenteuerlustige und von ihrem Ehemann gelangweilte Jen würde auch die Hotel- und Restaurantrechnungen für die Abende erklären, an denen er nicht bei Caroline war, wie ihre Social-Media-Posts belegen. Offensichtlich hatte er also mehr als eine Geliebte. Er hat sowohl mich als auch Caroline verarscht.

»Sie hat bestätigt, dass er bei ihr war und ihm ein Alibi gegeben«, wiederholt Cornell. »Seine Fingerabdrücke sind vermutlich überall im Cottage des Opfers zu finden, doch das belastet ihn nicht, weil er ja nicht bestreitet, dort Zeit verbracht zu haben.«

Cornell blickt mir direkt in die Augen und ich weiß genau, was sie mir sagen will. Tränen schießen mir in die Augen. Mein Herz klopft wie wild. Ich stehe kurz davor, für etwas angeklagt zu werden, von dem ich mir zunehmend sicher bin, dass ich es nicht getan habe.

31

»Sehen Sie denn nicht, dass er schuldig ist? Jen lügt genauso wie er ... Ja, er mag bei ihr gewesen sein, aber ich wette, dass sie nicht für die ganze Nacht bürgen kann.« Meine Wut schäumt über.

»Doch ... das kann sie.«

Gott, wenn ich an unsere intimen Unterhaltungen zurückdenke, alles was ich ihr anvertraut habe. Damit ist sie vermutlich direkt zu Simon gerannt und hat es ihm brühwarm erzählt. Sie hat mir genauso etwas vorgespielt wie er. Das erklärt auch, wieso er seinen E-Mail-Account gelöscht hat, bevor ich ihn damit konfrontiert habe – Jen muss es ihm erzählt haben.

Cornell sieht mich an, als könnte ich ihr einen Hinweis geben oder sogar ein Geständnis, aber das kann ich nicht. Ich kann weder das eine noch das andere behaupten, und solange ich es nicht sicher weiß, werde ich mich nicht unterkriegen lassen.

»Jennifer Moreton hat Ihrem Ehemann ein Alibi bis zum Folgetag verschafft, als er mit Ihren Söhnen ins Kino gegangen ist.«

»Ich habe auch ein Alibi. Ich war zu Hause ...«

»Aber Sie haben uns gesagt, dass Sie sich nicht an Ihren Abschied erinnern können. Allein zu Hause zu schlafen ist kein Alibi.«

»Er muss mich betäubt haben.«

»Laut Ihrem Ehemann haben Sie sich selbst betäubt ... und zwar regelmäßig und nicht zu knapp. Fünfundvierzig Milligramm Mirtazapin – die normale Dosis liegt bei etwa dreißig, meint unser Arzt hier.«

»Meine Hausärztin meinte, dass ich die höhere Dosis nur im Notfall nehmen solle, wenn ich sie brauche, aber Simon bestand darauf, dass ich sie regelmäßig einnehme. Er meinte, das wäre besser für mich ... Er ist Arzt, darum habe ich ihm geglaubt.«

Zwar nimmt sie meine Rechtfertigungen schulterzuckend hin, doch ich fürchte, dass sie mir kein bisschen helfen.

»Ich hatte Probleme ... Ich habe Mist gebaut und manchmal sogar die Beherrschung verloren – aber würde Ihnen das nicht auch passieren, wenn Ihr Ehemann Sie andauernd betrügt?«

»Absolut. Mord ist meist die Folge von kurzzeitigem Kontrollverlust. Der Verstand setzt einen Moment lang aus. Aber das wissen Sie ja selbst sicherlich am besten, Mrs. Wilson.«

Faith stimmt ihrer Chefin nickend zu. »Ja, die eine pisst der anderen ans Bein und zack! Wie gesagt, dieser Mord geschah aus einer Raserei heraus und war sicherlich nicht vorsätzlich geplant.«

Als ich meine Tränen nicht mehr unterdrücken kann, besteht mein Anwalt darauf, die Vernehmung zu unterbrechen, weil seine Mandantin »verzweifelt« sei.

Ich werde zurück zu meiner kleinen Zelle geführt. Dort lege ich mich auf die nackte Matratze, ziehe die Knie an die Brust und falle in Embryohaltung in einen unruhigen und wirren Schlaf. Zwischendrin wache ich immer wieder auf und ein Beamter schaut ab und zu in meine Zelle, vermutlich um sicherzustellen, dass ich nicht zu Schaden gekommen bin. Nach der fünften oder sechsten Kontrolle falle ich in einen tieferen Schlaf und fange an zu träumen.

In meinem Traum durchqueren meine Kinder ein riesiges Feld. Sie sind alleine, Sophie hält die Jungs an den Händen und ich sehe eine unheimliche, schwarz gekleidete Figur, die sie am anderen Ende erwartet. Ich rufe ihnen zu, dass sie zurückkommen sollen, doch sie können mich nicht hören.

Die Namen der Kinder brüllend wache ich auf, weil mich jemand sanft schüttelt.

»Marianne, Mrs. Wilson ... wachen Sie auf.«

Ein Polizeibeamter steht vor mir. Erschrocken zucke ich zusammen und setze mich schnell auf. Ich stehe unter Schock und bin noch gar nicht richtig wach, warte aber nervös auf seine Neuigkeiten. »Was? Was? Muss ich ins Gefängnis? Nehmen Sie mich jetzt mit? Ich will meine Kinder sehen.«

»Nein, Sie müssen nicht ins Gefängnis, und ihre Kinder können Sie sehen, sobald sie aus der Schule kommen.«

»Heute?«

»Heute.« Er lächelt.

»Wirklich?« Ich weine. Was hat das alles zu bedeuten?

»Der Justizwachtmeister wird Sie gleich entlassen, aber bevor Sie gehen, möchte Detective Cornell Sie noch einmal sprechen. Sie ist bereits auf dem Weg.«

Ich möchte vor Freude in die Luft springen. Das ist wirklich nicht zu fassen. Ist das alles nur ein Traum? Wieso?

»Mrs. Wilson, wie ich sehe, hat Ihnen mein Kollege die frohe Kunde bereits überbracht. Wir haben unseren Täter.« Cornell betritt die Zelle und reibt sich die Hände. »Ja, wir sind fleißig gewesen, während Sie sich hier in Ihrer Fünfsternesuite entspannt haben. Gutes Timing, denn Sie sind jetzt fast sechsunddreißig Stunden hier, und wenn wir Sie auch nur eine Minute länger hierbehalten, würde das für meine Kollegin Faith jede Menge zusätzlichen Papierkram bedeuten.«

»Super, aber Sie können mir glauben, ein Fünfsternehotel ist das hier bestimmt nicht.«

»Nein ... eher ... ein Boutique-Hotel?«

Ich zucke mit den Schultern. Ich habe genug von diesen Witzen. Ich will einfach nur nach Hause zu meinen Kindern, aber ich muss es trotzdem wissen.

»War es Simon? Haben Sie ihn überführt?«

»Ihr Ehemann ist des Mordes an Dr. Harker angeklagt«, sagt sie zu meiner großen Erleichterung. »Allerdings muss ich zugeben, dass es zwischendurch wirklich ein Kopf-an-Kopf-Rennen war. Sie hatten beide ein Motiv und Fingerabdrücke am Tatort hinterlassen. Die DNS-Ergebnisse stehen noch aus, aber ich vermute mal, die sind jetzt eher nebensächlich. Kurzzeitig haben wir sogar spekuliert, dass Sie beide Dr. Harker in einer Art von Dreierbeziehungsmord umgebracht haben. Das hätte den Zeitungen gefallen«, sagt sie am Ende mehr zu sich selbst. »Aber im Hinblick auf ihr Eifersuchtsproblem sind Dreier vermutlich eher weniger ihr Ding.«

Ich werde zunehmend unruhig. Nach der ganzen Zeit in der Zelle bekomme ich langsam Platzangst.

»Ja, und es wird Sie wahrscheinlich freuen zu hören, dass es uns gelungen ist, die E-Mails wiederherzustellen. Ziemlich unglaublich.«

»Gut ... ist es das, was ihn letztendlich überführt hat?«, frage ich.

»Um genau zu sein, ist er zu uns gekommen, hat um ein Gespräch gebeten ... und gestanden.«

Ich bin geschockt. Ich wusste, dass er es gewesen sein muss, wenn ich es nicht war. Aber ich hätte niemals erwartet, dass er es tatsächlich gesteht – mit der Wahrheit hat er es ja sonst nicht so.

»Sie wirken überrascht, Mrs. Wilson?«

»Das bin ich ... nicht davon, dass er es getan hat, sondern davon, dass er es gestanden hat.«

»Ja, uns ging es da ähnlich, doch die E-Mails und die Beweise passen zusammen ... Er hatte ein Motiv und war, wie sie ja bereits andeuteten, wütend auf Dr. Harker, weil sie Schluss mit ihm machen wollte. Er war in der Mordnacht bei ihr; sein Auto ist auf den Bildern einer Überwachungskamera auf dem Weg zu Dr. Harkers Cottage zu sehen. Erste Untersuchungen der Einstichstelle und der Stichrichtung haben ergeben, dass ihr Mörder mindestens acht oder zehn Zentimeter größer gewesen sein muss als sie und Linkshänder ist.«

Simon ist Linkshänder und vermutlich knapp zehn Zentimeter größer als sie. Alles passt zusammen.

»Warum haben Sie dann geglaubt, dass ich es gewesen sein könnte?«

»Nichts ist unmöglich. Sie waren ja selbst nicht von Ihrer Unschuld überzeugt.«

Ich zucke mit den Schultern und sage nichts mehr. Er hat gestanden, damit kann ich gut leben. Es hilft nicht, jetzt noch mehr meiner wirren Gedanken zum Besten zu geben.

»Er ist also einfach zu ihr gefahren, sie haben gestritten, und dann hat er sie erstochen?«, frage ich und bekomme Gänsehaut. Mir fröstelt bei dem Gedanken, dass genauso gut ich sein Mordopfer hätte sein können. Niemals hätte ich gedacht, dass Simon so kopflos, so impulsiv sein kann. Ich habe ihn nie wirklich gekannt.

Es tut mir so leid, Caroline. Ich wünschte, ich hätte dich und dein Baby retten können.

»Er meinte, sie sei schuld daran, dass er Sie und die Kinder verloren hat und dass er alles zutiefst bereut. Lustig, von einem Mann wie ihm hätte ich nie erwartet ...«

»Was?«

»... dass er so durchdreht. Er wirkt so kühl und kontrolliert. Ich hätte wetten können, dass es eine Frau war. Ich weiß nicht warum ... Instinkt? Berufserfahrung?«

Ich sehe es an der Art, wie Cornell mich ansieht: Sie glaubt noch immer, dass ich mehr weiß, als ich zugebe, dass es womöglich irgendeinen Geheimcode zwischen mir und Simon gibt. Vielleicht denkt sie, dass er gesteht, um mich zu retten. Aber das würde er niemals tun – immerhin war er derjenige, der mich aus dem Weg räumen wollte. Ein Gefängnis wäre dafür ja sogar noch besser geeignet gewesen als die geschlossene Psychiatrie.

»Egal, Kopf hoch!«, meint Cornell und sortiert meine Entlassungspapiere. Sie ist spürbar bemüht, mich zügig loszuwerden. »Oh, fast vergessen, er hat mich gebeten, Ihnen eine Nachricht zu übermitteln ...«

»Ach ja?«

»Ja, er sagte, dass er Sie während seiner Haftzeit gerne als Sophies Erziehungsberechtigte einsetzen würde ... Ich gehe davon aus, dass er für sehr lange Zeit einsitzen wird.«

»Selbstverständlich. Anders hätte ich es mir auch nicht gewünscht. Ich würde sie gerne offiziell adoptieren. Simon hat sich bislang immer dagegen gewehrt. Damit konnte er mich hinhalten.«

Ich begreife kaum, was hier passiert. Ist Simon plötzlich von seiner Schuld überwältigt worden? Vielleicht ist er um Wiedergutmachung bemüht.

»Er wird wohl für Einiges geradestehen müssen. In jedem Fall muss das Jugendamt eingeschaltet werden. Jetzt freuen wir uns aber erst einmal sehr, dass wir Sie entlassen dürfen. Ach ja, das soll ich Ihnen noch von ihm geben.« Sie reicht mir ein zusammengefaltetes Blatt Papier. Mit etwas Mühe gelingt es mir, sein Gekritzel zu entziffern:

Marianne, du hattest recht, ich war nicht der beste Vater und auch nicht der beste Ehemann. Aber für meine Kinder würde ich alles tun. Sag ihnen, dass ich sie liebe. Ich weiß, dass du dich gut um sie kümmern wirst und dass Sophie bei dir in guten Händen ist. Kuss, Simon«

Anscheinend hat ihn erst diese schreckliche Tat zur Vernunft gebracht.

Zu wenig und zu spät, Simon.

»Hilft Ihnen das weiter?«, fragt sie.

»Ein Blatt Papier mit ein paar Wörtern? Damit kann er kaum wiedergutmachen, was er mir und den Kindern angetan hat. Ich habe keinen Zweifel daran, dass er sie liebt, aber Wörter sind schnell geschrieben und seine Fähigkeiten als Vater wird er in den nächsten Jahren wohl kaum unter Beweis stellen müssen.«

Sie zuckt mit den Schultern. »Die Kinder haben Sie und das ist genug ... Sie schaffen das schon. Dasselbe gilt für Sie. Lassen Sie es ruhig angehen. Sonst tut's irgendwann richtig weh.«

»Danke, Detective Cornell«, sage ich und schüttle ihr die Hand.

»Nennen Sie mich Janet ... ich melde mich bei Ihnen«, sagt sie.

»Okay, dann bis bald.« Ich lächle, während mich ein Polizeibeamter von der Zelle bis zum Ausgang bringt, wo ich mein Smartphone, meine Schlüssel und mein Leben zurückbekomme. Dann rufen sie mir ein Taxi.

Ich gehe hinaus in die Wintersonne. Die Luft ist klirrend kalt. Noch immer bin ich wie betäubt von den Geschehnissen, aber Cornell ... Janet ... hat recht, wir schaffen das schon. Die Kinder sind ohne einen Vater wie Simon besser dran. Ich steige in das bereitstehende Taxi und weise den Fahrer an, mich zur

Schule der Jungs zu fahren. Dann rufe ich Sophie an und bitte sie, mich dort zu treffen. Als ich an der Schule ankomme, schließe ich sie alle in meine Arme und wir gehen gemeinsam Burger essen. Wir planen unsere Zukunft, reißen dämliche Witze und singen unanständige Lieder, die Simon nicht gefallen würden. Einfach, weil wir es können.

Dieses Weihnachtsfest wird ganz anders als letztes Jahr, als Simon angeklagt wurde. Damals wohnten wir noch in unserem Haus und sein Gehalt wurde noch für ein paar Monate weitergezahlt. Bald darauf mussten wir jedoch in eine kleine Wohnung ganz ohne deutsche Profiküche und Farrow-&-Ball-Wände ziehen. Die Französischnachhilfe, die Musik- und Tennisstunden der Kinder gehören der Vergangenheit an – aber auch die ständige Anspannung, die täglichen Eiertänze und die Gewalt. Außerdem habe ich es geschafft, meine Medikamente abzusetzen. Der narzisstische Mann und die verletzliche Frau – inzwischen ist mir klargeworden, dass unsere Beziehung von Anfang an eine Katastrophe war. Dass er mir nur die Gefühle zugestanden hat, die ihm passten. Dass ich nur dann wirklich glücklich war, wenn er das so entschieden hatte. Ich glaube, mein ›obsessives Verhalten‹ war schlicht darauf zurückzuführen, dass Simon all die eingebildeten Affären tatsächlich hatte. Sophie meinte, sie habe ihn einmal eng umschlungen mit der Kellnerin gesehen. Außerdem hat sie mir erzählt, dass sein Umgang mit der Mutter einer ihrer Freundinnen immer »irgendwie komisch« gewesen sei. Und dann war da ja noch meine sogenannte Freundin Jen, die heimlich ein Verhältnis mit ihm hatte und gleichzeitig behauptete, hinter mir zu stehen. Es ist möglich, dass die ein oder andere Frauengeschichte meiner Fantasie entsprungen ist, doch das ist kein Beleg für meinen Wahnsinn, sondern für seine effiziente Manipulation. Aber das spielt jetzt keine Rolle mehr. Ich bin einfach nur wütend. Er hat mich nicht nur belogen, er hat das Ganze auch noch zu *meinem* Problem, zu *meiner* ›Krankheit‹ erklärt. Mittlerweile glaube ich, dass Simon für den Tod seiner ersten Frau Nicole verantwortlich ist. Nicht direkt vielleicht, aber ich bin mir ziemlich sicher, dass Simon eine Frau in den Selbstmord treiben kann ... und wer weiß, wozu er damals noch imstande war? Ich bin nur froh, dass ich mit dem Leben davongekommen bin.

Seit Simon nicht mehr Teil unseres Lebens ist, bin ich nicht mehr so angespannt und paranoid, Sophie isst wieder, Alfie ist jetzt in der Theatergruppe seiner Schule und selbst Charlies Wutanfälle beschränken sich mittlerweile auf den Fußballplatz, wo er für die Juniormannschaft der Schule auf Torjagd geht.

Ich habe die Jungs von der teuren Privatschule genommen, auf die Simon bestanden hatte. Inzwischen arbeite ich in Teilzeit in einem Laden in der Stadt und werde dank Joys Erbe in der Lage sein, allen Kindern ein Studium zu ermöglichen, falls sie sich das wünschen. Sophie bleibt auf ihren Wunsch hin für den Rest des Schuljahres an ihrer Schule, und ich bemühe mich, ihr inmitten dieses ganzen Chaos so viel Stabilität wie möglich zu geben. Sophie ist alt genug, um zu verstehen, was passiert ist. Sie hat es am härtesten getroffen, und sie hatte sehr lange daran zu knabbern. Es gab unzählige Abende, an denen sie sich in meinen Armen in den Schlaf weinte, und ich habe das Gefühl, dass sie sich erst jetzt, wo Simon weg ist, nach all den Jahren die Trauer um ihre Mutter erlaubt. Sie weiß mehr über mich und Simon, als mir klar war, und hat ihren Schmerz über den Verlust ihrer Mutter und über mein Leid lange unterdrückt. Simon muss ihre Mutter auch geschlagen haben. Sie fühlt sich schuldig, dass sie ihre Mutter nicht retten konnte und Simon nicht davon abgehalten hat, uns wehzutun. Ich versuche sie damit zu trösten, dass sie unmöglich etwas daran hätte ändern können, aber sie muss das wohl selbst aufarbeiten.

Obwohl sie Simon dafür hasst, wie er ihre Mutter und mich behandelt hat, hat sie ihm seinen Mord wohl auf ihre eigene Weise vergeben. Sie besteht sogar darauf, ihn im Gefängnis zu besuchen, was mich ehrlich gesagt überrascht. Sie meint, er sei immer noch ihr Papa und dass sie ihn liebe. Das macht mich unheimlich stolz auf sie – sie hat mehr Größe als ich, aber vielleicht ist das auch einfach ihre Überlebensstrategie.

Im Sommer hat Sophie ihren Schulabschluss gemacht und allen Widrigkeiten zum Trotz den erforderlichen Notenschnitt erreicht, um Forensik studieren zu können. Sie ist leidenschaftlich bei der Sache, hat sich aber ein Jahr Auszeit genommen, um zu Hause bei der Familie sein zu können. Wir fühlen alle dasselbe. Auch die Jungs sind anhänglicher geworden, was laut der Therapeutin, die uns vom Jugendamt vermittelt wurde, ganz natürlich ist. Unsere Wunden müssen heilen, und dafür ist es wichtig, offen miteinander über unsere Gefühle zu sprechen und viel Zeit zusammen als Familie zu verbringen. Laut der Therapeutin können Kinder, die so jung sind wie die Zwillinge, missbräuchliches Verhalten mitbekommen, ohne es direkt zu sehen und ohne dass die Eltern etwas davon merken, was nachhaltigen Einfluss auf ihr Leben und ihre Entscheidungen nehmen kann. Doch daran arbeiten wir gemeinsam. Ich kann die Vergangenheit nicht ändern, aber ich kann ihnen dabei helfen, ihre Zukunft zu gestalten.

Immer mal wieder muss ich an Caroline denken. Ich fühle mich schuldig, weil ich sie nicht retten konnte, und frage mich, ob wir nach unserem letzten Treffen vielleicht wirklich hätten Freundinnen werden können. Wir wurden beide vom selben Mann zugrunde gerichtet – aber ich habe es geschafft, davonzukommen. Darüber bin ich zwar froh, und trotzdem quält mich mein Überlebendenschuld-Syndrom. Wir haben uns nur wenige Male gesehen und Carolines Onlineprofile wurden nach ihrem Tod gelöscht, doch ich spüre, so seltsam das auch klingen mag, den Verlust. Ich kannte sie hauptsächlich durch Instagram und Facebook, und jetzt ist es fast so, als hätte sie nie existiert. Deshalb schaffe ich es auch nicht, ihre Handynummer aus meinen Kontakten zu löschen. Das wäre, als würde ich auch die Erinnerung an sie auslöschen. Diese Nummer ist alles, was mir von ihr geblieben ist. Ich versuche, nicht allzu viel über Caroline und Simon nachzudenken; sie haben ihren Weg gewählt und ich bin ihnen irgendwann in die Quere gekommen. Hoffentlich kann ich die Vergangenheit eines Tages hinter mir lassen. Vielleicht verschwindet auch irgendwann dieses schmerzhafte Ziehen in der Magengegend, wenn ich an ihrem Cottage vorbeifahren muss oder eine Frau mit kurzem blondem Haar bei Waitrose sehe.

Bis zum heutigen Tag hatte ich das Gefühl, dass die Sonne jeden Tag etwas heller scheint und die Vergangenheit langsam verschwindet. Doch heute Morgen klingelt es an meiner Tür.

Janet Cornell steht auf der Türschwelle und fragt mich, ob sie auf eine Tasse Tee hereinkommen könne. Das ist nicht das erste Mal. Janet kommt immer mal wieder vorbei, wenn sie in der Nähe ist, und hält mich auf dem Laufenden.

Ich setze den Wasserkocher auf, während sie sich an den Küchentisch setzt und drauflos erzählt, und als ich mich umdrehe, fallen mir fast die zwei Tassen aus der Hand. Da auf dem Tisch liegt das meergrüne Haargummi aus Samtstoff, das ich Sophie aus den Stoffresten für die Tasche gemacht habe. Was macht das Ding hier?

»Kommt dir das bekannt vor, Marianne?«, fragt Janet und schiebt sich einen Schokokeks in den Mund. »Das wurde in Carolines Cottage gefunden ... unweit der Leiche. Sieht aus, als hätte es jemand dort fallen lassen.«

Was um alles in der Welt hat Sophies Haargummi am Tatort des Mordes zu suchen?

»Wir haben das Ding wenige Stunden nach dem Mord gefunden. Wir wollten wissen, ob es möglicherweise relevant sein könnte und haben Simon dazu befragt. Er meinte, dass Caroline das Haargummi am Tag ihrer Ermordung trug und dass es sich vermutlich im Verlauf ihres Kampfes gelöst haben muss ... Er meinte, es wäre Teil eines Sets gewesen, und Sie hätten es Caroline geschenkt, als Sie ihr auch die Tasche gegeben haben. Anschließend wurde es bei den Beweismitteln verkramt, und da er dann gestanden hat, schien es ohnehin keine Rolle mehr zu spielen. Aber irgendwas an der Sache kam mir komisch vor, Marianne ... Ich kann mich nicht daran erinnern, dass Sie bei Ihrer Aussage etwas von einem Haargummi erzählt haben.«

Es war nicht Teil eines Sets. Ich habe es Caroline nicht geschenkt. Es gehörte Sophie.

Ich weiß nicht warum, aber irgendetwas hält mich davon ab, Janet die Wahrheit zu erzählen.

»Ja ... das habe ich gemacht ...«, sage ich und schaue genauer hin. »Teil eines Sets, ja ... Ich habe es passend zur Tasche gemacht und ihr dann Haargummi und Tasche zusammen geschenkt.« Ich hoffe, dass meine Worte Sinn ergeben, denn im Kopf bin ich schon wieder ganz woanders. An einem Ort, an dem ich nicht sein möchte.

Während wir unseren Tee austrinken, erzählt sie mir von einem Einbruch um die Ecke, doch ich höre ihr gar nicht zu. Wenig später macht sie sich auf in Richtung Tür.

Als sie weg ist, setze ich mich an den wackeligen kleinen Küchentisch und versuche, die Puzzleteile zusammenzusetzen. Mein Kopf wehrt sich dagegen, ich muss mich regelrecht zwingen. Also: Sophie kannte Caroline vom Tennisclub, und als wir am Abend der Party in ihr Zimmer kamen und ich die beiden einander vorgestellt habe, war sie ihr gegenüber ziemlich abweisend. Wusste sie womöglich, was zwischen Caroline und ihrem Vater lief? Sie war alt genug, um das zu verstehen. Nein. Das kann nicht sein. Ich ziehe sicherlich nur wieder voreilige Schlüsse. Oder etwa nicht?

Der Mörder war Linkshänder. Daher muss es Simon gewesen sein.

Aber Sophie ist auch Linkshänderin.

Der Mörder war zehn Zentimeter größer als Caroline.

Sophie ist etwa zehn Zentimeter größer als Caroline.

Ich renne in Sophies Zimmer, durchsuche Schreibtisch, Schränke und Schubladen, doch ich finde nichts. Ich bin erleichtert und beunruhigt zugleich. Ich wünschte, ich könnte die schrecklichen Bilder in meinem Kopf und den Verdacht einfach wegwischen – doch ich muss es wissen. Also laufe ich auf und ab und denke angestrengt nach. Wenn es einen Hinweis gibt, dann hier.

Aber ich will gar nichts finden.

Ich durchsuche ihren Reisekoffer und ihre Handtaschen. Und dann, als ich kurz davor stehe aufzugeben und mir selbst einzureden, wie dämlich ich bin und dass doch alles gut ist, entdecke ich ein altes iPhone, das hinten in einem Bücherregal versteckt ist. Der Akku ist leer, und ich weiß, dass ich vermutlich Gespenster sehe, es ist nur ein altes Smartphone, aber ich muss nur noch diese eine Sache checken, dann hat sich das Ganze für mich erledigt. Befreit von Simons Psychospielchen ging es mir in den letzten zwölf Monaten so viel besser – und das ganz ohne Medikamente. Ist meine Paranoia jetzt etwa auf einmal wieder da? Ich nehme das iPhone mit nach unten, hänge es an die Steckdose und warte mit pochendem Herzen unter Hochspannung darauf, dass das Ding endlich angeht. Ich glaube zwar nicht, dass es mir irgendwelche Anhaltspunkte liefern kann, aber etwas in mir sagt mir, dass ich auf Nummer sicher gehen muss, dass da möglicherweise doch etwas ist. Mein Hirn läuft fast über und bemüht sich verzweifelt, eine andere

Erklärung für meinen furchtbaren Verdacht zu finden. »Ich weiß, dass Sophie bei dir in guten Händen ist.« Das stand in der Nachricht, die Simon mir damals nach seinem Geständnis übermittelt hatte. Was genau wollte er mir damit sagen? Ich dachte die ganze Zeit, dass er sich damit auf das Sorgerecht und die Möglichkeit einer Adoption bezieht. Aber jetzt fällt mir ein, dass er darin noch etwas anderes sagte, und zwar: »für meine Kinder würde ich alles tun.« Hat er für Sophie alles getan?

Hat Simon die Schuld für den Mord auf sich genommen?

Als endlich das Apfelsymbol auf dem Display erscheint und das Smartphone angeht, frage ich mich, was genau ich mir eigentlich erhoffe. Ich bin inzwischen eine Expertin im Erraten von PIN-Codes. Erst versuche ich es mit Sophies Geburtsdatum, dann mit dem der Jungs und schließlich mit meinem eigenen – voilà. Es rührt mich, dass ich ihr so wichtig bin, dass sie mein Geburtsdatum zu ihrer PIN auserkoren hat. Doch jetzt ist nicht die Zeit für meine Emotionen. Ich muss mich zusammenreißen. Ich muss es wissen … aber was eigentlich? Ich durchstöbere ihre Kontakte mit dem Anfangsbuchstaben ›C‹ und bin vorerst erleichtert, trotz intensiver Suche keine Caroline zu finden. Aber das entspannt mich noch nicht. Sophie wäre schlau genug, Carolines Handynummer nicht unter ihrem Namen in ihrem Handy einzuspeichern, falls sie etwas mit ihrem Tod zu tun haben sollte. Als ich in ihrer Anrufliste auf einen Kontakt namens ›Schlampe‹ stoße, bleibt mein Herz für einen Moment stehen. Ich gleiche die Nummer mit Carolines Nummer in meinem Handy ab, und mir stockt mir der Atem. Ich stehe mitten im Zimmer, halte zwei Smartphones in der Hand und mein schlimmster Albtraum wird wahr. Die Anrufliste verzeichnet unzählige Anrufe an diese Nummer, von denen die meisten nur wenige Sekunden, höchstens eine Minute gedauert haben. Sie wurden alle gegen drei Uhr morgens getätigt.

Also war Sophie die mysteriöse Anruferin.

Wahrscheinlich wusste sie von Caroline und hat sie angerufen, um sie abzuschrecken oder um sie so zu quälen, wie sie uns gequält hat. Aber das hier beweist nur, dass sie diese Anrufe getätigt hat. Das ist der Hilferuf eines Kindes, das versucht, seine Familie zu schützen. Das ist kein Beweis für einen Mord.

Mir schwirrt der Kopf und mir ist heiß. Das Fotoalbum enthält zum Glück kein belastendes Beweismaterial, doch dann stoße ich auf einen Ordner: ›F***‹. Ich öffne ihn und entdecke Screenshots von Carolines Instagram-Account: vom Strandtag mit unserer Picknickdecke, den Weingläsern vor den zerwühlten Laken, aufgenommen an dem Tag, als ihr Papa nicht da war, um sich das Rugbymatch ihrer Brüder anzuschauen, und unzählige weitere. Auch Sophie hat Caroline also online verfolgt.

Wir müssen damals in unterschiedlichen Ecken des Hauses gesessen und zwanghaft das Internet durchstöbert haben. Meine Tochter und ich. Voller Schmerz und voller Angst.

Wir hatten beide dasselbe Geheimnis.

Am Abend warte ich, bis die Jungs im Bett sind und ich allein bin mit Sophie, bis ich Cornells Besuch erwähne. Ich muss mit ihr reden, kann das Ganze nicht immer wieder in meinen Kopf durchspielen. Ich finde schlicht keine rationale Erklärung dafür. Sophie wird das alles doch bestimmt erklären können … oder?

»Janet … von der Kripo, weißt du … hat mir erzählt, dass die Polizei das grüne Samthaargummi, das ich dir aus dem Taschenstoff genäht habe, gefunden hat … und zwar in Carolines Cottage.« Ich komme direkt zur Sache, es geht nicht anders.

Sophie wird bleich. Sie legt ihr Smartphone weg und sieht mir direkt in die Augen.

»Hast du ihr gesagt, dass es von mir ist …?«

»Nein.«

Ich muss mich setzen. Da ist so vieles, was ich wissen muss, aber nicht wissen will.

»Warst du ... warst du bei ihr im Cottage ... Warst du es?«

Sie antwortet nicht.

»Mama, das ist Schnee von gestern – ich will da nicht darüber reden.«

»Wir *müssen* darüber reden, Sophie.«

»Papa meinte, dass ich es niemandem erzählen darf, nicht einmal dir.«

Als sie beginnt zu weinen, gehe ich zu ihr, lege meinen Arm um sie und gebe ihr einen Kuss auf den Kopf. Ihr Haar duftet nach Apfelshampoo. Ich muss an die kleine Siebenjährige denken, die unbeholfen meine Hand schüttelte und fragte, ob ich von jetzt an ihre Mami sei.

Ja, Schatz, ich bin jetzt deine Mami.

»War es das Baby?«, frage ich. »Carolines Baby? Hast du deshalb ...?«

Sie antwortet mir nicht direkt. Sie ist in ihre eigene Welt abgetaucht und denkt vermutlich gerade an ihr Leben vor Caroline zurück. Schließlich nickt sie kaum merkbar. »Ich hatte Angst davor, dich zu verlieren ... dass Papa sie und das Baby in unser Haus holt, seine perfekte neue Familie ... dass er uns dann nicht mehr haben will ...«

»Aber Schatz, warum hast du nicht mit mir geredet?«

Sie hatte genauso große Angst wie ich davor, dass Caroline unser Leben auf den Kopf stellt. Sophie fürchtete, dass ich ausziehen würde, sah das Ultraschallbild und wusste, dass sie etwas unternehmen musste.

»Wie denn? Dir ging es nicht gut. An manchen Tagen warst du wie ein Zombie, da wollte ich dich nicht ihretwegen noch trauriger machen. Ich fand es zum Kotzen, dass er ihr die ganze Zeit geschrieben hat, Herzchen-Emojis und so, und dich gleichzeitig wie Scheiße behandelt hat. Er hat mich mit zum Tennis genommen, aber nur um sie da zu treffen. Ständig waren sie ewig weg, obwohl er ja eigentlich Zeit mit mir verbringen wollte. Ich hab ihn mal gefragt, ob du auch mitkommen kannst. Du hast mich ja immer gefragt, wie es da so ist. Aber er meinte so, nein, du bist zu krank, und dass du wahrscheinlich eine Szene machen würdest. Er war die ganze Zeit nur bei ihr. Einmal hat er mir eine Fahrstunde gegeben und mich ernsthaft zu ihrem Cottage fahren lassen. Daher wusste ich, wo sie wohnt.«

»Maus, es tut mir so leid, dass du das durchmachen musstest.« Sie war noch viel zu jung, um mit solchen Gefühlen kämpfen zu müssen, und genauso wütend über seine Vernachlässigung und seinen Verrat wie ich.

»Sophie ... in dieser Nacht. Warst du es? Hast du Caroline ... verletzt?«

Sie nickt, fast unmerklich.

»Wolltest du ... dass sie stirbt?«

Ich will das nicht fragen, aber ich muss es wissen.

»Nein.« Sie schüttelt schluchzend ihren Kopf. »Am Anfang nicht. Ich hab das ja nicht geplant oder so. Ich hab nur dieses Scheiß-Ultraschallbild von dem Baby bei ihr auf Instagram gesehen ... und wusste ... ich wusste einfach ganz genau, dass es von ihm war. Dann kam der Streit nach deiner Party. Ich wusste nicht, was los war, hab nur mitbekommen, dass du aufgeregt warst und Papa sauer, und da hab ich mir Sorgen gemacht. Deshalb hab ich am nächsten Abend, als du geschlafen hast und er nicht da war, den Ersatzschlüssel gesucht und sein Auto genommen, das in Jens Einfahrt stand.« Sie guckt schuldbewusst. »Ich wusste, wo er ist.«

»Du wusstest von Jen?«

»Ich hab's mir irgendwie gedacht. Wie sie ihn angeguckt hat. Und wie sie beim Schulfest im Sommer getanzt haben. Und ... einmal hat sie die Jungs hier abgesetzt. Du warst in der Küche. Ich glaube, dass sie sich im Flur geküsst haben.«

Es tut mir nicht mehr weh, ich bin längst abgestumpft, aber für Sophie tut es mir von Herzen leid.

»Du bist also mit Papas Auto zu Caroline gefahren?«

»Ja, ich bin zu ihr gefahren, um ihr zu sagen, dass sie sich verziehen soll.«

Das erklärt auch, wieso sein Auto in der Mordnacht von der Überwachungskamera auf dem Weg zu Carolines Cottage gefilmt wurde.

»Ich bin hingefahren und hab geklopft. Als sie aufgemacht hat, war ich so aufgewühlt und es hat geregnet, darum hat sie mich reingelassen. Ich hab ihr gesagt, dass sie meinen Papa in Ruhe lassen soll ... Ich wollte nicht noch eine Stiefmutter, du bist meine Mama und ... ich hab mitbekommen, wie Papa im Tennisclub irgendetwas zu ihr gesagt hat, von wegen sie kann dann zu uns ins Haus ziehen, und da bin ich komplett ausgerastet. Ich wollte nicht, dass sie glaubt, sie kann das einfach so machen. Ich wollte ihr nur Angst einjagen.« Erneut schluchzt sie so herzzerreißend, dass ich mich frage, ob sie sich jemals wieder beruhigen wird. Zu gerne würde ich ihr den Schmerz und die Schuldgefühle nehmen, doch ich weiß, dass das unmöglich ist.

»Was ist passiert?« Es ist wichtig, dass sie mir ihr dunkles Geheimnis verrät.

»Sie hat so getan, als wäre Schluss mit Papa ...«

Caroline muss sich so schuldig gefühlt haben. Zuvor war ich ja schon bei ihr gewesen, und dann stand Sophie bei ihr auf der Matte und kämpfte um ihren Papa, wollte mich verteidigen und ihre Familie beschützen.

»Sie war gemein zu mir und meinte, ich würde das nicht verstehen, ich wäre ja ›nur ein Kind‹. Aber ich hab's verstanden. Schon als ich noch ganz klein war, hab ich's verstanden, wenn Papa nach Hause kam und nach Parfüm roch, das nicht das von meiner Mutter war. Dann hab ich Caroline wegen des Babys angebrüllt und sie Miststück und Schlampe genannt ... Ich glaub, in dem Moment hat sie gecheckt, dass ich sie angerufen habe … ich hab dasselbe zur ihr am Telefon gesagt.« Sie blickt beschämt zu Boden.

»Du hast sie nachts angerufen?«

Sie nickt und kann mir dabei nicht in die Augen sehen.

»Und was ist dann passiert? Bitte rede mit mir, Sophie.«

»Sie sah so aus, als hätte sie Angst, meinte, ich würde sie stressen und dass sie die Polizei ruft, wenn ich nicht gehe. Dann ist mir aufgefallen, dass sie die Tasche umhatte, und ich … ich dachte … dass Papa ihr eine deiner schönen Taschen geschenkt hat, die wir immer zusammen gemacht haben. Ich musste an dich denken und wie traurig du warst. Und dann bin ich durchgedreht.« Sophie liegt schniefend in meinen Armen, sodass ich sie kaum noch verstehen kann. »Ich wollte ihr nicht wehtun, ich wollte die Tasche zurückhaben und hab versucht, sie ihr wegzureißen, aber sie hing ihr um den Hals und dann hat sie sich gewehrt. Sie dachte, dass ich ihr wehtun will und fing an zu schreien und … dann ist sie hingefallen.«

»Alles gut, mein Schatz«, sage ich und streiche ihr übers Haar, so wie ich es immer mache. »Was ist dann passiert?«

»Sie ist aufgestanden und hat geschrien, dass sie jetzt wirklich die Polizei ruft. Sie hat mir ins Gesicht gebrüllt … und da hab ich echt Panik gekriegt, mir das Messer genommen und …« Erneut weint sie, aber ich muss die ganze Wahrheit erfahren.

»Ich weiß, wie schwer das sein muss … aber was ist dann passiert?«

»Sie ist auf mich zu gerannt und wollte mich rausschmeißen. Dabei hat sie mich geschubst und ich hab ihr das Messer entgegengestreckt, um sie aufzuhalten … ich wollte doch nicht … Das Messer ging in sie rein … Wir haben beide geschrien. Dann hat sie um Hilfe gerufen und was von ihrem Baby gebrüllt, und ich hatte so Angst, darum hab ich … das Messer … ging rein, immer wieder. Dann hat sie nicht mehr geschrien. Ich wollte einfach weglaufen, aber ich bin da geblieben und hab versucht sauberzumachen. Ich wusste, was ich tun muss, und hab versucht, alles zu entfernen, wo meine DNS drauf sein könnte. Erst als ich zu Hause war, ist mir aufgefallen, dass mein Haargummi weg war. Ich hatte es ums Handgelenk getragen.«

»Was hast du dann gemacht?«

»Ich war völlig fertig, selbst wenn ich gewollt hätte, hätte ich nicht zurück zu Caroline fahren können, um danach zu suchen. Ich hatte das Auto ja schon wieder bei Jen abgestellt. Also lag ich die ganze Nacht wach und hab geweint und hatte Angst. Am nächsten Tag kam Papa dann nach Hause, um mit den Jungs ins Kino zu gehen. Du hast da noch geschlafen. Er schrie mich an, weil er wusste, dass ich sein Auto benutzt hatte. Er checkt immer den Kilometerstand und war wütend, weil er dachte, ich wär einfach nur mit Freunden rumgefahren. Schön wär's gewesen. Am Ende habe ich ihm alles erzählt, ich konnte nicht anders. Und dann habe ich ihm gesagt, dass ich mein Haargummi verloren hab. Wir saßen beide einfach nur da, haben uns angeguckt und mussten beide weinen. Dann meinte er, dass ich genau das tun soll, was er mir sagt, und keine Fragen stellen soll. Er setzte die Jungs ins Auto und wir fuhren alle zusammen ins Kino. Er kaufte vier Tickets und kam mit uns rein, aber als der Film angefangen hat, ist er rausgeschlichen. Er meinte, er würde mein Haargummi finden, und dass ich es niemandem erzählen darf, sondern einfach nur hier bei den Jungs bleiben soll. Ich war so nervös, dass ich nur die ganze Zeit auf den Film gestarrt hab, bis er zurückkam.«

»Aber er hat es nicht gefunden?«

Sie schüttelt den Kopf. »Er hat alles abgesucht, aber er konnte es einfach nicht finden und musste zurückkommen. Als die Polizei dich später weggebracht hat, saß ich oben auf der Treppe und hab zugeschaut. Papa kam zu mir und hat gesagt, dass die Polizei dich für die Täterin hält. Er meinte, dass einer von euch beiden wahrscheinlich für den Mord verantwortlich gemacht wird, weil ihr beide im Cottage wart. Deine DNS wäre überall. Er meinte, dass es das Beste für alle wäre, wenn du für den Mord beschuldigt würdest, weil du ein Motiv hattest. Und weil es gut für dich wäre, du kämst dann in eine Klinik, wo man dir helfen würde. Er meinte, Jen würde bei uns mit ihren Kindern einziehen und auf die Jungs aufpassen, damit ich studieren gehen kann. Er meinte, dass ich mein Leben leben muss ... das hat er einfach immer wieder gesagt. Aber ich weiß, dass er es einfach nur dir in die Schuhe schieben wollte. Darum hab ich Nein gesagt und dass ich zur Polizei gehe und alles gestehe ... ihnen sage, dass ich es war. Aber er meinte nur Nein und dass es euch beide kaputtmachen würde, wenn ich ins Gefängnis gehen müsste. Dann hat er mich gefragt, bei wem ich leben will und wer sich um uns kümmern soll. Ich war so aufgelöst, er ist mein Papa und ich liebe ihn ... aber ich hab gesagt: ›Ich will zu Mama.‹«

»Und daraufhin hat er beschlossen, nach meiner Verhaftung auf die Wache zu kommen und den Mord zu gestehen?«, frage ich und streiche ihr zärtlich durchs Haar. Ich bin so voller Liebe für sie.

»Keiner von euch beiden sollte die Schuld für das übernehmen, was ich getan hab«, sagt sie. »Aber Papa hat drauf bestanden, meinte, ich bin noch jung, dass ich mein ganzes Leben noch vor mir hab, und dass er etwas Dummes tun würde, wenn ich gestehe.«

Er hat also die bittere Pille geschluckt. Und damit endlich einmal etwas Bedeutsames für seine Familie getan.

»Für meine Kinder würde ich alles tun«, hatte er gesagt – und recht behalten.

Oft habe ich mich gefragt, wie ich an einen Mann wie Simon geraten konnte, aber womöglich sind wir uns beide gar nicht so unähnlich. Wir sind beide Eltern, und trotz all unserer und vor allem seiner Fehler war er bereit dazu, alles für seine Kinder zu tun. Ich habe meine kleine Tochter verloren, ich konnte Emily nicht beschützen. Aber Sophie hat mich dazu *auserwählt*, sie zu beschützen. Und das werde ich auch tun. Ein trauerndes Kind und eine trauernde Mutter, die sich gefunden haben, als sie sich am meisten brauchten. Und ein Vater, der einen Preis bezahlte, damit seine Tochter es nicht tun musste.

»Wie geht es dir jetzt ... nach allem, was passiert ist, Sophie?«, frage ich.

»Mir geht es scheiße. Ich heule jeden verdammten Tag. Ich hasse mich selbst für das, was ich gemacht habe ... Sagst du es der Polizei, Mama?«

Als sie mit verheulten Augen und laufender Nase zu mir aufschaut, muss ich an das kleine Mädchen zurückdenken, das friedlich in ihrem fliederfarbenen Zimmer schlummerte. Ich erinnere mich an ihr weiches, süß duftendes Haar auf dem Kissen und an die kleine Plüschkatze in ihren Armen. Wer hätte damals geahnt, welches schreckliche Leid diesem kleinen Wesen noch bevorsteht?

»Nein, Schatz, ich werde es nicht der Polizei sagen«, antworte ich, schließe sie in meine Arme und versuche, ihr all ihre Schmerzen und Qualen abzunehmen. So wie eine echte Mama eben.

Als ich später allein im Bett liege, frage ich mich, ob Janet Cornell jemals Zweifel an Simons Geständnis hatte. Ich hatte immer das Gefühl, dass sie nicht glaubte, dass er Caroline umgebracht hat. »Ich hätte wetten können, dass es eine Frau war«, meinte sie damals unter Verweis auf ihren »Instinkt«. Vielleicht hält sie immer noch *mich* für die Mörderin ... oder weiß sie gar, dass es Sophie war? Vielleicht hatte Janet das Haargummi *absichtlich* verloren und *absichtlich* Simons Geständnis geglaubt, um ihn büßen zu lassen? Schließlich sagte sie ja selbst, dass er »für Einiges geradestehen« müsse.

Sophie hat einen Fehler gemacht, aber es ist ein Fehler, der am Ende nur mit dem Versagen ihrer Eltern zu erklären ist. Sie sollte nicht den Preis für eine Tat bezahlen müssen, die dem unverantwortlichen, egoistischen Verhalten der Erwachsenen geschuldet ist.

Unsere Kinder werden von uns und unserem Verhalten ihnen, anderen Menschen und uns selbst gegenüber geprägt, und auch ich übernehme für das Geschehene einen Teil der Verantwortung. Sophie war ein Kind, das schon von klein auf zwischen den Erwachsenen stand. Und die Menschen, die sie hätten retten sollen, waren nicht da. Weil wir zu sehr damit beschäftigt waren, uns selbst zu retten.

Deshalb werde ich Sophie weiterhin mit meiner ganzen Liebe schützen und ihr Geheimnis mit ins Grab nehmen. Unsere Tochter hat etwas Schreckliches getan, doch die einzigen Menschen, die wissen, was in jener Nacht passiert ist, sind Sophie, Simon und ich – und keiner von uns wird es jemals verraten.

EIN BRIEF VON SUE WATSON

Liebe Leserinnen und Leser,

ich möchte mich ganz herzlich bei euch bedanken, dass ihr euch für *All die kleinen Lügen* entschieden habt. Falls euch das Buch gefallen hat und ihr über meine neuesten Veröffentlichungen informiert werden wollt, könnt ihr euch gerne unter folgendem Link registrieren. Ihr bekommt nur dann eine E-Mail, wenn ein neues Buch von mir erscheint, eure E-Mail-adresse wird vertraulich behandelt und eine Abmeldung ist jederzeit möglich.

www.bookouture.com/bookouture-deutschland-sign-up

Einen Psychothriller zu schreiben, war schon immer mein großes Ziel. Wie weit würdet ihr gehen, wenn alles, was euch lieb ist, auf dem Spiel stünde? Basierend auf dieser Frage ist *All die kleinen Lügen* entstanden. Mich fasziniert, wie Menschen ticken und inwieweit unser Handeln und unser Charakter durch Veranlagung und Erziehung und von den Menschen geprägt werden, denen wir auf unserem Weg begegnen. Das Schreiben dieses Buchs hat es mir ermöglicht, einigen dieser Themen auf den Grund zu gehen. Es war eine aufregende und faszinierende Reise.

Ich hoffe sehr, dass ihr beim Lesen von *All die kleinen Lügen* so viel Spaß hattet wie ich beim Schreiben. Und wenn euch das Buch gefallen hat, würde ich mich unglaublich über eine Rezension freuen. Eure Meinung interessiert mich wirklich sehr und hilft ungemein, neuen Leserinnen und Lesern Lust auf eines meiner Bücher zu machen.

In der Zwischenzeit würde ich mich freuen, euch auf Facebook kennenzulernen. Werdet meine Freundin oder mein Freund, lasst ein Like auf meiner Seite oder kommt auf Twitter mit mir ins Gespräch.

Vielen Dank!

Sue Watson

www.suewatsonbooks.com

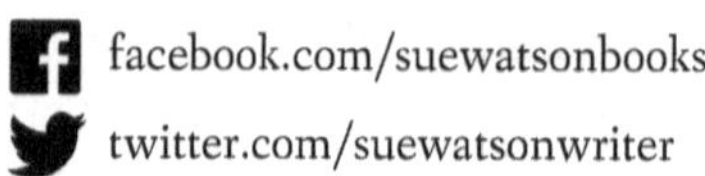

facebook.com/suewatsonbooks

twitter.com/suewatsonwriter

DANKSAGUNG

Die zwölf Bücher, die ich bislang veröffentlich habe, sind alle humorvoll und stehen ganz im Zeichen von Friede, Freude und Biskuitkuchen. Vielleicht verspürte ich deshalb irgendwann das Verlangen in mir, etwas düsterere Töne anzuschlagen. Wenn ich in meinen bisherigen Romanen den ein oder anderen Protagonisten habe ›sterben lassen‹, um einer sommerlichen Romanze etwas Crime-Charakter zu verleihen, wies mich meine Lektorin meist freundlich darauf hin, dass gewaltsame Todesfälle und finstere Romanhelden nicht wirklich gut mit Friede, Freude und Biskuitkuchen vereinbar sind. Umso begeisterter war ich, dass meiner Lektorin Isobel Akenhead meine Idee zu diesem Roman gefiel und sie ihn veröffentlichen wollte. Deshalb gilt Isobel an dieser Stelle meine unendliche Dankbarkeit für ihren wunderbaren Enthusiasmus und ihren unerschütterlichen Glauben an eine Autorin romantischer Komödien mit einer Schwäche für Kuchen und einer dunkleren Seite.

Großer Dank geht an das Team von Bookouture und wie immer an Oliver Rhodes, der mir geholfen hat, meinen Traum vom Schreiben zum Beruf zu machen. Ich danke Claire Bord fürs Zuhören, Jade Craddock für ihr forensisches Lektorat und Kim Nash und Noelle Holton wie immer für ihren unglaublichen Einsatz dafür, unsere Geschichten in die Welt zu tragen. Kim möchte ich meinen besonderen Dank aussprechen, denn sie hat mich immer wieder dazu ermuntert, diesen Ausflug in die Dunkelheit zu wagen und mich dabei auf ihre eigene, geradezu magische Art und Weise unterstützt.

Ein riesiges Dankeschön gilt meinem juristischen Expertenteam, bestehend aus Glyn und Jan Newbold, die sich mit mir durch komplizierte Wendungen, Rechtsfragen und polizeiliche Ermittlungsmethoden gearbeitet haben. Sie haben sich weit über ihre Pflichten hinaus engagiert, mir unheimlich wertvolle Ratschläge gegeben und nach mehreren Flaschen Rotwein bis tief in die Nacht hinein Mordszenarien nachgestellt. Für mögliche Fehler bin ich selbst verantwortlich. Außerdem danke ich Jackie Swift, die ihr scharfes Auge über eine frühe Fassung dieses Romans geworfen hat, und mir neben vielen Korrekturen ausführliches und kostbares Feedback gegeben hat. Ihr Blick hat dem Roman sehr gutgetan. Danke auch an Sarah Robinson fürs Lesen einer frühen Version, fürs Finden all dieser Fehler und vor allem dafür, dass sie das Ende nicht erraten hat! Ich kann mich wirklich glücklich schätzen, solch liebe, unterstützende und clevere Freunde an meiner Seite zu wissen.

Danke weiterhin an mein medizinisches ›Team‹, Dave Watson, der mich bei Burgern und Bier über angemessene Diagnosen, Medikamente und Dosen aufgeklärt hat – auch hier gilt: Für mögliche Fehler bin ich selbst verantwortlich.

Umarmungen und Dank sende ich an meine Mädels Lesley Mcloughlin, Sharon Beswick, Louise Bagley, Alison Birch und Kat Everett – ihr alle rockt.

Ich danke meiner Mutter, die mir immer sagt: ›du schaffst das‹, und meinem Ehemann Nick, der mir so erschreckend viele abgebrühte Mordideen unterbreitet hat, dass ich schnellstens meine Lebensversicherung kündigen sollte!

Und zu guter Letzt möchte ich meiner Tochter Eve danken, die meine Leidenschaft für trashiges Crime-TV und Krimis mit Serienmördern teilt und mich dazu inspiriert hat, meinen eigenen Krimi zu schreiben.

9 781803 142883